小楼寒

胡树彬 著

群众出版社·北京

图书在版编目（CIP）数据

小楼寒／胡树彬著．—北京：群众出版社，2017.9

ISBN 978－7－5014－5745－8

Ⅰ．①小…　Ⅱ．①胡…　Ⅲ．①中篇小说—小说集—中国—当代②短篇小说—小说集—中国—当代　Ⅳ．①I247.7

中国版本图书馆 CIP 数据核字（2017）第 230401 号

小楼寒

胡树彬　著

出版发行：群众出版社

地　　址：北京市丰台区方庄芳星园三区 15 号楼

邮政编码：100078

经　　销：新华书店

印　　刷：北京普瑞德印刷厂

版　　次：2017 年 11 月第 1 版

印　　次：2017 年 11 月第 1 次

印　　张：9.375

开　　本：880 毫米×1230 毫米　1/32

字　　数：260 千字

书　　号：ISBN 978－7－5014－5745－8

定　　价：32.00 元

网　　址：www.qzcbs.com

电子邮箱：qzcbs@sohu.com

营销中心电话：010－83903254

读者服务部电话（门市）：010－83903257

警官读者俱乐部电话（网购、邮购）：010－83903253

文艺分社电话：010－83901330　010－83903973

目　录

我醉晕在高背靠椅上。她瞄了瞄我胸前的牌子，说："夏总，您名字真逗。"

她来自江苏南通，声音软软的，就像黄莺歌唱、画眉啼鸣。

双城公司的工作服统一为黑色西装，总监级是白衬衫配红领带，经理级是白衬衫配蓝领带，主管级是蓝衬衫配红领带，员工级没有领带。我是副总，是白底蓝花的方格子衬衫配金线镶边的浅红色领带。黑西装的左胸前，佩戴着蓝白相间的工作牌，上面印着姓名、职务、照片和工号。我低头看了自己的工作牌一眼，嘿嘿笑道："我原名叫夏国梁。"

她问："那'夏剑'是您笔名吗？"

我说："算是吧，上期《人民文学》发了我一组诗，用的就是这个名字。"

钱香睁大眼睛，满脸的春风让她更加妩媚动人，几乎是哆着声音激动地说："夏总，您真是太牛了，我要入伙跟您干。"

我问："入哪边的伙？双城还是国梁？"

我正在筹建的公司名叫"国梁传媒"，所有资料都已提交，五十万元的注册资金也基本到位，正式注册只是最近几天的事情，一旦开业，我就要离开双城，到八百米外的稻香居上班。我给公司租赁的办公地址就在宋庄稻香居，三室两厅，一厨两卫，年租金二十万元。我的布局是一厅自己办公，一厅给职员办公，一室自己住，另外两室给职员住。

这是个典型的微型公司，但不是皮包公司，在圈子里目前只有我自己知道这个公司即将横空出世。钱香眨着眼睛问："什么国梁？我是来双城应聘的。"

我跟她解释："国梁就是国梁传媒有限公司，我自己创建的，过几天将正式营业。如果你肯加入，就是公司元老，将来上市了，一定会给你股份的，原始股。"

钱香做出恍然大悟状，假装很认真地思考了几分钟，说："好吧，在薪酬不变的前提下，我愿意去您自己的公司。"

我们就这样谈好，并签下了用工协议。钱香成了国梁传媒的第

穿越

一

时间就像一把永不生锈的铁锹，最大的作用就是让我们用它掩埋一段段苦难、一段段经历、一段段往事、一段段感情。许许多多的人和事，不管曾经有多刻骨铭心、难以忘怀，只要这把铁锹在手，都会被埋葬得干干净净，了无痕迹。

遇见钱香的时候，我已是双城文化顾问有限公司的副总经理了，年薪二十五万，正在筹建自己的公司。一看见这个名字及她的主人，我就忍不住想笑，说："女人有钱真香。"

钱香纠正道："应该是男人有钱更吃香。"我想想也对，于是也噗嗤一笑。钱香浅浅地笑着，脸上的酒窝似乎盛满了酱香四溢的茅台，差点把一位职员。一周后手续办好，公司正式开张。我辞去双城公司的副总职务，搬到稻香居当起老板来。坐在那张并不宽大的老板桌后面，我浮想联翩，过往种种就像放电影一样在眼前一幕幕地闪现。

我们家很穷，全家六口人，只有四亩三分地，而且那四亩多地，要么长在裸露的石灰岩之间，这里够种三窝包谷，那里够栽两窝洋芋；要么分布在河谷两边的山坡上，弯弯拐拐，狭狭长长，宽度还不够牛掉头，全年收成也就千把斤包谷，几十箩洋芋，外加两三百斤苦荞籽籽，每年到了3、4月就开始断粮。

因家境贫寒，我父亲从十四岁那年开始，就干上了背砂锅卖土碗的行当。砂锅和土碗要从遥远的县城背来，然后在延绵不绝、沟壑纵横的乌蒙深山里不停地转悠叫卖。"卖——砂锅喽，卖——土碗喽"，每当听到他那苍凉的叫卖声在河风与山岚里回旋，我的心就一阵阵揪紧。每次，只要父亲背着满满一箩筐砂锅和土碗，打着赤脚，小心翼翼地从我们学校门前的山路上走过，几个特别调皮的同学就会趴在窗户上对着我喊："夏国梁，你老爹在背砂锅呢。"然后又扯长嗓子叫："背砂锅，卖土碗，卖到河坝转。"

河坝是另外一个乡镇的地盘了。那里曾是大土目沙家的驻地，别名官寨，号称蒙山的上海，是全县少有的富庶之地，人们早就不用砂锅和土碗了，换成了铁锅、铝锅和瓷碗。父亲在那里绝对没有生意，那里的人们也非常鄙视背砂锅卖土碗的人，认为那是贫穷落后的象征，是进化缓慢的高山人的专利。有一次，他仅仅是从那里路过，去后面的坪山。也许是存着几分侥幸心理吧，或者是习惯使然，他就边走边拖起声调叫卖起来："卖——砂锅喽，卖——土碗喽。"突然轮胎打滑，重重地一跤摔倒在地，翻下两米多高的地坎，满满一箩砂锅和土碗全被打碎。

被摔得鼻青脸肿的父亲爬起来一看，狭窄的乡间小路上居然撒满了跟土壤颜色相近的黄豆。他知道自己是被"陷害"了，心比那一地的土陶碎片还要碎。此后，他再也不去河坝、不过官寨了。而在我们周围的山村里，人们是不会这样对待他的，特别是那些上了年纪的老人，看见地上有荆棘石头，就会捡走和拿开，并对年轻人们说："把路腾干净，好让背砂锅卖土碗的走。"

年轻人们也把这个传统沿袭下来，教给更小的一辈。即使我那几个最调皮的同学，看到路上有障碍物，也会把它收拾干净。因此，我也不恼恨他们。

父亲是在从县城背砂锅回来的路上遭遇车祸的。县城在八十里外，父亲几乎一个星期要去一趟。凌晨三四点钟启程，背着空背箩点着红刺棍亮槁上路，赶到县城时，已是中午了，点齐砂锅土碗后，又匆匆忙忙地背着往回赶。每次回到家里，天都已经断黑了。因为穷，他往返县城几十年，都没在城里吃过一碗大米饭或喝过一口豆花汤。他吃的全是母亲为他准备的火烧洋芋或苦荞粑粑。

那天，太阳很毒，晒得白岩直冒青烟，父亲依然赤着双脚，艰难地踩在公路旁边滚烫的砂石上，湿漉漉已经分不出颜色的蓝布褂子，东边飞一块，西边舞一块，就像两支军队的两面旗帜。突然，一辆摇摇晃晃呼啸而来的拉煤车将他撞得就像一只苍老的山鹰，在热烘烘的空气中有气无力地滑翔，最后砰然摔落在坚硬的路面上，彻底失去知觉，告别人生。

后来司机说，他明明看见前面有三条大路，一个穿红衣服的姑娘在笑着跟他打招呼，还喊了他名字说要搭他的车，怎么就撞人了呢？

原来他是被鬼迷住了。早在公路刚开通时，这里就撞死过一名穿红衣服的老姑娘。那是曾经雄霸一方的土匪头领、原保安十三团团长王小川的女儿，因为无人敢娶，觉得了无生趣，就在一个太阳寡毒的六月天，穿着件红衣服躲在寨子门口的包谷林里，看见拉煤车过路，就以百米冲刺的速度蹿出来并迎上去，像朵红云般飘了好半天。此后，每隔一两年，那里就会撞死一个人，每个肇事司机都说，明明看见前面有三条大路，一个穿红衣服的姑娘在笑着跟他打招呼说要搭他的车，还喊了他名字，怎么就撞人了呢？然后就瑟瑟发抖，语无伦次，叽叽咕咕。

那些肇事司机一般从此就不敢开车了，也大多活不过半年，或是疯疯癫癫地病死，或是战战兢兢地怕死。父亲被抬回来的当天晚上，寨子里阴风惨惨的，母亲数数落落地跪在棺材前面哀嚎：“哥——哥啊，你在蒙山背砂锅，一口豆花汤都舍不得喝啊。”

母亲的哭声传得很远很远，凡是听到的人无不潸然泪下，就连我那几个非常调皮的同学，也都眼圈红红地埋头不语。

我同样悲痛欲绝。我想起的第一件事就是他带我去发蒙读书的情形。那天他没打赤脚，而是穿上母亲给他缝制的白边鞋和除了过年及走亲窜戚外一律舍不得穿的那套天蓝色涤卡中山装，高高兴兴地把我扛在肩膀上，送到学校去，交给一位四十多岁的民办教师。整个学校只有两名教师，教一到四年级。老师问他要书学费，他就从上衣口袋里摸出一把钱来，一毛两毛、一分两分地数，数到最后还差三毛钱。老师大度地挥了挥手，说算了，那三毛钱就免了。父亲尴尬地笑着，说：“怎么好意思呢，晚上我给你家送三个砂锅去。”

一个中型砂锅卖一毛钱，父亲能够赚两分钱。要赚满三毛钱，他得卖十多个砂锅，耗费一个多星期时间，走上三四百里路程。果然当天晚上，父亲给老师送去了三个砂锅，回来说：“我们虽然穷，但要穷得值价。”

这话一直铭刻在我心底。想不到两年后，他却永远地走了，整条生命价值一万六千元。那还是水城钢铁公司赔偿的，司机没钱。村里的人们劝慰我母亲说：“他已经很好了，碰着水钢的车，以前的那些，一般都是几千块了事。”

父亲走后，除了挖煤，还有犁地等重活也落在了我头上。虽然我上面还有两个姐姐，但不能让女孩下井挖煤和驾牛耕地，千百年来，这些都是男人干的活。山里人家无论如何都要生个男孩，第一个理由不是传宗接代，而是挖煤烧火和犁牛打粑。

二

不是所有的时间都要用来等待，而是所有的等待都要用时间来证明。公司开业半年后，生意逐渐好了起来，一笔笔订单与繁忙的业务终于让钱香和她的工友们从我身上看到了希望，看到了国梁传媒的前途与未来。

于是，年轻漂亮的钱香就成了我的女友。她之所以甘当我女友，不是因为想当老板娘，而是后面来的几名员工，都喜欢喊她“老板娘”。

那是一个闷热的夏夜，我刚与那位在拉花厂当车间主任的川籍女子分手不久，钱香就乘虚而入，从女员工宿舍潜进我房间，跟我摊牌说：“因为先入为主，大家都喊我‘老板娘’，你就让我成为真正的老板娘吧。”

我当时正准备脱衣睡觉，不由睁大眼睛，做出惊恐状说：“你？你天生丽质、雪肤花貌，才思敏捷、武艺高强，绝不会久居人下。小小山寨，怎么容得下你这只金凤凰？”

她说：“我不是公主，更不是凤凰，我只想做一名普普通通的‘压寨夫人’，跟你一起打江山、分天下。”

我说：“你可是正牌正照的原装货，而我却是歪瓜裂枣下三滥。”

她一脸正色地说：“我是说正经的。只要你拒绝跟其他女人来往，我这个原装货就是你的专用品。我再也无法忍受你跟那些不三不四的女人勾搭。”

我眼睛直勾勾地看着她，直到把她的脑袋看得几乎要塞进胸罩了，才从床上站起来，两步跨到门边，将她紧紧拥在怀里。

那是我有生以来最幸福的一个夜晚，她温柔地枕在我的肩上，吐气如兰地说：“我把一切都交给你了，你应该给我什么样的礼物？”

我想了半天也想不出来。把银行账户交给她？作为老板娘，管理账户本来就是她的职责；把房子车子交给她？房子暂时还没有，车子倒是有一辆二手的，可那是公司财产，老板娘不管谁管？最后我只好有些严肃地说：“那好吧，等忙完这一阵，带你去玩一次穿越。”

“太棒了老公，我真的很喜欢这个！”她惊喜地欢呼起来，我也乘胜追击，再次进入神仙境界。我知道，她不是真命凤凰，但却是我的真命天女，从此，这后半生的风风雨雨，注定要跟她一起面对。

之后，她每天都在催，何时带她玩穿越。每次我都很认真地说，等忙完这一阵。终于，五年时间匆匆而过，我迈进了三十五岁的门槛，她也从二十二岁的如花妙龄，进入到更加摇曳多姿的季节。公司规模扩大了，管理规范了，局面打开了，业绩上升了，我们也在五环之外的望京小区买下了一套三室两厅的住房，车子也换成了崭新的帕萨特。

搬进新居的第一天，钱香非常严肃地对我说："老公，这是给你的最后通牒，再不带我去穿越我们就分手。"

之前，她也曾三次这样威胁过我。那三次分别是"再不把我老爸老妈接来我们就分手"、"再不买房我们就分手"和"再不买新车我们就分手"。她每次这样威胁我都乖乖就范，但这次，我却诡秘地笑笑，反过来威胁她："再不办结婚证我们就分手，明年不给我生个小宝宝我们就分手。"其实我还有句话没有说，因为至关重要，不到关键时刻我不会开口。但我反复推测，说那句话的时间已经很近了。

她脸色微微变了变，说："穿越回来，一切都答应你。"

我兴奋地抱起她在客厅里转了三四圈，然后奔向主卧。她的腰肢依然纤细，她的双腿依然修长，她的胸部依然坚挺，抱起来软绵绵晕乎乎的。我立刻就为刚才说出的话后悔了，心想夏剑啊夏剑，你一个其貌不扬、孤苦伶仃的下三滥，娶到这样年轻漂亮、温柔体贴的老婆不知是几世修来的福，人家不跟你分手都已经烧高香了，你居然还敢威胁要跟她分手，你真是太贱了！

钱香仰着莹洁的笑脸，飘柔的长发在空中形成一抹轻盈的云，呵呵呵地笑着说："我裙子都要掉下来了，你兴奋啥子嘛。"

我把她放在柔软的席梦思床上，一边为她宽衣解带，一边表情严肃地说："那你收拾好，我们明天就启程。"

三

其实，对于每个漂泊在宋庄的人来说，最大的梦想不是参加青春诗会，不是加入中国美协，不是入选全国书展，而是衣锦还乡。可对我来说，不管干得有多成功，不管在成千上万的北漂者中有多风光、多荣耀，回乡，都只能是一场梦魇，一场穿越。

我们是坐飞机来到贵阳的，再从贵阳租了一辆新款福克斯，回到我老家的小县城。十六年了，整整离开了十六年，我终于回来了，终于在遥远的北京创下一片基业，携美归来。

如今，我已是一名参加过青春诗会、加入了中国美协、入选过全国书展的小有名气的画家兼诗人。三十年前，这片荒芜的文化沙漠上曾经走出过一名很有才气的诗人，读初中时，我和死党就是捧着他的诗集学习写诗的。据说，他早就不写诗了，而成了一名著名的牙医与身价不菲的老板。

其实写诗与经商并不矛盾，如果运用得法，它们还会相得益彰，相辅相成。

如今的老家县城跟十六年前相比，让人有种天上人间的感觉，但不管发展有多快，变化有多大，对一个刚从北京回来的人来说，它依然显得那么陈旧，那么矮小，那么破烂。

正是山花烂漫的时节，县城周围的山上，开满了簇簇拥拥的杜鹃。杜鹃花一山连着一山，一岭连着一岭，红的红得似火，白的白得如雪，还有粉红的、粉白的、淡蓝的、浅紫的，举目四望，简直眼花缭乱，目不暇接。

钱香差点被那些如烟似海、如霞似火的杜鹃花亮瞎了双眼，忍不住赞叹：“哇，好美呀，我从没见过这么多这么美的花。老公，这就是你经常说的百里杜鹃吗？”

我说：“还不是，百里杜鹃在大方到黔西一线，这里是蒙山，不过这里的杜鹃并不比大方和黔西差。”

我们是凌晨四点从贵阳金筑酒店起身的，到达蒙山时，已经接近中午了。在良源酒店开好房间，放好行李，洗了把脸，换上旅游服，然后开车来到拥挤不堪的农贸街，好不容易才找到位置，把车停下。

钱香苦着脸说："这条街道也太窄了。"

我说："十几年前，我还在这里读书的时候，这是整个县城最繁华的地段。"

钱香小嘴一瘪，不再说话。我找了家小饭馆，要了一份辣子鸡、一份炒腊肉和一碗菜豆花。钱香没见过菜豆花，问："那大碗里装的是什么？"

我说："这是菜豆花，是在烧开的豆浆里放上白菜，然后点上酸汤做成的，你没吃过是吧？这是我们蒙山人最喜欢吃的素菜。若干年前，家里来了客人，能够煮上一块腊肉，杀上一只公鸡，再做一锅豆花，就是最高规格的接待。"

钱香咧嘴笑道："这么多年了，我也没见你吃过。"

我说："这么贵重的东西，宋庄怎么会有卖？我还要请你尝尝苦荞粑粑、火烧洋芋和酸汤包谷饭呢，我就是吃那几样东西长大的。"

吃完饭，我又要了一份同样的饭菜，让服务员打好包，装在一只竹篮里，再到对面的纸火店买了把线香和两刀纸钱，同样放进竹篮。开车来到位于城西的砂锅寨，转了好几圈才找到一家还在做砂锅的作坊，买了五口中型砂锅。我绕着砂锅作坊转了一圈，找来两根小棍子放在地面上，小心翼翼地把砂锅一口口地、锅口朝下地叠在棍子上，再拿出预先备好的绳子和布带，将砂锅和棍子紧紧地绑牢，然后打上背系，背在背上。

钱香睁大眼睛，奇怪地问："老公，你要干吗？"

我说："穿越正式开始。"

钱香恍然大悟，呵呵笑道："我知道了，这是穿越用的道具。我要不要背？"

我说不用，你背包就行了。从现在开始，我们不能开车了，只能徒步行走。

钱香不知剧情将会如何发展，但这是她多年以来非常向往的节目，于是兴高采烈地配合。我们把车停在砂锅作坊门口，开始了漫漫行程。我们没走小河边至大新桥一线的公路，而是走公鸡山到野鸡河的小路，然后下到五公里，跨过新修的柏油路，来到一条破烂不堪、砂石铺成的废弃公路上。

阳光灿烂，百花盛开，的确，这是一个非常适宜旅游的季节。十多里路走下来，并不擅长行走的钱香心花怒放，兴趣正浓，一边呼吸新鲜空气，一边不停地赞叹："好美的风景，好新鲜的空气，怪不得习总书记说，贵州的空气可以做罐头呢。还有那些姹紫嫣红的花朵、莽莽苍苍的树木、铺天盖地的荒草，配上蓝蓝的天空、悠悠的白云、淙淙的泉水，掩映着白墙红瓦的乡村民居，简直不用开发，就是奇妙的天然景点。干脆我们不做文化传播了，不拍微电影、不制作广告片了，来这里开旅游公司吧。"

我摇摇头说："你是没见过才这样兴奋，等你待久了，会不惜代价往外逃的。你看见的那些漂亮房子，都是最近几年才长出来的，以前的不是这个样子，几乎全是低矮破旧的木房，大部分盖的还是草。"

"是茅草吗？'茅檐低小，溪上青青草'，不是很美吗？"

"去，哪有那么多茅草，几乎都是稻草和包谷草。待会儿你就能看到了。"

"那很好啊，我还从来没见过真正盖草的民居呢。哦，你看，那条路真漂亮。"

我侧目一看，左前方的草木掩映间，果然有条两米多宽的石板路，草蛇灰线般朝着大山深处蜿蜒而去，石板上长满了青苔，已经很久没人走过了。

我说："那是古驿道，明初统治水西地区的彝族土司奢香夫人带领群众修筑的，相当于现在的国道。"

钱香一脸好奇地问："什么叫水西？"

我说："当时贵州分为两部分，贵阳以东叫水东，贵阳以西叫水西。我们这里属于水西宣慰府管辖，奢香是个非常出色的女强人，接替丈夫当上宣慰使后，亲自到南京面奏皇帝，要来经费，带领群众修通了两条驿道，设置了九个驿站，史称‘龙场九驿’，改写了整个水西地区的历史。”

“嗯，这个女人有点不简单。”

“不是有点不简单，而是相当不简单。好几百年过去了，她当年修的路还在，方圆几十个县的老百姓，一直都在感佩她的恩德。可惜我们的穿越节目与那条驿道无关，要不我真想陪你去走一趟，我也十多年没走过了。据说，我爷爷，我爷爷的爷爷，就是沿着那条古驿道，从四川自贡把盐巴背到贵州毕节，再经过这里，前往安顺。”

钱香的脸上依旧挂着灿烂的笑容，说：“那我们抓紧赶路，去玩穿越吧。”

钱香背着一只旅行袋，里边装着我们的简单行李；我背上背着砂锅，手里提着竹篮，身上早已冒出了毛毛汗。乌蒙山的春天来得很早，一开春气温就升到了摄氏二十度以上，而且春天与秋天一样漫长，几乎侵占了大半个夏天。

我们只好脱去外套。我将外套挂在棍子上，钱香的则挂在背包上。这个女神，虽然生长于苏中小城，但无论怎么看，都像是大都市里出来的，举手投足，一颦一笑，无不具有小资风韵。这也是我迷恋她的主要原因之一，她的这些气质是我之前的六个女友所无法具备的，尽管她读书不多，仅仅是个三流学校毕业的专科生。

有些东西原本就是与生俱来的，别人无论如何模仿，如何抄袭，都无法领悟其中真谛。钱香就是这样一个很有天赋的女人，所以在我心目中她不是人，而是神。

砂石公路破旧不堪，不但坑坑洼洼、高低不平，还曲里拐弯、狭窄陡峭，又是磕脚，又是绊腿，不到一小时，钱香就有些吃不消了，把脖子一扭，头发一扬，嘟着嘴说：“老公，都走这么久了，怎么还没出现奇迹？”

我抬腕看看手表，说：“两个小时后就可以结束今天的行程，先找地方住下，明天再继续。不经风雨就不见彩虹，好戏还在前头呢。”

我们继续走了一个多小时，终于来到一条岔路边，一条小路拦腰斩断公路，公路前后各有两个非常破败的小村庄，看样子这两个各有十几户人家的小村庄早已搬空了，只剩下残垣断壁和屋基地槛。

钱香见我双眼迷离，一脸悲伤，有些害怕和担心起来，看看脚下荒芜的道路，再看看两边破败的村庄，拉着我的衣袖说：“老公，你在想什么？你家原来就住在这个村子里吗？虽然这个村子有点破，但我们现在不是已经很好了吗？在北京有房子，有公司，你这是衣锦还乡呢！”

我摇摇头说：“这不是我们村，我们村还远呢，还有四十多里路。真是‘陋室空堂，当年笏满床；衰草枯杨，曾为歌舞场’。这里是大土豪王小川的老宅，曾经是全县最了不起的村庄，如今却如此破败。”

说完，我心里一酸，泪水就潮水般涌了出来，“咚”的一声，双膝跪在坚硬的砂石上。在双膝钻心的疼痛与泪眼迷蒙中，一个衣衫褴褛、赤着双脚的老人，正背着砂锅、挥汗如雨地向我走来，他谦卑的眼神和佝偻的脊背，硬硬地支撑起我头上的蓝天与心中的事业。

“老公，老公，你怎么啦！”

我没理会钱香充满关切的呼唤和询问，而是瘪着嘴巴，泪如雨下，从竹篮里拿出饭盒打开，然后摸出打火机，将线香点上，插在石块之间，再拿出一踏纸钱，边撕边烧边磕头。

磕了八个响头之后，我才哽咽着低声祷告：“爹，您安息吧，孩儿长大了，也出息了，如今衣锦还乡，带着媳妇看您来了。”

钱香把湿纸巾递给我，低声问道：“老公，这是什么地方？你不要那么伤心了好不？”

我站起身来，对着正在燃烧的线香和纸钱又作了三个长揖，回答她说：“你曾经多次问过我的家庭情况，我一直都答非所问，现在可以告诉你了，这是我父亲的遇难处。二十六年前，我以背砂锅卖土碗为生的父亲在这里遭遇车祸，水城钢铁公司赔偿了一万六千块钱，我就是凭那一万六千块钱完成学业的。平均拉扯，卖一口砂锅只能赚到三分钱，而卖一副（十只）土碗，连五分钱的利润都没有，如果父亲不遭遇车祸，我最多只能读完小学，不会漂泊宋庄，不会创办公司，也不会遇到你这样优秀的女孩。如果——"

说到这里，我又哭了起来，哽咽着说："如果这一切能够换回父亲，我情愿统统不要！"

钱香非常理解我此刻的心情，劝解我说："老公，都过去二十多年了，你就放下悲伤吧，我们好好地活着，好好地奋斗，就是对他老人家最大的报答和安慰。现在你不是过得很好吗？老人在九泉之下看到你今天的成绩，也应该感到欣慰了。哦，我也知道了，你所谓的穿越，就是带我来重走父辈走过的道路，体验他们所经历的艰辛，然后好好珍惜来之不易的生活。"

我擦干眼泪，说："你只说对了一半，余下的一半我不想剧透，走完全程你就知道了。你应该知道创业有多艰难，好几次我都差点挺不过来，都想放弃算了。但一想起父亲，想起他衣衫褴褛，赤着双脚，佝偻着背脊，背着一背篓砂锅土碗，迎着风霜、冒着雪雨、顶着烈日，年复一年地行走在崎岖不平的山间小路上时，我心里就会生出一种力量，驱动着我朝着前方，不停地跋涉。非常感谢这一路上遇见了你，让我有停靠的港湾和休憩的船舶。"

钱香被我感动得眼圈红红的，但还是俏皮地笑了笑，说："之前的那些女人，难道不是你的港湾和船舶？"

我很想岔开这个话题，但还是照实回答："是的，她们也是我停靠的港湾与休憩的船舶，反过来我也是她们空虚和迷茫时的精神支柱。我们不是相互利用，而是抱团取暖。可是有你之后，我再也没跟她们联系，她们也不会有多在乎，离开我她们很快就会找到新的伴侣。只有你，才是我的终身伴侣，一生一世同甘共苦，风雨同舟。"

钱香挽着我的手臂，说："还有相濡以沫，生死相依。走吧，老公，不管前方有多艰难，我都永远陪在你身边，跟在你身后，不离左右。"

我们就这样手挽着手，慢慢地行走在这条早已废弃的砂石路上。

四

真正的爱情不是锦上添花，也不是雪中送炭，更不是在荒无人烟的戈壁上寻找水源和追赶落日，而是远离都市繁华和经过长途跋涉后，双双还能在简陋得无法再简陋的乡村小旅馆里相拥入眠，尽管人生总是在现实与幻想中不停地转换，始终不离不弃、初心不改。

当晚，我们下榻在离我老家村子还有三十里路的一个小镇上，吃了饭洗了澡躺在床上一动不动。我没想到，我们竟然足足走了五十里，直走得浑身酸疼，脚板起泡。偶尔遇见行人，看见我这身打扮，无不投来好奇的目光与嘲讽的笑容，有些上了年纪的男人，还会咂着嘴皮说："么么么，这么多年不见，以为绝种了呢。"然后问："你是哪里来的？哥——"

我老家话中"哥"和"锅"同音，都读 guo，于是我回答："我是蒙山来的——爷。"说完，我就忍不住想笑，在笑的同时心里也会涌出一阵酸楚。因为这是我父亲一生中说过的最幽默、最机智的话。当年他背砂锅过路，总会有人这样问他，把他当成锅，于是他就这样回答，冒充人家的爷。

第二天，我们又迎着朝阳出发了。尽管脚踝和双腿又酸又疼，但我们依然一个背着砂锅，一个背着旅行袋，手拉着手穿越在回家的小路上。路依然还是那条路，只是如今几乎每个行政村都通了公路，已经很少有人去走了。那些小路就跟那条砂石公路一样寂寞，几乎被野草淹没。走出十来里，一位满头银丝、戴着木耳环的老奶奶，提着锄头弯着腰杆笑呵呵地站在路边，一看见我就兴奋起来，大声招呼在路上玩耍的小孩："幺们，背砂锅过路的来了，赶紧让开。"

那些小孩大的有六七岁，小的只有三四岁，正在路上做"姨妈饭"，听到喊声，连忙爬起来跑到路边上。路上摆放着几堆小石头和几块破碗片，此外就是一堆堆野菜和泥巴。

那老奶奶估计有八十多岁了吧，不但白了头发，而且背也驼了，腰也弯了，但精神依然很好，放下锄头，笃笃笃地跑了过去，一边收拾路上的石块“碗筷”，一边教训那帮小孩：“小喂狗的些，都叫你们不要在路上放东西，免得绊倒背砂锅过路的人，你看，那不是来了嘛!”

我感激地朝老奶奶行了三个鞠躬礼，说：“谢谢您，奶奶。”

老奶奶呵呵呵地笑着，牙齿早就掉光了，红褐色的牙床让她笑得像个孩童。她说：“不用谢不用谢，二十多年不见，我都以为再也见不到砂锅了。你看，这四村八里的山路上，全都收拾得干干净净的，就是等你来走。哎，哥，你的锅咋卖？是不是蒙山来的？”

我连忙说：“是的，奶奶，是从蒙山砂锅寨背来的，质量好得很呢，不但纹路很好看，敲起来还会响钢声，保证两年都用不坏。我的锅不要钱，送您一口好不好？”

老奶奶连忙正色道：“那怎么行？二十六年前，我赊了夏老歪的一口砂锅，他一直都没来收钱，我心里就一直难过到现在。我天天都在路边等，他一去就是不见转回来，当时的三毛钱，要当现在的十几块用呢。哥，你认识夏老歪不？认识的话我请你帮我带去给他，他的砂锅全都是从蒙山背来的，六七十里路，背到这里不容易。咦，那么好的一个人，怎么突然就不见了？你不晓得，那是一个大好人嘞，背砂锅过路遇见哪家有大务小事，都会笑呵呵地停下来帮忙。那年我老头生了病，他刚好路过这里，二话不说放下背篓帮忙抬起担架就走，一直抬到卫生院才回来。当时寨上的年轻人都出去挖煤了，要不是有他帮忙，不知有多麻烦呢。”

老奶奶说得很动情，我本不想透露身份的，但胸口一热，就忍不住说了出来：“奶奶，夏老歪就是我爹，他——他在二十六前就去世了。”

听老奶奶如此一说，我才知道父亲居然也有光辉的一面，平生第一次觉得做一个背砂锅卖土碗的人的儿子，并不是一件丢人的事情，平生第一次为我卑微得无法再卑微的父亲感到骄傲和自豪。

老奶奶眼里突然放出亮光，使劲儿地把腰板挺直，上前两步，伸出枯枝一样的手，拉住我的手臂说："幺，你咋不早说?"随即，她的眼神又黯淡下来，"我们还说要好好感谢他呢，那天只差三分钟，我家老头就去了，你老爹真是我们家的恩人呢。他热心得很嘞，我们寨上上了年纪的个个都记得他的好。"

我心里五味杂陈，不知说什么好。父亲从来都没跟我们说过他在背砂锅卖土碗的同时做了哪些好事，只是说四乡八里的乡亲们如何守信，如何帮他维护道路的平整，如何约束牲畜和小孩，不让他们给他捣乱，让他受损。父亲的描述让我对我的父老乡亲永远怀着感激之情，让我心里总有一种感恩戴德的想法。其实，在乡亲们的心里，背砂锅卖土碗只是他的职业，而他本身却是个很热心、很善良的好人，他不但没有因为职业的卑贱而被他们唾弃，还因为自身的善良和热情得到了他们的感激和颂扬。

老奶奶出乎意料地热情，死拖活拽把我们拉到她的家里。老奶奶的住所是一栋稻草盖的小木房，但却收拾得干干净净，房前房后都是用篱笆围起来的菜园，十多只土鸡优哉游哉地到处闲逛，两只土狗也自由自在地进出，五六个小孩吵吵嚷嚷地嬉戏打闹。

老奶奶把我们安排在厅口坐下，随即就捅火、架锅、烧水、和面，很快就为我们端来两碗飘着清香的甜酒汤圆。我已经十多年没有吃到这么可口的东西了，钱香却是平生第一次尝到，吃完一碗还想再要。此时却传来火烧肉皮的焦煳味，老奶奶一边烧腊肉一边说："幺，你们要留点肚皮，待会尝尝我做的腊肉。这是自家养的土猪，是吃猪草和粮食长大的，你们在外面恐怕尝不到了。"

是的，在外面的确尝不到了。老奶奶热情地为我们做午饭，钱香几次进去帮忙都被赶了出来。老奶奶听说我们已经在北京安了家，这次是回来探亲，便不停地赞叹说："这样就好，这样就好，好人就有好报。"

吃饭的时候，我问："奶奶，你们寨上怎么全是老房子?"

老奶奶说："这里山太大，通不了公路，这些年年轻人全都出门去打工，赚到钱了，就把房子修到山下的公路两旁去了，这个寨子就空了，几十户人家，如今只剩下十多个老头老奶和一帮爹妈带不走的小孩。喏——”她用嘴努努那群围着桌子狼吞虎咽的小孩，“这几个，三个男娃是我三儿四儿的，两个女娃是幺姑娘的，全都扔给我带。”

“老爷爷呢，他怎么不来吃饭?”一直没说话的钱香终于开口了。

老奶奶听不懂普通话，就问我：“哥，嫂嫂说的啥?”

我只好给她翻译了一遍。老奶奶说：“他呀，五年前就百年归世了，走在八十六岁上。哦，小哥，你妈妈呢，她身体还利朗吧?”

我愣了一下，说：“很好，她很好。”

老奶奶一边劝我们吃饭菜，一边不停地说：“幺，看到你这样有出息，媳妇又漂亮又贤惠，你爹妈这辈子也值了。好好地奔，你们的前程大得很。”

我连声说谢谢。吃好饭，歇息了一会儿，我们准备启程，老奶奶拿出一张陈旧的手帕层层剥开，最后拿出二十块钱说：“十块还给你爹爹，十块跟你买个新砂锅。我都已经好多年没用砂锅了，自从你爹爹过世，我们再也用不到蒙山砂锅了，其他人背来卖的，全都是黄岩脚来的，两三个月就烂了，最后就干脆不用了。”

我要接不好，不接也不好。钱香替我收下钱，却出乎意料地把她耳朵上的金耳环摘下来，迅速地换下老奶奶耳朵上的木耳环，嘻嘻一笑，说：“奶奶，您认我做孙女吧，这是孙女给您的见面礼，拿下来会不吉利的。”

老奶奶怔了半天，在我的翻译和解释下，终于呵呵呵地笑了，拉着钱香的手激动地说：“怪不得昨天晚上我梦见凤凰飞来落在我家门口呢，今天收了个北京来的孙女。我真是太走运了，老都老了还白捡了个仙女般的孙女。”

后来，我们走在路上，钱香一直都在懊悔，怎么不带点小东西，分给那些玩得口水郎当、灰头土脸的弟弟妹妹。

五

对许多人来说，乡村已经变得遥远而陌生，乡村的烙印就像母亲的童贞一样，既神圣高洁，又漠不关心，它的存在只是一种记忆和信仰。但我不一样，我的乡村情结是永远无法拆解的疼痛和苦难。

离开老奶奶家后，我们继续行走在回家的小路上。一路上，果然没在路中间看见石头泥块与树枝荆棘。看见我背着砂锅行走，那些七八十岁的老年人连忙招呼小孩："不要挡路，赶快把你们的东西拿开，让他们好走。"

那些小孩也很听话，乖乖地把放在路上的东西收走，静静地站在路边，好奇地望着我们。钱香说："我终于明白了，老公，你是想让我穿越到这种憨厚、淳朴的民风中来。的确，乡亲们的善良和淳朴，几乎已经从这个时代消失了，至少在城市里，再也见不着了。"

我说："还不只这些，你继续往前走就知道了。"

走着走着，山越来越高，到处都是郁郁葱葱的松林。转过一道山嘴，一条两米多宽、布满蹄印的土路突然横在眼前，一阵清风吹过，"丁零零、丁零零"的铃声穿过云彩，穿过树林，仿佛是从遥远的天边穿透时空、穿越梦幻而来。

松林之外依旧是簇簇拥拥的杜鹃，野鸡"吭——吭——"地欢叫着，从这山飞到那山。各种各样的鸟儿，画眉、黄莺、斑鸠、喜鹊、洋雀、八哥、黄豆、花点子、白头翁、长嘴鹤，甚至还有背着剪刀的小燕子，都叽叽喳喳地叫着，婉转悠扬地唱着，它们在微风里相互追逐，在骄阳下上下翩飞。

"啊——啊——"好一幅醉人的图景，钱香禁不住伸展双臂，仰天欢呼。"啊"了几声，她才转过脸来，笑靥如花、眼神迷离地说："老公，你就是在这里长大的吗？你就是从这个世外桃源走出去，堕入滚滚红尘的吗？"

我说："这里还不是我们村，这里只是我小时候放过牛和割过草的地方。这条路，是方圆数十里的山民们驮煤的总路，因为在前方十多里处，有个煤山，开了几十口煤窑。从九岁开始，到十六岁结束，每年寒假，我都要在那里挖煤。"

我正说着，"丁零零、丁零零"的马铃声越来越近，越来越响，渐渐地，踢踏踢踏的马蹄声也清晰地传来。一支马队从松林深处走了出来，一匹，两匹，出来一匹钱香就数一下，一共有十七匹马，六个人。马是当地的土马，人是穿着青布长衫、两鬓斑白、裹着黑色丝帕的老年人；马背上驮的，不是黑乎乎的装煤筐子，而是白花花的蛇皮口袋。

我一眼就看懂了，一年之计在于春，播种的时节即将到来，老乡们正在准备化肥。

那些老头儿不认识我，我也不认识他们，但他们却看见了我背上的砂锅，好奇地问："你是哪里来的？哥——"

我答："我是纳雍来的——爷。"

几个老头儿哈哈大笑，其中一人边走边问："尖山脚的老夏是你什么人？"

我答："是我家老人。"

那几个老头儿闻言一震，全都停了下来，任马儿自由自在地往前走着。老人们泥塑般站着，足足愣了半分钟，突然提着马鞭朝我跑来，纷纷拉住我解绳子，这个嚷道："老夏家的砂锅二十几年没用了，这个就给我了。"那个说："给我一个，我也十多年没吃过砂锅炖的腊肉和花豆了。"

我想阻止他们，可大家不由分说，很快就把我的砂锅解下来瓜分了，有两个没抢到的，站在一旁干瞪眼，其中一人趁另一人不注意，施展出"妙手空空"，一把把砂锅夺了过去。被夺砂锅的人反应过来，想转身争抢，夺到砂锅的人却抱着砂锅跑开了。

我连忙发话，说别争了，再争就争破了，不如你们两家轮流使用吧。

那人只好罢手。另一个没抢到锅的，蹭到另一个老头儿旁边，做出可怜兮兮的样子央求说："老拐，我们两家搭伙用，好不？"

那老头儿没好气地说："都还没问人家多少钱一口呢，你就想用了。"

钱香笑眯眯地站在一旁，脸上既充满好奇，又有些不可思议。那几个老头儿觉得有点不好意思起来，一齐抬眼望向我，其中一人赞道："想不到夏老歪也有这样的儿子和儿媳，比我们家的强多了。哎，小哥，你这锅几多钱一个？"

我笑笑说："你们喜欢就拿去用吧，不要钱。"

"那不行，七八十里的背来，怎么不要钱？十块一个，你卖不卖？"

我正踌躇着，要答应也不好，不答应也不好，那个没抢到锅的老头儿突然掏出两张钞票，上前几步递到我面前，说："小哥，十五块钱一个行不行？四个六十块，全都由我来付。哎哟，看在你老爹曾经和我是好朋友的份儿上，你就让一让嘛。"

话说到这份儿上，我只好伸手把钱接过来，那群老头儿才欢天喜地提着砂锅，追赶马匹去了，走出好几步才一齐回过头来说："有时间就来找我们玩，我们是小巷口的穿青人。"

众老头儿异口同声，好像是排练过的一样。我忍不住笑了起来，问："怎么找你们？"

一个老头儿答："你不用找，小巷口年轻的全都出门打工去了，只剩下我们这几个干老头和一群干老奶，带着一帮小屁孩，你看见哪家门开着就去哪家，保证有肉有饭给你吃，有酒有茶给你喝。你老爹在世的时候也是这样。"

说完，他们就一齐回转身，被清幽幽的山风吹过松林那边去了，阵阵松涛传来，犹如海啸龙吟。

钱香一脸疑惑地问："他们——刚才那帮人，是生活在民国还是清朝？"

我哈哈一笑，说："他们是穿青人，一种五十六个民族之外的待定民族。这里是深山老林，又是少数民族聚居区，山民们的生活习惯与其他地方大不一样，还保留着晚清到民国时期的种种习俗。"

钱香说：“我觉得这样挺好，无拘无束，天真无邪，人人都是老顽童。你看他们年龄那么大了，一个个看上去身子还挺硬朗呢，估计活到一百岁不成问题。”

我笑笑说：“走吧，这里离我家已经不远了，翻过两座山，再过一条河就到了。”

六

许多东西，当你想到珍惜的时候，却已经烟消云散，那种痛彻心扉、切肤断骨的感觉，只能让人更加怀念和悔恨。十八年过去了，我心里可以放下一座山峰，但却始终放不下思念、愤恨与悲痛。

没有了砂锅，我把旅行袋从钱香的背上解下来挎在自己的肩膀上，穿过那条小“马路”，沿着父亲当年背砂锅的林间小道，朝着老家的村庄进发。

翻过两座山后，来到了一条大河边。这是一条深深的河谷，河谷边上有两个相邻的村子，左边的叫彭家寨，右边的叫左家营，两个村庄合称河头上。

有几条土狗在路上跑来跑去，相互嬉戏打闹，对我们毫不理睬。我对钱香说：“其实在我们山里，别说人善良，连狗都是善良的，你看走了这么远的路，过了一村又一村，遇见了一群又一群的狗，有哪只狗跟你汪汪过？”

钱香不解地问：“那还养狗干什么？养狗不就是为了看家护院吗？”

我说：“你别以为这里的山民未经开化，一个个愚昧无知，其实他们心明如镜，只是没有那么些弯弯肠子坏心眼而已，几乎道不拾遗，夜不闭户。这里的人家养狗，不是为了看家护院，而是当成家庭成员，跟小孩子一般。在这里，没有狗的家庭，就不是一个完整的家庭，猪无毛，狗无种，才是真正的贫穷和潦倒。”

钱香似懂非懂地点了点头，突然左边的寨子里传来清清朗朗的读书声，一群稚嫩的童声正在齐声朗诵：

硕人其颀，衣锦褧衣。
齐侯之子，卫侯之妻。
东宫之妹，邢侯之姨，谭公维私。

“《硕人》！他们读的是《诗经》里的《硕人》！”钱香吃惊地叫了起来。

我站在路边，微微地仰起头来，跟着他们背下去：

手如柔荑，肤如凝脂。
领如蝤蛴，齿如瓠犀。
螓首蛾眉，巧笑倩兮，美目盼兮。

硕人敖敖，说于农郊。
四牡有骄，朱幩镳镳，翟茀以朝。
大夫夙退，无使君劳。

河水洋洋，北流活活。
施罛濊濊，鳣鲔发发，葭菼揭揭。
庶姜孽孽，庶士有朅。

背完这首诗，钱香问：“老公，这是什么学校，怎么小学生也会读《诗经》?”

我说：“这里没有学校。十多年前，这里的教学点就被撤销了，政府说要集中办学，提高教学质量，便把所有的山村教学点撤销了，全乡只保留三所片区小学和一所中心小学。那些留守儿童无法每天起早摸黑翻山越岭到二十里外的片区小学读书，就被送到这里来读老学。”

“老学？什么叫老学?”

“老学就是老式学校，也就是私塾，专教四书五经和诗词歌赋，按照如今的说法，应该叫国学班，或者识字班。”

“这个老学有多少年历史了？”

“大概有一两百年了吧，我爷爷和父亲都在这里读过。创办老学的是个老童生，老童生死后，他的儿子接着教；他的儿子死后，孙子又接着教。现在他孙子也有七十多岁了。”

钱香又问：“这里学费贵不贵？”

我说：“这是义学，从不收钱的，不分年龄，不论尊卑，方圆五六个村子，谁愿意读都可以来。每年正月十五开学，十月初一放假，中途还可以插班，有好几个暑假我都在这里待过。我的《诗经》《大学》《中庸》以及《幼学琼林》《七言千家诗》《唐诗三百首》等都是在这里修完的。我的文学生涯，就是从这里启程的；今天在外面闯荡创业，吃的也是这些老本。”

我们正说着，朗朗书声又传了过来：

> 天对地，雨对风。大陆对长空。山花对海树，赤日对苍穹。
>
> 雷隐隐，雾蒙蒙。日下对天中。风高秋月白，雨霁晚霞红。
>
> 牛女二星河左右，参商两曜斗西东。
>
> 十月塞边，飒飒寒霜惊戍旅；三冬江上，漫漫朔雪冷渔翁。

“《声律启蒙》，这是《声律启蒙》。”钱香又叫了起来。

“不，这是《笠翁对韵》的‘东’部。”我纠正道。

钱香的脸红了红。我说：“《声律启蒙》和《笠翁对韵》我也是在这里学的，现在还能包本背。我们要不要过去看看？”

钱香摇了摇头，说：“你我穿红挂绿的，这样的打扮与这个地方的宁静和淳朴格格不入，还是不要去打扰了。”

我说：“那好吧，我们走。过了前面的那条河，再爬上那座山，山后面还有一座高耸入云的大尖山，尖山脚下就是我老家的村子了。你看，这个村子里很多人家都搬走了，有的在县城买了商品房，有的在镇上买了地基自己盖洋楼，再不济的也搬到山下的公路边去了，如今还留在村子里的，只是一些老头老奶和带不走的小孩。那些年轻人都在远方打工，建了房子也只是摆在那里做样子，老人们住了一辈子冬暖夏凉的木房草屋，舍不得离开。”

我们踏着斜阳，沿着一条磨得光光的石板路慢慢地向前走着，转过两道弯，就来到了大河边。此时正是枯水季节，但河面依然还有十五六丈宽，黑褐色的河水虽然不像七八月那样汹涌澎湃，却也波涛滚滚，忽忽东流。

一根比手指还粗的铁链直接拉往对岸，一只小小的木船静静地停靠在一间石头垒砌、石板盖顶的房子边。我站在岸边大喊了几声：“船家！船家！”

一个头戴斗笠、身披蓑衣、嘴叼烟斗的老人缓缓地从石板小屋里走出来，身手敏捷地跳上小船，解开缆绳，拉着铁链，缓缓地游了过来。

“谢谢你，彭爷爷。”我一边拉着钱香的手上船，一边微笑着向船家打招呼。

老头打量着我，想了半天还是没想起我来，便拔下烟斗，抹了把灰白胡子问：“你是哪家的哥？”

我说：“我是尖山脚夏老歪家的小孩。”

老人恍然大悟，一张皱皱巴巴的脸随即舒展开来，不好意思地笑了笑，然后自嘲地说：“你看我这记性，怎么就想不起来！幺，你老爹和我好得很嘞，可惜哎，可惜！你十多年都没走这条路了，人也长高、长白、长胖了，连我都认不出来了。你媳妇是城里人吧，长得这么洋气，简直是朵鲜花呢！”

钱香不好意思地红着脸，我也得意地笑了笑，说：“她是江苏的，在北京工作。”

老人现出一脸羡慕的神情，惊讶地说：“北京呀？那是毛主席住的地方呢，怪不得长得那么富贵。”说完，他把手里的烟斗往蓑衣下面的裤腰上一插，分开穿着草鞋的双脚，张开粗糙的手掌，拉着铁链，带着小船缓缓地向对岸游去。

钱香从没见过如此打扮的船家，更没见过这种划船的方式，睁着一双好奇的眼睛，这里看看，那里瞄瞄。船家也不以为忤，船一开动就唱了起来：

> 大河涨水沙摞沙，鱼在河中摆尾巴。
> 哪天得鱼来下酒，哪天得妹来当家。
>
> 大河涨水泥摞泥，鱼在河中舔嘴皮。
> 哪天得鱼来下酒，哪天得妹来做人。

老人唱完，我问："彭爷爷，你歌声这么好，正月间还上神仙坡对山歌不?"

老人一边划船一边神色黯然地说："哎，这年头年轻人们都出门打工去了，好不容易回家来过趟年，不是划拳打码，就是通宵麻将，年还没过完就急哈哈地走了，谁还有心上神仙坡？山歌都快绝种了。目前附近几个村，只有我老彭划船的时候吼两首，别人都不兴了。"

老人说完，我们也到岸了。我拉着钱香的手正要向前走，老人却把手伸过来拦住我们，一脸严肃地问："哥，你要去哪里?"

钱香以为他是要钱，连忙伸手去掏钱包。我连忙对她使眼色，告诉她这是义船，是从不收钱的。这么多年的默契，钱香一脸狐疑地住了手。

我也一脸严肃地对船家说："彭爷爷，我想回家去看看。"

老人浑浊的眼里突然闪烁着泪光，声音有些哽咽地说："你还是不要去了吧。"

我说："十几年没看到了，心里想得发慌。"

老人沉默了一会儿，说："那好，待会儿下来就歇我家吧，刚好我幺女从深圳回来，你们有伴。"老人说完，有些凄凉地走进他的石头小屋去了。

我拉着钱香，步履随即沉重起来，一步一步地循着早已荒芜的石板小路往山上走去。走了半个多小时，我们才爬到山顶。眼前突然开阔起来，对面是一座高耸入云的大山。大山下面没有人家，没有村子，有的只是一大片山体滑坡的痕迹，虽然很多年过去了，重新长出了植被，但那痕迹就像一道伤疤，再也无法抹去。

蓝蓝的天空又高又远，斜阳暖暖地照着，白云悠悠地飘着，春风徐徐地吹着。花海如烟，蝶飞雀舞，多么美好的季节，多么美好的天气。面对那座云遮雾绕的大山以及大山胸部以下触目惊心的伤痕，我眼含泪水，找了块空地，然后双膝跪下，再次掏出线香纸钱，点了起来。

钱香问："老公，你又怎么啦？"

我点燃香，烧完纸，磕了八个响头，才站起身对她说："看到了吗？对面就是我们的村子，就是我的家。可惜，它在十八年前的一个晚上，在雷鸣电闪和狂风暴雨之中，被坍塌下来的山体全部掩埋。一百三十多位村民，包括我的母亲、两个姐姐和妹妹，全被埋在里面。当时全村只有我一人在县城读书，幸免于难。"

"啊！怎么会这样？怎么——"

我说："都是人们的贪婪造成的。这山里曾经储藏有大量的煤炭和金、银、铜及铝矿，几百年前，人们就开始大肆开采，把整座山都掏空了。刚才我们遇见的那条小'马路'，就是通往这里的，那条'马路'驮走了山里的所有财富，也给这里的山民带来了灭顶之灾。"

钱香的眼里也涌出了泪水，仰着头看着美丽的天空喃喃自语："为什么呀？这是为什么呀?!"

钱香的泪水在暖暖的东风里缓缓地滴落。我对她说："围着这座大山，还有另外三个村子，在我们村出事后，他们全都搬走了，搬到了乡里规划的移民区。因为天灾人祸，我们的穿越只能到此为止。知道我为什么要在外面不顾一切地打拼了吗？因为我已经没有了家，没有了亲人，没有了退路。"

钱香回过脸来，抹抹眼泪，挽着我的手臂说："傻瓜，难道我不是你的亲人吗？"

我一脸凄然地笑了笑，说："是的，你是我唯一的亲人。"

"我爸爸妈妈呢？难道他们不是你的亲人？"

我扇了自己一个嘴巴，说："哎，是的，还有他们，也是我的亲人。"

钱香粲然一笑，然后一脸严肃地学着我的样子，双膝跪在地上，对着那座清冷而又荒凉的大山磕起头来，边磕边说："婆婆、姐姐、妹妹，你们安息吧，我会照顾好国梁的，我们一生一世都不会分开的，你们放心吧。"

我心里一酸，眼泪又涌了出来，连忙伸手拉起钱香，和她相拥而泣。突然心里一片澄明，一首初中时读过的诗浮出脑际，在天地间弥散开来——

我曾有数不清的梦
每个梦里都有你
我曾有数不清的幻想
每个幻想中都有你
我曾有几百度祈祷
祈祷命运创造出神奇
让我看到你听到你
诉一诉我的思念，我的心曲
只是啊只是——
你在哪里？

（原载《星火·中短篇小说》2015 年第 5 期）

职业爆料

一、陌生来电

庄城的初秋非常闷热，沉沉雾霾常常将整个小城重重封锁，浑浊的空气就像一名半死不活的老人，面容呆板，动作僵硬，似乎伸手一抓，就是满掌灰尘。

我所居住的出租房位于经济开发区与主城区之间，一边是繁华的街道，一边是繁忙的工厂，红尘万丈中，不同类别的噪音，就像两群疯狂的赌徒无止无休地混战，让沉闷的空气不堪忍受沉重的压力，随时都有爆炸的可能。

身处如此环境，不但心情焦躁，甚至还有些神经错乱的感觉。

这栋房子是村民在返还地上建起来的，电力

不是很足，只要一开空调，就会跳闸抗议。为了完成任务，我只好打开门窗和风扇，趴在桌上赶稿。突然，放在鼠标旁边的手机“咕——咕——”地震动起来，拿起一看，是个陌生的号码。

“喂，你是《庄城日报》的记者吗?”接听，一个北方口音的男子大大咧咧地问，话音里没有任何感情色彩，听起来还有点冰冷甚至阴森的感觉。我说是的，请问有事吗?对方说：“你快来采访吧，我这里出大新闻了。”我说这么晚了，能有什么新闻?他说：“当然是一个很大的新闻，保证能上门户网头条，否则就不会向你爆料了。”

爆料者越是沉着冷静，我越是充满好奇，因为我是一名记者，一家地方小报的记者，白日里做梦，想的都是新闻，特别是那种能上大报的重磅新闻。或者，能上门户网头条也行，至少可以赚足眼球，出点小名，这样默默无闻的没啥意思。

我站起身，望着灯火辉煌、人声鼎沸的窗外连声催问，先生，到底发生了什么事?

“你已经是第三个了，”他说，“两千块钱，少一分都不行，不答应我立马就联系别人，我手上还有上千个记者的名片和手机号码。”

我的天哟，这是什么人呀。我在心里盘算了一下，两千块钱，已经是我一个多星期的收入了，但如果能换来一条扬名立万的新闻，还是划得来的。稍稍犹豫之后，我还是答应了他，尽管心里疼得要命。

他说：“我历来做事干脆利落，所以必须付现，见面就给。”我说好吧，不就两千块钱吗，待会儿见面就给。他这才说：“刚才，也就是十分钟前，我亲眼目睹一个女孩被一辆豪华越野车撞飞，估计活不成了，你要采访就赶紧过来吧。”

听说是交通事故，我就想打退堂鼓了，因为这实在太司空见惯了，今天出去采访，我就亲眼目睹了两起。他见我有些迟疑，顿了下接着说：“现在车子那么多，路上那么挤，要是换着别的地方就不值钱了。可这里是金水湾，庄城最顶级的富人区。你不是很想出名吗？那就赶紧来吧，记得带两千块现金，不然你会后悔一辈子。”

说完，那人就挂了电话。我连忙拿起包包，关上门窗，冲下楼骑上摩托车飞奔而去，二十多分钟就赶到了事故现场。

二、事故现场

事故现场并非真正的金水湾，离那个著名的豪华别墅群至少还有两公里，但已经很漂亮了。一湾清流顺着两面青山缓缓而来，河岸左边是一条未装隔离带的双向四车道马路，马路两边先是五六米宽的草坪，草坪后面才是树木和花卉。

金水湾美得真安静，不愧是三万多元一平方米的富人区，连无所不在的蝉声也不敢前来打扰。原以为这样美丽和清幽的所在，一定会有不少人前来散步。可惜没有。或许是人们太浮躁、太忙碌了吧，谁也没有时间和闲情来这里享受片刻宁静，聆听天籁之音；也或许是人们早已习惯了嘈杂的环境与污浊的空气，来到这种地方反而不习惯了。就连那些豪华的车辆，也是开着远光灯疾驰而过，这么好的夜景完全成了摆设，辜负了开发商的一片好意。

警察已经赶到，一共来了三辆警车和一辆急救车。肇事车辆也没逃逸。在这种地方，再傻的司机也知道无法逃出监控。昏黄的路灯下，一辆非常惹眼的白色路虎斜着身子停靠在马路边上，撞坏了五六块马路牙子；一个穿着白色连衣裙的女孩如断线风筝般躺在右前方二十多米外的草坪上，可以想象得出，当时这辆车的速度有多快。

我把摩托车停稳，一辆敞篷玛莎拉蒂载着一个女孩的娇笑，驾着一缕青烟，呼啸一声，就从我身旁掠过，惊鸿照影般消失在影影绰绰的马路尽头。警察们拉起警戒线，正一本正经地勘察现场。肇事司机是个二十多岁的青年，正歪着脑袋回答着警察的问话，粗门大嗓的庄城话原本就十分难听甚至有些刺耳，再加上那副有恃无恐、满不在乎的模样，实在令人恶心。

我跑得太急，居然忘记带证件了。这帮警察中没有一个是我认识的，他们不肯让我靠近。而斜对面几十米外的路灯下，正坐着一个穿黑色T恤的男子，冷冷地朝着现场这边张望。我拿出手机，拨打爆料人的电话。他也拿出手机接听。我一边说我是《庄城日报》的记者，一边朝他走去。他抬眼看见我，站起身向我招了招手。

这是一个三十多岁的男人，个子中等，身材偏瘦，留着平头，从棱角分明的面孔和闪着冷峻目光的眼睛，可以看出他内心的坚韧和处事的精明。

他老远就把手伸了过来，开口就问："钱呢？"

我从包里掏出钱夹，数给他二十张钞票。他数也没数，就把钞票放进兜里，然后点燃一支香烟，瞟了我一眼说："没想到你也挺漂亮的嘛。"我有些骄傲地回头看了车祸现场一眼，打开录音笔问，这么晚了，你怎么会出现在这里，刚好目睹了这场车祸？

他没有立即回答我，而是故作优雅地吸了一口烟，说："你虽然很漂亮，但还是没有她漂亮。"

这话很无聊，也很伤我的自尊。我盯着他那张木刻一样的脸说，请配合我的采访。他有些不屑地瞟了我一眼，重新坐回马路牙子上，慢悠悠地吸了一口香烟，说："从央媒到地媒，记者我见得太多了，你不用拿出这种架势来。我会告诉你我所知道的一切，保证能上门户网头条。你要相信我，我是一名资深职业爆料人，从事这个职业已经整整十年了。"

你——我有些惊呆了。就在那一刻，我仿佛看见这家伙根本就不是人，而是一条蛇，他的血是冷的，心也是冷的，全身上下，冷气森森。

我张口结舌，不由自主地后退了两步。他问："你是不是觉得我是个冷血动物，毫无人性？"

我点了点头。他说："那你错了。这与人性和冷血毫无关系，因为这是我的工作，正如你的工作是记者一样。我以此为生，以此为乐，以此挣钱养活年老的父母、瘫痪的妹妹、生病的老婆和上学的儿子。"

你——你——竟然眼睁睁地看着一个鲜活的生命惨死在车轮之

下，你太残忍了！

面对我的指责，他却冷冷地说：“你难道不是一样吗？我只是提供新闻线索而已，你却可以把它写成文章，发表在报纸和网络上，以他人的不幸和灾难赚取关注、眼球、转发、点击和稿费，名利双收之后，还可以义正词严地指责别人冷血无情。所以还是记者好，至少比我们这些爆料人高出一等。我要是多读几年书有个大学文凭，就干记者不干爆料人了。”

我郁闷极了。干了这么多年新闻工作，今天才知道世上居然还有“职业爆料人”这一职业，更难理解的是，这个社会居然也有他们生存的空间，甚至，连我自己，也刚刚才把两千元的“爆料费”送进他的腰包。

我愤怒地站了起来，说我不采访了。他说：“不采访也行，但钱我是不会退的，因为你答应采访之后，我才打电话报警。现在警察已经来了，他们也会通知其他记者，这条新闻线索已经没有价值了。如果心疼钱，你就赶紧采访我吧，凭我多年的经验，这条新闻一定会火。”

我白了他一眼，说那你说吧，赶紧把你知道的、想说的、能说的都告诉我。

他说：“死者名叫夏萌萌，是开发区百强杯业的一名包装工。大前天是星期天，我来金水湾收集情报，黄昏时分路过这里准备回旅馆，突然看见一个十七八岁的女孩，打扮得就像小龙女，伸展着双臂，柳条一样地摇摆着腰肢，在路边的道牙子上翩翩起舞，每跳几步就会从道牙子上飘下来，姿势优美至极。这里离金水湾别墅群不到两公里，进出的几乎都是奔驰、宝马、宾利、劳斯莱斯等豪华座驾，甚至还有不少保时捷、玛莎拉蒂、兰博基尼等跑车，路虎算是最差的了。那女孩走几步又跳下，走几步又跳下。我停下车远远地看着，她表演了半个多钟头，才满怀惆怅地骑上电瓶车，往经济开发区方向开去。”

那家伙吞了下口水，顿了顿接着说：“第二天晚上，也就是前天晚上，我又看见她出现在这里了。凭着一名职业爆料人的直觉，我知道一定会有故事发生，于是远远地看着，等她表演完骑上电瓶车走了，才发动车子跟在后面，把她‘护送’回百强杯业。一问保安才知道，她叫夏萌萌，来自遥远的西部山区。我放弃在金水湾的行动，关注起这个女孩来，果然就在今天晚上，故事——应该是事故——终于发生了，夏萌萌刚从道牙子上飘下来，一辆飞驰而来的路虎就把她给撞飞了。”

说到这里，爆料人站起身来，拍拍屁股，准备走人。我问他，完了？他说：“完了呀，你没看见警察和救护车全都走了？我只能说这么多了，如何写作如何发挥就靠你自己了。我敢保证，这条新闻一定会火！哦，顺便告诉你吧，那辆路虎是康大公子的座驾之一。”

说完，他真的走了，匆匆而去的身影就像一个黑色的幽灵。这些黑色的幽灵无处不在，时刻在我们身边穿梭，甚至还躲在人群的背后或某个不为人知的角落，注视着我们的一举一动，必要时还会耍点花招，玩点动作，弄出响动，然后把这些响动当成新闻线索卖给媒体，在娱乐了大众的同时，也娱乐了自己，充实了腰包。

爆料人走后，我回头去看事故现场。警察已经撤走，同时带走了女孩的尸体和肇事人及肇事车辆。还好，我用的是 iphone6，具有极强的夜拍功能。为了买这台手机，我花费了整整一个月的薪水，当然它也给了我物超所值的回报。警察不让我靠近，但却无法阻止我手机摄像头里所发出的红外线靠近，在拨打爆料人电话之前，整个现场都已经被我偷拍下来了。

想起花了两千块钱买来的新闻线索如果不加以利用就会血本无归，我连忙掏出手机，导出照片，通过微信发了一条极短的配图新闻：一小时前，潜龙省庄城市金水湾豪华别墅群外发生了一场交通事故，一辆路虎撞飞一名花季少女，少女当场香消玉殒。日前肇事者已被警方带走，肇事车辆也被警方扣留。据悉，肇事者系潜龙首富康庄集团董事长康少尤之子。

三、一夜成名

发出这条新闻后，我才想起明天早上还要交稿。这才是我的本职工作。我连忙骑上摩托车，用最快速度返回住处，继续趴在桌上写稿。写完白天的采访稿，刷开微信一看，哇噻，不到两小时，这则简短的车祸新闻，竟然已被转发了三万多次，手机也叮咚叮咚地响个不停。

咕——咕——我的手机再次震动起来，一看，又是那个爆料人打的。他依旧冷冷地说："应记者，你看到了没有？这条新闻已经登上门户网头条了。这是我在庄城制造的第四条门户网头条，也是最快、最短的一条。你已经出名了，我也离开庄城了。"

我问他为什么才来半个月就要离开，庄城是个新闻富矿，扔掉多可惜呀。他说："事不过三嘛，不到半个月，我就在庄城制造了四条爆炸性新闻，如不抽身，就会招来祸患，搞不好还会有生命危险，变成别人的新闻线索，所以我决定赶紧离开，现正在魁山服务区休息。"

接着，他得意地给我介绍起他在庄城的杰作来：

"我是上月 20 号才来这个城市的，在你之前已经报了三条猛料了，都是报给外地记者。想来你已经看到了，不到半个月，这个小城就有三条新闻上了门户网头条，一条是环保局局长扣押殴打《潜报》记者的，一条是民政局局长上班时间裸泳被纪委抓现行的，一条是驾校教练潜规则女学员的。这些都是我报的猛料，其中有两条，还是我精心策划的。呵呵，作为一名资深职业爆料人，发现新闻线索不算有本事，能够制造新闻才叫有真本事。"

我说新闻就是客观存在的事实，怎么能够制造？他说："比如上面三条新闻中的第一条，我是通过内线了解到那个局长很狂妄、很霸道后，才给《潜报》记者爆料，说他收受企业贿赂，担当企业违法排污的保护伞。曝光一个县级市的环保局局长收受贿赂，那只能算是小新闻，但如果加上扣押并殴打记者的情节，那就是大新闻了。这样的新闻你们肯定搞不定，我只能报给《潜报》记者，他们是省媒，有权监督到县市一级。还有民政局局长上班时间裸泳的那条，也是我精心策划的。我先通过走访调查，得知民政局局长喜欢在上班时间去麻溪水库裸泳，然后在向纪委举报的同时，也向媒体爆料，让他们到水库边上埋伏蹲守。果然不出所料，这条新闻同样被炒得非常火爆。”

顿了一下，他又接着说：“你们庄城真是一座新闻富矿，特别是金水湾。去年双康公司的老板，就是在金水湾的自家别墅里被人砍死的，这条新闻也在网上火爆一时；还有四风公司的老板娘同时包养三个小鲜肉，也是在这里东窗事发，闹得满城风雨的。哦，刚才你难道没发现，我身上有着浓浓的酒精味？我不是酒驾，我根本就不会喝酒，我是故意把酒精喷洒在衣服上，制造出酒驾模样，目的是想制造一个交警误抓好人的新闻。我都说了，新闻是可以策划和制造出来的。在这方面最拿手的是影视明星，其次是网络大V和各路政坛及商界精英，我们这些职业爆料人只能算是小喽啰。”

爆料人终于挂断电话，我手机又叮咚叮咚地响个不停。我关掉微信，用笔记本点开门户网，果然，这条简短的新闻已经非常醒目地出现在页面上，真的是头条。地球人都知道，新闻越短，事情越大；还有网络是个没有边界的虚拟空间，上一秒钟还是头条，下一秒钟或许就不是了。但不管怎么样，自己采写的新闻终于上了门户网头条，心里总会涌出些许成就感来。

凌晨5点，我迷迷糊糊地躺在床上，手机突然发出短信提示音。

短信是那个职业爆料人发来的。他说：“应记者，没想到你会令我如此失望，这么好的素材，即使是一个文笔超烂的三流记者，也会写出一篇像模像样的深度报道，你怎么能这样肤浅地处理呢？真是好米做不出好饭！”

看到这封短信，我羞愧难言，全身是汗，一阵沉默之后回复他说，对不起，我会继续追踪这场车祸，写出一篇深度报道。

等了很久，对方还是没有回复。我想，他一定还会给我发短信或打电话的。他已经离开了庄城，但并不代表他不会回来；他不回复我，也并不代表他不会继续关注这个新闻。因为这个新闻是他发现的，是他的作品之一，何况，他还是一个有些偏执的职业狂。

四、深入采访

凌晨6点，是我的正常起床时间，清醒过来的我已经有了初步计划：先去百强杯业，采访受害女孩夏萌萌身边的主要人物，寻找她为何要去金水湾的原因及背景；同时还要采访肇事者，了解他马路那么宽，为什么还要撞死人。

早上10点，我准时来到百强杯业人事部经理孟小飞的办公室。这是一个姿色中等偏上，但却颇有气质的女孩，在她面前，还算比较文静秀气的我，都有点愧做女人的感觉。孟小飞二十七岁了，据说还没找过男朋友，也不想找男朋友，之前的一次采访中，她非常坦率地说，男人三十而立，女人何尝不可以，所以我要三十岁以后才考虑婚姻问题。

孟小飞穿着百强杯业统一配发的工作服，看上去干净利落，容光焕发。而她的大部分工友，穿上这身服装却显得皱皱巴巴、萎靡不振。这就是人与人的差别。孟小飞给我倒了一杯水，就坐下接受采访。这毕竟是一个沉重的话题，她也有些沉重地说："谁也没想到会发生这样的事情，她才十七岁，正是人生中最美的年龄。她年龄不够，是以暑假工身份进入公司的，现在事故已经发生，因为招收未成年工，我以及我们公司都已经做好了接受处罚的准备。"

我问，你了不了解她的家庭情况？孟小飞说："基本了解。她父母原来也是我公司员工，大约是2013年9月来的，去年10月因为生病，就双双离职了。今年年初，她妈妈因为病情恶化，治疗无效去世了。"

我的心情原本就已经很沉重了，听到这里，不由得更加沉重起来，问萌萌的妈妈患的是什么病，怎么会这么年轻就死了？孟小飞说："还不是为了挣钱。她父母都是喷漆工。喷漆车间你是知道的，污染很大，在那样的环境下，连续工作不能超过两年。可你知道吗？他们干这一行，却已经超过十年了！十多年一直干喷漆，你说能有活命吗？”

孟小飞是个非常热情的姑娘，这番话却让我心底涌出一片悲凉来。这不关讲述人的事，事件本身就是凄冷的色调，再温暖的语言也无法改变。我沉默了，好半天才问，他们，怎么会这么傻？她说：“鬼才知道！因为工作环境的原因，喷漆车间缺员很大，而且很难招人，我们一般都是来者不拒。但每个员工，我们也都不会让他干满两年，因为职业病很难处理，谁都不愿惹事上身。这对夫妻不但拥有健康证，而且看上去老实巴交的，不像是奸猾之徒，加上用工紧张，我们就收下了。其实他们早就患上职业病了，好在病发之后没有纠缠，而是结账走人。”

孟小飞长长地叹了口气，接着说：“之前我们招工，都要求对方提供健康证明，但经历这件事后，我们也学乖了，不让员工自己提供了，而是亲自带到医院检查。”

我说这就对了。按说喷漆这样的特殊工种，是应该给员工定期体检的，预防职业病发生。她说：“是的，现在我们每隔半年就要给员工体检了。以前我们总以为短短两年应该不会发生问题，现在不敢这样大意了。哦，对了，虽然这个夏萌萌是我招进来的，但一进车间，就不归我管了，要进一步了解她的情况，得采访包装车间主任。”

我说好，请帮我约一下吧。她笑笑说：“已经帮你约好了，你一进办公室，我就把短信发了过去，现在也应该到了。”孟小飞话音刚落，就响起了“笃笃笃”的敲门声。

孟小飞说了声请进，一个穿着工作服、扎着马尾辫的女孩就推门走了进来。这女孩看上去比孟小飞还要年轻、还要漂亮，只是有些拘谨和腼腆。孟小飞招呼她坐下，给她倒了杯水，介绍说：“这是《庄城日报》的应记者，以前也来采访过我们公司，我们已经是老朋友了。夏萌萌的死与你没有关系，你不要紧张，好好接受采访就是。”

看着眼前这个年龄与我相仿的女孩，我心里突然生出一种亲切感来。其实我也只有高中学历，由于父亲早逝，没能读上大学，十七岁就出来打工了，因热爱文字，一来庄城就在报社当临时工，通过五六年的学习和打拼，渐渐从临时工过渡到实习记者、记者和首席记者。虽然这些年我也考出了本科文凭，但毕竟是自考的，没有接受过正规高等教育，不能自称大学生。

孟小飞继续介绍："喏，她叫东方翠，是夏萌萌的老乡。"

东方翠的脸色明显有些憔悴。她说："应记者你好，我知道你想采访夏萌萌的事。你不用问，我会把我所知道的都告诉你。我来自西部山区，和夏萌萌是同一个村的。夏萌萌的父亲名叫夏国，是我舅舅的表哥。夏萌萌高中还没毕业就辍学了，因为她还有一个弟弟和一个妹妹，她父亲已经明确表态，只能继续供两个小的上学，她要么嫁人，要么出来打工。那是一个很漂亮、很乖巧的女孩，她不光是我们村的村花，还是乡中学的校花。估计你只知道我们公司的名字叫'百强'，但却不了解这个'百强'的含义。我们老板是个女的，小时候家里很穷，十五岁就出来打工了，这个公司是她一手创办的，她立志要带出一百个跟她一样的女强人，于是就把公司命名为'百强杯业'，所有管理人员都是女生，每个中层管理做到三十岁，她就鼓励她出去创业。从我们公司走出去的女老板，都已经有十七八个了。"

我示意她停下，问坐在旁边的孟小飞，真是这样吗？孟小飞回答："真是这样的，我们老总的确了不起，她的胸怀和魄力，是很多男人所无法比拟的，不但是我们崇拜的偶像，更是我们人生的导师。再过两年，我也要拿着在这里挣到的所有积蓄，出去创业，打拼天下。"

虽然在这个城市待了五六年了，我还是第一次听说百强老总是这样一位令人惊叹的巾帼须眉，心中不仅有佩服，还有惭愧。

东方翠端起纸杯喝了一口水继续往下说："我们老板第一眼看见夏萌萌就说，这个女孩如果肯走正道，将来一定是个女强人，事业会比我们都做得大。说着，她又摇了摇头，叹了口气。她的意思我知道，这年头这样漂亮、这样年轻的小女孩，很少能有我们这样拼命的了。夏萌萌是来投奔我的，老板了解情况后也交代过，叫我适当照顾她。我故意给她安排比较轻松的活儿，只让她贴贴商标，叠叠纸盒，并且不用加班，工资却跟大家一样。可是她很不安分，不会好好地待在自己的工位上，老是去找那些来打暑假工的男孩玩。因为年龄不够公司不能接收，我叫她以暑假工的名义进厂，先混满十八岁再说。没想到她——竟然这样走了，她父亲已经接到电话，明后天就会赶到，我——我不知要怎么跟他交代。”

说到这里，东方翠的眼里泪光闪闪，脸上也现出悲伤的神情。我和孟小飞安慰了好半天，她才平静下来，继续往下说：“她不光喜欢在上班时间里找男孩子玩，下班后更喜欢在公司门口的马路牙子上跳舞。她长得漂亮，又喜欢穿素雅衣裙，路灯下晚风一吹，简直飘飘欲仙，美妙至极，不但男人喜欢，女人也很羡慕。对她那样年纪那样清纯那样美丽的小女孩，你只有羡慕的份儿，丝毫也嫉妒不起来。听说，车间里那个长得最帅气的暑假工就很喜欢她，甚至还给她送过花，和她牵过手。”

我问那男孩叫什么名字，东方翠说：“他叫肖蓉，来自我老家的省城，二十多天前就离开了，据说是一个名牌大学的大学生。那段时间夏萌萌几乎每天都跟他在一起，你可以去采访他，他一定知道夏萌萌心里的真实想法，一定知道她为什么喜欢在马路牙子上临风起舞。”

我再次问起夏萌萌的家庭情况，东方翠说：“十多年前，夏萌萌家的房子被大火烧成一片白地。那年她才三四岁，妹妹刚出生。他父母原本都是老实本分的庄稼人，只知道一年到头守着土地过日子。按照当时我们老家的土政策，农村二女户还能再生一个孩子，但是要交罚款。为了生男孩，她家把猪和牛全都卖了来交罚款，后来又发生了火灾，变得一无所有。走投无路的夏国只好拖着一家四口，踏上了茫茫打工路。他们从广东打到福建，从福建打到潜龙，先后换了五六家公司，最后一站就是这里。喏，她弟弟就是在广东生的。因为喷漆工资高，为了重建家园，他们一直都当枪手。现在房子建起来了，家也像个家了，可是，萌萌的妈妈却这样病死了，她爸爸也全身水肿，再也打不了工了。”

“夏国原本是想让萌萌出来打工挣钱的，”东方翠喝了口水继续说，“可是，他做梦也没想到，他的宝贝女儿却这样走了，走在人生的花季雨季，走在车来车往的马路边，走在通往金水湾豪华别墅群的马路上。”

说着说着，东方翠又哽咽起来，泪水滚落一地。她很伤心，也很自责，边哭边说：“我真的好后悔，那么漂亮的一个女孩，早知道她会这样，我就应该多个心眼，多抽点时间出来照顾她，别让她到处乱跑。或者，我多给她分点活儿也行，让她天天加班，没时间出去。”

我安慰她说，人各有命，现在事情已经发生，神仙也无法从头再来。东方翠抬起头来，抹了抹眼泪，有些傻气地问：“应记者，听说达到光速，空间只是一条直线，时间已经停止，而超过光速，时间和空间就会成为负数，也就是说人是可以穿越时空，让时间倒流的，是不是只要超过光速，萌萌就能活过来？”

没想到这个看上去有些拘谨、有些腼腆的感性女孩，居然会有此一问。我愣了愣，问是谁告诉她的。她说：“就是那个肖蓉呀。肖蓉的任务是打包。打包你应该知道吧，就是把流水线上下来的成品装进纸箱，然后搬上板车，拉到成品仓入库。这是我们车间里最苦、最累的活儿，可他却干得有声有色。工作之余，他非常喜欢天马行空地给身边的员工讲这些乌七八糟的东西，有次我巡视车间，正好听见他在说如何穿越时空。那天，夏萌萌也把叠纸盒的工位往前挪移，一边干活一边听得津津有味。”

我说，这是爱因斯坦的相对论，是不可能成为现实的，光速已经是极限速度了，只能接近，但不能达到和超越，超越时空、让时间倒流只是一种梦想。梦想一般都是无法实现的，只是一个努力的方向与奋斗的动力。对了东方，你有没有肖蓉的联系方式？

孟小飞“噗”地笑了下，说：“应记者，我帮你纠正一下，她姓东，不是姓东方，在我们公司里，大家都叫她冬菇凉，也就是冬菇已经凉了的意思。”

我呵呵地笑了下，抬眼看看东方翠，还真有点长得像冬菇。东方翠也笑了下，说：“我这个姓有点奇怪，名字中又带了个‘方’字，大家都以为我复姓东方。哦，那个男孩的电话我有，可却打不通了，估计是个临时的本地号码吧，他离开后就不再使用了。”

我问在车间里边，还有跟夏萌萌比较要好、经常在一起玩的人吗。东方翠说：“有的，有一个叫刘丽的女孩，她们是一起进来的，要不我带你去采访她吧。”

我说好的。于是向孟小飞告辞，跟着东方翠进入包装车间。

五、女工诗人

百强杯业是庄城名副其实的百强企业，生产的不锈钢保温杯更是全国名牌产品，其包装车间拥有十三条流水线，一条流水线上有十七八名女员工和一名男员工，此外还有压底、压盖等十几个单独工位，一个二十几岁的女孩，能把这么大的车间管理得如此规范，的确很不容易，透过娇弱的躯体与腼腆的神色，我仿佛看见了她异常强大的内心。其实有很多看似弱小的东西，都非常值得我们敬佩，只是我们很难发现他们坚强的另一面而已。

在第八条流水线上，我们找到了那个名叫刘丽的小女孩，把她带进东方翠的办公室。知道我的来意后，刘丽深深地叹了口气说：“我是湖北的，但能听懂他们的家乡话。萌萌与肖蓉，都很喜欢用家乡话交流。是的，肖蓉很喜欢萌萌，可是她说，她是不会嫁给他的。其实萌萌也很喜欢肖蓉的，肖蓉不但帅气、阳光，而且知识非常丰富，反应非常灵敏，是个非常优秀的青年。听说他曾经是个高考状元，还是个名牌大学的高才生，打工的目的就是来工厂磨炼意志、体验生活。可惜他喜欢的不是我，要是他肯追我，我保证已经答应一万次了。”

我仔细端详了刘丽一眼，她名字虽然普通，但身材长相却相当不俗。再隔着窗户看看车间里的员工，每个都长得像模像样。东方翠说："我们车间的员工都还长得不错吧？我们老板是个大美女，原来也是做包装的，所以对包装车间的员工在身材和相貌上都有一定要求。"

我哑然失笑，心想有必要吗？问刘丽萌萌为什么喜欢肖蓉却又不答应做他女朋友，是因为年龄还小吗？刘丽说："才不是呢，好多比她小的女孩都换了好几个男朋友了，现在的女孩你又不是不知道。她说，嫁给他一定会吃苦的，说不定还会像她妈妈那样，她才不会那么傻呢。"

我又问，那萌萌希望找一个什么样的男朋友呀？刘丽说："这个她可没说。我只是听她说，她已经跟肖蓉说清楚了，只能做他的临时女友，陪他牵手逛街什么的，不会做他真正的女朋友，他一离开，她就要正式找男朋友了。至于她跟他说了些什么，只有他俩知道。"

我也二十多岁了，对于某些人生问题，已经到了敏感时期，看着有几分姿色，又有几分天真的刘丽，忍不住问："那你呢，刘丽，你想找个什么样的男朋友？"

刘丽脸一红，很不自然地笑了下，说："你怎么知道我想找男朋友了？"

我说人之常情呗，到了这个年龄的女生，谁的心里没有藏着个——梦想？我本想说成"春梦"的，突然感觉不妥，就改成"梦想"了。谁知这一改口，却又引出另外一番故事来。

刘丽恍然大悟，脸色也恢复正常，一脸轻松地说："嘿嘿，你们别笑，其实我也是有梦想的，我最大的梦想就是当个土豪，很任性的土豪。你们听说了吗？前几天有个很壕的女士，花了三千五百多万，买了个小岛给她女儿当玩具，比尔盖茨和乔布斯都没这么潇洒呢！"

我和东方翠都忍不住"扑哧"笑了下。这原本是个无意间聊起的话题，但却提起了大家的兴致。我想，刘丽说的，或许就是大多数人的梦想吧。刘丽看了我一眼，继续往下说："其实我也知道这个梦想很不靠谱，说着玩就行了。我真正的梦想就是找个好老公嫁掉，以后不用继续打工。肖蓉那个男孩，就很符合我的要求，如果嫁给他，相信我一定能够得到自己想要的生活：每天逗逗孩子，陪陪老公，看看电视；然后打打牌，逛逛街，一年再出去旅游三四个地方。你们看，我的梦想多么纯朴、多么实在。可是，这也只是梦想而已，估计很难实现，除非我也有冬菇凉或应记者的本领。”

我和东方翠再次被她逗乐，原本沉闷的气氛开始活跃和轻松起来。东方翠说：“她只比萌萌大一岁，但却比萌萌成熟多了。”

我说是的，她的确比萌萌成熟。我发觉刘丽不光年轻漂亮，而且聪明伶俐，应该是个很讨男孩喜欢的角色，便笑着问她如果梦想实现不了，该怎么办呢？刘丽说：“我已经想好了，过段时间去找肖蓉，直接向他表白，他答应就答应，不答应就拉倒，大不了继续回来上班，今后自己创业，就算成不了土豪，当个小老板也好。女人嘛，只有在经济上能够独立，才有资格谈情说爱。”

东方翠补充说：“后面几句，是我们老总在员工大会上说的。”

我再问刘丽，你知道萌萌有什么梦想吗？她说：“我们没有在一起讨论过这个话题，但她说了，作为一个女孩，就要活得潇洒、活得自由、活得美丽、活得像电视里的神仙姐姐。喏，她最喜欢的人物是《神雕侠侣》里的小龙女，也喜欢把自己打扮得像个小龙女，下班后就在马路牙子上随风飘舞。”

我问她，萌萌这样做的目的你知道是什么吗？她说：“不知道。肖蓉还在的时候就曾经劝阻过她，可哪里劝阻得了，于是肖蓉只好站在马路边上陪着她，帮她看住过往车辆，她飘下马路的时候就张开双臂保护她。我只能远远地看着，心里羡慕得要命。他们一个长得绝美，一个长得超帅，可以说是天生地造的一对。他注定是来保护她的，你看他刚走不久，萌萌就被车子撞飞了，所有的梦想和美丽，全都灰飞烟灭。”

是的，所有的梦想和美丽，全都灰飞烟灭，虽然直到此刻，我们谁也不知道萌萌的梦想是什么。刘丽接着说：“我想，萌萌的梦想应该就是要活得像个神仙，不但潇洒自由，而且还要美丽。可是这怎么可能？哦，我明白了，只有黄昏时分，换下工作服，穿上连衣裙，在道牙子上伸展双臂、仰望天空、临风飘舞的时候，萌萌才是最美的。也只有那个时候，她才最开心、最快乐。可是，这么单纯、这么美丽的一个小女孩，在失去肖蓉的保护后，不到一个月，就真的乘风归去了，不但带走了她的美丽，也带走了她的梦想。也或许，带着梦想和美丽乘风归去，才是一个女孩最好的归宿。”

看着刘丽一脸怅然的样子，我突然发现，她很像一个人。我在脑海里努力搜索了半天，还是想不起那人是谁，只好对她说：“刘丽，我突然发现你很像一个人，一个女诗人，前几天还在一本杂志上读到过她的作品，也看到过她的照片。照片很小，但很像你。”

刘丽仿佛什么也没听见，自顾自地朗诵起来：

当所有的花儿都学你绽开
当所有的蝴蝶都学你飞翔
月亮的笑容隐藏在云的背后
布满晚霞的天空
也在遥遥地向你招手

是的，就是这首，我读到的就是这首诗！我惊愕不已，怔怔地看着眼前这位普通的包装女工，简直有些无法相信这是事实。刘丽背完这段诗歌，无限伤感地说：“这首诗就是写给萌萌的，你无法想象她在道牙子上的舞姿有多美，特别是她闭着眼睛往下跳的那一瞬，还有肖蓉伸开双臂保护她的那一刻，简直就是一首诗，可惜我写不出那种意境来。”

我想起来了，这首诗的作者叫做“云想衣”。我问，云想衣是你的笔名吧？刘丽摇摇头说：“它是我的本名。我本来是姓云的，因为父亲死得早，妈妈带着我改嫁。继父姓刘，就给我重新取了个名字叫刘丽。‘云想衣裳花想容’，其实我也很想念肖蓉的，虽然我们只相处了一个多月，而且这一个多月中，我一直都在给他们当电灯泡。蓦然回首，才发现那段当电灯泡的日子，才是我最美好的回忆。”

说完，刘丽长长地叹了口气，泪水汩汩地流了出来，好半天才问："应记者，你能去采访一下肖蓉吗？如果去采访他的话，请帮我告诉他一声，有个名叫云想衣的女孩，每天都在想念着他，希望他好好读书，将来有所作为。"

这是一个痴情的女孩，也是一个少有的才女。可是上天的不公，让她有着一个悲苦的身世，让她过人的才情就这样淹没在这个民营企业的包装车间里。那一刻我想，要是我足够强大，一定要把她带离这个车间、这个环境。可是我不能，我的弱小不足以支撑我的善良，只能答应她说，我一定会去采访他的，也一定会把你的话带到。在你所有的梦想中，难道没有"诗人"这一项吗？

刘丽淡定地笑了下，说："于我来说，'诗人'只是一种安慰，而不是梦想。梦想太遥远，而诗歌太亲近，我不想在遥远与亲近之间选择疏离。我有我的追求，在追求的过程中如果永远有诗歌相伴，无论结局如何，都是一种满足。"

是的，这何尝不是一种洒脱的生活态度，可惜持有这种生活态度的人却越来越少了，如今几乎所有能写几句分行文字的人，都把"诗歌"当成了追名逐利的工具，而不是相伴一生的精神食粮。东方翠无法进入这种境界，人虽然坐在旁边，心却不知飞到哪里去了。

我伸手与刘丽相握，鼓励她说，每一道溪流奔走的方向都是大海，中途不管有多少悬崖峭壁，就算粉身碎骨，它们都会生生不息地勇往直前，相信你也一样。她激动地点着头，好半天才弱弱地说："谢谢！"

六、林城奇遇

在百强杯业的采访到此结束。我不是为采访梦想而来，无意间却触及了很多人的梦想，而且，她们无一例外，都是女人。

回到家里，打开电脑，输入一个标题——《追梦的人》。看着这个标题我构思了很久，始终难以下笔。最后下定决心，还是去找一趟肖蓉吧，或许他就是一把钥匙。

我再次拨通孟小飞的电话，问她有没有肖蓉的联系方式。孟小飞回答说："我今天早上还试过，他的手机打不通了，紧急联系人的号码也无法接通，不过我这里还有他的家庭地址。"

我说那把地址给我吧，我要亲自去他家一趟。孟小飞说："他家很远的，一千六百多公里呢。"我说管不了那么多了，为了这篇稿子，再远的路我也要去走。很快，孟小飞就把肖蓉的家庭地址发了过来：林城市逢川路乌撒街17号4栋一单元。

拿到地址后，我连忙赶往报社，向总编作了汇报。总编犹豫再三，最后还是批准了这项采访任务。我订了一张开往林城的动车票，于黄昏时分，背着简单的行李和电脑出发了。

十多个小时后，火车正点抵达林城。走出林城火车站，刚好是早上八点，到处一片迷蒙，东南西北无法分清。我在网上查过了，林城不但是座山城，还是全国森林覆盖最广的省会城市，一年之中雨多晴少，秋季多雾。

看来赶上雾天了，坐公交前往目的地的打算有点难以落实。

二十分钟后，出租车戛然停下。我问到了吗？司机说到了，这里就是乌撒街17号。

付完车费，要了发票下车，前方不远处朦朦胧胧的仿佛有个岗亭，我心想这个小区还不错嘛，物业管理很到位。可是走近一看，我立即傻眼了，一颗心被唬得怦怦直跳。原来站岗的不是保安，而是军人，两名全副武装、军姿笔挺的解放军战士！

愣愣地站了好半天，我才想起给孟小飞打电话，问她肖蓉的地址有没有搞错。孟小飞回答说："不会错的，这是从人事档案里调出来的，他身份证复印件上写的也是这个地址。"

挂了电话，我脑海里一片茫然，不知如何是好，也不知来到了什么地方，看上去不但威严而且神秘，简直吓死人。算了吧，也许一切都只是一个美丽的错误，就像夏萌萌选择在马路牙子上翩翩起舞。我拍拍胸脯，做了几个深呼吸，远远地瞟了岗亭一眼，转身，想走。

“喂！干什么的？想找谁？”

声音冰冷、威严、中气十足，有一种令人不敢抗拒，也不敢逃离的感觉。我只好站住，背对岗亭说，请问这里是乌撒街 17 号吗？我找乌撒街 17 号。

那个威严而又冰冷的声音回答：“是的，这里就是乌撒街 17 号。”

我转过身来，向前走了几步，这才看清问我话的原来是个十八九岁的小兵。小兵挺胸收腹，看上去样子挺威严，其实一张脸早就红了。绷紧的神经立马松懈下来，我不由轻松地笑了下，再问，我想去 4 栋一单元，应该怎么走？

士兵反问：“您找谁？”语气里已经没有了先前的冰冷，似乎也失去了应有的威严，反而带着恭敬与温暖。

我连忙说我找肖蓉，一个男孩子。士兵回答说：“他已经上北京读书去了，寒假才能回来。”

我说我有急事，因为联系不到他，才从潜龙省庄城市赶过来，他不在能找到他家里人也行。士兵说：“那您得先登记，我们再联系主人，主人同意后才能让您进去。”

我说好，到哪里登记？士兵示意我走进门卫室。门卫室里还有两个当兵的，他们先是检查了我的随身行李，然后再登记了我的身份证、记者证和动车票，拨通一个电话说：“报告首长，我是门卫，有人从潜龙省庄城市赶过来找肖蓉，可以让她进来吗？”

对方迟疑了一下，听声音是个中年妇女，问是男的还是女的。士兵说是个女的，一个年轻漂亮的女孩。对方又迟疑了一下才说：“那就让她进来吧。”

士兵把我带出门卫室，沿着林荫小道走了几十米，转了两个弯，指着不远处的一栋青灰色别墅说：“那就是 4 栋，一单元在左边，可直接上二楼。”

白雾茫茫，一切都仿佛是在睡梦之中。我傻傻地看着士兵问，这是什么地方？士兵惊讶地反问：“你不是记者吗？怎么不会看牌子？这里是省军区大院啊。再说你不是认识肖蓉吗，他怎么没告诉你？那几栋小别墅就是将军楼，只有副司令以上级别的首长才能住。”

我有些不敢相信地问，肖蓉的爸爸也是将军吗？士兵说：“当然是啦，我们司令不是将军谁是将军？他还是省委常委呢！怎么啦，您难道不是肖蓉的女朋友？”

我连忙说不是不是，我只是他的普通朋友。好了麻烦您了，我先过去了。

我晕乎乎地走着，不知过了多久，也不知是怎么走的，就来到了4栋一单元门前，一个五官端正、仪态大方、整洁朴素的中年妇女问：“你是肖蓉的朋友吗？”

我连忙说是的，我是他在庄城认识的朋友。

中年妇女说：“这个孩子，自从考上大学，每个暑假都被他老子派出去打工，第一年去了深圳，第二年去了厦门，今年嘛，去了你们庄城。还不晓得他表现如何呢。”

我连忙说很好的，阿姨，他很优秀，谁都喜欢他。您——就是他妈妈吧？

中年妇女说：“不是，我只是他家的保姆。首长上班去了，你有什么事就跟我说吧，首长回来我会转告的。首长还在部队当师长时我就来到他们家了，肖蓉这娃儿是我看着长大的，就像我自己的孩子一样。”

我说我没什么事，只是想跟肖蓉通个电话，告诉他一件急事。

保姆犹豫了好半天才说：“看你千里迢迢地赶来不容易，我就告诉你他的手机号码吧。”

说完，保姆念了一串数字，我连忙用手机记录下来。保姆邀我上楼坐坐，我哪里还敢上去，连忙说我不上去了，有他电话号码就行了，我不会打扰他的，请您放心。

保姆微微一笑，说：“他也跟我说起过你，他说如果有一天你找来，就让我好好接待你。喏，他有件东西要我转交给你，你还是跟我来吧。”

我知道她误会了，肯定是把我当成夏萌萌了。我本来应该拒绝的，但确实真的很想知道他们之间到底发生了什么，更想知道萌萌的梦想到底是啥，于是就跟着上了楼。

其实这座别墅也不是很气派，跟庄城金水湾那些金碧辉煌的豪华别墅比起来，土气多了，不过这里的庄严气象，是金水湾永远伪装不来的。我没想到肖蓉的父亲贵为省委常委、一省司令，家里却相当简朴，电器和家具都是旧的，与我想象中的高干家庭很不相符。

保姆招呼我坐下，给我倒了杯水说：“这客厅里的家具都是从蓉城搬过来的，首长在那里当过副军长。这些家具跟我一样，已经跟随首长一家十几年了，一件都舍不得丢。”

说着，保姆走进一个小房间，捧出一个木匣子交给我说：“肖蓉上学前把这个东西交给我，说如果有一天庄城有个女孩找来，就把它转交给她。”

我郑重地把木匣子接了过来，放进随身包里。保姆说：“如果我没猜错，这匣子里的东西，应该是他母亲的遗物。”

我吃惊地问，难道，他妈妈已经不在了吗？保姆说：“他只有两岁的时候，他妈妈就牺牲了，现在的这个，是他继母。不过继母对他挺好的，把他当成亲生儿子疼，这个你放心吧。”

听保姆的口吻，已经完全把我当成肖蓉的女朋友了，这让我既感到惶恐，又感到羞愧，汗水止不住地流了出来，喝完一杯水就赶紧告辞。

保姆把我送到楼下，我几次差点把木匣子还给她。走出院门，我逃也似的向前疾走了一两公里。此时大雾慢慢散开了。其实林城还是挺漂亮的，比我想象中的繁华。我找了一家普通宾馆住下，订了当晚返回的车票后，才给肖蓉发了条短信：萌萌走了。

七、谜底揭晓

短信发出后，我一边写稿一边等待，直到下午三点，才把他的回复等来：“你是谁？萌萌怎么了？”

我告诉他：“我是萌萌的朋友。萌萌前天晚上走了，去了天堂。”

此后一直没有他的信息。直到晚上九点，我已坐上了返回庄城的列车，才又收到他的短信："我已上车，赶往庄城。"

我知道他心里一定很悲痛，所以没有打扰。第二天早上返回庄城，肖蓉早就到了。他坐的是高铁。后来听刘丽说，她们把他带到出事地点，他就跪在道牙子前放声痛哭，说早知如此，就把她带走，天天守着多好。

我见到肖蓉的时候，已经是下午两点了，在庄城殡仪馆。萌萌的父亲夏国也赶到了，明显看出那是一个饱经沧桑的男人，虽然只有四十多岁，但看上去好像有六十来岁了，不但一脸憔悴，而且还佝偻着身子。

萌萌的告别仪式非常简单，只有孟小飞、东方翠、刘丽、夏国、肖蓉和我参加。我已经把木匣子还给了肖蓉，肖蓉把它放在萌萌的灵前，一把鼻涕一把泪地哭得非常伤心。他想把木匣子跟着萌萌一起火化，但夏国坚决不同意。

我本想采访肇事者的，但却被他老子阻止了。他叫了两个穿黑西装扎蓝领带的男人拦住我说，再敢向前一步，就让我遭遇同样的车祸。萌萌火化的第二天，夏国带着八十万元赔偿款和百强杯业给的二十万元补助金，匆匆回家去了，把善后工作托付给肖蓉和我。

处理完萌萌的后事，为尽地主之谊，我请肖蓉吃了一顿晚餐。晚餐非常简单，就在报社对面的一家小餐馆里，只有三菜一汤。肖蓉依然一脸憔悴，这个非常阳光、非常帅气的小伙子，因为萌萌的离去，几乎到了崩溃的边缘，在我的再三劝慰下，才勉强扒了几口饭。

万家灯火，月白风清。吃完饭后，我们来到庄江边上。我问他能告诉我吗？你想送给萌萌的是什么东西？肖蓉说："是我的梦想。"

我惊奇地问，梦想？什么样的梦想可以放在匣子里？肖蓉说："其实，那只是我妈妈的军衔和军功章。我爸爸参加过自卫反击，曾经多次负伤，最后一次负伤是在汶川抗震现场，腿差点断掉；我妈妈在我两岁时就牺牲了，她牺牲时是上尉军衔，立过三等功两次，二等功一次。"

我懂了，说你是英雄的后代，身上流淌着烈士和英雄的鲜血，你的梦想，就是继承母亲的遗志，当一名真正的英雄。

肖蓉说：“是的，还是你懂我。萌萌曾多次问我的梦想是什么，我没有告诉她，怕她不理解。她倒把她的梦想告诉了我，她说，她最大的梦想就是嫁个官二代或富二代，然后拥有很多很多钱。她还说，她也很喜欢我的，但却不能嫁给我，因为我不符合她的结婚条件。”

肖蓉轻声地啜泣着往下说：“我喜欢她，我喜欢她的美丽和清纯，我想总有一天，我一定能够改变她。可是，这一天永远不存在了，她已经走了。你知道吗？她每天在道牙子上卖萌晃荡，就是为了吸引那些所谓的官二代或富二代。直到今天早晨看见她父亲，我才真正地读懂她，她是想利用自己的婚姻，来改变一家人的命运。应记者，你说她是不是太傻？”

我只有叹息的份儿，说人各有命，不，是人各有志，就算她还在，你们也不可能在一起，那只能是一个梦想，你，或者她的另一个梦想而已。

肖蓉沉默了半天，点头叹息说：“你说得很对，的确，那是没有结果的爱情，只能是我们的另一个梦想而已，她想要的我给不了她，同样，我想要的她也给不了我。但是，我会永远把她记在心里。有几句诗写得真好——”

他顿了一下，轻声念道：

你向着天空奔去
在云朵与云朵之间御风而行
你向着月亮飞翔
在花朵与花朵之间歌唱
世界留不住你的踪影
但总能留下你的芬芳

我问，这是刘丽的诗吗？肖蓉说：“不，这是百强杯业老总的作品，其实她最大的梦想不是当老板，而是做诗人。”

我问他你怎么会知道？他说：“因为她是我的小姨，我妈妈的妹妹。”

我明白了，禁不住仰天长叹，唏嘘不已。

八、意料之外

两个星期后，由总编亲自撰写按语的深度报道《追梦，永不停息》在《庄城日报》以整版篇幅隆重推出，接着各大网站疯狂转发。

文章发表的第二天，那名职业爆料人又打来电话，我没接听；他改发短信，我看也没看，就直接删除了。我知道，他肯定又制造出一条爆炸性新闻，但经历了萌萌事件后，我再也不想接他的爆料了，不想把别人的不幸当成新闻卖点。

几分钟后，手机再次震动，孟小飞焦急地问：“应记者，你是应记者吗？”

我说是的，你有什么事？孟小飞说：“我公司员工刘丽失踪好几天了，请你帮忙给肖蓉打个电话，问她有没有去找过他。”

我说好的，连忙挂断电话拨打肖蓉的电话。连续拨打了五六次，手机里只是传来“您拨打的电话已关机”的机械女声。

我只好告诉孟小飞，肖蓉的电话打不通，估计是在上课吧。孟小飞说：“不用问了，她刚刚打来电话，说她已经找到真爱，准备跟爱人到加拿大定居，再也不用上班了。”

我问她的真爱是谁，孟小飞说电话里不好说，然后就挂了。我也没放在心上。

半个小时后，我正在城郊创业园采访，微信上突然跳出一条信息，刷开一看，天苍苍，野茫茫，在一片空旷的草原上，一对青年男女相偎相依。男的气定神闲，风流潇洒，浑身上下洋溢着青春与活力；女的笑靥如花，清纯美丽，蓝色短裙充满了诗意和浪漫。

这些已经足以让人羡慕了，而他们身旁，还停放着一辆豪华霸气的白色卡宴。

蓝天。白云。绿草。豪车。再加上一对幸福美满的情侣。多么美好的画面啊，我不光是羡慕了，还隐隐生出既妒又恨的情绪。仔细一看，才发现不太对劲：那男的，不正是康庄集团董事长之子康俊强吗？车祸发生后，我特意收集了他的照片，那尊容早已印在我的脑子里了。而那女孩，却是百强杯业的女工诗人刘丽。

我连忙退出微信，拨打那名职业爆料人的电话。可连拨三次，都无人接听。

当初是你要分开，分开就分开；
现在又要用真爱，把我哄回来。

听着有些低俗的彩铃，我心里五味杂陈。既焦急，又无奈。

（原载《民族文学》2016 年第 5 期）

抬龙杠

一

早上醒来，陈俊来打开手机，一看，有条新信息：

奶奶已于昨晚十一点五十五分逝世。

他有些懵，但并无多大悲伤，因为奶奶已经八十六岁了，弯腰驼背的活着很造孽，她的逝去，对她来说或许是最好的解脱。

短信是堂哥发来的。堂哥是伯父的大儿子，年轻时曾在昆明一带“砍皮”，是个出名的混混。

愣了几秒钟，陈俊来决定马上请假，返回老家。

按照规定，他只可以请三天丧假。可是，从这里到黔西北乌蒙深山里的老家，光火车就得坐三十几个小时，中途还要转两次车，一般都是第三天才能到。要参与处理奶奶的后事，唯一的办法就是请长假。

民营企业不同于机关单位，请假是要扣工资的。但陈俊来并不在乎，早早地来到办公室，刚要去找老板请假，手机铃声却骤然响起。

电话是堂弟打来的，冷冷地说："哥，奶奶死了。"

陈俊来很忌讳"死"字。自己的奶奶，怎么能说"死"呢？但堂弟只有小学文化，他不想跟他计较，于是淡淡地说："知道了。"

他有点讨厌这个堂弟，不仅仅是因为他说"奶奶死了"。

堂弟是伯父的第三个儿子，十年前跟着他来到这个城市。刚来时，陈俊来拖着一家三口，工作又不稳定，生活很是艰辛。但不管怎么艰辛，他还是没扔下堂弟不管，不但借钱给他，还帮他找房子、找工作。

但堂弟并不领情，总是在别人面前说他坏话。那些杂七杂八的坏话传到陈俊来的耳里，他也没往心上去，因为老家乡下有句土话：说话人轻，过话人重。

可是，半年多前，堂弟却忍不住了，当着他的面数落起来。那天晚上，他难得有空，就去了堂弟租住的地方，谁知堂弟脸一黑，开口就说："哥，恐怕你在这里出了事，没人会帮你。"

陈俊来心里一惊，怔怔地看着身高不到一米五、只比他小半岁的堂弟，问："怎么说？"

堂弟黑风丧脸地说："你差何元毅差得远球很，简直没法跟他比！"

堂弟说的何元毅，是恒丰公司的一个车间主任，也就是堂弟老婆的顶头上司。而陈俊来，却是这家公司的副总经理。说起来，何元毅只能是他下属的下属。

堂弟继续说："你的为人太差球得很，你看上次王梅（堂弟的老婆）撞了车，人家何元毅哪次没有跟着我们跑？"

陈俊来终于想起来了，一年前堂弟的老婆骑电瓶车追了一辆公交车的尾，把车撞烂了不说，脸也撞伤了，堂弟组织了十几个老乡，一次次地跑交警队。第一次陈俊来也去了，之后就没再去，但还是去医院看了他们好几次，并送了一千块钱。

那段时间公司很忙，陈俊来跟着老板天南海北地出差。

原来别人传来的那些话，全都是真的。陈俊来心里很窝火，但忍住不说。

堂弟继续说："我的朋友多球得很，昨天我隔壁这家欺负了我，我只打了几个电话，就来了三四十人，要不是我老爹拼命地劝，老子不干死那狗日的才怪！何元毅还带了五个人来呢！"

言下之意，就是说陈俊来不但没朋友，而且不帮他。

陈俊来依旧保持沉默，堂弟继续说："哥，你平时为人放好球点嘛，你看人家何元毅……"

"停！"陈俊来终于忍不住了，"兄弟，你知道何元毅为什么会这样帮你吗？"

堂弟说："为什么？因为我们是老乡呗！人家何元毅的那种为人，好球得没法说！你看喷漆车间，他安排了多少老乡进去？你差球得很，一个人都安排不了！"

陈俊来说："兄弟，那我告诉你吧，我是没有安排多少老乡在车间干活，但何元毅却是我安排的，不然你想想，他凭什么要那样照顾你们？"

堂弟未及接话，堂弟的老婆就接了过去，嘴一撇，说："哥你不要说了，我们嘛，是凭本事吃饭，哪个照顾球倒哪个！"

堂弟老婆的话刚说完，陈俊来就起身走了。从那天到现在，他们都没联系过。

堂弟再问："你请了几天假？"

陈俊来依旧淡淡地说："我还没请呢，你呢？"

堂弟说："我请了十天。自己的亲奶奶死了，你不会不去守灵抬龙杠吧？哦，你准备哪天走？"

陈俊来说："今天吧，准备今天晚上就走。"

"那，那你连我的火车票也买了吧，我怕买不到。"

陈俊来本想说你不是朋友很多吗，怎么连张票都弄不到？但想想算了，跟这种人说话没意思，于是就答应了。

二

来到老板办公室，陈俊来说明来意，并解释说："按我老家的风俗，老年人过世一般要停灵六七天，还要伴灵、救苦、念经等，孝子必须在场，否则就是大逆不道。"

老板很豪爽，说："十天就十天吧，把工作安排好。"

陈俊来连忙把请假条递上去，老板说："不用请假了，你一年四季几乎天天都在加班，就给你来个带薪休假吧。哦，准备坐火车回去?"

陈俊来答："是的，准备坐火车。"

"几天能到?"

"差不多两天两夜。"

"算了吧，你坐飞机回去，回来我给你报销。"

陈俊来不好意思地说："那不行，我是办自己的私事，怎么能让公司报销？再说坐飞机转来转去的，同样不方便。"

老板笑笑，说："那好，就依你的。"

回到办公室，堂弟老婆已经等在那里了，拿出一张身份证，说："哥，陈俊山叫你帮他买火车票。"

看着这个有些水肿的女人，陈俊来叹了口气问："买卧铺吗?"

堂弟老婆说："我们嘛，有个座位就行了。哦，还有，我儿子陈小江户口本上的年龄搞大了，上初中报不了名，你去跟老板说下嘛，请他帮忙去学校讲讲。"

陈俊来心想你们不是朋友遍天下吗，怎么连这点事都办不了?嘴上却说："年龄大了只能去派出所改，老家的派出所。老板现在很少来公司了，很难联系到他。"

堂弟老婆说："不帮就算了，我们再想其他办法。"说完，就气耸耸地走了。

正在电脑前打字的文员小雯问："陈总，刚才那人是你亲戚?"

陈俊来说："我堂弟的老婆，在喷漆车间当喷手，干了七八年了。”

小雯张大嘴巴，“啊”了一声说：“干了七八年喷漆？”

“是的，你没看见她全身都有些水肿了。”

“那种活是不能干长的，你怎么不劝她转岗？”

陈俊来说：“劝过，不但没用，还被她说我眼红她拿高工资。”

小雯眨眨眼，说喷漆工资的确有点高，一个月六七千。

“于是，他们一回老家，就说工资比我高。唉，害得别人都有点鄙视我呢！”

小雯忍不住笑了起来：“你这亲戚真不知天高地厚。”

陈俊来也笑笑：“他们没读过多少书，思想很狭隘，根本没想到一个副总的工资至少是喷漆工的五倍。在他们的心目中，都是一起出门打工的，你不经常跟他们一起玩，根本就没朋友，你说好不好笑？还有，他们认为我每天坐在办公室，能有多少钱拿？”

小雯又是“哈哈”一笑，说：“好笑，真的太好笑了。”

陈俊来把堂弟的身份证递给小雯，吩咐道：“帮我联系铁路派出所的张所长，请他帮忙弄两张今天晚上到六盘水的火车票。哦，要硬卧。”

小雯“哦”了一声，就打电话订票去了。

当天中午，陈俊来把车票和身份证送到堂弟手里，堂弟一看是张卧铺票，眼睛就绿了，嘴唇有些哆嗦地说：“这——这么贵？”

陈俊来笑笑，说：“五六千里路，太远了，还是坐卧铺舒服。”

堂弟生气地说：“我们是回家办丧事，又不是去旅游，坐那么贵的车干吗？我不要。”

陈俊来笑道：“我虽然工资不高，但这张车票还是送得起的，不要你钱。”

堂弟怔怔地看着他，伸手接过票，一看是上铺，又有些不悦；把陈俊来手里的那张也要过去，看了看，举着票气愤地说：“哥，你也太没意思了吧？怎么你的是下铺，我的是上铺？听说上铺又高，空间又小，一点都不舒服。”

陈俊来只好解释：“现在的火车票很紧张，自己根本就买不到，我还是请铁路派出所的朋友帮忙买的呢，是网络自动分的票。”

堂弟冷笑道：“哼！网络自动分的票？现在的科学还真他妈发达，也知道把好的票给你，把不好的给别人。”

陈俊来说：“把票拿过来我再看看哈。”

堂弟气呼呼地把票扔过来，说：“睁大你的眼睛好好看！”

陈俊来伸手接过，看也不看，把两张票合在一起，“咔嚓”一下就撕掉了，再合在一起，又“咔嚓”了一下，然后扔在地上，说：“兄弟，你嫌这张车票不好，就自己重新买吧。”说完，掏出手机拨通小雯的电话，吩咐道：“帮我订张到贵阳的飞机票，越早越好；同时帮我要辆车，送我去机场。”

打完电话，陈俊来看也不看堂弟一眼，就开门走了。堂弟气得两眼发愣，一张死人脸没半点血色，等陈俊来走远了，才反应过来，吼道：“陈俊来，你真他妈欺人太甚！”

三

第二天下午，陈俊来就到家了，前来帮忙的人们都投来奇异的目光，问：“昨天下午你不是还在浙江吗？怎么这么快就到了？”

陈俊来不说话，有聪明的立即醒悟过来，问：“你是不是坐飞机回来的？”

陈俊来一边戴孝帕一边说：“坐火车太慢了，不坐飞机怕赶不回来。”

大家“啧啧啧”地咂着舌头，向他投来羡慕的目光。只一两分钟，陈俊来坐飞机回来的消息就传开了。

披麻戴孝的伯父跑过来问：“俊山呢？俊山怎么还没来？”

陈俊来说：“他买不到票，估计要晚两三天。”

伯父有点不高兴了，骂道：“两个死小娃，怎么不一起回来？”

旁边有人插话道：“你家俊山去年回来过年说，他工资比俊来还高呢，怎么俊来都坐飞机回来了，他还没来？”

也有人冷笑道：“真是吹牛不打草稿，虽然都是打工的，但俊来是副总，俊山只是个抛光工，怎么能相提并论？简直是搞笑！”

又有人说：“听说那是个大公司，资产几十亿，老板比县委书记还雄，副总经理至少相当于副县长。”

也有人不服气，说：“陈俊山家都起房子在大田边了，陈俊来怎么连板土墙都没有？他还是拿起副乡长不当出去打工的呢！”

又有人瞥了刚才说话的那人一眼，说：“不清楚情况就不要乱说，人家陈俊来早就在浙江买房了，去年回来过年又在县城买了一套，几百万的家产呢。陈俊山修在大田边的房子能卖几个钱？”

又是一阵“啧啧啧”的咂舌声。

陈俊来系好孝帕，来到奶奶的丧堂。丧堂设在伯父家的堂屋里，因为奶奶是在这里过世的。爷爷走得很早，爷爷走后，奶奶又活了三十多年，前十年带着未成年的三叔和幺叔，跟着陈俊来家艰难地过活；中间十四年，三叔分家了，就去帮幺叔家带小孩；陈俊来的父亲去世后，则在伯父、三叔和幺叔家一家一月地轮流住。

看见那盒不大不小的黑漆棺材，想起九个多月前佝偻着身子送他出村上路的奶奶，陈俊来鼻子一酸，泪珠就下来了。他抽出三炷香，点燃、跪下，磕了三个响头，然后把香插在灵前的香案上。抬起头来，刚好看见幺叔。

幺叔只比陈俊来大六岁，一米八〇的个子。在陈俊来的记忆中，幺叔算得上是高大英俊的，年轻时很喜欢打篮球，还是乡代表队的主力。可是现在，幺叔的身子已经开始佝偻了，人也非常显老，很难想象出他当年在篮球场上的雄风。

幺叔说：“俊来，过来我们商量个事情。”

陈俊来看了看奶奶的灵牌和引魂幡一眼，起身跟随幺叔来到三叔家的楼上。伯父、三叔以及堂哥都在。

大家坐下，幺叔说：“俊来回来了，我们就把事情摊开来说说。三哥，你先说吧。”

幺叔口里的三哥，就是陈俊来的三叔，在邻乡工作，是个普通干部，性格比较木讷，低着头不说话。堂哥说：“既然三叔不说，我就来说。以前奶奶嫌棺材小，我们三家就重新换过了，花了七千多块钱，虽然没有二叔（陈俊来的父亲）的那盒好，但也过得去了。”

堂哥一说，陈俊来才想起父亲的那盒棺材。由于父亲去得突然，棺材没准备好，只好临时去买，花了一万八千多块钱。那盒棺材的确好，可以说是本村历史以来最大、最好的棺材，把奶奶的和它一比，陈俊来的心里就有些灰暗起来，于是插话道：“怎么不买盒大点的呢？”

堂哥说：“你不在家，不知道我们找了多少地方，才觅到这盒一棵杉的。现在一棵杉的老木那么宝贵，你以为是好找的？现在不说棺材的事了，反正钱我们三家也出了，现在我们是谈如何盘奶奶的事情。”

父亲生前就有规定，老人的养老不攀连两个姑姑，由四个儿子平摊，每家每月两百块钱（其实他每月都多给了两百）。父亲去世后，陈俊来也想按照父亲生前的做法，跟几个叔伯平摊奶奶的养老费，自己再凭心多给一份，但幺叔却跳了起来，说我二哥是人民警察，他不在了老人是有抚恤金的，一个月六百多呢，要全部拿出来。陈俊来说，这个钱是国家帮我父亲服侍老人的，已经包含了生养死葬，要全部拿来也行，但今后老人的后事你们三家要全部负责。

幺叔当即拍着胸脯，说行，只要把这份钱全部拿出来，以后绝不攀连你。伯父和三叔也表示同意。所以八年来，那份钱一直是幺叔去父亲生前的单位代领。

陈俊来问堂哥：“你说，要怎么盘？”

堂哥说：“昨天三叔、幺叔和我商量过了，还是我们四家平摊吧，每家拿两万块钱铺底。”

堂哥在邻乡开了个砖厂，最近几年赚了几个钱，说话很气粗，根本没把两个叔叔放眼里，更不要说陈俊来了。

陈俊来问：“当初我们不是有过协议的吗？”

堂哥说：“当初有没有协议我不知道，不信你问你伯，他有没有看见那个钱。”

陈俊来看看伯父，又看看幺叔。伯父正襟危坐，一副事不关己的表情。幺叔却勾着头，红着脸，大气不出。

陈俊来叹了口气，说："好吧，就按你们说的办吧。"说完下楼，来到三叔家堂屋里，打开自己带来的行李箱，掏出两捆钞票，上楼递给堂哥。

堂哥伸手接过钱，伯父、三叔、幺叔都长长地吁了口气，把头抬了起来，脸上不约而同地露出笑容。堂哥正要宣布散会，陈俊来说慢，我还有话要说。

堂哥等四人的目光一齐望向他，疑惑地问："啥子事？"

陈俊来说："等等，让我把陈松大叔请上来。"

说完他连忙走了出去，两分钟后带着陈松上来了，说："大伯、三叔、幺叔，本来以前我们四家是有过口头协议的，我老爹头上给奶奶的抚恤金由你们去领，奶奶的一切养老和后事都由你们三家承担，不再攀连到我。但你们今天提出盘奶奶的钱要四股平摊，我想这是给老人办后事，懒得跟你们理前三后四，再说当初我们的这个协议别人也无从知晓，如果我不出钱参加盘老人，大家都以为是我不孝。现在有一个事情，要当着陈松大叔的面说一说。"

其实当初他们四家的这个协议陈松是知道的，他也料定陈俊来的堂哥和幺叔一定会打翻包，于是笑笑，说："好，最好当着我的面提出来，以后不准哪个再皮翻。"

陈俊来说："我们准备请十家姑妈和老外家来祭奠，其余的只准来吃酒。虽然说人情不是账，去了不消望，但很多人情却是非还不可的，比如祭奠的十家姑妈和老外家，必定是四家一起还。所以，关于礼金的事情，你的亲戚也是我的亲戚，你的朋友也是我的朋友，根本不好划分，干脆不管三七二十一，就按四股分好了。"

陈俊来刚说完，幺叔就立马跳了起来，说："俊来说的不公平，整条冲子三个行政村，我几乎家家都在走，还有刘家湾那一大寨，又是我的干外家，人家办酒席我都是两三百、五六百的送。"

堂哥也跳起来说："我是做生意的，可以说朋友遍天下，上个月进新房，就收了五万多块呢，这样一来对我也很不公平。"

不说话的只有三叔。

陈俊来说："我知道，哥哥（指堂哥）是做生意的，朋友很多，人家听说你奶奶过世了，多半都会来吃酒，但是你敢保证，你的朋友就不是幺叔和三叔的朋友吗？他们家办酒，三叔就可以不去送礼了吗？我也知道幺叔作为片区学校的副校长，平时也走了很多人，但你和大伯、三叔的外家都在本村，难道平时大伯和三叔家办酒，你的那些亲戚就不会来吃酒吗？他们家办酒，大伯和三叔不去面子上又过得去吗？”

陈俊来这样一说，堂哥和幺叔就低下了头，嘴青脸干的不再说话。三叔终于开口道：“就按俊来说的办，我没啥意见。”

陈俊来又说：“一般送人情送得最大的，都是自己的亲舅子，干脆这样吧，你们三家亲舅子送的，不管多少，都算在你们自己的名下，其余的，先提出三万给老人做坟，然后再拿来四股分。”

这样一说，伯父也勉强同意了。幺叔还要站起来闹，陈俊来又说：“如果不同意这个方案，那就跟县城里的人学，我不沾这个光，你们三家就摆三个收礼台吧，各家亲戚朋友到各家的收礼台去送礼。觉得三家都必须要送的，就让他们送三份；觉得只需走两家的，就送两份。不过这样一来，我们家不但要在村里闹笑话，估计从今往后，你们三老弟兄就要割裂了。”

话说到这个份儿上，伯父也站起来说：“就按俊来说的办吧，哪个要是再皮翻，我就撂一句在这里：我老妈不是拿来给你们收礼赚钱的！”

时候到了，作为族长兼管事的陈松笑笑，说：“就按俊来说的办吧，谁要皮翻，有我质证。”

陈松说完就下楼指挥干活去了，幺叔也跟着一脸不悦地走了出去。陈俊来对伯父、堂哥和三叔说：“奶奶虽然不识字，但却识大体，几十年来，她一直是我们这个大家庭的主心骨，她在世的时候，我们是很团结的，希望她过世了，我们依然还要团结下去。”

伯父一脸茫然。三叔说：“要是我二哥还在世，就不会是这个样子了。”

堂哥说：“我没得说的，就是幺叔有点裹搅。”

陈俊来说：“随他去吧，把奶奶盘了出去，我们就没多少勾扯了。”

四

从三叔家楼上下来，陈俊来尿急，就朝厕所走去。

三叔家的厕所是单人厕所，又没门关，里面有人的时候，一般都会在墙头上挂块破布。但陈俊来实在憋急了，依然朝着厕所走去，想在厕所后面的粪池边解决。

谁知刚到厕所边，就听见幺叔在里边给幺婶打电话："人情钱是要拿来四股分的，叫他们都少送点，表示个意思就行了。"

陈俊来忍不住笑了起来。

返回丧堂门口，陈俊来看到帮忙的人稀稀拉拉，几乎都是老人和妇女，心里有些发愁。陈松停了哀乐，一遍又一遍地在高音喇叭里喊："父老乡亲们，今天晚上就要起经了，请在家的不管老少，都过来帮忙。"

但不管怎么喊，陈俊来都觉得效果不大。陈家沟是个两千多人的行政村，二十年前，村里只要死了人，前来帮忙的基本都是青壮年，满院子站得密密麻麻，扎花圈、扎伞马、扎净门、打烧纸、理寿纸、做幡布、印封皮、封包、挂包、做饭、洗碗……管事只需在饭桌上点着人头吩咐一番，帮忙的就会各负其责，干得热火朝天。可是如今，任凭陈松喊破喉咙，还是那几个毛哈哈。

陈松喊了半天，实在有些灰心，就不再喊了，又开始放起哀乐来。可是在二十年前，村里死人是不兴放哀乐的，一般都是吹唢呐，两帮坐堂唢呐轮流着，从停灵的当天开始，一直要吹到出殡并且送到山上去。

陈松走了出来，陈俊来迎上去问："大爷，唢呐匠呢？怎么没听见吹唢呐？"

陈松说："在本乡找了好几帮，都出门打工去了，只好去请邻乡的，吹得好不好不知道，最少都要六百块钱一天，还得孝家安排人帮忙打鼓打铰子。估计，后天早上会到。"

一般情况下，唢呐匠都是四人一班，一人吹大唢呐，一人吹小唢呐，一人打鼓，一人打铰子，吹唢呐的是师傅，打鼓、打铰子的是徒弟。以前本村就有三帮唢呐匠，不要钱就来了，现在要请到邻乡去不说，价钱还很贵。

“后天？后天离正酒不就只隔一天了吗？”

“有什么办法？人家说生意忙得很。”

按照规矩，出殡的前一天就是正酒日，所有的亲戚朋友都要来祭奠、悼唁、吃酒、送葬。二十年前，不管哪家死了人，只要地炮一响，全村老少都来了。到了正酒那天，不管来多少亲戚朋友，都招呼得起；出殡那天，不管坟地看落哪点，正孝只需磕个头，道士先生喊声起，年轻力壮的小伙子们就争先恐后地上，再高、再陡的悬崖峭壁，四五百斤重的棺材根本不在话下。

陈俊来非常清晰地记得，以前村里每抬一个老人上山，都要出动四五百人，翻越悬崖峭壁的时候，三四百人拉着一根粗粗的、长长的纤绳，百十个年轻人围在棺材的四周，护卫着八个龙杠手。此时的龙杠手全身都是绷紧的，不但身子绷得笔直，连腿也不能有丝毫松懈，一旦松懈，就有可能趴下去。

无论如何，棺材是不能落地的，不管前方是沟沟坎坎还是悬崖峭壁，龙杠手都只能硬挺着，充当棺材的轮子，靠着那根绳上传来的力量，奋勇向前，生死不顾。而旁边护卫的，看见有谁吃不住了，立马就顶上去。

那时候人们交朋友，最讲义气的话不是某月某日在哪里喝酒吃饭，而是“哪天你家老人成神，我来抬龙杠”。

可是现在，青壮年劳力纷纷外出打工，即使是最好的朋友，也没谁会说你家老人成神我来抬龙杠了，即使你特意打电话通知，对方最多是问你账号多少，我打两百块钱过来吃酒。

可以说，如今在陈俊来的家乡，朋友之间的友情，或许只值两百块钱！

想起这些，陈俊来心里酸酸的，有点恨这个金钱至上的社会风气。但回头想想，自己又何尝不是如此，出去的这些年，亲戚朋友家里有老人过世，自己回来帮忙抬过龙杠吗？别说其他地方，就是本村本寨的，也没回来过。这次如果不是自己的亲奶奶过世，还不一定回来呢！

想着想着，陈俊来的心里不仅仅是酸楚，还苍凉起来。陈松也在一旁叹气，说："现在，连抬个老人上山都很困难了，村里留下的，几乎全是老弱残兵。"

陈俊来忧心忡忡地说："我奶奶的坟地看落岩羊包包，没人抬怎么办？"

陈松说："唯一的办法，就是你们四家正孝，各自通知自己的亲戚朋友来帮忙，或者方圆几十里，挨家挨户地请，只要在家的都请来，或许还能抬得上去。"

陈俊来一脸黯然地说："等我家在外打工的人都到齐了，我们再分头行动。"

"不要等了，现在还没到的都是靠不住的。"身材瘦削的堂哥，穿着皱巴巴的衣服，靸着一双旧拖鞋，突然出现在陈俊来身后，语气冲冲地接着说："我和三叔、幺叔一起掰起指头数过了，光靠我们村在家的人，是不可能把奶奶送上山的，唯一的办法就是我们四家分别到外面去请人，每家请三十个能够抬龙杠、下劳力的青壮工。三叔和幺叔都已经开始行动了，你也抓紧点吧，大后天就是正酒，只有明后两天的准备时间了。"

堂哥说完，人影一晃，就不见了。陈俊来心里一颤，两眼不由变得空茫起来。

陈松摇了摇头，长叹一声说："看来，也只有如此了，只是这样对你不太公平。"说完，也转身忙他的去了。

五

陈俊来自从参加工作，就很少回来过，特别是去了浙江后，曾经的亲戚朋友也都东奔西走，几乎连联系的方式都没有，到哪里去请人抬龙杠啊！

陈俊来慢慢地离开伯父家院子，来到后面的路上。这条路曾经是村里的主路，虽然只是乡间小路，但却非常平整，如今行人渐少，早已荒草丛生，坑洼不平。抬头望望，山还是那座山，树却已经不是那些树了，以前从河沟到山顶，都是庄稼地，现在半山以上都长满了山林和荒草。

二十年，二十年啊！这二十年的时光里，陈俊来走出这个村庄，先是当过中学教师、校长和副乡长，后来辞去公职，在民营企业里当经理、副总。虽然工资一直在涨，但在这个地方，在这些大山里的亲戚和朋友，却在逐渐流失，音讯杳无。

他根本不知道要去哪里请人，也不知道可以请哪些人，只能看着四周熟悉而又陌生的山峦发呆。

“轰！轰！轰！”追魂地炮依旧半小时一巡地放响，炸得陈俊来的耳朵嗡嗡地发疼。

“唉，二十年了，唯一没变的，就是这地炮了！”陈俊来感叹一声，朝放地炮的地方走去。

放地炮的依然还是聋哥。聋哥比陈俊来大一岁，从小耳朵不太好，死人场中管事就安排他放炮。此刻，他正“咣当哐当”地往炮管里筑火药。

陈俊来走到聋哥身边，聋哥已经筑好最后一只地炮了。聋哥把地炮摆好，站起身憨厚地笑道：“兄弟，七八年没有遇到了，大家都老了，长变样了。”

陈俊来一脸苦笑地打量着聋哥，见他虽然长胖了，但还是一脸质朴，于是大声问：“老哥，这些年都在哪里干？”

聋哥大声地说：“我耳朵不行，很少出门打工，现在全村最穷的，就数我了。”

陈俊来拍拍他的肩，说人嘛，三穷三富不到老，活得开心就好。

聋哥张嘴就笑，问：“听说你奶奶是要抬上岩羊包包，没有三四百人估计拿不上去，你们怎么办？光村里剩下的这些老头妇女，肯定是不行的；打电话通知年轻人们回来，更不可能，人家背井离乡跑到几千里外打工挣钱，谁愿意回来？”

陈俊来唉声叹气地说："我正为这事发愁呢。"

聋哥深有感触地说："方圆几十里，估计再也没有谁的葬礼会像我二叔（指陈俊来的父亲）的那么隆重了，不但全村出门在外的人全都赶回来帮忙，连开'万'字辈（陈俊来的爷爷辈）的人都爬起来为他守灵救苦，嫁出去的姑妈不论辈分全都赶来祭奠，上万人的送葬队伍啊，这辈子我们再也看不到了！"

聋哥一提这事，陈俊来的眼泪又下来了。八年前，年仅五十二岁的父亲因劳累过度去世了，虽然他只是一名普通民警，但他的那场葬礼，却是方圆几十里最隆重的葬礼，村里出门打工的，不管身在何方，全都赶回来披麻戴孝。在他停灵的七天里，每天院子里都聚集有上千人，正酒那天，更是来了两三万，光追悼会就开了三场。第一场是家族给他开的，数千族人从八九十岁的老头儿到两三岁的孩子，无不痛哭失声；第二场是单位给他开的，乡党委书记主持，县公安局局长致悼词，附近三个小学的全体师生以及全乡干部职工都来了，三千多人排着长队敬献鲜花，花是从八百里外的昆明专程买来的；最后一场是陈家沟村委会组织的，参加者是全体村民和来自三川四码头的亲戚朋友，陈家沟嫁出去的姑妈，不管是不是姓陈，全都身穿孝衣，长跪不起。停灵七天，吃了三十八头大肥猪，每头都有三四百斤重，全是姑妈们送来的。二十三帮唢呐匠自发地来自四面八方，从停灵的第一天就开始吹起，送上山了，还围着坟墓吹了一天一夜，而且分文不收。

看着陈俊来一脸伤悲，聋哥的眼圈也红红的，哽咽了一下，接着说："也许，我们这方圆几十里，再也不会出现我二叔这样的汉子了。一想起我二叔，想起他在世的时候，每个赶场天，只要他在乡上，都会把烧酒、馒头和茶水亲自送到街尾的大杨柳树下，让全村赶场的人吃饱喝足，我就想痛哭一场。兄弟，我们村里领国家工资的人几十个，但只有我二叔才会这样做！还有，凡是我们陈家沟嫁出去的姑妈，不分老少，不论姓氏，只要受了委屈，他就冲了出去，不为她们讨回公道不回来；还有，村里不管是谁，不管去了多远、惹上什么麻烦，只要一个电话，我二叔就赶去了，不解决好事情不回来。兄弟，你说我二叔的威信，这方圆几十里，还有谁敌得过？我敢说，连县委书记都比不上！”

父亲八年前的超级葬礼虽然历历在目，但是如今，残酷的现实却摆在眼前，奶奶的上山成了问题。

六

陈俊来怀着悲痛的心情，披着孝帕，离开聋哥，来到寨子前面的简易公路上。这条路晴天还好，雨天却寸步难行，还是父亲在世时组织全村村民开挖出来的，父亲去世后，由于缺少养护，路就越来越烂，原本够两辆汽车并排跑的，现在只够一辆车跑了。

堂哥交代，只能到村外去请人。整整十年，只有到了这个时候，陈俊来才开始后悔当初的选择：不该离开家乡，外出闯荡。陈俊来想，要是一直留在老家，积极招商引资，努力发展经济，让乡亲们挣钱不用离乡，抬人上山还用愁吗？

陈俊来悲悲戚戚地沿着简易公路往邻村走去。几个小时前，他刚从乡上一路颠簸、一路烟尘地打摩的上来，现在又要朝着来时的方向，出去请人。简易公路旁边，每隔一两里就会出现十几幢新房子。这些房子都是从半山上的寨子里搬下来的，由于没有统一规划，显得七零八落，乱七八糟。这些新房子大多是三层小楼房，墙面上贴着瓷砖，就像一位朴实无华的村姑，突然穿上都市女孩的时髦着装，怎么看都别扭。

那些新房子静静的，走过两三个村民小组了，都没看见一个人影。陈俊来感到有点奇怪，走着走着，心里就明白了，原来那些村民都在外地打工，挣了点钱，就回来建房；房子建好了，还得出去打工，小楼房虽然修得漂亮，却只是一个空巢。

这样走了四五里，终于走出陈家沟地盘，来到邻村的第一个寨子。这个村庄也一样，半山上是老寨子，公路旁边是新寨子。新寨子里同样空荡荡的，既听不见鸡鸣，也看不见狗影，十几幢小楼，只有两三幢的门半开着。

陈俊来在新寨子里逛了一圈，只见那两三幢半开着房门的小楼里，居住的不是弯腰驼背的老人，就是花眉日眼的小孩。陈俊来心里拔凉拔凉的，因为他知道，年轻力壮的都出门打工了。在新寨子里请人肯定是没希望的，陈俊来只好拐上小路，往半山上的老寨子走去。

可是，老寨子同样是空的，甚至有不少房屋，由于无人居住，早已破廊打壁，不堪入目。好半天才遇见个七八十岁的老头儿，颤巍巍地问："幺，你是哪点的？"

陈俊来回答："我是陈家沟五组的。"

老人虽老，耳朵却不背，接着问："噢，你来找哪个？"

陈俊来说："我家老人成神了，我来请人帮忙抬龙杠。"

老人怔怔地看着他，叹了口气，说："现在年轻的都出门打工了，寨上只剩下十五六个老头老奶和两三个媳妇，再有就是小孩，没有抬得动龙杠的人了。哎哟，我这两天老是听到地炮响，是哪个不在了嘛？"

"是我奶奶——陈忠武的母亲。"

"哇！是她不是？她才大我两岁，怎么就去了？陈忠武是不是你爹？"

陈俊来点了点头，老人激动起来，说："他就是你爹？幺，好多年都没见到你了，怪不得长变样了。听说你读书厉害得很，到外面当官去了。你爹是个真汉子、大好人，他过世我还去救苦唱孝歌呢。"

老人说着说着，声音也哽咽起来，浑浊的眼里慢慢溢出眼泪，陈俊来只好默默地离开了。

渐渐地太阳落山了，陈俊来在邻村转了五六个寨子，依旧一无所获，便只好拖着又累又饿的身子走了回来。聋哥说，你在青林村肯定是请不到人的，因为那个村有劳力的人，不是出远门，就是在你堂哥的砖厂里。

陈俊来问："那沟底村呢？"

聋哥说："都一样，除了出远门的，都是你幺婶的砂厂员工，也轮不到你。”

最近的就是这两个村庄，再远，就更难请人了。

陈俊来就像泄了气的皮球，蔫蔫地歪坐在三叔家院坝里的那张破木椅上。堂哥歪翘歪翘地走过来，带着奚落的口气问：“去了大半天，请到几个人了？我和幺叔的三十个人全都请满了，就差三叔和你的了。哦，听说三叔也请了十几个了，你要抓紧哦。”

陈俊来撑了起来，刚想说话，堂哥又气耸耸地说：“俊山打电话来说，你把他的票给撕了，重新去买买不到。兄弟，放为人好球点嘛，一张车票有啥子稀奇的？又不是不给你钱！”

堂哥说完，就像狗春碓一样扭着身子走了。陈俊来又重重地坐了回去，聋哥愤愤不平地说：“唉，那家伙怎么能这样说话？要不是当年有我二叔，他能活到今天？搞不好骨头早就打鼓了！再说，你当副乡长的时候，也没少照顾他！”

陈俊来说：“时代已经不同了，人们的心也变了。聋哥，看来我请不到人，他们是不会放过我的，你说怎么办？我不可能背着个不仁不孝的罪名逃走吧？再说我奶奶生前一直念叨我父亲是忠臣大孝，现在是我代表他呀！”

聋哥埋头想了几分钟，突然问：“兄弟，你老实跟我讲，现在你多少钱一个月？”

陈俊来愣了一下，说：“我是副总经理，年薪六十万，年终还有十万元奖金，十万元分红。”

聋哥张大嘴巴，做出一脸惊讶的表情，说：“哇！那么多呀，我一辈子恐怕都挣不了你半年的工资，怪不得你拿起副乡长不当都要走！那你堂哥他们还有啥子好雄的？别人不清楚我还不晓得？他干一年砖厂最多也就挣个十来万，但你看他那副刀头，好像有多了不起似的！有钱就行，我帮你想办法。”

陈俊来问有啥办法，聋哥说：“我认识一个人，是县城里的‘川军’老大。”说到这里，聋哥有些不好意思起来，“其实兄弟，每年我都要去县城干几个月‘川军’，不然上有老下有小的，怎么养活？”

“川军”也叫“背篼”，就是下苦力和打零工的，社会地位极低。陈俊来说：“唉，聋哥，看来也只有走这条路了，你帮我联系吧，三十个人干一天。”

聋哥掏出手机，翻出一个电话号码说：“兄弟，电话号码我给你，你自己跟他谈吧。那个老板姓张，叫张开军，是长箐街上的。”

长箐，就是本乡乡政府所在地。长箐街上的张开军，不就是我的初中同学吗？陈俊来一边想着，一边拨通了电话。一个粗重的男声传来，陈俊来问：“你是张开军吗？”

对方说：“是啊，我是张开军。你是谁？”

陈俊来说：“我是陈俊来，陈家沟的陈俊来。”

对方听出他的声音，兴奋地说：“哈哈，老同学，你拿起副乡长不当跑哪里去了？发大财了吧？”

陈俊来苦着脸说：“发什么财啊，碰到困难了，想请你帮个忙。”

对方问要帮啥子忙，陈俊来就把事情毫不隐瞒地说了，对方说人是有，除了管吃，每人每天少了三百块钱估计不行，此外还得付一千块钱的车费，因为陈家沟离县城太远，三十个人至少要租四辆面包车。

陈俊来说：“没关系，一万块就一万块，你报个卡号来，我先把钱转到你账户上。”

聋哥一愣，没想到陈俊来居然如此大方，于是摇摇头嘀咕：“还真是个有钱人！”

其实，按县城的行情，“川军”也就两百块钱一天，即使是到陈家沟，二百五已经足够了。

此刻，在聋哥的眼中，陈俊来的形象愈发高大起来，远远地超过了他的“川军”老大。

七

吃过晚饭，天早已断黑，道士先生吹响牛角，准备起坛念经。

所有在家的孝子，全都披麻戴孝，在经堂前面排队作揖。堂哥站在陈俊来身旁，低声问："你的人请得如何了？"

陈俊来答："已经搞定了，不用你操心，起丧时保证有三十名龙杠手到场。"

道士先生唱完一段颂词，又敲响了法器。堂哥一边作揖一边说："我跟幺叔商量过了，准备把整条路线分成十二段，我们四家，每家负责抬三段。"

本来，陈俊来已经觉得堂哥够过分的了，没想到居然还要来这么一招。这已经不是过分，而是无耻了。于是问："包括拉纤吗？"

堂哥说："只是抬龙杠，拉纤的活，大家搭伙干，再说还有村里的乡亲和其他来祭奠的亲戚朋友帮忙拉。"

陈俊来说："好，一切都按你们说的干吧。"

堂哥怔怔地看着他，一脸不屑地说："咦，想不到你还挺硬气的嘛。"

陈俊来说："我不是硬气，是尽孝。把老人盘完后，我们的弟兄关系，估计也就结束了。"

堂哥脸上热辣辣的，突然抬起头来，大声吼道："随便你吧，陈俊来，你爹在世的时候，把我压得太够了！"

陈俊来不由一颤，冷冷地看向堂哥。堂哥虽然瘦得像只猴，但从他身上，依然还能看出二十多年前"操社会"时的凶悍样，于是长叹一声，说："我爹真的错了，但他最大的错误是不该英年早逝，要是他还在，奶奶的丧事就不会这样冷清了，更不可能连抬龙杠的人都要到处去请。"

堂哥更加恼怒，指着陈俊来的鼻子说："我恨你爹，恨死你爹，当年老子们玩得多潇洒，是他把我抓回来，打我关我也就算了，出来后还让我跪了三天三夜的破瓷碗。"

陈俊来说："你不应该恨他，他那样对你，目的是为了尽孝，对爷爷尽孝。你毕竟是爷爷的长孙，是他的亲侄儿。"

陈俊来的话音刚落，堂哥就"砰"地一掌扇在他脸上。人群顿时骚乱起来，大家连忙把他们拉开。堂哥疯狂地吼："陈俊来你听着，你爹当年治我的，这一巴掌永远打不回来！"

陈松气汹汹地跑过来，分开人群，一把提起陈俊来的堂哥，高高地抛了起来，重重地掼在地上，还踢了两脚，指着他骂："老子踢死你这个忤逆狗日的，当初要不是有你二叔，你他妈的现在不知死在哪里了!"

陈松越说越气愤，忍不住又把陈俊来的堂哥提起来扇了几巴掌，直打得鼻青脸肿，然后宣布："把这个忤逆狗日的撵出去，不要让他扰乱坛门!"

堂哥像条狗一样逃跑了，众人才安静下来，起经法事又继续做下去。陈俊来不由在心里感慨："这个家族，好在还有陈松大爷撑着，否则不知会变成啥样。"

八

陈俊来回来奔丧的第六天，天刚麻麻亮，陈俊来还在丧堂里给唱孝歌的歌郎们端茶倒酒，聋哥就把地炮放响了，陈松也在高音喇叭里喊了起来："村里的帮忙弟兄和留下来帮忙的亲朋好友，请你们赶紧到丧堂门口来，马上就要开路起丧了。还有孝家请来的龙杠手，也请你们都到丧堂门口集合。"

一脸疲倦的陈俊来抬腕看看，已经五点多钟了，比浙江晚天亮一个多小时。陈俊来伸伸懒腰，刚考虑要不要去隔壁三叔家洗把脸，堂哥就怒气冲冲地跑来，黑风丧脸地问："陈俊来，你请的人呢？你请的人在哪里？怎么人花花都见不到一个?"

陈松还在喇叭里喊着，陈俊来问："先生说几点起丧?"

堂哥说："七点整!"

陈俊来说："我是叫他们早上六点半准时到，还有一个多小时呢，你慌啥子球?"

堂哥狠狠地说："你听好了，整个路程已经分成了十二段，一家负责抬三段，轮流着来。"

陈俊来很后悔只叫三十个"川军"，要是多叫五十个，他就硬得起气，说你们都不要管，就我一个人来抬！可是，现在他不敢也不能这样说，因为三十个龙杠手是绝对抬不上去的。岩羊包包，既是村里最好的坟山，也是最难爬的坟山，滑石岩、大陡坡、长岗岭、小冲头，每一道关卡，对于抬龙杠的人来说，都是一次生死考验，即使大家都很卖力，没有三四百人，无论如何是抬不上去的，拉绳的不算，龙杠手至少也得七八十个。

陈俊来说："你看着吧，再过一小时如果没人来到，你想怎么样都行。"

"哈哈哈，"堂哥冷笑道，"你爹不是豪爽得很吗？生前不是有很多结拜弟兄吗？怎么奶奶死了，你家连一个人都请不了来抬龙杠？奶奶在世的时候，不是天天念叨你爹是忠臣大孝吗？我看孝个球，没有我们三家，连她尸体都抬不出去！"

陈俊来鬼火正戳，陈松就走进来了，高声喝道："忤逆狗日的，又在瞎说什么？说吗不是踏你点，你连你二叔的头发丝丝都赶不到，还好意思在这里胡说！人在人情在，要是你二叔还在，老子敢打包票，来给你奶奶抬龙杠的人，多的没有，千八百是有的！你没看见他下葬的那天，上万人送上山，上千人抢着抬龙杠，三千多条孝帕就像白云一样飘，忤逆私儿哟，你做梦都想不到！"

堂哥气耸耸地说："老子不晓球得，他死我又没回来。"他到底还是怕陈松的，一边说一边梭尸梭尸地溜走了。

陈松气愤地对陈俊来说："当年我忠武二哥不该救这狗日的，实在是太忤逆了。"

一个瞎子歌郎插话道："他呀，连别人外姓都要救，自己的亲侄儿落难了，不救在得住吗？可惜呀，可惜！"

陈松说："他是落个球的难，那叫大逆不道、走火入魔、罪有应得！"

正说着，帮忙的人们陆陆续续地赶到了。地炮一巡一巡地响着，陈松又在喇叭里喊："请所有孝子和帮忙弟兄先去饭堂吃饭，吃完饭马上开路，七点准时发丧！"

这个时候，已经不用唱孝歌了，陈俊来刚把歌郎送出路口，四辆面包车和一辆吉普车就在寨子前面的空地上停下了。

陈俊来赶紧跑到公路上，同学张开军带着三十名年轻力壮的“川军”已经下了车。张开军看见陈俊来，笑着跑过来握手，说：“老同学，你在价格上没有亏待我，我也在人员上没有亏待你，我手下有两百多号人，这三十个人可都是精挑细选的呢。”说着递上几张钞票。

陈俊来一愣，明白他是在送礼金，伸手接过说：“我爹他们有四弟兄，我们四家已经分好了，一家负责抬三段，到时候管事会安排。”

张开军“哈哈”一笑，说：“三段五段都没问题，只要他们家能上，我们就绝对能上！”

张开军如此一说，陈俊来就落心了，直接把他们带到饭堂吃饭，吃完饭后带到丧堂前面，时间还不到六点半。

此时，堂哥、三叔、幺叔请来的龙杠手也到了，各自集合队伍，在院坝里开小会。张开军很懂行，也招呼自己带来的人马排好队，说人家陈老板豪爽得很，我们做事要对得住人，下面请陈老板训话。

陈俊来往队伍前面一站，说：“弟兄们，我只有一个请求，就是希望大家好好把我家老人送上山，今后我一定会好好答谢。”

三十名壮汉齐声答道：“陈老板，请放心，不管是悬崖峭壁还是火海刀山，我们都一定全力以赴！”

这句话明显是训练过的，他们不但说得慷慨激昂，而且非常响亮，引得大家纷纷侧目。呵！多整齐的队伍呀，一个个五大三粗、膀大腰圆，都是二三十岁的青壮年，不像另外三家请的，高矮胖瘦，参差不齐，队列更是站得七歪八扭。

陈俊来腰杆有些硬了，不由挺直脊梁，长长地吁了口气。陈松看见，心里也宽了宽，便把分配的路段大声宣布。幺叔和堂哥跳了起来，说分给他们的路段不好，陈俊来淡淡地说：“你们谁愿意换，我跟他换。”他俩瞪瞪眼，又不说话了。

开好路就是起丧，所有孝子都头戴孝帕，手执檀香守在路口上，道士班的掌坛师傅身穿法衣，头缠红布，手提斧子，一边绕着棺材转圈，一边用斧子敲着棺盖，咿哩哇啦地念动咒语。

几分钟后，掌坛师傅吼道："东方空亡出！"

众人跟："出！"

掌坛师傅再吼："南方空亡出！"

众人又跟："出！"

陈松站在台阶上举着半导体喇叭喊："上来八个龙杠手，把棺材捧出来。"

堂哥正要分派一家出两个人，突然人群中闪出八个五六十岁的精干老头儿，大踏步走向丧堂。

陈松见他们比较陌生，便问："你们是——"

带头的老头儿说："我们是忠武大哥的结拜弟兄。我们十二弟兄，如今只剩下八个了，管事，忠武大哥的妈，就是我们的娘，生前我们没来尽过孝，今天的第一杠，就让我们八老弟兄来抬！"

陈松打量着他们，问："你们能行吗？"

带头的老头儿说，我们虽然老了，但是，我们八老弟兄的后代和亲朋好友，凡是能抬龙杠的，今天全都赶来了。老头儿突然提高声音喊："忠武大哥，我们说好的，你家老人成神，我们一定要来抬龙杠。"

老头儿喊完手一挥，院子四周突然钻出七八十个青壮年男子，齐刷刷地站在丧堂前面的台阶下。老人转过身来，对着众人说："各位亲戚朋友，忠武大哥的妈，就是我们八老弟兄的娘，他如今不在了，就由我们来替他尽孝道，今天，陈母龙氏老孺人的龙杠，我们八老弟兄全包了！"

老头儿刚说完，张开军就撇下陈俊来，跑上台阶大喊："叔叔们，还有我和我带来的三十个弟兄。"说完手一挥，他带来的"川军"立即上前几步，与八个老头儿带来的龙杠手汇合在一起。

陈俊来跟了上来，张开军不好意思地笑笑，当着八个老头儿和陈松的面，伸手从挎包里掏出一捆钞票递给他，说："陈兄，估计你也没想到，我父亲也是你父亲的结拜弟兄。我家五代单传，在长箐街上势单力薄，十年前我奶奶去世，就是忠武伯伯组织人马抬上山的。去年冬天我父亲也过世了，今天，我是代替他来抬龙杠的，所以，这钱必须还给你。”

陈俊来把伸出去的手缩了回来，说：“这——这——怎么行？那些川——”

张开军“哈哈”一笑，大声地说：“他们嘛，都是我的弟兄，就像你父亲和我父亲那样的弟兄，你给多少钱他们都不会收的。”

陈俊来还想推让，突然传来马达声响，几十辆面包车和上百辆摩托车拖着滚滚尘烟从两头路口开了过来，把寨子前面的空地占满不说，公路也被堵得老长老长，四五百人朝着陈家丧堂涌来。来者声称，他们是从不同的地方赶来为陈警官的母亲抬龙杠的，好多人都是在外省打工，接到消息后匆匆忙忙地赶了回来。因为，陈警官生前，曾经无私地帮助过他们。

陈俊来心里一热，眼泪就下来了，从张开军手里把钱接了过来，转手交给陈松，哽咽着说：“大爷，请你安排人买酒买菜，再去买几头猪来杀，好好招呼大家，钱全部由我来出。”

陈松也激动地说：“好，俊来，今天来的人你都要好好记住，我一定会帮你接待好！”

这时，掌坛师傅大吼一声“大发大富起”，八个老头儿从两边捧住棺材，八个年轻人连忙加了进去，平平稳稳地把棺材捧出丧堂。丧堂外面的人随即接住，抬下台阶，放在院坝里的两张长凳上。为首的老头儿手一挥，立马就有人将大龙抬来，平平整整地放在棺材背上，然后开始绑绳索、扭翘别、安转柱、罩牛头、放五尺、上龙杠。

在那位老头儿的指挥下，一切都按部就班、井然有序地进行，陈俊来的伯父、堂哥、三叔和幺叔却在旁边愣眼愣眼地站着，他们请来的龙杠手，要干也不是，不干也不是，浑身不自在。

陈俊来看见堂弟也赶回来了，站在伯父身旁狠狠地挖了他一眼，眼里恨不得要喷出火来。

一切收拾妥当，八个老头儿蹲稳马步，每人扛住一根龙杠的一端；他们身后，各有一名年轻力壮的后生帮衬着，身边护卫的青壮年，无不摩拳擦掌，全神贯注。

张开军拴好背丧鸡，唢呐匠吹响“三滴水”，“轰！轰！轰！”又是三声追魂大炮响过，陈松以族长的身份，把奶奶的灵牌和引魂幡从伯父手里收回来，交给陈俊来。

陈俊来背好灵牌，举着引魂幡，在奶奶棺材前跪下，哭着大喊三声“奶”，然后转着圈子向四周帮忙的人群磕了八个响头。九十六岁的寨老颤巍巍地拉住他的手，含着眼泪瘪着嘴巴说：“起喽，幺，像你老爹那样，大发大富的起喽！”

陈俊来刚刚站直身子，为首的老头儿大喊一声“龙杠起”，奶奶的棺材就四平八稳地升了起来。八个老头儿把身子绷得笔直，稳稳当当地走出几步，年轻人们赶紧将他们换下，潮水般地向寨子后面的山上涌去。

九

半年后，陈俊来辞去副总经理职务，回到老家县城旁边的创业园，创办了蒙山绿色食品开发有限公司。张开军知道后前来入股，他手下的不少弟兄成了绿色食品公司的首批工人。

（原载《中国铁路文艺》2013 年第 7 期）

沉睡的鱼

一

时间就像一条慢慢悠悠的河，即使流得再慢，也会不知不觉地流逝过去。所以，当卢亚东再次注意到苏小茨的时候，距他们上次在 QQ 里说话，时间之河已经流过去快半年了，而且，他根本就想不起来当初为什么要加她。

卢亚东是江南市唯一的上市公司中分管行政和人力资源的副总经理，这天他正在清理 QQ 好友。卢亚东有个习惯，凡是半年内没有联系过的 QQ 号码，都要进行清理，在将其拉进黑名单之前，他都会给 QQ 主人发去一个消息，若十分钟内无人回应，便立即清除；如果对方回应，则会交流几句，看看还有没有保留的价值。这天，卢亚东给苏小茨发去消息说：“你好，你是苏小茨吗？”

那个QQ头像一直暗着，就像一条沉睡的鱼，一直躺在那里。谁知两秒钟后，那条鱼突然醒了过来，欢快地跃出水面，俏皮地说：“是啊，我就是苏小茨，嘿嘿。”还打了个龇牙的表情。睡着的鱼还会笑？卢亚东也发出了“呵呵”的笑声，手指轻敲键盘，问：“是真名还是假名？”对方说：“真名假名，重要吗？”卢亚东故作严肃地说：“我这是工作QQ，要求里边的人必须是真名，如果是假名，我就删掉了。”对方似乎犹豫了一下，说：“真名，当然是真名啦。”卢亚东说：“既然是真名，请告诉我您是哪家单位的，我好重新备注一下。”对方又犹豫了一下，说：“我还没单位呢，正在努力寻找中。”卢亚东轻笑了一声，说：“那好吧，暂且饶你不‘死’，赶紧找工作去吧。”片刻，对方就打出了一张笑脸，附加“谢谢”两个字。卢亚东没再理会，继续盘问下一个拟清除对象。

整整用了两个小时，卢亚东才将那些没有价值的人清理完毕，一脸轻松地走进人事部办公室。卢亚东担负着监督检查各部门工作的使命，经常去各个部门“串门”，而他一出动，总是带有“钦差大臣”的神秘感，毕竟是总经理身边的红人，一人之下千人之上。卢亚东最爱“巡查”的地方，是人事专员童小菲的位置。

童小菲是个刚出校园不久的大学生，来公司实习半年后被留了下来，最近刚被升为专员。童小菲长着一张白皙的瓜子脸，身材不算高挑但很苗条，眼睛里虽不是春风荡漾，却也生动活泼充满灵气，总的来说，在这个两千多人的企业里，童小菲还算是有几分姿色的。但卢亚东总是觉得，把“姿色”二字放在她身上有些残忍，因为一脸清纯的她怎么都看不出“色”的味道来。可能也是因为这样，即便卢亚东有事没事都喜欢到童小菲桌前站站，同事们也不会觉得他对她有何非分之想。卢亚东是全公司，甚至是整个江南市公认的才子，才子多情，但从他看童小菲的眼神里，没人能看到多出的“情”来。

这天卢亚东走到童小菲的桌旁，正好看见她在聊QQ。公司上班是禁聊QQ的，所以一般情况下，卢亚东“巡视”到哪里，哪里聊劲正酣的员工就会手忙脚乱地关对话框，可今天童小菲静如止水，沉着淡定。卢亚东一眼看见童小菲的QQ对话框，就激动起来：“苏小茨？你认识苏小茨？”童小菲转过头来，抬眼望望他，说：“她呀？云川警务室的流动人口管理员，我正通过他们提供的平台给咱们的新员工办理暂住证。领导，您也认识她？”卢亚东忙说：“不认识，不认识，我就是觉得这个名字有点奇怪。”童小菲睁大眼睛说：“我觉得不奇怪啊，我每天接触的来咱公司应聘的人，名字奇怪的多了去了，有时我就想啊，是不是咱们中国人太多了，传统的名字不够用了呢？”

卢亚东无心跟她讨论这个问题，迅速结束“巡视”回到了办公室，点开QQ，看到“苏小茨”还是静静地躺在那里，像一条沉睡的鱼。于是他呼唤道：“喂，苏小茨，你醒醒！”对方睁开眼睛，露出笑容，问：“怎么啦？有事吗？”卢亚东说：“我没事，我是担心你，你这样长年累月潜水，不怕被淹死吗？”对方发回一个龇牙的表情，说：“我是一条沉睡的鱼。”卢亚东这才注意到，她的个性签名正是“我是一条沉睡的鱼”。卢亚东本想问她为什么要骗自己说没工作，但敲完这行字后又删掉了。对方见他半天没动静，便问：“怎么啦，帅哥，欲言又止？能告诉我你在哪里上班吗？最好说详细一点，籍贯、年龄、婚否、爱好兴趣等，都说说，让我们资源共享嘛。”卢亚东有点气恼地问：“身高、相貌、职位、收入、家庭背景等，要不要一并报告？”对方感觉到了他的不满，弱弱地说：“这个，就不用了吧。”

其实云川警务室卢亚东是知道的，不仅仅是知道，而且了解得非常详细。这个警务室隶属于经济开发区派出所，主要负责云川片儿的社会治安与外来人口管理工作，只有三名在编民警，另外配了几十名协警，而那些协警的工资全部由云川片的企业出资发放。从某种意义上说，云川警务室虽然是公安局设立的，但却是企业养活的。在这个挤进全国前五十强的县级市里，最重要的企业都集中在云川片。卢亚东供职的这家上市公司当然也坐落在这里，而且是最大的纳税企业。这么说来，苏小茨的工资里有一部分就是卢亚东的公司发的，想到这点，他说话就没有先前那么客气了："想知道我是谁吗？到我空间里去看看不就知道了吗？"

"可是，可是我进不去啊。"卢亚东见苏小茨即使是在网上，说话也有点吞吞吐吐，貌似很"单纯"，便说："那我就让你进去吧。"说完，就把她移到"文友"一栏，说："你可以进去了。"过了好久对方才回复："我知道你是谁了，嘻嘻，雅德力！"

雅德力是卢亚东供职的这家公司的简称。卢亚东迅速检视了一遍QQ空间里的所有日记，没有发现与公司有关的内容，但这个苏小茨竟然说出了自己公司的名称，那只有一个可能，就是她已经借由文字识别出了自己的身份。想到这儿，卢亚东心里竟然有些窃喜，作为一名业余作者，能让一个素昧平生的女孩从文字中认出自己，也是一件小小的荣耀之事。还没来得及好好享受这份喜悦，他QQ中一个头像又跳动起来，点开，是文友马长风发来的："亚东，在吗？"

卢亚东也是个常年隐身的家伙，看见马长风的消息，连忙回复："在。"因为和马长风是好朋友，所以卢亚东有信必复。马长风说："有个家伙，写诗的，说是你老乡，想认识你，你的电话号码能不能给他？"卢亚东问："叫什么名字？"马长风"哈哈"一笑，说："那家伙名字有点怪，叫什么'东印西郎'，真名叫甄印郎。"卢亚东没听说过他老乡中还有个什么印什么郎的会写诗，但还是说："可以告诉他。"马长风只是说了声"好"，就没消息了。几分钟后，卢亚东的手机响了起来。

是个陌生号码，鉴于之前和马长风的对话，卢亚东接了这个电话。对方"喂"了一声，直接问："你就是卢亚东吗？"卢亚东说："是的。"还没等他问你是谁，对方就改用家乡话说："我叫东印西郎，写诗的，在北京混，来这边办点事。我刚刚跟你们市文联的林思联系过，待会儿要去拜访她。听说你以前也是写诗的？"卢亚东一听，就知道这个家伙是什么货色了，但还是客气地回答："是的，但已经是十多年前的事了，我现在写小说。"对方"哦"了一声，说："刚才林思也提到你，说江南市的外来作家以你和马长风为代表，马长风晚上要请我吃饭，你过来我们一起见见面吧。”卢亚东立马推辞道：“今天不大方便，改日我请你吧。”那个东印西郎一点都听不出他的反感情绪，还准备滔滔不绝地表达一些想法，卢亚东连忙说：“西郎，我这会儿有点忙，稍后再联系你吧？”电话那头只好答应。

挂掉电话，卢亚东做的第一件事就是上百度，输入东印西郎和甄印郎，结果还真有相关信息，只是稀稀拉拉的。信息显示，他只是在一些民间刊物发表过不多的作品，离“诗人”还远着呢。不过看到这些，卢亚东并没有露出轻蔑或鄙夷的神色，这年头，这样钓誉沽名的人多了去了，不足为奇。

其实今天卢亚东一点都不忙，他再次点开苏小茨的 QQ，问：“你在干吗？”可是两秒钟后，他却傻眼了，对方回复：“嘻嘻，雅德力。”再问一遍，还是立马跳出“嘻嘻，雅德力”。她把这句话设置成了自动回复，卢亚东有点哭笑不得。

二

之后近半年，卢亚东跟苏小茨一直都没有联系，而那个叫东印西郎的家伙却不断联系他，他每次都设法敷衍，但东印西郎却相当执着，对他的那次江南行念念不忘，也对卢亚东念念不忘。他在网上发给卢亚东自己的博客链接，在那里，卢亚东看到一篇《江南行》，写了他来这座江南小市一游的点点滴滴，当然也提到了卢亚东。他说：“6 月 12 日那天，我去拜访了江南市文联副主席林思，她给我介绍了两位外来诗人：重庆来的马长风和贵州来的卢亚东。嘿嘿，卢亚东和我还是老乡呢！又去拜访了马长风，在马长风处电邀卢亚东前来吃饭，因为工作忙，他未能赴约。”哎，还真是个见面熟的家伙！父亲生前曾对卢亚东说过，有的人是先熟后生，有的人是先生后熟，一般情况下，先生后熟的容易成为真朋友，而先熟后生的人，往往都比较势利，不值得交往。

毫无疑问，在卢亚东的心目中，东印西郎被打上了“先熟后生”的标签，是不值得交往的那类人。进入他的博客后，这种判断就在卢亚东心里落地生根了。首先映入眼帘的是博客主人的头像，毛长嘴尖的，却站在山顶的一块顽石上，做出展翅欲飞的姿势。卢亚东在心里冷笑，真会装啊，以为把头发留长就是艺术家啦？看完那几句写他的话后，卢亚东便迅速闪人了，心想：“这种不入流的‘诗人’，每认识一个人就要到处显摆！”

二十多天后，卢亚东意外收到东印西郎的一条短信：“卢兄，你尚未发表的短篇小说还有没有？有的话发篇给我。”后面留了一个电子邮箱。卢亚东犹豫了一下，还是把一篇刚刚完成不久的短篇小说发了过去。大概一个月后，卢亚东居然收到了一本杂志，封面上赫然印着自己小说的名字。这是一本没有刊号的民间杂志，主编就是东印西郎。这让卢亚东稍稍改变了对东印西郎的看法，他隐约觉得此人还是挺仗义的，对一个没见过面的老乡和文友，他能做到这一点，已经很好了。

其实卢亚东也担任着一本民间刊物的主编，因为有企业支持，稿费开得比一般官方杂志还高。可是，东印西郎从未提过要他帮自己上稿件。由此也可以证明，他还是很有自知之明的，不像某些所谓的作家诗人，为了几块稿费死缠烂打。

卢亚东收到的样刊中还夹着张纸条，上面写着：“卢兄，真不好意思，这本杂志是我自己掏钱办的，付不起稿费，请你原谅。”看到纸条后，卢亚东第一次主动拨通了东印西郎的电话，问候了几句，还说下次再来江南，我请你吃饭。

时间之河一流又是半年，这天，正是大年三十，卢亚东刚刚起床，手机就响了起来，是个陌生的北京号码。一般情况下，陌生的电话卢亚东是不会接的，因为现在骗子实在太多，不是拉广告就是骗钱。但大年三十的，骗子不该出动吧，于是他就接了，对方着急地说：“喂，是卢兄吧？我是甄印郎！”啊，这个家伙这次没再自称东印西郎，而是报出了真实姓名。卢亚东连忙说：“甄老弟，新年快乐！”对方没有客套，而是直接问：“你是在老家还是在江南？”卢亚东听出了他的紧张，连忙说：“我今年没回老家。”对方说：

“那就好，那就好，我想请你帮个忙。”卢亚东说：“有什么事尽管说，只要能够帮到的，我一定尽力。”东印西郎说：“是这样的，我父亲在江南打工，腊月十六失踪了，到今天还没有找到。他失踪的第二天我们就去派出所报案了，可一直没有回信，我想请你帮忙找个熟人去问问结果。”

这还真是件大事呢！不管东印西郎写不写诗，有没有给他发过小说，人命关天的，仅凭老乡这一条，他都该帮忙，于是答应道：“你告诉我具体情况，我尽量帮你想办法。”根据东印西郎的讲述，卢亚东得知他父亲是在江南市临山镇干建筑活，平时喜欢打点小麻将，腊月十六那天去找包工头要工资，一去就没回来，电话也打不通。卢亚东问：“他的工资有多少?”东印西郎说：“两万多。”卢亚东又问：“当时有没有人跟他一起去?”东印西郎说：“有人看到经常跟他一起打牌的那个人和他一起去了，我叔叔和妹夫也去找过那个人，他说他只是跟着我爸走了一段路，就回来了。”卢亚东再问：“你父亲叫什么名字?在哪个派出所报的案?”东印西郎告诉了他，他说：“你赶紧再想其他办法寻找，我这边有了消息立马告诉你。”说完就挂了电话。

就在挂断电话的那一瞬，卢亚东脑子里灵光一闪，突然想起了苏小茨，连忙打开电脑，登录QQ，看见她依然沉睡在那儿，心里不由一沉，有些犹豫地点开对话框，问：“苏小茨，你在不在?”没想到对方立马回复：“在。大过年的，你在哪儿呀?”卢亚东没跟她闲扯，开门见山地说：“情况紧急，想请你帮个忙。”苏小茨说：“哟，大才子，有啥事这么紧急啊?没急事你就大半年不理我是不是?”卢亚东说：“是我的错，办完事请你吃年夜饭。”苏小茨笑道：“好啊，说话要算数！之前我和杨大姐几次请你喝茶，你可都没赏脸啊。”她一提，卢亚东才想了起来，杨大姐是约了他好几次去喝茶，说有个当地女孩想认识他，但都被他婉言谢绝了。不是他有什么偏见，只是他知道一般当地女孩找外地男人做对象，都是因为女方家没有男孩。他可不想当上门女婿，因为按这个地方的规矩，上门女婿生的孩子，要跟女方家的姓。

他有些诧异地问："哦，原来杨大姐约我，幕后指使者是你？"苏小茨说："是啊，是我，没想到吧？不过，你的工作真有那么忙吗？当然，我知道写小说是很费时间的。"说完她发过来一张笑脸。卢亚东不想跟她瞎磨叽了，连忙说："那好啊，办完这件事，我们今天就一起吃年夜饭，把杨大姐也请来。"苏小茨说："好！一言为定。你说吧，什么事？"卢亚东把东印西郎父亲失踪的事情说了出来，请她帮忙在公安局打探下情况。苏小茨有些吃惊地问："你怎么知道我在公安局有熟人？"卢亚东没正面回答她，只是说："傻妞儿，赶紧帮哥哥这个忙吧，算我求你了！"苏小茨愣了一下，接着爽快地说："好的，你等我消息吧。"卢亚东说："好！知道我的电话号码吗？有消息了打我电话。"苏小茨回复："当然知道啦，就是从来没打过，今天无论如何都要开张了，呵呵！"

"真是个傻妞儿！"卢亚东摇着头笑了下，随手关了 QQ 和电脑。大年三十，按老家习俗，要好好整理一下内务。接下来，卢亚东一边收拾家务，一边想象着苏小茨的样貌，但想来想去始终无法成型。一个片区警务室的女协警，会是什么样的形象呢？卢亚东正天上地下地想着，一个陌生号码打了进来。卢亚东知道应该是苏小茨打来的，心里莫名地有点紧张，但还是赶紧接听。听得出，对方的声音也有些微微发抖："你——你就是卢亚东吗？"他答："是的，我就是。"对方停顿了一下，说："你说的那个事情，局里根本就没有接到报案。"卢亚东连忙问："怎么可能呢？人家说腊月十七，也就是人失踪的第二天就报了案呀，怎么会没接到报案呢？"苏小茨沉默了几秒钟，说："那我再问问。"说完就挂电话了。

三

几分钟后，苏小茨再次打来电话，说："我已经问过临山派出所的值班人员，他们查过了，是有报案记录，但没立案，更没上报到局里。"卢亚东有些急了："为什么？为什么不立案？"苏小茨解释说："当时他们来报案，说肯定是被那个经常跟他一起打牌的人谋财害命了。派出所的值班人员说，办案是要讲证据的，如果你们能够提供证据，我们就去抓人。”卢亚东说：“现在人已经失踪十多天了，按规定失踪四十八小时就得立案。警察不去破案，反而要被害人家属提供证据，这是哪儿来的道理啊？如果真是这样，我就把这件事晒到网上去！”苏小茨不紧不慢地说：“哎，大哥，你不要激动好不好？要不我们见面商量商量，如何？”

卢亚东听到这个温柔女声，火气就消了一半，加上想起她只不过是个警务室的小协警，跟她发火也没什么意思，口气就软了下来，说：“那好吧，就今天中午，地点你选，确定后告诉我。”说完就挂了电话，然后打给东印西郎，问：“西郎，你父亲失踪的第二天，是谁去报的案？”东印西郎说：“是我叔叔，怎么啦？卢兄，有结果了吗？”卢亚东叹了口气，说：“结果是有了，但不是好结果。派出所连案都没立呢！实在不行，你就把这件事晒到网上吧，这些家伙食人民俸禄，不为人民办事，太不像话了！”东印西郎的反应没有卢亚东想象的激烈，他沉吟了一下，低声说：“那——那样——不好吧。我们自己再找找看吧。”从他的语气里，卢亚东感到他对父亲失踪的事好像并不是太上心，于是问他：“西郎，你实话告诉我，失踪的人真的是你父亲吗？”东印西郎说：“当然是真的了，这我能跟你开玩笑吗？如果是别人，我怎么好意思麻烦你？”卢亚东说：“那我再帮你想想办法吧，保持联系。”说完就挂了电话。

手机刚刚挂掉又响了起来，是苏小茨打来的，她劈头就问：“刚才你在跟谁通话？”卢亚东猝不及防，有些懵，但还是很快反应过来，说：“哦，是失踪者的儿子，写诗的，在北京混。地点选好了吗？”苏小茨说：“左岸咖啡，你赶紧过来吧。”

二十分钟后，卢亚东驾车来到靠近市中心的左岸咖啡。这里不是市里最繁华的地段，却是最休闲的地方，宽阔的澜沧江沿岸，种满花木的江滨公园，景致优美，空气清新。但卢亚东心里惴惴的，老是在跳。这个一年前稀里糊涂加进 QQ 的苏小茨，怎么会一直对他念念不忘，甚至多次托人邀他约会呢？卢亚东知道，江南市有一个传统习俗：年轻人谈婚论嫁不靠自由恋爱，而是依赖于相亲。这可是全国百强县市的前五十强啊，为什么经济上去了，思想还没跟上去？不管怎么样，想到马上就要见到这个一心想跟自己相亲的当地女孩了，总被人称作“才子”的卢亚东也不免忐忑起来。杨大姐应该也在场吧，他想。认识杨大姐是一个偶然的机会。杨大姐是江南市安监局的公务员，一次因为公事加了他 QQ，他们连公带私地聊了很多话题，然后她就知道了他来自西南贫困地区，正在帮扶几个贫困儿童。杨大姐受到感染，也想帮扶一两个。事后，卢亚东还真帮她联系到了两个孤儿，杨大姐也真出资相助，时间一长，两人就以姐弟相称了。其实杨大姐并不比卢亚东大，相反还小他两岁多，但一开始他就叫她大姐，她也乐意，这个称呼就改不了了。

杨大姐知道他一直单身后，就主动给他介绍女朋友，但介绍了好几个，他都没去见。他是一个相信缘分的人，每次杨大姐说要给他安排相亲，他都一边婉言谢绝一边在心里冷笑：“都什么年代了，还相亲，没出息的人才相亲呢！”其实，他至今连杨大姐的面都没见过。

卢亚东对左岸咖啡并不陌生，不但不陌生，而且还有签单权。他刚一走进左岸咖啡馆，一位年轻漂亮的服务员立马迎了上来：“欢迎光临，卢总。”卢亚东微笑着点了下头，服务员说：“卢总，你的客人在二楼梅花厅等候。”卢亚东说了声“谢谢”，快步走上二楼，到了梅花厅门前，踌躇了一下，才举手敲门。里面传出“请进”的声音，那声音与电话里温柔的女声一模一样。

卢亚东推门进去，里边只坐着一个女孩。女孩并非翘首以盼的姿态，而是半仰着头在嗑瓜子，她也没穿着什么时尚靓装，而是身着警服。卢亚东仔细一看，这可是真正的警服，一杠一星在她的肩头格外醒目。原本在卢亚东的想象中，苏小莰应该是个短发圆脸、体型稍胖的女孩，没想到眼前的这个女孩是典型的江南女子，瓜子脸，身材也很好，眼睛水汪汪的。这让卢亚东有些怀疑，眼前的到底是不是苏小莰。

对方并没有站起来欢迎他，而是一边半仰着头嗑瓜子，一边俏皮地望着他，说：“你架子大得很嘛，杨大姐几次约你都约不出来。”听完这句话，卢亚东确定这就是苏小茨。他有些局促地说：“不，不是那个意思。”“那是什么意思呀？”苏小茨嫣然一笑，终于站了起来。卢亚东眼睛一亮，一颗沉静多年的心不由怦然而动，心里赞道：“这女孩还真有点帅。”的确，此刻的苏小茨，只能用帅来形容。卢亚东按捺住心中的激动，说：“我的意思是，我比较相信缘分，不喜欢刻意的安排。”苏小茨优雅地做了个请的姿势，让他在对面坐下，自己也坐下来，说：“其实，相逢就是缘，不管是以什么方式相逢。缘深缘浅，就看双方的修为和造化了。”卢亚东细细品味着她的话，觉得有些道理，于是点了点头。苏小茨接着说：“其实，杨大姐是我干姐姐，我们俩都是伪文青，也都很崇拜你，几乎读了你发表过的所有作品。”

呵，原来是这样啊！卢亚东有一种恍然大悟的感觉，连忙回头朝着包厢门喊：“服务员！”一个穿着制服的年轻姑娘推门进来，递给他们两张菜单。卢亚东全部推到苏小茨面前，说：“你点吧，我从不挑食。”苏小茨把菜单推到桌边，说：“我也从不挑食。服务员，你看着给我们安排吧，两个人能吃得完就行。”这里虽说是咖啡馆，但也卖西餐。服务员给他们推荐了几份西式餐点，心里觉得这两个人朋友不像朋友，情人不像情人，大年三十在这里约会，真奇怪。

在等待的过程中，他们聊起了正事。苏小茨说：“你的事我会放在心上，我就算不过年，也会全力以赴的。别以为我之前骗了你，半年多前我真没有正式工作，在云川警务室协助搞外来人口管理。”卢亚东问：“那你去警务室之前做什么呢？”苏小茨说：“读书呀，读完大学接着读研，读完硕士后就回来考公务员，考了好几次都没考上，由于喜欢警察这个职业，就去了警务室。唉，我干了差不多两年协警，才考进公安局，现在在政工科打杂。”听到这里，卢亚东突然想起来，在江南市还有一个很奇特的现象，那就是男人拼命做生意，大都成了老板；女人却拼命读书，读完硕士后就回家相亲，找个有车有房有工厂的小老板结婚，规规矩矩地当家庭主妇。

想到这里，卢亚东瞟了苏小茨一眼，问：“你怎么不去相亲呢?”苏小茨的脸微微一红，说：“我们，我们不是已经在相了吗?”正说着，咖啡和点心都端上来了，苏小茨低头看看自己的衣服，有些抱歉地说，“今天本来不应该穿这身衣服的，但因为时间紧就没来得及换，你不会介意吧?”卢亚东说：“怎么会呢?”接着两人就边吃边聊。

四

这顿西餐一吃就是两个小时，直到东印西郎打来电话。东印西郎问：“卢兄，有没有进展?”卢亚东看了一眼苏小茨，说：“正在想办法。你们自己也想办法找找吧。”东印西郎说：“是在找啊，从他失踪那天开始一直找到今天，刚开始是我妹妹、妹夫和叔叔在找，现在是发动了我们所有在江南市的亲友老乡，每天都有二三十人在找。哎，现在春运车票紧张，我买不到票，要不早就过来了。”卢亚东听完大声说：“西郎，你要是听我的，就把这件事晒到网上去，引起更多人的关注，以此来给公安局施压!”东印西郎沉默了几秒，叹了口气，说：“我们还是再找找看吧。”卢亚东骂了声“胆小鬼”，就挂了电话，回头对苏小茨说：“你说这家伙有没有用?自己的父亲失踪了，找了十多天都没音信，公安局还不给立案，我叫他把事情晒到网上去，让社会舆论介入，他就是不敢!也不知道怕什么，事实摆在这儿，又不是让他搞污蔑!”

苏小茨知道他为什么会这样说，不由自主地低头看看自己的警服，不好意思地笑笑说：“今天午饭就吃到这儿吧，我抓紧时间赶回局里，争取帮他尽快立案。要不，晚上我叫上杨大姐，咱们一起……”卢亚东打断她说：“晚饭就免了吧，我现在一看见警服心里就堵。”苏小茨讪讪地笑道：“那我不穿警服了，好吗?”卢亚东也笑了下，打量着她说：“不穿警服?”苏小茨连忙说：“是的，不穿警服我更漂亮呢。”卢亚东忍不住哈哈大笑起来，心头的恼怒和不满全都烟消云散，他打趣道："傻妞儿，你就算不穿警服了，也是警察啊。"见他心里没有了芥蒂，苏小茨也笑道："我说真的，以后跟你见面，我都不穿警服，除非，除非是在路上碰见。"此时，卢亚东又找回了网上的那种感觉，觉得这个女孩还是蛮可爱的，甚至开始对之前拒绝杨大姐的邀请后悔起来。他说："好吧，那以后我们约会，你不许穿警服，否则我给你脱了！"苏小茨先是笑靥如花，继而发现不对，生气地说："想不到你看起来挺正经的，也是一肚子坏水！"卢亚东连忙双手抱拳赔罪："对不起，警察妹妹，我错了，请别动怒。"苏小茨"哼"了一声，一扭头打开包厢门，下楼走了。

卢亚东到总台签单结账，收银员说："刚才那位苏警官来我们这里消费，是不用签单的，我们给记账就行。"卢亚东不明所以，只是觉得不能让女孩埋单，于是掏出钱夹，抽出几张钞票放在柜台上，说："还是我付现金吧。"然后转身就走。收银员追了出来，把钞票递给他，红着脸说："卢总，真的不用付钱的。"卢亚东没接钱，而是说："不用付？那就给你吧。"说完，径直走了。

苏小茨是自己开车来赴约的，但不是警车。她原来的座驾是辆红色宝马，后来考上警察，就换成现在这辆帕萨特了。江南市的另一个奇特现象，就是非常遵从"男奔驰女宝马"这句话，男人不惜流血流汗亡命打拼，就是想买一辆奔驰车；女人呢，也以开宝马为荣。所以半夜三更只要你有闲情在马路边上站一会儿，就能看见到处都有官二代、富二代或者刚刚发家致富的小老板在飙车，男的清一色奔驰，女的全是宝马。不过最近两年，这个现象已经稍稍有所突破，男的开始向往劳斯莱斯，女的则开始钟情兰博基尼。苏小茨不开宝马开帕萨特，与其说是思想觉悟上有所进步，不如说是为了与她小警察的身份相符，要是真开宝马上班，人家会怎么想？

苏小茨来到公安局，虽然过年了，但局里反而显得比以往更忙碌一些。苏小茨心想，应该带卢亚东来看看，为了让全市人民能够过一个祥和平安的春节，有多少警察放弃了和家人团聚的机会，加班加点忘我工作。不过她又想，即使不来公安局，卢亚东也应该能看到警察都在干些什么：全市大街小巷都能看到警察的身影，几乎每个主要路口、桥头和治安重点路段，都有警察驻守。万家团聚的时刻，他们却手握对讲机在街上站岗执勤，特别是那些巡警，尽管寒风呼啸，他们依然不分白天黑夜地巡逻。而这些，难道这个“才子”就看不到吗？

想到这里，苏小茨不由得有些心酸，警察的辛苦，有几个老百姓能理解呢？她又想起了卢亚东的小说，他的语言很有特色，讲起故事来环环相扣、有条不紊，该哭的时候让人哭，该笑的时候让人笑，很有点名家风范，但是在现实生活中，他怎么会是这样一个浮躁和偏激的人呢？

苏小茨这样想着，不知不觉就已经走到了值班领导的办公室。今天值班的领导是局里的政委。政委是位军转干部，曾经立过战功，业务水平很高。苏小茨走进他的办公室，既没喊报告也没敬礼，径直走到政委的桌边。正在埋头看文件的政委发现了她，有些惊愕地抬起头来。苏小茨嫣然一笑，政委却一脸正色地问道：“小茨，你有什么事？”苏小茨在政委对面的椅子上坐下，说：“我想越级反映个事情。”政委问：“公事还是私事？”苏小茨说：“连公带私。”政委说：“你说吧。”苏小茨说：“十多天前临山镇发生了一起失踪案，第二天失踪者家属就报案了，但直到现在还没立案。”政委略微思考了一下，说：“你不是不知道，一般的失踪都是不立案的，因为我们警力不够。”苏小茨说：“我知道，但这次不同，那个人估计遇害了，他的家属说，当天有个赌鬼跟他一起去找包工头要工资，后来赌鬼回来了，他却失踪了。”政委说：“他的家属有证据吗？如果他们有证据，我们立马就把人控制起来。”苏小茨“唰”地站起身来，大声地说：“政委，你怎么能这样说？这是派出所值班民警的水平呀！我们不能敷衍失踪者家属，我们要给他们一个交代！”政委也有些生气，声音不大但语气却很严肃地说：“苏小茨，作为一名党员和警察，要有起码的政治觉悟和组织纪律！”苏小茨见政委这么严肃，口气软了下来，说：“反正我觉得，我们不能这样置百姓的生死于不顾，公安局不给立案我就自己去查。”

政委说："你敢？这不是你的工作职责！"苏小茨说："但这是一个人民警察的职责！"

政委看着眼前这个稚气未脱的女警有些无奈，想了想问道："你不是说既是公事又是私事吗？私在哪儿？"苏小茨说："失踪者是我正在处的对象的朋友的父亲。我那对象是个很有名气的作家，他说要把这件事晒到网上去。"政委一听真的火了，拍着桌子站起来，吼道："胡闹！简直是胡闹！你问他有几个胆？"苏小茨说："不是人家胡闹，是我们不作为！"政委说："我们不作为？你看现在大街小巷，哪里没有我们警察的身影？"苏小茨抬起头，仰视着政委，脸色坚毅地说："那些都是形象工程，事实是有人失踪十多天了，我们却不立案。"政委不想跟这个小警察争执下去了，话锋一转，说："你那对象，先带来我看看。"苏小茨说："他可不是那么容易见的。杨大姐约了他五六次，他都不肯出来见面，也是因为案子的事情，我才见到他本人。"政委问："杨大姐？哪个杨大姐？"苏小茨说："还有哪个杨大姐？咱们局杨局长家的千金呗，嘿嘿，我俩说好了，公平竞争。"

政委不由得脸色一沉，思考了下，说："好吧，我同意立案，交给临山派出所去办。"苏小茨说："不，我要亲自去查！"政委不解地问："为什么？"苏小次说："我不想让他看不起我。"政委想了想，说："好吧，我就答应你这一次，不过你可听好了，就这一次！"苏小茨连忙点头，说了句"下不为例"，就退了出来。回到自己的办公室，苏小茨第一时间就给卢亚东打了电话，说："你那朋友父亲失踪的事，局里已经批准立案了。"卢亚东连忙道谢，挂了电话后又立即告知了东印西郎。

五

临山镇派出所所长接到紧急通知赶到市局时，已经是下午四点了，烟花爆竹声此起彼伏，而且越来越响亮，越来越密集，大有将全城淹没之势。刚到局领导值班室门口，他的手机就响了，掏出一看，是家里打来的，接听之后一个稚嫩的童声清晰地传来：“爸爸，你什么时候回来放烟花？我们都摆好了。”所长说：“虫儿乖乖，爸爸开完会就回来。”他怕女儿老是纠缠，说完这句话就挂了。推开领导值班室的门，喊了声“报告”，然后举手敬礼，政委示意他进去。在沙发上坐好后，就看见政委皱皱眉头说：“这城里的烟花爆竹，是该禁止了。”所长连忙附和道：“早就该禁止了，都这样放，还要不要人安宁？过年嘛，不就是想好好休息休息。”政委笑了下，说：“恐怕这个年，你是不能休息了，因为你们所里的那个失踪案，局里决定立案，并且由你们所负责侦破，时间越快越好。”所长心头一紧，身上一热，脸上立马就惊出了毛毛汗。的确，从下午两点开始，他的心思就慢慢移向家里，正等着五点一到，就溜回去放烟花吃年夜饭，此刻听政委如此一说，整颗心不由得拔凉拔凉的。更令他吃惊的是，他亲手压下的那件失踪案子，居然被政委知道了，还亲自督办。虽然满是疑问，但警察的职业素质要求他迅速而大声地回答：“是！”

政委此时和颜悦色地说：“我知道这大过年的，你们都想赶紧回家团聚，但失踪者家属心里更难受啊，听说他们组织了几十名老乡亲友，已经连续寻找十多天了。十多天过去了，我们再不立案，再不侦破，如何向老百姓交代？据说有人要把这件事捅到网上去，如果真到这个地步，我们局的形象何存！”所长激动起来，问：“是谁？是谁有这么大的胆子？”政委平静地说：“你先不要激动，要是你的家人失踪了十多天派出所还不给立案，你会怎么想？恐怕连砸了派出所的心都有了吧！就这样说吧，反正又不是什么大案，案情又不复杂，给你们三天时间，三天破案！”

三天破案？所长惊得坐直了身子。政委继续说：“这件案子我亲自督办，另外局里再给你们派个人。”说完就用办公桌上的座机拨了个内线电话，一分钟后，苏小莰就走了进来。政委向所长介绍说：“这是政工科的小苏同志，就由她协助你侦破这个案子，你们所必须全力以赴。记住，准备在网上捅这件案子的是个名人，我们要赶在他前面把案子破了，否则，你们的警服就不用穿了。”政委虽然说得和颜悦色，但这番话的分量所长是知道的，于是心一横，说："请领导放心，三天之内保证完成任务！"政委也站了起来，笑了笑，将目光投向苏小茨，说："跟那个人说，三天之内如果我们破不了案，他想怎么样都敬请其便。"苏小茨知道政委这么做，有一半原因是在挺她，心里有些激动，即刻立正说："是！"政委说："好吧，立即行动，活要见人，死要见尸！"

所长很少来政工科，还不认识苏小茨，跟着她来到她的办公室，问："你是刚入警的？"苏小茨边给所长倒水，边笑着说："我是半年前考进来的，之前在开发区云川警务室干协警。"所长想了想，哈哈一笑，说："我知道了，你就是——就是那个——"苏小茨笑着接话道："沉睡的鱼。""对，沉睡的鱼！"所长说，"哈哈，原来就是你啊。真是闻名不如见面，去年有段时间报纸上连续报道你的先进事迹，内部网上也在同步宣传。我可是经常拿你来教育我们所的那些协警呢，我跟他们说，'好好干吧，你看人家云川警务室的那个协警，也只是个86年出生的小姑娘，凭着自己的努力，才两年就变成了正式警察，上调到市局政工科！'"

苏小茨不好意思地笑笑，说："那些事都被夸大了，我最怕接受采访，但那些记者没米下锅，铁了心要写你，于是就不断添油加醋。"所长也笑了，说："不管怎么添油加醋吧，单凭你从一名警务室协警变成一名市局机关警察，就足够励志了。"苏小茨笑道："所长，你不知道现在的公务员有多难考！我先后参加了好几次考试，但分数线太高了，我每次都差一点，只好去干协警了。我不是仅仅为了一份工作去干协警的，我是真正喜欢警察这个职业。"

其实所长也是个对警察这份职业情有独钟的人，三十六岁的他，孩子刚满四岁，平时为了工作，很少有时间陪孩子。去年"清网行动"期间，大半年时间都在云贵川一带的山区里奔波，亲手抓回十几名逃犯。按说也是个颇有战功的干将了，如果因为破不了这个小小的失踪案而脱了警服，也太不值了。所长也顾不上想过年的事情了，认真地与他唯一的搭档商量方案："美人鱼，你觉得这个案子该怎么弄？"她微微一笑，说："所长，其实要破这个案子一点都不难，两天就够了，或者还要不了两天。”所长说：“怎么可能？镇里虽然地方不大，可人口也不少，找一个人哪有你说的那么容易。再说这段时间所里连民警带协警，几乎都被局里抽调进城执行任务了，我们所连我就六个人值班！”苏小茨胸有成竹地说：“这样吧所长，你派两个人给我，由我来破这个案。”所长吃惊地说：“你能破案？”苏小茨说：“别看我叫‘沉睡的鱼’，其实我不只会睡觉，我每天都在思考，思考如何破案，如何立功，如何抓人，如何……”所长打断她说：“要是让你独自去破这个案，还要我这个所长干吗？”苏小茨有点不耐烦了，说：“您不是没想好怎么破嘛，但是我想好了！”所长一愣，随即又说：“政委给我们的时间只有三天，破不了就脱警服。”苏小茨淡淡一笑，说：“我知道，我不是说了吗？要不了三天，两天之内就能完成。所长，不信你就等着瞧呗！”

真是不知天高地厚！所长叹了口气，答应道：“好吧，看在你那么多‘丰功伟绩’的份儿上，我就用人不疑了，我所里现有的民警，你要谁给谁，要几个给几个。不过，我把前途命运都押在你这条鱼身上了，你要是让我穿不成这身警服，我可跟你没完！”苏小茨立即绽放出如花笑容，说：“没那么夸张吧，如果派出所所长真干不成了，我负责给你介绍个好去处，保证年薪翻几番！”

所长摇摇头，一脸苦笑地走出苏小茨的办公室。

六

在临山派出所，苏小茨只要了两个人，所长却给她派了四个，两个民警，两个协警。他们连年夜饭也顾不上吃了，立即叫来失踪者的弟弟，也就是东印西郎的叔叔了解情况。事情已经过去十多天了，警察才介入，东印西郎的叔叔很不高兴，一直阴沉着脸，用夹着家乡话的普通话说：“你们公安真是胀干饭的，都过去这么多天了，说不定人都死球了！”他叽里咕噜的“鸟语”苏小茨听不太懂，只管问她想要了解的情况，但这是个只有小学文化的农民工，越问越说不清楚。苏小茨只好打电话给卢亚东，说："卢总，现在我亲自查这个案子，能麻烦你提供点线索吗？"卢亚东说："那还不简单？把跟他去要钱的赌鬼抓来审问，不就什么都清楚了？"苏小茨冷笑："无凭无据的，怎么抓人？哥，我们是警察，不是黑社会！"卢亚东也笑道："不怕黑社会，只怕社会黑，真的，把那人抓来一问，就什么都知道了。如果失踪者是我家属，我早就这样干了，还用得着你们推诿折腾？"

"简直没法跟你沟通！"苏小茨气呼呼地挂了电话，招呼那四名警察和协警，说："一会儿我们先去找那个包工头。"说完她就问失踪者的弟弟，"那个包工头的电话你有没有？""有啊，怎么没有？"说着他从手机里把那包工头的手机号码找出来，报给苏小茨。苏小茨立马拨通了电话，对方问是谁，她说："我是公安局的，想向你了解个情况。"听说是公安局的，对方的声音就有些颤抖："哦，警察同志，你有话请问，我知道什么肯定说什么。"苏小茨问："腊月十六那天，是不是有个叫甄东平的农民工来向你要过工钱？"包工头连忙回答："有的有的，警察同志，我可没有少他一分钱啊，两万六千块，当时全都给他结清了。"苏小茨说："你不用紧张，我不是查你有没有拖欠农民工工资。你好好回答我下面的问题，那天有没有人跟他一起来？"包工头连忙回答："没有，没有，就他一个人来的，骑着辆电瓶车。"

通过简单的询问，苏小茨判断这个包工头没多大价值，于是挂了电话，接着问失踪者的弟弟："你们都找了哪些地方？"失踪者的弟弟说："凡是他经常打牌的地方都找过了。"刚说完，一名女协警进来说："刚才周山村有人打电话来说，他们那里有辆电瓶车，已经放了十多天了，一直没人来骑走。"失踪者的弟弟忙问："那车是什么样的？"女协警说："蓝色的'小飞哥'，车把上有双黑色手套。"失踪者的弟弟激动地说："警察同志，我哥的车就是这样的！只是，只是周山那么远，他去那里干吗？"苏小茨见有线索，连忙招呼她的队员和失踪者的弟弟："走，先去看看！"

警车赶到周山村时，已经是晚上八点多了，春节联欢晚会的声音从各家各户的窗子里传出来。沉沉的夜幕下，只有零零星星的烟花在间歇地绽放着。给派出所打电话的是该村的一名清洁工，早就在村委会办公室等着了，见苏小茨等人来了就立马报告情况："我每天都要把村里的道路清扫一遍，十多天了，那车一直停在那儿没有动过，这种情况很少见，我也就留了个心。"苏小茨连忙问："是什么人骑来的，你知道吗？"老清洁工说："不知道，当天没有看见，估计那时候我扫到别处去了。我差不多问了村里所有的人，都说没看见有人把那辆车骑进来。"

苏小茨不再问了，而是叫他带路，来到了放电瓶车的地方。失踪者的弟弟激动地说："那就是我哥的，就是我哥的电瓶车！"苏小茨让一个民警拿出警务通，把车牌号输了进去，果然跳出了失踪者的名字。苏小茨迅速判断，失踪者很有可能就在这一带的山里！但此时夜已经深了，无法展开搜寻，苏小茨对失踪者的弟弟说："我们先把你送回去，回去后你把你的那些老乡全部组织起来，明天早上八点钟我们在周山村村委会集合，一起搜山！"失踪者的弟弟看着这位穿警服的年轻姑娘，重重地点了一下头。

返回市里的路上，苏小茨拨打卢亚东的电话，占线。他正在与东印西郎通电话。东印西郎说，他费了九牛二虎之力，终于买到票并且已经上了火车，明天下午就能赶到江南。苏小茨再打卢亚东的电话，通了，她告诉他："哥呀，姐亲自主持侦破这个案子，立了三天的军令状，目前已经找到线索了，很快就会有结果。"卢亚东问："你现在在哪儿？"苏小茨说："在车上啊，从周山村赶回市里的车上。我们在周山村找到了失踪者的电瓶车！"这的确是个好消息，卢亚东挂了电话之后，连忙连线东印西郎："西郎，你父亲的案子有线索了！""什么线索？"东印西朗的语气里只有疑问，没有惊喜。卢亚东有些泄气，于是淡淡地说："警方找到了他的电瓶车，在本市的一个偏远山村里。"东印西郎说："好！我们明天下午见。"卢亚东没再说什么，就挂了电话。

第二天早上七点三十分，苏小茨带着派出所所长专门给她调配来的六名民警和六名协警急匆匆地赶到周山村，稍后，失踪者的弟弟也带着六七十个农民工，骑着四五十辆摩托车和电瓶车浩浩荡荡地开来，那阵势还真有点吓人。苏小茨昨晚一夜没睡，她找来地图，仔仔细细地研究了周山村的地形特征，然后决定将搜寻队伍分成六个小组，一名警察和一名协警带一个小组，组员由失踪者亲友组成。她原本预计失踪者的亲友能来二三十人，没想到一下来了这么多，于是临时修改方案，将搜寻队增加到十二个小组，一名警方人员带五名失踪者亲友和一名本村村民为一组，然后把准备好的地图重新划分区域后复印了十二份，分发给各组组长，命令各小组八点三十分准时进山。

大伙都进山后，苏小茨握着对讲机留守在村委会办公室。村干部都跟随搜寻队进山去了，招呼苏小茨的是村长的女儿。这女孩长得还算漂亮，清纯文静，举止得体，苏小茨打心里喜欢，一边等消息一边跟她聊天。苏小茨问："你叫什么名字？多大了？"女孩说："我叫周思颖，二十三岁，大学毕业半年了。"苏小茨再问："你在哪儿上班？"女孩说："思达集团。"苏小茨心里一惊，再问："思达集团哪个公司，什么岗位？"女孩说："思路公司的办公室文员。"苏小茨又问："你去了多久了？"女孩说："一年多了，我先是在那里实习，毕业后就留在那里了。"思达集团是江南市最大的民营企业，苏小茨听了说："好好干吧，那里上升的空间很大，有困难就告诉我，能帮的姐一定会尽量帮你。"女孩开心地笑了，问："姐，你QQ号能告诉我吗？"苏小茨随口说出QQ号码，女孩转身说："请再说一遍，我立马加你。"说完就在村委会办公室的电脑上登录QQ。苏小茨凑过来看时，碰巧看到女孩的QQ好友里有一个闪亮的头像在跳动。

啊！卢亚东，这不是卢亚东吗？那独特的头像，不是他是谁？女孩一点那个头像，对话框就闪了出来。对方问："今天过来吗？"女孩输入："不过去。"然后转过身来，面对苏小茨。

苏小茨打了个激灵，问："你认识'飞翔的鹰'？"女孩一脸微笑地说："认识有半年了。"苏小茨直接问："你喜欢他？"女孩不好意思地笑笑，说："有点感觉吧。他说他一个人在江南市过年，让我去陪陪他。”苏小茨笑了笑，说：“哦，是这样啊？那你不用去了，会有人陪他的。”女孩的脸色随即变了，问：“姐姐怎么这么说呢？难道你也认识他？”苏小茨说：“是的，我认识他，他是有女朋友的哦！”女孩脸色一沉，骂了声：“骗子！男人都不是好东西！”骂完随即将他拉黑。苏小茨在一旁看着，心里有种刺痛的感觉。随即她安慰自己，爱情都是自私的，我这样做并不过分，谁叫这姑娘这么单纯！

七

下午一点，卢亚东终于见到传说中的东印西郎了，在他父亲失踪前租住的房子里。看到东印西郎的第一瞬间，卢亚东还真有种反胃的感觉：一张瘦削的脸，顶着一头蓬乱的长发，装束不伦不类。卢亚东一直认为，行为上越是追求怪诞的人，心灵上越是空虚，这样的人多半不学无术，或是半坛子醋。

此时，苏小茨那边也有了结果：人已经找到了，确切地说是尸体已经找到了，在周山村后面的深山里，手脚和头脸都被硫酸烧毁。卢亚东和东印西郎到了派出所，这时参加搜寻的人也已经回来。东印西郎见了他们连声客气话也没说，卢亚东看不下去，说：“这都是帮着找你父亲的老乡，给人家打打招呼吧。”东印西郎淡淡地说：“不用。”然后就和卢亚东讨论案情。卢亚东说，肯定就是那个经常和他一起赌钱的人做的，他一定是看上了你父亲刚领到手的两万多块钱。东印西郎却说：“很难说，我觉得他女朋友的老公也很有可能，或者，是我妈的男朋友也说不定。”

卢亚东吃惊地睁大眼睛，怔怔地看着东印西郎，有些猝不及防的样子。东印西郎依旧语气淡漠地往下说：“现在这个社会，大家都奔波在千里之外打工为生，出于生理和心理上的需要，临时夫妻的现象十分普遍。我父母二十年来一直在不同的地方打工，他们各自有男女朋友也很正常，我也理解。”卢亚东一时无语了，只好听他说下去。“但是我理解不代表人人都理解，我父亲玩了别人的女人，不止一个两个，别人当然恨死他了；他的女人跟别人去了，他当然也仇恨别人。他这样四处树敌，有今天的下场，我一点都不奇怪，也悲伤不起来。”

卢亚东长长地叹了口气。面对东印西郎，面对这个会写几句歪诗，打扮得不伦不类的同省老乡，他只有叹气的份儿。这个大年初一过得不是一般的郁闷。这时，东印西郎的妹妹走了进来。卢亚东向她点了下头，问道：“现在情况怎么样?”她答：“公安说，还不确定就是我爸，要先做亲子鉴定。也真是，车是我爸的，身上穿的衣服也是他的，这个我们都认得，但公安非要做亲子鉴定。”正说着，卢亚东的手机响了起来。他掏出一看，是苏小茨发来的短信：“嘿嘿，案子已经破了，不但尸体找到，凶手也抓捕归案了。”卢亚东连忙问：“凶手是谁?”苏小茨回：“就是那个赌鬼呗，都已经招供了，现在正带去指认犯罪现场，寻找作案工具。”卢亚东看着手机短信，自言自语道：“这么简单的案子，非要搞得那么复杂，又拖那么长时间。”东印西郎听到了，问怎么样了，卢亚东说：“刚刚一个朋友发来短信说，案子已经破了，凶手也抓住了。”东印西郎问：“谁？凶手是谁?”卢亚东说：“这次可能让你失望了，你爸并非死于情杀，凶手就是他那个赌友。”

卢亚东说完，东印西郎兄妹各自耷拉着脑袋，沉默不语。几分钟后，他叔叔和妹夫推门走了进来，东印西郎的妹妹说：“凶手抓到了，就是那个赌钱的。”大家一听，都气愤地嚷嚷，早就知道凶手就是那个狗日的，可是那帮警察，都是胀干饭的，折腾半个月。卢亚东说：“也不能这样说，我们可以怀疑任何人，但公安抓人，一定要有证据，不然抓你，你服气吗?”这帮老乡们愣愣地看着卢亚东。东印西郎介绍说：“这是我朋友，也是咱们的老乡，著名作家。”东印西郎的叔叔用揶揄的口吻说：“作家？跟你是一伙的?”卢亚东感觉到，东印西郎的叔叔对他很是不屑，连带着对自己也不屑了，站起身想走。东印西郎连忙拉他坐下，说：“卢兄，吃了饭再走吧？我们都在准备了，八桌。”说完又对他叔叔说，“叔，要是没有卢兄，恐怕今天我爸的案子还立不了呢。这个案子是他朋友亲自破的。”估计是觉得这个书呆子竟然在公安局还有朋友，众人看他的目光又都有些异样。卢亚东觉得浑身不自在，于是再次站了起来，坚持走了。

回到家里，已经是下午三点了，苏小莰发来短信：“大才子，我二十四小时不到就破了案子，这是我亲手破获的第一个案子啊，局里今晚要为我举办一场庆功宴，你也来吧。”卢亚东见她得意的样子，心里不爽，回复道：“那是个连农民工都知道答案的案子，你们也好意思举行庆功宴？”过了好大一会儿，苏小莰才又发来短信：“庆功宴已经取消了，晚上我们一起吃个饭，好吗？我不穿警服。”卢亚东刚要回复，又一条短信飞了进来，一看，是周山村村长的女儿周思颖发的。她说：“卢哥，今晚你来我家一起吃饭，好吗？”卢亚东看着这条短信，周思颖清纯文静的样子又翩然而来。他挺想和她一起吃饭的，但不想去她家，他怕引起不必要的误会。他在考虑如何回复周思颖，苏小莰再次把短信发了进来，说：“回答我好吗？我真不穿警服了，以后也不会穿了。”卢亚东觉得有些奇怪，问道：“为什么？”苏小莰说：“我有点不想当警察了，刚才你那么说，我认真地思考了一番，觉得你说得对，一个连农民工都知道答案的案子，我们都要折腾这么久，我真不知道做警察还有没有意义。不如去企业上班算了。”卢亚东笑笑，本来想对她说自己小时候的梦想也是做警察，伸张正义抓坏人，而且我父母都是警察！但字都打好了，想了想他又给删掉了，只是说：“好吧，今晚我们一起吃饭，我请你。”对方立即发来两个字母：“OK!”卢亚东又说：“晚上六点，老地方见，穿着你的警服来。”这次轮到苏小莰问为什么了，卢亚东说：“因为我喜欢警服，一直都喜欢，我想看你穿着它的样子，不但英姿飒爽，而且充满正义感。”苏小莰再次回复：“OK。”

应付完苏小莰，卢亚东才回复周思颖：“我不想，也不能去你家。”周思颖追问：“你是不是有女朋友了？你昨天不是还想见我的吗？”卢亚东回复：“我还没有女朋友，只不过我昨天想见你，你不来，今天我却没有见你的冲动了。我们，慢慢来吧。”对方不依不饶："昨天和今天有什么区别？不就是相差一天吗？你是不是被那个叫苏小茨的女警察勾去了？她不过是多了那身皮而已，我哪点比不上她？"卢亚东看着短信发呆，未及回复，对方又再次追了过来："你是不是贪恋她的家财？"卢亚东问："她一个小警察，能有什么家财？"周思颖冷笑，回道："我今天可是打听到了，她就是我们思达集团老板的小女儿，身家好几个亿！"

这个消息是卢亚东始料未及的。正在此时，杨大姐的短信也发了进来，问："卢老弟，你孤身一人在他乡过年，今晚大姐请你吃饭好吗？"卢亚东想也没想，随即回复："对不起大姐，我已经约人了。"杨大姐问："谁？"他说："沉睡的鱼。"杨大姐好半天没有说话，只是周思颖依然不依不饶，发横耍泼："你们男人真没一个是好东西，眼里只看到钱！"卢亚东本不想再理她，但还是发去了最后一条短信，问："如果我不是上市公司的高管，只是一个普普通通的写作者，你会喜欢我吗？你读过我的哪部作品？读懂了我的哪篇文章？"

整整等了两分钟，周思颖都没回短信，不知是傻眼了还是死心了，卢亚东如释重负地笑了起来。苏小茨的短信再次发来，她说："刚才杨大姐发来短信，叫我最好换便装去约会，那样气氛会更好。你说呢？"卢亚东坚持说："还是穿警服吧。"对方回复："好吧，我听你的。"几分钟后，杨大姐又给他发来一条短信："老弟，好好争取吧，那是个好姑娘。"卢亚东说："可是，我对她还不太了解。"杨大姐说："她呀，是思达集团老板苏正义的养女，亲生父亲姓龙，原来是市公安局刑警，部队转业来的，立过两次一等功、三次二等功，十五年前执行任务时，为掩护战友壮烈牺牲。她父亲当年掩护的战友，就是现在思达集团的老总，也就是苏小茨的养父。而他父亲的两个老搭档，现在一个是市公安局政委，一个是市公安局局长，也就是我老爸。苏小茨从小学习成绩就很好，从北京大学毕业后，又读了两年 MBA，但却没回企业上班，而是当协警，考警察，考了好几次才考进市公安局。不是她考不上，是她养父希望她能够继承家业，想方设法不让她考上。"

看完这条长长的短信，卢亚东内心颇不平静。他放下手机，打开电脑，登录 QQ，找到了苏小茨的头像，那条鱼依然静静地沉睡着。他不知道这条鱼是在以何种方式沉睡，但他知道，该出水的时候，她总会奋力一跃，虽然不能一飞冲天，但一定会弄出动静。因为，她身上流淌着英雄的血液，始终怀揣着一个美好的梦想。

（原载《啄木鸟》2013 年第 7 期）

遥远的工地

一

付小云走出工棚的时候，还在心底温习昨晚的会议。会议是乔大萌主持召开的，他说：“呆子，从今天开始，你的名字就叫付青。”

乔大萌说完，工棚里的人全都笑了。他们全是一起的，虽然不是来自同一个村子，但都亲连亲，戚连戚，或者拐弯抹角地沾亲带故。

付小云有些懵，傻愣愣地看了棚子里坐得七扭八歪的十几个人一圈，说：“我，我为啥要叫付青？我身份证上写的是付小云。”

大家又笑了。乔大萌从一个旧皮箱里拿出一本盖了村委会公章的信笺说：“我们还是要叫你付小云或者呆子的，只是要让别人叫你付青。你的身份证不要拿出来，待会儿带班过来登记，你就把这张证明给他。”

说完，乔大萌就开始在信笺上写“证明”。

乔大萌曾经当过村长，同时兼做货车司机，是个聪明人。因为他聪明得太过头，才把村长和司机都弄丢了。但他还在当村长时就做好了不当村长的准备，跑到乡政府办公室要了五本信笺，全部盖上村委会的公章。后来，乔大萌虽然不当村长了，但很多时候还在行使着村长的权力。比如这个时候，他就以村委会的名义为付小云写下一纸证明：“兹有我村四组村民付青，出生于1975年8月22日，身份证遗失未及补办，因生计急于外出打工，敬请各有关机关、单位、团体和个人给予方便为谢。”写完后再在盖了公章的地方填上省县乡及村委会的名称，然后落款：1992年5月16日。

接过乔大萌递来的证明，付小云边看边嘀咕：“我，我是有身份证的，上，上个星期刚刚办好领回来。我，我叫付小云，为什么要叫付青？”

大伙又笑了。宝贵对他说：“你还不知道？大萌哥是想整那些人的名堂，叫他们喊你‘父亲’，我们嘛，当然是喊你呆子喽。”

付小云恍然大悟，也忍不住笑了下，说我还没想到这一筋呢。不过心里又想：“这样做是不是有点缺德？这帮人大部分都姓付，为啥要拿我去当别人的‘父亲’而他们不去？真坏！”

但他只能在心里想，却不敢说出来。他是第一次出远门，而且是在离家几千里远的河北廊坊，如果把这帮人得罪了，不要说打工挣钱，甚至会连家都回不了，因为他身上只有十五块钱了，来时的车费还是母亲拉“十大一”（一种月利率为百分之十的高利贷）贷来的。

付小云正看着那张证明出神，一个叫老杨的带班就进来问：“你们今天来了五个儿？”

老杨尽量带着笑，但每个人都看得出来，那笑是强装出来的。

乔大萌没有说话，罗四却笑嘻嘻地说：“来了五个爹。”

这让付小云又想起了刚到这个工地时的情形。昨天中午罗四带着他们来到这个工地时，有个河北唐县人笑嘻嘻地说："呵呵，来了五个儿。"

那个唐县人罗四认识，因为他女儿就嫁在唐县，跟那人同村。罗四也笑嘻嘻地说："呵呵，来了五个爹。"

那唐县人没听懂，又笑嘻嘻地干他的活去了。他是包工头的堂舅子，这个工地的伙夫，做的馒头有二碗那么大，两个拳头这么长。

带班也是唐县的。这个工地大部分是唐县人承包的，带班一般都是包工头的亲戚或者亲信。罗四的女婿也是这个包工头手下的带班，但不在这个工地。

老杨听见了罗四的声音，也看见了罗四，脸上的笑容稍稍真实了一点，说："罗叶叶，你也过这边来了？"

罗四第一次来到这个包工队，乔大萌就帮他"改名"叫"罗叶叶"，意思是要别人叫他"罗爷爷"。

罗四呵呵一笑，说我女婿那边人太满了，你爷爷不来这边去哪里？

老杨没答他话，而是弯头在本子上记下他的名字。当然记的是"罗叶叶"而不是"罗四"。罗四不会说普通话，老杨不答他话的主要原因，是他根本听不懂罗四说的是什么。

另外三人都曾经在唐县包工队干过，老杨还认得。轮到付小云了，他先是愣愣地看着老杨，然后瞟瞟右手捏着的证明和对面坐着的乔大萌，又不自觉地用左手碰了碰裤兜里的身份证。

乔大萌白了他一眼，然后又向他努努嘴，还伸着手指了指他手里的证明。付小云迟疑了半天，才把手里的"证明"递给老杨，老杨一看，说："付青？你叫付青？"

大伙都哈哈大笑起来，罗四笑得最开心。老杨也不理会大家的嘲笑，依旧一本正经地在本子上写下"付青"两个字。写完他说："你们新来的五个儿，按规定明天都要去筛灰，但罗叶叶年纪大了，就去摊土吧。"说着，还朝罗四投去重重的一瞥。

罗四不傻，当即就回复了他的眼神，眼神里既充满了不屑，也有些许谢意。他知道，老杨不安排他筛灰，不是因为他年纪大，而是因为他女婿也同是这个包工头下面的带班，他们是“同僚”，得相互照顾。

付小云从来没有干过这种活，不知道筛灰与摊土有啥区别。但宝贵知道。宝贵虽然只比他大五岁，但却是个老包工了，并且还是罗四的亲弟弟。

宝贵不服气，站起来质问：“老杨，我虽然今天刚从家里回来，但上个月还在这里干，怎么还要让我去筛灰？”

老杨当然知道宝贵是罗四的亲弟，但他不买账，有些生硬地说：“这是我们包工队的规矩，你都是老包工了还不懂？要不你到老何那边去。”

老何是罗四的女婿，只比罗四小三岁。宝贵知道，老何带班的工地现在不正常，是不可能过去的，但还想据理力争：“我是从这个工地请假回家相亲的，我回来就不应该去筛灰。”

老杨看上去有点小老实，脾气却倔得像头驴，看着宝贵说：“不行，你要么去筛灰，要么去老何那里。”说完就转身走了。

老杨一走，宝贵就开始砸东西，一边砸一边叽里咕噜地骂。他不敢砸别人的东西，只能砸自己的饭盒，一下一下地在通铺前面的砖头上砸。不过他也舍不得使劲儿砸，而是把饭盒平平地放下去，虽然声音很响，但却毫无损伤。

二

连续坐了四五天车，直到此刻，付小云还感觉到地面在转动，并且微微地颤抖，脚踝到小腿，都有些水肿。

付小云边走边想，看来在这个工地上我不能叫付小云，只能叫付青了。狗日的乔大萌，给你爹开的好名字！

可他不敢骂出来，因为这帮人他谁也得罪不起。付小云正想着，宝贵、老龙和华三一转眼就不见了。他们是一起从老家过来的，按这个工地的规矩，刚来的人要去替换别人筛灰。筛灰是工地上最脏、最枯燥的活，谁都不愿干，包工头就想出了这个好办法。

“宝贵！宝贵！”付小云站在院子中央，大声地呼唤着，谁也不理他。

包工们正陆陆续续地起床，披着衣服去打饭。早餐吃的是面条。面条也不是真正的面条，而是伙夫，也就是包工头的堂舅子自己做的，一根有筷子那么粗，清汤寡水的。付小云吃不习惯，但不吃是不行的，只好闭着眼睛干了两碗，恶心得想吐。

宝贵他们是有经验的，知道筛灰必须要早去，于是早早就起来打饭了。付小云毫无经验，但人不笨，看见他们都起了，就跟着爬起来。于是他们洗脸他也洗脸，他们刷牙他也刷牙，他们打饭他也打饭。可是，他们怎么一出工棚就不见了呢？

付小云一边喊着，一边茫然四顾。此时宝贵等三人，正躲在旁边的一个工棚里，透过两尺见方的窗户偷瞧着他。看见他的焦急样，他们仨对视了一眼，开心地笑了起来。

付小云不知被捉弄，心里更加着急，在院子里跑动起来，看见有空隙就去瞅，边找边喊：“宝贵！宝贵！”

老龙和华三不是同村的，但都是罗四、宝贵和乔大萌的亲戚。付小云和他们是在来的路上才认识的，所以只能喊宝贵。

院子里找不到，付小云就跑出院子去望。院子外面就是空旷的工地，不管从哪个方向，一眼都能望去几公里，可是都没看见他们的人。

付小云只好沮丧地倒回来，刚好被老杨看见。老杨远远地喊：“付青！付青！”

付小云没反应，躲在工棚里的宝贵他们却笑得抱成一团。罗四和乔大萌也刚好披着衣服出来打饭，看见老杨一边盯着付小云，一边高喊“父亲”，也笑得蹲在地上。

老杨回头看了看罗四和乔大萌一眼，摇摇头说：“老何的这些亲戚，真是莫名其妙。”然后接着喊：“付青！付青！”

这次付小云听到了，抬眼望望他，没意识到老杨是在喊自己。老杨有些不耐烦了，干脆跑过来拍了他一下，说：“你这个小东西，老子喊了半天都不理。”

付小云才想起，在这个工地上，自己的名字叫“付青”，不好意思地笑道：“对不起，我，我刚才没听到，我找我的那三个老乡，他，他们一眨眼就跑不见了。”

老杨“哦”了一声，说：“你们贵州人狡猾得很，不要管他们了，来我带你去。”

老杨说完，就牵着付小云的手，把他带到库房去找仓管员老魏领筛灰衣服和其他装备。走出库房，老杨说：“我在院门边等你，赶紧去把衣服换上，我带你去灰场。”

付小云像得了圣旨，连忙抱着一抱东西往自己住的工棚跑去。

那三个家伙先是嘲笑，后来看见老杨亲自带他去领东西，心里都有些不舒服。

宝贵说：“这个呆子狗日的，还真有点运气嘛。”

其他两人附和，一个说：“待会儿老子们不要理他，看他能筛出什么二百文。”另一个说：“你们看，领的全是新的呢，这狗家伙的运气真不错。”

宝贵不服气地说：“他都能领新的，老子们也能领新的。”

付小云一进屋，宝贵就拉开房门往库房奔去，老龙和华三就像影子一样地跟在后面。

他们全都认识老魏，老魏也认识他们。可老魏并没有显示出他们想要的客气，甚至连招呼也没打，就抱来三套家什，除了口罩是新的，其余全都是旧的。那三个家伙脸都快气绿了，但却不敢发作，只好悻悻地往回走。因为他们都知道，老魏是包工头的老丈人。

走到工棚门口，付小云恰好换好行头走出来，四人撞在了一起。那三个家伙的眼睛不由一亮，在心里想：“人靠衣服马靠鞍，呆子换上这套略显宽大的新衣服还真他妈有精神！”

就在那一秒钟，宝贵就有了霸占他这套新衣服的想法，而老龙和华三看中的，是他的新铁锹和新雨鞋。他们刚想有所行动，老杨就在院门边喊了起来：“付青，快点！”

宝贵他们循声望去，看见老杨推着辆单车站在院门边，又哈哈大笑起来。

工地上发的筛灰帽子，跟电影里日本兵戴的帽子极其相似，加上口罩和眼镜，可以将整个头和脸蒙得严严实实，帽叶子甚至还垂到了肩部以下。付小云蹬着雨鞋，扛着铁锹，就像个小日本鬼子一样，朝老杨跑去。

这三个家伙不知老杨喊他有何事，都站在工棚门口目送付小云跑向院子大门。结果他们看到的是，老杨用单车载着付小云飞驰而去。

“完了完了，我新衣服换不成了！”宝贵一边叹气一边往屋里走去，那两个家伙也一边叹气一边跟着他走。

罗四和乔大萌正好打饭回来，看到了刚才的那一幕，心里也难免有些嫉妒。

罗四说：“大萌，是你名字开得好。”

乔大萌说：“哪里哪里，是这呆子狗日的有福气。”

付小云从来没骑过单车，见老杨把车骑得飞快，有些害怕起来，心想请他骑慢点，但话刚到喉咙就卡住了，上来容易，下去却很困难。

老杨边蹬边问：“付青，你是不是被家里赶出来打工的？你父母也太狠了吧？”

付小云咳了一下，喉咙就通畅了，说：“我，我没有父亲，家里只有母亲。”

老杨心里沉了一下，又问：“那你父亲呢？”

付小云说：“老早就过世了，我都想不起他的模样来。”

老杨心里又沉了一下，再问：“家里只有母亲了吗？”

付小云说：“嗯，可惜她看不见亮，是个瞎子。父亲死后才瞎的。”

“啊，你母亲是个瞎子？”老杨忍不住停下车来，扶着龙头，看着后架上的付小云，有些吃惊地问。

付小云躲避着他的目光，点了点头。老杨长长地吁了口气，说真他妈可怜。

付小云本想反驳的，本想跟他说他并不可怜，但这句话同样卡在喉咙里，说不出来。

老杨见他低头沉默着，以为是说到了他的伤心处，损害了他的自尊心，心里有些过意不去，于是叫他坐稳，扶着车子猛跑几步，轻轻一跃，脚一抬一弯，就跨了上去。

看得出，老杨的车技很好。

很快他们就到了灰场。老杨说："付青呀，筛灰要起早，目的是占上风，不要让人家筛的灰扑你。还有，站的位置也有讲究，要根据风向来定。"

老杨说着，选了一个上风位置，帮他拖来筛子架好，又说："你们刚好来了四个儿，以前的四个儿终于解放了，全换下来了，你们要等到有新人到来才能解放。不过这个活也不是太累，每人每天只要筛满十方就行。不过多筛是要多算工分的，你量力而行吧。干不了不要逞强，你还小，挣钱的日子还长着呢。"

老杨说完，示范了几锹就骑着车走了。

这个地方不同老家，太阳老早就出来了。还好，太阳出来的方向跟老家基本一致，这让付小云心里好受多了。

去年中考过后，付小云跟着村里的几个人到一个叫水箐的地方修水库，那地方离家才十几公里，但太阳出来的方向却是反的。他在那个工地上不但没挣到钱，脚还被石头砸伤了，医了三个多月。他一直在心里想，去那个地方修水库运气不好，可能与日出的方向有关，现在来到了几千里外，太阳出来的方向还是顺的，心里就舒坦多了。

付小云握着铁锹，看着老杨渐渐远去的身影，心想："待会儿见到，就跟他说我不叫付青，是叫付小云。"

三

终于看不见老杨了，付小云便不紧不慢地，一锹一锹地筛起灰来。

老杨帮他找的铁筛还是很新的，有三尺多宽，五尺多高，固定在一个木框上，再用一根两米多长的木杆斜斜地支撑起来，粗石灰从筛子顶端一倒，细嫩的石灰粉就漏到筛子下面去了，没有烧化的灰渣却顺着筛子滚了下来。

老杨帮付小云找的地方不但占着上风，而且石灰也比较好，灰渣很少，等宝贵他们梭尸梭尸地走来，付小云已经筛出好大一堆了。付小云想跟他们打声招呼，只是舌头太笨，还没来得及开口宝贵就喊过来了："呆子，你爹呢?"

付小云呆了呆，停下手里的活路说："你又不是不知道，我爹他早就去世了。"

他刚说完，那三个家伙就哈哈大笑起来。付小云知道他们又在捉弄他，便低着头专心筛起石灰来。

三人笑毕，老龙说："呆子，我看你爹对你好得很嘛，怎么不直接把你调去摊土或者跟车?"

跟车是工地上比较舒服的活，只需提把铁锹走在推土机或压路机的后面，机器弄不到的地方要么扒拉几下，要么用打夯机打紧，但这样的活一般都只有包工头或带班的亲朋好友轮得上，其他人想都不要想。在老何带班的工地上，罗四就干过这样的活。

话已经点明，付小云的脸涨得通红，心里也无名火起。自小，村里的人们只要一骂"我日你瞎妈"他就跟人家拼命，自己也被打得死去活来。后来他渐渐长大，人们就不敢这样骂他了，但除了"呆子"外，人们还会想出其他法子和语言来损他，但只要不是"我日你瞎妈"，他也就忍了。老龙的这句话明显已经临界了，他停下手脚，握着铁锹，愣愣地看着老龙，瞪着眼睛说："小，小老龙，你再说一句老子就一洋锹干来了。"

老龙没想到他会发这样大的火，脸上的笑容一下子僵了起来，样子非常尴尬。宝贵也觉得气氛不太对，知道玩笑开大了，赶紧解围说："算球了，贵州人不打贵州人，谁都不要皮球翻，有什么话以后再说。"说完拉着老龙，向华三使下眼色，三人就各自找地方去了。

付小云依旧怒目而视。

那三个家伙，一个找到堆不知是谁遗留的大概有三四方筛好的灰，直接就把筛子架了上去；另外两个找不到别人筛好的灰堆，就把筛子架在别人筛下的灰渣上面，开始干了起来。

他们也不好好地筛，而是凹起腰子，稀里哗啦地把粗石灰朝着筛子远远地抛去，似乎是在发泄心底的怨恨，一时搞得整个灰场狼烟四起，石灰飞扬。由于每人一开始就占了三四方的便宜，加上力气又大，手脚又快，很快筛子下面的灰堆就超过了付小云的。奇怪的是，超过付小云后，他们的动作就慢了下来，但不是很有规律，而是阴一铁锹阳一铁锹，不像是干活的样子。

那三个家伙动作一慢，灰场上就干净多了，漫天飞扬的灰尘渐渐固定下来，在四个相隔五六米的地方各自无聊地起舞。

两三个小时过去，一个四十多岁的胖子才穿着雨鞋、戴着口罩摇摇晃晃地走来。毫无疑问，这又是包工头或某个带班的亲友。

胖子认识宝贵他们，一来就跟他们打招呼："跟老子好好干，不许偷奸耍滑。"

老龙不服气，用家乡话骂道："偷奸？偷你妹的奸！"

胖子听不懂，但还是挺着肚子装腔作势地用握着钢圈尺的手指着他们说："如果被老子发现掺了渣子做了假，今天就白干！"

工地上是以工分算钱的，十分工就是满工，满工就是十三块钱。如果干得好，还会给加分；如果发现有偷工减料、偷奸耍滑的证据，就要被扣工分。

这三个家伙毕竟做贼心虚，不敢跟胖子顶嘴，但还是继续阴一铁锹阳一铁锹地干。胖子有些无奈地摇摇头，叹了口气，转身把目光投向新来的付小云，眼里露出赞赏的神色，转脸对那三人说："喂，你们看看那小孩，人家筛得多认真！"

他们仨抬眼看看付小云，全都露出不屑的眼神。老龙说："他是你父亲，你过去跟他说说话嘛。"

胖子没听清，看着他问："你说什么？你再说一遍！"

老龙心里一颤，以为胖子要兴师问罪，脸色立马变得煞白，连忙改口说："我是说他叫付青，昨天刚来的，不信你过去问问嘛。"

“他叫什么名字？怎么听起来怪怪的？”胖子盯着老龙问。

宝贵连忙帮他解围：“付款的付，青色的青。”

胖子听懂了，慢悠悠地摸出记工的小本子，在上面写下“付青”二字，挪到付小云身边，叫了声：“付青。”

付小云没反应，那三人却大笑起来。胖子以为他们是在嘲笑眼前的这个瘦小孩，也没介意，继续提高声音喊：“付青！”

那三人笑得更厉害了，全都停下手脚弯下腰。

付小云听到有人叫，停手抬头一看，见是个拿着本子握着卷尺挺着肚子的胖子，心里有些发虚，更加口吃地问：“是，是您叫我？”

胖子把手背起来，像个县级干部，笑眯眯地说：“你干活不错。”

得到表扬，一脸紧张的付小云就轻松了许多，嘿嘿笑道：“一般般，一般般。”

其实只要轻松愉快，付小云说话是不结巴的，反应也快，但一紧张就不行。

胖子依旧笑眯眯地说：“看你那么小，十几岁了？”

付小云说：“快十七岁了，初中都毕业一年了。”

胖子叹息一声，说：“好好筛，只要筛满十方，我就给你十一分工。”

付小云望了那三人一眼，问：“他们呢？”

胖子说：“他们跟你不一样，十方十分工，绝不多给。我跟你说，他们都是些偷奸耍滑的家伙，要不是看在老何的面子上，一个都不能要。”

付小云“嘿嘿”地笑了，笑得有些开心。

胖子转身走了，他干得更加起劲儿。

那三个家伙提着铁锹围上来，宝贵问：“付小云，刚才那胖子跟你说了些什么？”

付小云说：“没说什么啊，他说干满十方就给十分工。”

宝贵再问：“那你跟他说了什么？”

付小云有些紧张了，说话结巴起来：“我，我没……没跟他说什么啊，不信我们就兴过。”

“兴过”是他们老家的土话，也就是赌咒发誓的意思。但宝贵还是觉得不保险，向另外两人使了下眼色，三人一齐动手，刨开付小云铁筛下面的灰堆，往里边填灰渣。

付小云气得脸色发青，眼睛发红，但也毫无办法。他们见填得差不多了，才收了铁锹，各自回到自己的位置，又凹起腰子乱搞一气，灰场上空又布满了烟尘。

再过两三个小时，大家都有些饿了，那三个家伙把筛好的灰堆弄成标准的梯形，用支撑筛子的木杆量了一下，算算已经有十方了，把筛子和木杆一扔，喊声“收工喽”，也不管付小云，就起身走出灰场，扛着铁锹，朝驻地走去。

等他们走远了，付小云才刨开灰堆，把埋在下面的灰渣清理出来。直到确认没灰渣了，付小云才把自己筛好的石灰也弄成梯形，把木杆拿过来量。原来每根木杆上都刻有长度，分别是0.5米、1米、1.5米和2米。

为了计算精确，付小云就把灰堆的形状修改成以上刻度能够量出来的尺寸，一算，刚好十方。付小云怕胖子来量的时候出差错，又继续筛了个把小时，肚子实在饿得不行，再看看太阳已经偏西了，摸出怀里的电子表看看，七八个小时过去了，才把灰堆重新弄平，把筛子木杆放好，摘掉眼镜口罩，扛着铁锹往回走。

付小云回到工棚，那三个家伙早已不见踪影，换下的三堆脏衣服放在工棚角落的砖块上。

付小云脱掉身上的脏家伙，拿着毛巾脸盆到水管下面把身上洗净，回屋换上干净衣服，就去伙房打饭。伙夫一边给他打饭一边问：“付青，你那三个同伴怎么扔下你不管？”

付小云说：“他，他们筛得很快，我干不过他们。你，你怎么知道我叫付青？”

伙夫“呵呵”一笑，说：“公告栏上贴着呢，新来的都写在最下面。”

付小云不再说话，端起还有点温热的汤菜，拿起一个大馒头，就往工棚走去。

汤菜是芹菜做的，不但没油水，还有一股怪味；馒头也不是他所向往的那种，而是死黄死黄的，有些霉味。付小云的老家不种芹菜，吃不习惯，刚下嘴就吐了出来，干脆倒掉，拿起一个玻璃罐头瓶去打开水，就着开水吃了一个发着霉味的黄馒头。

四

工地四周光天野坝的，付小云不知道哪里好玩，就蜷在自己的铺位上睡着了。当他醒来时，天已经快黑了，人们正陆续收工回来，闹闹嚷嚷的。

因为插队打饭，四个湖北人跟一个山西人干了起来。先是湖北人把半钵温开水泼在山西人身上，随后山西人就一饭盆砸在湖北人的头上。湖北人多，都围过来打山西人。山西人孤身一人，不知怎么流落到此，但跟乔大萌的关系很好。乔大萌刚好带着罗四他们收工回来，看到山西人被打，连忙跑过去抡起铁锹，把那四个湖北人当场打趴。

在这个工地上，湖北人跟贵州人早就结下了梁子，但湖北人少，不敢跟贵州人硬干，一直都尽量让着。乔大萌一动手，罗四他们都跟着动手。刚刚回来吃饭的宝贵、老龙和华三见状，也连忙跑回工棚拿铁锹，看见睡眼惺忪的付小云，就气汹汹地把他拉下铺来，吼道："外面在打架，你怎么还睡？赶紧拿洋锹去帮忙！"

付小云不知是谁跟谁打，见宝贵他们一个个都握锹在手，也只好拿着铁锹，跟着冲了出去。但打架事件已经被市政公司的人喝止了，湖北人和贵州人还在院子中间对峙着。湖北人只有六七个，势单力薄；而贵州这边，十八个人十八把锹，乔大萌站在正中间，罗四站在最前面，还骂骂咧咧地一个劲儿往前冲，被市政公司的人死死地拦住。

而那个山西人，已经被市政公司的人扶进项目经理的办公室去了，保卫科科长和保卫干事正在询问情况。老杨骑着单车风风火火地跑来，一看阵势就知道又是贵州人在惹事了，放下车子高声喊道："付青！付青！"

虽然人声嘈杂，付小云还是听到了他的喊声，刚想抽身出来，宝贵就斜了他一眼，问："你还是不是贵州人？"

付小云不敢说话，愣愣地站着不知如何是好，老杨跑过来找到他，把他硬拉出去，说："不许跟着他们闹。"

付小云低下头，本来想说话的，但一激动，话又说不出来了。

老杨把他拉回工棚，说："你还小，不能跟着他们瞎混。"

"可是，我是跟他们一起来的。"付小云很顺畅地把这句话说了出来，连他自己都感到非常吃惊，但老杨却没感觉。也许在他心目中，这孩子根本就不口吃，更不结巴。

老杨说："怎么说呢？要不我给你重新安排个住处？"

付小云摇摇头说："那样可不行，不跟他们住一起，今后我的日子更不好过。"

老杨也看出了这孩子的无奈，叹息一声说："那你不许跟着他们惹事，你要想想你妈。"

一提到母亲，付小云就神色黯然，泪花子在眼眶里转了起来了。

老杨趁机说："你妈需要你挣钱养她，所以你不能出事。"

付小云默默地转过身去，到屋角放下铁锹，揉了揉眼睛，才回身走过来，说："其实，我还有个姐姐，前几年一直是她挣钱养家，供我读书。"

老杨惊讶地问："你还有个姐？"

付小云说："是的，还有个姐姐，十六岁就开始出门打工，听说就在通县一带，但具体在哪儿没人知道，去年以前每个月都会寄钱回家，可是去年一开年，就没寄钱回去了，连信都没写一封。我既想打工挣钱，又想找到姐姐，才求罗四和宝贵把我带来。"

老杨在通铺上坐下，沉默了一会儿，乔大萌他们就提着铁锹进来了，十七八个人，每个都像凯旋的将军。老龙还比手画脚地说："他妈的那些湖北佬，我以为有多厉害呢，结果大萌哥一个人就摆平了！”其他人都跟着附和。

老杨觉得没趣，就起身走了。宝贵走在最后，进门时刚好遇见老杨，于是故意撞了他一下，不知是在报安排他筛灰的仇，还是对他拉走付小云表示不满。

老杨没计较，径直去水管边洗手。

罗四冷冷地看着付小云，说：“小小的雀儿还没放翅，就想玩单飞？”

付小云连忙低下头，一脸的委屈和无辜。

乔大萌对罗四说：“四爷，人各有福，不要管那么多。”

但罗四心里很不舒服，他觉得人是他带出来的，应该听他话归他管，可是这呆子，居然只听那个唐县人的！

罗四依然狠狠地看着付小云，仿佛要看透他的五脏六腑。乔大萌把他拉了过去，说：“这次惊动公司了，我们商量商量怎么办。”

罗四这才放过付小云，回头对乔大萌说：“不用商量，有什么好怕的？有我女婿在，老子们怕他个毛？”

乔大萌说：“我看这次没那么简单，因为公司里很重视，项目经理都亲自过问了。”

那帮湖北人虽然也在这个工地干活，但不属于唐县包工队，他们是另外一个包工队的。以前发生纠纷都是两个包工队的包工头和当事双方坐在一起协商解决，可这次不一样，双方的老板都不在，又刚好发生在下班吃饭的时刻，并且鬼使神差地被项目经理碰见了。包工队的下班时间一般是晚上七点，而市政公司的人下午四点半就下班了，下班后直接坐车回北京，可是今天不知为何七点多了还没走，刚好碰到这起斗殴事件。

其他人都是小兵小将，反正罗四和乔大萌喊打他们就打，喊撤他们就撤，干完后铁锹一放就洗手打饭去了。屋里只剩下了三个人，乔大萌说：“呆子，你还不去打饭？”

付小云像得了命令一般，连忙起身拿饭盆。走到厨房门口，他排在最后，在他前面的是华三。华三故意向后踢了两脚，他都倒退着避让了，恰好被打好饭折身回来的安坤看见。

安坤是个泥水匠，干的是大工活，工钱要比大家高两倍，但人却比较低调和老实。此时他也看不下去了，横了华三一眼，说："一个人些要注意倒点，不要玩家鲑子杀家鲑子。"

华三仗着是罗四的外甥，没把安坤放在眼里，鼓着眼睛说："罩你的球闲？"

其实安坤也不是省油的灯，年轻时曾在昆明"砍皮"，后来娶了老婆生了孩子，才改邪归正，学了泥水匠挣钱养家，当然也没把华三放在眼里，气愤地说："要不是看在罗四的面上，老子真想干死你！"

华三听出了安坤话里的锋芒，虽然不服气，但也不敢顶嘴了。

宝贵回过头说："你们都不要皮球翻！"他们才各自收兵，一人回工棚，一人继续排队。

终于轮到付小云了，伙夫笑嘻嘻地问："小家伙，吃得惯不？"

付小云摇摇头，伙夫又说："不要挑三拣四的了，你们那地方我还不知道？都是吃的什么洋芋包谷和酸菜豆米。"

付小云好奇地问："你，你怎么会知道？"

伙夫说："切！我们村里买回来的贵州媳妇一大把，逃跑了的不算，现在还有七八个，哪个不是这样说？"

听那伙夫如此一说，付小云心里突然冒出一个念头：姐姐是不是也被人拐去卖了？听说，被拐卖的女人人家都会想方设法看牢的，不生下小孩不让出家门，小孩不长满三岁不让出村口。

"姐姐是不是也被河北人买去关在家里不让出来？罗四的女儿以前就是这样。"付小云这样寻思着，反倒忘记打饭了。

伙夫举着汤瓢喊道："接啊接啊，傻瓜！"

付小云回过神来，伸出饭盆去接。如果是在老家，这根本就算不上是饭，因为它同样是一瓢连汤带渣的水煮芹菜，再加上一个散发着霉味的大黄馒头。

虽然不好吃，但却别无选择，付小云只好端着饭盆往工棚走去。

五

尽管罗四和乔大萌想出了很好的应对计策，但市政公司的态度非常坚决，那就是毫不留情地开除打架双方的主要当事人，工钱一次性付清，由项目部财务科直接支付，再从包工头那里扣回。第二天一大早，人们就在公告栏上看到了处罚文件。

那几个湖北人非常干脆，天刚麻麻亮就收拾行李走人了，那个山西人和乔大萌，却迟迟不肯离开。

市政公司的保安又来催了，还下了死命令，八点之前必须走人，否则就报警。

事已至此，乔大萌也毫无办法。本来罗四还想组织全体老乡罢工的，但项目经理来说过了，贵州的这帮人，全走了都没关系，他再从其他包工队调人过来，于是罗四就蔫了。

他也想联系他女婿的，可当时通信不发达，除了写信就是发电报。但写信太慢，发电报又舍不得花钱，若直接跑去北京西坝河，花车费不说还要耽误工分，想想也就算了。

乔大萌劝蔫败死垮的大家说："都去上工吧，明年换工地我再来。"

乔大萌刚说完，老杨就在院子里吹响了哨子。这帮家伙只好低着脑袋提着铁锹一个个畏畏缩缩地走出工棚，排队开会。

付小云不在队列里，因为半个多小时前老杨就把他带去灰场了。开早会的目的是安排工作，筛灰人员不必参加，宝贵他们仨直接往灰场走去。走到灰场时，见付小云已经筛好两方多了，便一个个对着他红眉毛绿眼睛，因为刚才在公告栏上看工分，发现付小云得了十三分，比他们每人多三分，心里很不爽。

这三人宝贵是头，上前跟付小云交涉："呆子，筛慢点，多挣那几块含口的又发不了财。"

按老家风俗，人死后装棺前家人要在他嘴里放上几张钞票，让他好在黄泉路上使用打点，那钞票就被称为"含口钱"，把钱说成

“含口的”，就是在诅咒别人死。

尽管宝贵骂得如此恶毒，付小云还是不理不睬，只是用心地筛自己的灰。在宝贵的心目中，付小云肯定是怕他的，在家里怕他，来了几千里外，更怕他。他们都是因为他侄女的关系才来到这个工地挣钱的，在唐县包工队，所有的贵州人都应该对他哥儿俩感恩戴德。

付小云不敢答话，宝贵心里就有了小小的满足感，手一挥，招呼他的两个跟班：“找活！”

这句话是跟河北人学的，但他们都明白其中深刻的含义，于是就四下寻找。昨天筛的石灰全被运走了，他们便把筛子架在灰渣上。付小云抬眼看见，心里充满了鄙视，骂道：“真是一帮人渣，怪不得人家讨厌贵州人。”

但想想也不对，因为他认为，不是每个贵州人都这样坏，他们也只是贵州某县某乡的几个村庄的几个人而已。但是，他们在这个工地上，在整个唐县包工队甚至整个市政六公司，都代表了贵州人！

哎，这帮贼杀的！一想起这些，付小云又忍不住在心里无可奈何地骂。

昨天的场景再次重演，付小云依旧专心致志地、一锹一锹地筛着，宝贵他们依旧凹起腰子乱搞一气，搞得满天烟雾沉沉。搞搞停停，大概筛了两三个小时，他们才想起还没给付小云埋灰渣呢！宝贵叫停老龙和华三，说：“先做点‘晌午’给呆子狗日的吃。”

那两个家伙会意，提着铁锹靠拢，歪耳歪耳地走向付小云。付小云知道他们要干吗，便学着他们的样子，加快速度筛起来，企图用烟尘阻挡他们。他们当然明白他的意图，全都把铁锹拄在地上，瘪着嘴发出“啧啧啧”的蔑视声。宝贵还狠狠地说：“老子看你能够雄多久。”

谁知他刚说完，一辆铲车就摇摇摆摆地开进灰场了。一般铲车都是下午四五点钟来铲灰的，今天显然来得特别早。宝贵他们听到铲车的引擎声，抬头一望，就立马跑回自己的位置装出一本正经的样子筛起灰来，因为他们看见，那辆铲车的两边，还分别扒着两个人：带班老杨和兼管灰场的胖子。

那三人一走，满头大汗的付小云才松了口气，不紧不慢地筛起来。不到两分钟，铲车就开到了他们筛灰的地方，司机和胖子一跳下车，就破口大骂："你这几个狗日的，筛不了就给老子滚回去，不要在这里糊弄人!"

老杨更加气愤，一把夺过付小云手里的铁锹，把他推到一边，嘿呼嘿呼地翻弄他的灰。看到这个阵势，那三人心里一慌，虚汗直流，连打架的心都有。可是乔大萌刚走，他们不敢动手；就算乔大萌不走，他们也不敢动手。他们只敢打别处来的包工，对于唐县人，特别是包工头的亲戚或亲信，再怎么恨也是不敢动武的。

老杨把付小云的灰翻了个转，没发现问题，于是松了口气，把铁锹还给他说："好好干。"然后就走到宝贵的位置，同样一把夺过铁锹，把他推到一边。

宝贵蔫了。华三和老龙也蔫了，但还是低着头假装正经地筛着。老杨心底的怒火没有先前旺了，但还是凹起腰子翻弄宝贵的灰，才翻了几锹，埋在下面的灰渣就出来了。

老杨心里的火气又上来了，边翻边愤怒地吼："宝贵，你这个狗日的，筛不了就给老子滚回去，滚到西坝河你侄女婿那里去，从此不要来老子的工地!"

宝贵愣愣地站着，不敢答话。老杨把铁锹一扔，又冲到老龙的位置，一把把他的铁锹夺过来，一翻，同样埋有灰渣。华三的也一样。

付小云没有凑过来看热闹，而是不紧不慢地筛他的灰。老杨把宝贵他们仨喊过来站在铲车下，问司机："马师傅，你看怎么处理?"

马师傅是市政公司的正式职工。在工地上，市政公司的干部职工比大爷还要大爷，他们说一句往往要顶带班和包工头说一万句。不要说正式职工，就是合同工，这些包工（包括包工头和带班）都得仰视，都得俯首帖耳。

此时，最有发言权的当然就是铲车司机了，马师傅说：“这几个家伙的确太坏了，在灰里埋灰渣，这不是诚心害人嘛！我的意见是直接开除！”

宝贵一听，心就凉了半截，赶紧求情：“师傅师傅，我们错了。再给我们一次机会行不？”

老龙不服气地鼓着眼睛嘀咕：“把老子们都赶走了，谁来帮你们筛灰？”可他是用家乡话说的，马师傅、胖子和老杨都听不懂。

华三也低头求情：“马师傅，我们下次再也不敢了，真的，求求你了！”

马师傅也知道，谁都不愿筛灰，于是偏过头去问胖子：“胖子，你说该怎么处理？”

胖子说：“开除就不开除了，每人罚款五十元，继续留下来筛灰，以后每发现一次，照罚五十元！”

哇！罚款五十元，要知道他们干满十分工也才十三元，罚款五十元就差不多等于白干四天。宝贵他们立即跳了起来，老杨骂道：“狗日的，这已经是最轻的处罚了，不干就给老子滚！”

他们见老杨硬了起来，旁边又站着公司的人，知道今天这个事情说不通，只好低头认罚。

见他们都认罚了，胖子吼道：“到一边重新找活去，再跟老子偷奸耍滑就滚回你们贵州去！”骂完又对老杨和马师傅说：“这帮贵州人鬼得很，没几个好东西。”说着又瞟了一眼付小云，“那小家伙是昨天刚来的，人还不错。”

老杨的脸上露出了笑容。

马师傅说：“老杨，把这个小东西给我去跟车，你重新找人来筛灰。”

老杨吃惊地问：“找谁来顶替？谁都不愿筛灰呀！”

马师傅笑道：“这还不简单？我帮你找一个。”

老杨问是谁，马师傅说，你别管，待会儿我保证拉个人过来顶替他。说完就对着付小云喊：“喂，小孩！小孩！”

付小云正专心筛灰，没听见。胖子捡起一块灰渣，朝他扔去。

付小云这才抬起头来，看见老杨他们都在望着他，心里有些紧张，小脸憋得通红。

胖子喊道："付青，你过来！"

付小云小心翼翼地走过去，老杨笑眯眯地说："付青，你活干得好，被马师傅相中了，他要你去跟他的车。从今天开始，你就不用筛灰了。"

付小云没有露出欣喜的神色，而是怯怯地问："那，那他们三个呢？"

老杨不屑地说："他们啊，每人罚款五十元，继续筛灰。"

付小云又弱弱地说："我们是一起来的，他们筛灰，我去跟车，不太好吧？"

马师傅说："哦，你是跟他们一起来的？我告诉你，这几个家伙太坏了，你不能跟他们在一起。这么小就出来干包工，真他妈可怜！"

听到别人说他可怜，付小云就低下头不说话了。马师傅爬上驾驶室，开着铲车将宝贵他们刚才筛的灰铲到小山一样的粗灰里去，然后招呼胖子、老杨和付小云上车扒着，朝灰场外面开去。

铲车走远了，宝贵才敢直起腰来，抬眼看看带走一路尘烟的铲车，再看看付小云筛灰的位置，没人，以为他找地方方便去了。过了半小时，抬眼再看，还是没人，便对那两人说："你们看，那呆子狗日的不见了。"

三人中老龙离付小云最近，隐隐约约听到了刚才马师傅他们说的话，也亲眼瞟见付小云被司机带走，于是充满妒意地说："呆子被那姓马的要去跟车了。"

宝贵挺眼了，叹息一声，把锹一扔，傻愣愣地看着远方出神。

华三边筛边说："他妈个×，人家的运气就是好！"

见宝贵扔了铁锹不干活，那两个家伙也把铁锹扔了。可刚刚直起腰来，就不得不赶紧捡回铁锹，假装一本正经地干活。原来他们发现那辆铲车又摇摇摆摆地带着一路烟尘开回来了。让他们意想不到的是，这次铲车带来的不是别人，而是罗四！

身材矮小的罗四已经换上付小云的行头，气鼓鼓地跳下铲车。跟来的胖子说："老罗，刚才付青筛的，也归你了，好好干吧，不要再给你姑爷丢脸。"

罗四知道胖子是包工头的亲叔叔，不敢顶嘴，但还是白了他一眼。

交代完毕，马师傅调转车头，带着胖子和一路尘烟走了。宝贵他们围拢过来，大家一谈，罗四才知道是被这三个家伙害了，于是懒得理睬他们，无可奈何地提起铁锹，走到付小云留下的位置，不紧不慢地筛起灰来。

那三人知道是自己连累了罗四，便各自筛灰去了，边筛边在心里骂付小云。

六

没有了乔大萌，工棚里显得有些沉闷。吃好饭后，大家又分成两堆打牌，付小云只好独自蜷在铺位上看书。

罗四哥俩没有参加打牌，而是带着老龙和华三，在两三里外的化营村的一个小店里，一边吃肉喝酒，一边商量如何整治付小云。但他们又想不出什么好办法，商量来商量去，就是孤立他，彻底孤立他，让他认老杨做爹去！

偏偏倒倒地回到工棚，他们就发现精心策划的计谋彻底失败了，因为付小云已经搬走了。他们问了几个人，都说正忙着打牌，没看到呆子是怎么走的。

坐在砖块上看打牌的安坤说："付小云呀，被几个唐县人来搬走了。"

宝贵一听，更加无名火起，骂了声"这私儿是反天了"，就带着老龙和华三去找。见他们酒气熏熏踉踉跄跄地走出工棚，安坤鄙视地笑了。

宝贵他们一个工棚一个工棚地找过去，都没找到付小云。宝贵骂道："难道这私儿会飞？"

老龙也气耸耸地说：“找！就是掘地三尺也要把这呆子狗日的找出来！”

他们又往院子西面的那几顶帐篷走去。按工地上的规矩，普通包工只能住工棚，而帐篷是给带班以及包工头的亲朋好友住的。此外还有一幢两层楼的铁皮房子，那是市政公司办公和休息的场所，包工们不能随便进去。

但那三个家伙早就喝麻了，就算是军事禁地也敢闯。在工棚和帐篷里没找到，他们就往铁皮小楼走去。

铁皮小楼的第一层是会议室（兼饭堂）、办公室和储藏室，第二层是财务室和休息室。市政公司的干部职工虽然每天一下班就回北京去了，但留有两个保安看守这幢铁皮小楼。昨天发生打架事件后，公司还留下一名保卫干事、一名施工员和一名测量员值班，就住在二楼。

宝贵他们见一楼黑漆漆的，二楼有几个房间亮着灯，便对着亮灯的窗户大叫：“呆子，给老子出来！”

叫了几声都没人搭理，不少人从工棚和帐篷里跑出来，见是几个贵州人发酒疯，摇头笑笑，叽里咕噜地骂了几声，又转回去了。

宝贵见没人搭理，火气更大了，噔噔噔地冲上楼去。光冲上去不算，还狠狠地朝铁皮门踢去。见没踢开，宝贵就用身子去撞。这次刚刚撞过去，门就打开了，宝贵一下冲进屋里，重重地栽倒在楼板上。光栽倒不说，还撞倒了一个人。

被撞倒的人是留下来值班的测量员，名叫什么不知道，是个刚刚毕业不久的大学生，长得很漂亮。她还是合同工，为了尽快转成正式工，便主动要求留下来值班。第一天值班就碰到这事，倒在地上吓得喊出鸡儿声气：“救命啦！抓流氓啦！”

姑娘一喊，住在第一个房间里的保卫干事大刘和施工员老宋就赶紧开门出来，正在厨房门口洗衣服的两个保安也立即放下衣服，迅速地冲了上来。三个大汉提起宝贵就打，直打得他喊爹叫娘。跟在后面的老龙和华三，被那姑娘一喊，吓得从二楼跳了下来，栽得头破血流。

这下可热闹了，人们纷纷跑出屋来。罗四听见宝贵的惨叫声，不顾一切地冲了上去。刚冲上楼，就被一名保安摁倒在走廊上。要是在平时，其余的贵州人早就提起铁锹冲上来了，可是此刻，他们只能傻傻地站着，一动不动。原因有三，一是乔大萌不在了，二是打人者是公司的，三是宝贵居然吃了熊心豹子胆，上楼调戏公司的美女测量员，打死了活该！

施工员老宋五十来岁年纪，清清瘦瘦的，心地非常善良，虽然也很讨厌这几个贵州人，但见宝贵被打得可怜，上前劝住保卫干事和保安，又去安慰被吓得直哭的姑娘。

罗四被保安按在地上，双手乱摇，拼命地喊："不要打我，不要打我，我是来找我弟弟的！"

保安听不懂，以为是骂他呢，狠狠的拳头无情地落在罗四的身上，还是老宋来才叫开。

老杨也上来了，问了酒气熏熏、皮破脸肿的宝贵半天，才弄明白他们是来找一个叫付小云的老乡，便问："谁是付小云？"

宝贵说："付小云就是付青，我们都叫他呆子。"

老杨骂道："你这几个狗日的，真不是好东西。"

老宋问："老杨，付小云是谁？我怎么没见过这个人？"

老杨说："是个昨天刚来的小男孩，刚才跟我和女儿去化营村王村长家吃饭，我提前回来了，他们还在那里玩。"

老杨没儿子，只有两个女儿。大女儿十八岁了，高中毕业没考上大学，想来工地上学测量，今天刚到。化营村王村长和老杨私交不错，开着小车来请他吃饭，他就把女儿和付小云带去了。

老宋问："是不是给马师傅跟车的那个小男孩？"

老杨说："就是他。他母亲是个瞎子，有个姐姐又失踪了，没得办法，才初中毕业就出来打工了。"

老宋说："哦，我喜欢那小孩，让他跟我吧，你重新安排人跟老马。"

老杨愣了下，连忙点头哈腰地答应道："好的，好的，我来安排。"

了解清楚情况后，保卫干事本来要开除他们几个的，但老宋说开除就不开除了，每人罚款二百元。在工地上，项目经理最大，然后就是工程师和施工员。今晚老宋值班，最有发言权。保卫干事拿出本子记下，把宝贵和罗四轰下楼去。

挨了这顿打，宝贵的酒就醒了一半，可老龙和华三满头满脸都是血，必须要到医院去处理。但去医院不现实，附近只有化营村有个医务室，路倒不远，就是没钱。宝贵、罗四、老龙和华三，搜遍全身加起来只有十块钱。他们都很后悔刚才去喝酒。要是不喝酒，就不会挨打了；要是不喝酒，至少还会多几块钱。

工地上是不按月发工资的，工钱都扣在包工头手上，要到年底才会发，平时只能支取零用钱，并且还要干满三个月。罗四消息灵通，知道明天包工头会来工地，至少可以支五十块钱，一高兴就喊上弟弟和外甥，去小店喝酒。

要去求医先得求钱，罗四只好跟大家借。一起来的包工们，个个穷得要命，加上又正是长庄稼的季节，都等着支钱寄回家买化肥，即使有也舍不得借。见在工棚里借不出钱来，罗四只好去找老杨。老杨也没钱借给他，但却给他指了条路："去找老宋吧，老宋心好。"

罗四回头看看那幢铁皮小楼，说："我不敢上去。"

老杨没办法，只好把他带了上去，敲开老宋的房门。老宋很好说话，借给他五十元钱。

一行人刚到化营村医务室门口，恰好碰见付小云和一个漂亮姑娘有说有笑地走过来，罗四和宝贵把眼睛鼓得大大的，其他人也露出难以置信的眼神。

付小云一看见他们转身就跑，姑娘连忙回头去追，边追边喊："付青！付青！"

罗四他们又忍不住笑了起来。

安坤问："那姑娘是谁？这呆子也太厉害了吧，刚来几天，这么漂亮的河北妞儿就被泡上了！"

罗四毕竟有个女儿跟老杨是邻居，认识那姑娘，说："老杨的大女儿杨鸽子呗！老杨那狗日的估计想招姑爷上门。”

众人一听，心里都很不是滋味，但又无可奈何，因为事情的发展，越来越脱离了他们的想象和掌控。

七

先前筛灰做假被罚了五十块，后来酒后犯事又被罚了二百块，按一块三毛钱一方算，宝贵差不多要白筛二百方石灰。本来就怕筛灰，但越怕越见鬼，加上又白挨了一顿打，宝贵迁怒于付小云，心里非常恼恨。罗四被白打了一顿不说，也被罚了二百块钱，在埋怨宝贵的同时，又开始后悔起来：“早知道就不带那小狗日的来了！”

罗四刚刚骂完，老杨就来喊他们出工了。

罗四说：“那两个受伤了，筛不了石灰，能不能让他们干别的?”

老杨听不懂，也不理他，只是催促赶紧出工。

宝贵心里窝火，也不想动，和老龙、华三一样，躺在床上还没起来。老杨喊了几遍他们都没反应，生气地说：“随便你们吧，反正你们是知道规矩的，如果没活给你们干，每天管吃管住，付半天工资；如果有活不干，除了扣回五元一天的住宿费和生活费外，还要扣半天工资。”

老杨说完，就出去给包工们开早会了。

两分钟后，包工头郭铁城和罗四的女婿老何突然走了进来，还带来了五个人。他们是从北京西坝河赶过来的，那边的工程已经接近尾声，包工们都被分流到了别的工地。

看见老板和女婿，罗四就像看到了希望和救星，再看看背着麻丝口袋站在屋外的五个人，更是喜出望外。郭铁城望了望床上的几个家伙一眼，以为是出工伤了，把老杨叫进来，问是怎么回事。

按照规矩，如果发生了工伤，包工头是要被追究责任的，带班也会跟着被罚。老杨连忙说：“他们几个是筛石灰的，还没起身。那两个狗东西不是工伤，是自己从铁皮楼上摔下来的，没什么事。”

老龙和华三还想赖铺，见是老板来了，连忙爬了起来。郭铁城瞟了他们一眼，问老何："都是你的亲戚吗？"

老何弱弱地说："都是。"

郭铁城又对老杨说："老杨，那就不让他们筛灰了，我们今天带来了五个儿，就让这五个儿顶上去吧。"接着又对罗四他们说："赶紧开会去！"

罗四等人出去后，郭铁城把那几个新来的包工喊进来，吩咐道："刚好有五个空位，你们就插进来住吧。收拾好床铺吃了饭，就上灰场筛灰去。"

这几人来自安徽，虽然不愿筛灰，但也无可奈何，一个个默默地从麻丝口袋里拿出铺盖往通铺上一扔，就到库房领东西去了。

开完早会，包工们没像往常那样规规矩矩地扛着铁锹去上工，而是围着郭铁城，哭丧着脸苦苦哀求。这个说："老板，我家里孩子要上学，求您先支二百给我吧。"那个说："老板，我家里庄稼都黄了，正等着浇肥，也求您支二百给我吧。"

郭铁城精神饱满，高大壮实，超强的气场使得包工们对他说话的语气又自然而然地谦卑了几分，显得可怜兮兮的。

但每人支二百块钱是不可能的，于是郭铁城宣布："都不要跟我吵，今年以来连续干满三个月的，每人支取五十元；连续干满五个月的，每人支取一百元；其他的原则上不能支取。不过为了让你们有点零花钱，连续干满一个月的，可以支取二十元，但要带班或连续干满五个月的亲友签字担保。先去上工吧，晚上老杨会发给你们。"

包工们都知道老板的脾气，说过的话一般是不轻易更改的，只好心情沉重地上工去了。

付小云是老宋亲自要去跟他的，市政公司的人都是早上八点半上班，所以他不必参加早会，也不用去那么早，早上起来吃了饭，老杨就让他待在帐篷里看书。

大家都上工去了，老杨走进帐篷喊他："付……"

付小云连忙合上书纠正："杨叔叔，我叫付小云，付青是他们恶搞的，你看我身份证。”说完摸出身份证递过去。

老杨接过付小云的身份证看了看，又骂起乔大萌来：“那个乔狗日的真他妈坏！”

付小云说：“杨叔叔，请把你的钢笔借我用一下。”

老杨掏出上衣口袋上翘着的钢笔递给他，付小云走出帐篷，来到公告栏前，把工分表上的“付青”改成了“付小云”。刚刚改好，市政公司的车就开进了院子。

跟车的包工，在车未来之前都是要去摊土的，马师傅一下车就看见付小云，觉得有些奇怪，就冲他喊：“付青！付青！”

付小云连忙跑过去，掏出身份证递给他：“马叔叔，其实我不叫付青，我叫付小云，那名字是我那个老乡乔大萌恶搞的。”

马师傅看了看付小云的身份证，愤怒地说：“老子又被那狗日的耍了。”

付小云说：“乔大萌已经走了，我要把我的名字改回来，我要告诉所有人，我叫付小云！”

付小云正说着，老杨就走了过来，赔着笑脸对马师傅说：“对不起马师傅，这孩子被老宋要去跟他了，待会儿我给你安排一个老练点的。”

马师傅的脸色微微一变，没说什么，转身就朝铁皮小楼的会议室走去。

老杨尴尬地笑着，知道他有点不高兴。

老宋刚好走下楼来，老杨拉着付小云迎上前去，说：“宋工，孩子我给你带来了。”

老宋笑眯眯地看着付小云，说：“你就叫付……”

付小云连忙把手里的身份证递过去，说：“宋叔叔，我真名叫付小云。”

老杨哈哈一笑。老宋也笑：“好了，我知道了。从今天开始，我上班你就上班，我下班你就下班，每天十二分工。你的工作就是跟着我，背着皮尺、卷尺、图纸和水平尺，到处去检查他们做得对不对，做得不对的地方要及时纠正或勒令返工。”

付小云连忙说："好的，我知道了，谢谢叔叔。"

这孩子也真奇怪，此时说话一点都不口吃了，"谢谢"二字也说得极其通畅。

老宋说："再过几分钟，我们开完会就出发，你先等着。"说完就往会议室走去。

老杨兴高采烈地对付小云说："小云呀，做老宋的跟班，简直是走了天大的好运。老宋是市政六公司为数不多的高级工程师之一，也是心地最好的施工员，跟着他你能学到很多东西，以后出去包工程，谁都会放心大胆地包给你！唉，要是我能看懂图纸，早就自己包工程去了！"

付小云不笨，连忙点着头说："杨叔叔，我会好好学习的。"

罗四、宝贵、老龙和华三，去库房交了筛灰的服装后，扛着铁锹和洋镐，一边啃着馒头一边在工地上行走。他们被派往经五路上挖沥青。走着走着，就看见付小云左手抱着皮尺，右手提着水平尺，肩上还挎着个皮包，亦步亦趋地跟在老宋身后。不远处的纬五路上，杨鸽子正跟着公司里那个搞测量的女孩，在技术员兼助理施工员小高的指挥下，一人看镜子，一人插标杆，干得正欢。

宝贵叹了口气，说："命运这东西真他妈很难说，在家毛毛灰灰都不如的，一来这个工地就雄起来了。"

老龙一脸嫉妒地说："老子看他能雄多久。"

八

半个月后，经五路上需要返工的沥青路面全都挖完了，罗四他们又被老杨安排去老宋负责的地段摊土。

此时已经入伏了，付小云戴着公司统一配发给干部职工（包括合同工和临时工，包工除外）的草帽，穿着老宋送给他的半袖衬衫、西装短裤和网球鞋，可以独立开展工作了。虽然他的工钱还是由包工队支付，但每天不管天晴下雨，有活无活，都是十二分工，而且必须按月支付，比普通包工强多了。

除了工作轻松，旱涝保收以外，他还有一个最令包工们羡慕的地方：在铁皮小楼一楼的会议室里跟着公司的干部职工们吃午饭。其实那午饭也只是盒饭而已，但却是白花花的大米饭，而且还有鸡鸭鱼肉，比包工队的芹菜汤和黄馒头不知好了多少倍。

但越是这样，付小云的老乡们越是疏远了他，就连当初对他比较好的安坤，也同他拉远了距离。他们不叫他呆子了，而是叫他"叛徒"。他们认为他的所有作为，都是对他们的侮辱和背叛。付小云来到他们干活的地方检查，他们不但不配合，而且还暗中使坏。当面他们是不叫他"叛徒"的，而是叫他"杨青"或"宋小云"。

离开一个多月了，尽管罗四他们天天都在盼，乔大萌还是没回来。这天他们又来到老宋负责的地段，阴一铁锹阳一铁锹地摊土。老宋笑眯眯地走过来，罗四以为是来叫他还钱，连忙转过身去。

如果是在其他施工员负责的地段上，看见施工员或施工员的跟班走过来，包工们都会凹起腰子装作很认真的样子好好地干，等施工员走远了，才又恢复老样子。但他们不怕老宋，因为老宋不会骂人，也不会吼人，永远都那样和善。

看见老宋，除了罗四转身低头干活外，其他人依旧有说有笑懒懒散散。有个当地女人胸前挂着泡沫箱，边吆喝边走来。老宋问宝贵："想不想吃冰棍儿？"

宝贵连忙摆手说："不想吃，我们都不想吃。"

老宋再问："我掏钱，你们想不想吃？"

"那……那……"宝贵脸一红，反而变成了一个多月前的付小云，说话结巴起来了。

看着他张口结舌的样子，老宋依旧笑眯眯的，招手叫来卖冰棍儿的妇女，数了数人头，一共十六人，全是贵州的。老宋把冰棍儿分给他们，说："坐下吃吧，坐下吃。"

这帮人就像接到圣旨一般，连忙把铁锹找个支点横起来，坐在把子上吸咻吸咻地吃冰棍，连罗四和正在砌下水井的安坤也不例外。

见大家吃得很欢，老宋就笑眯眯地走了。老宋刚走，老杨就骑着单车飞快地跑来，这帮家伙远远地看见，连忙爬了起来，边吃冰棍儿边假装干活。

老杨只是偏头瞟了一眼，就从他们身边飞快地跑了过去。老杨跑过去后，他们又坐下继续吃冰棍儿。除了公司的人，他们最怕的，就是老杨。因为老杨是包工头在这个工地上的代理人，掌握着评工分与分配工作的大权。

吃着吃着，罗四突然问："你们今天有没有发觉不对劲儿？"

大家茫然地游目四顾，东张西望，没发现有何异常。

华三说："我四娘舅也是，有什么不对的你就直接说嘛，是不是有些人喝了凉水不记情？"

这句话是有所指的，大家都把目光对准已经跳进井里的安坤。安坤也听到了，但是装着没听到。也就在那一刻，他又开始想念付小云了，因为这批贵州人中，只有他俩与众不同。同时，他又开始后悔这段时间对付小云的疏远和冷淡了。他想，虽然也是罗四把他带到这个包工队的，但他能够做到大工，拿到比他们多两倍的工钱，完全是靠自己的本事和努力。转念又想，要是没有我们这些人来到这个包工队，罗四的女婿能当上带班吗？所以他觉得罗四以及他弟弟和外甥老是念叨这些真没意思，好几次都想自己出去找工地，但都下不了决心。此刻，他真希望付小云赶紧长大，傍着老宋自己包工程，他回老家拉人跟他干，自己当带班。

这样想着，安坤也跟着四处张望，却没看见付小云的影子，便在心里暗道："这小家伙跑哪里去了？"因为按照惯例，每天这个时候他应该背着图纸、拿着量具在附近东量量西看看，不时地指指点点。可是他却不见了，跟着不见的还有在公司里干临时工的杨鸽子。

安坤正感诧异，罗四开口说话了："你们不要背铁锅的抓不到，抓到背砂锅的。再好好看看，那'叛徒'狗日的到哪儿去了？"

大伙这才醒悟，又东张西望了一番。

宝贵说："最好他从此给老子消失，免得天天看到心烦。"

他刚说完，老杨又骑着单车飞快地跑来。大家又装着认真干活的样子。这次老杨没有急匆匆地跑过去，而是停下问：“付小云呢？你们有没有看到付小云？”

罗四回答：“呵呵，估计跟你女儿私奔了。”

老杨听不懂，看着宝贵问：“你四哥说什么？”

宝贵狡猾地一笑，说：“他说估计跟你女儿跑到下水道乘凉去了！”

大家都一齐哄笑，老杨白了他一眼，放下单车，跑到路基正中间的井口，探头望了一眼，就翻了进去。大伙又是一阵哄笑。

下水道有两米多高，里面非常凉快，自从进入盛夏，不时有偷懒的包工翻下去乘凉。老杨倒着屁股沿着井壁上用钢条做成的梯子下到底部，大声喊道：“付小云！付小云！”喊了好几声都没人答应。

老杨爬出井口，老宋刚好扒着一辆铲车跑过来。老杨连忙拦住，问：“宋工，付小云呢？付小云哪里去了？”

老宋说：“他请假了，请了三天假，说是到通县去找姐姐。你家鸽子不是跟他去了吗？你怎么不知道？”

老杨怔怔地站着，与平时风风火火的他判若两人。老宋安慰他说：“孩子都这么大了，不会有事的。”

老杨慢慢缓过神来，从半袖衬衫的口袋里掏出个信封说：“刚刚化营村的老王送来一封他家里寄来的挂号信，不知发生了什么事。”

这个工地上的信全是由化营村村长老王收转，听老杨如此一说，罗四他们全都围过来问：“老杨，有没有我的信？”

老杨没好气地说：“有，全都有，晚上收工了再去库房老魏那里取。你们这帮狗日的，给老子好好干，干不好明天把你们全划到小高的地段去。”

大家都知道，小高想尽快升成正式施工员，对工程质量抓得很紧，每天在他负责的地段大呼小叫，又是骂娘，又是返工，反正最会折腾人，大家都非常怕他，都不想去他那里干。可是去与不去，权力握在老杨手里。

老杨如此一说，大家都不敢吭声了，弯着头做出非常认真干活的样子。

老宋扒着铲车走远了，老杨才骑车离去。看着老杨远去的背影，罗四突然说："难道这呆子真的考取了？"

差不多有两个月时间没叫付小云"呆子"了，此时一听罗四这样叫，大家都感觉有些别扭。

宝贵不服气地说："他要是能考取的话，老子回去帮他背被窝。"

付小云去年参加中考，连预选都没拿到；今年中考他又参加了，听说得了预选，但在宝贵的心目中，一个连话都说不抻抖的呆子考得上个球。不料他的话被正在砌砖的安坤听到了，安坤冷笑一声，说："怕到时候你背不动。"

宝贵扭头瞥了他一眼，说："你好好记住，他回来你就跟他说，老子就是这样估量他的。"

安坤没再回应，而是专心致志地砌井子。

九

晚上下班回到驻地，罗四他们手都来不及洗就直奔库房。果然，他、宝贵、老龙和华三都各有一封信，并且都是挂号信。家里怕寄来的信丢掉，管它贵不贵，都寄挂号信。但信的内容只有一个，就是要钱。谁的信里都没有提到付小云已经考取学校的消息，这让他们在心理上稍稍平衡了些，但一想起家里的确需要钱，而支钱又那么困难，一个个又都垂头丧气起来，晚饭也没心思吃。

安坤也收到信了。不过他的信不像罗四他们的，他老婆没向他要钱，甚至连提都不提。这让宝贵他们心里又不舒服起来，对着他红眉毛绿眼睛，恨不得把他手里的信抢去撕了。

直到三天后的黄昏，付小云和杨鸽子才回到工地，看他垂头丧气的样子，就知道肯定没找到姐姐。

宝贵一边排队打饭，一边撇着嘴对老龙他们说："搞不好他姐已经被人骗去当老婆了，他找得到个球。"

华三猥琐地笑了笑，问："他姐是不是叫付小花？"

宝贵说：“你也认识？”

华三说：“她不是被称为你们村的村花吗，我怎么不认识？的确长得很漂亮。”

老龙说：“喜欢的话就去帮呆子找，找到就送给你做老婆。”

华三低头看看自己的身上，只见上身穿着件早就变成黑色了的红背心，下身挂着条脏得看不出颜色的旧短裤，一双同样脏兮兮的解放鞋露出了大拇指，小腿和手臂被晒得黑黢黢的，心里不由一阵悲凉，再看看排队打饭的包工们，几乎都是一样的打扮一样的脏，叹息一声，说：“说实话，我还真配不上她。”

宝贵说：“怕的是你不喜欢她，喜欢的话就去追，说不定还真能追上呢！”

华三“嘿嘿嘿”地傻笑：“老叔，到时候请你多多帮忙哈。”

宝贵骂道：“你个狗日的，还真听进了。”

想起付小花的姿色在村里的确数一数二，自己也曾经朦朦胧胧地幻想和她好过，甚至还在无数个漫漫长夜里梦见和她亲热过，宝贵身上不由燥热起来，脸也跟着红了。也就是这个时候，他才在心里责怪自己，怎么不和付小云搞好关系呢？

付小云的中午饭是跟公司里的人一起吃，而早餐和晚饭同样是在包工队的伙房打。但自从跟了老宋，伙夫打给他的就不是普通包工的饭菜了，而是跟包工头的亲戚和老杨父女的一个样。付小云和杨鸽子果然也来打饭了，看着青春靓丽的杨鸽子，众包工眼里差点喷出火来。

他们自觉地排在最后面，宝贵打好饭，特意停下来问：“呆……小云，有……没有找到你姐？”

付小云神情沮丧地说：“能找的地方都找过了，还是没有消息，下个月领了钱再去找。”

宝贵还想再说什么，见杨鸽子美丽的眼里流露出嫌弃的眼神，只好转身走了。

这天包工头来看工地，请老杨去喝酒，回来得有点晚。付小云看到他转交的家信后，当即就哭了，边哭边说：“杨叔叔，我不想跟宋叔叔了，我要去挖坑。”

挖坑是工地上最累的活，酒气熏熏的老杨一听，生气地从床上立起来，口齿不清地说：“你说什么？不跟老宋要去挖坑？你还想不想当我女婿？”

付小云愣住了，也忘记哭了。老杨站立不稳，又倒在了床上。付小云愣了一两分钟，才结结巴巴地说：“杨……叔叔，我……我还小！”

老杨又爬了起来，红着眼睛看着他说：“你还小？你们都一起出去混了好几天了，还小？好好给老子跟着老宋学，过两年就包工程出来自己招人干。已经发生的我也认了，接触了这么多贵州人，我就看你顺眼，以后好好当我的上门女婿吧，把你母亲也接来，我不会亏待你们的。”

老杨说完一抬眼，才看见自己的女儿杨鸽子怔怔地站在帐篷门边。她原本是住铁皮屋的，不知什么时候来到帐篷门边。见父亲发现了她，就默默地转身走了。

付小云没有发现杨鸽子，老杨提醒他：“鸽子来找你，在外面。”

付小云收起信，抹抹脸上的泪水，追出门去，刚好看到杨鸽子的身影，于是边跑边喊：“鸽子！鸽子！”

杨鸽子没理他，噔噔噔地奔上铁皮小楼，跑进自己的房间，重重地把门关上。

付小云叹了口气，回帐篷去了。第二天早上一见面，杨鸽子就气呼呼地把脸扭到一边，理都不理他。他也觉得很不好意思，很想向她解释一下，但她却不给他机会。

好不容易等来了老宋，付小云很难为情地说：“宋……叔叔，我，我想……想去挖坑。”

老宋惊讶地问：“小云，你是怎么啦？挖坑有什么好？不但什么都学不到，而且还累死累活，以后也不会有什么发展。”

付小云语气坚定地说：“宋叔叔，不是我不想跟您，我很感谢您。但是现在我真想去挖坑，请您帮我跟杨叔叔说一下，我真要去挖坑。我想承包经九路上所有的下水井来挖。我，我想锻炼锻炼自己。”

老宋考虑了两分钟，说好吧，如果挖不了了，再回到我这里来。付小云连声道谢。

市政公司的早会包工队的带班是要参加的，老杨开完会后，在院子里被老宋叫住：“老杨，孩子要求去挖坑锻炼，就让他去吧，过段时间再回来跟我。”

老杨不知是不是想起昨晚的酒话，看见付小云有些不自在，见老宋都这么说了，只好答应。付小云连忙说：“杨叔叔，我想承包经九路的所有下水井，请你估算一下，一个井合几分工。”

见老杨有些迟疑，刚从别的工地转移过来的另一个带班小郭说：“别人一天才挖一个坑，你就按坑算工吧，挖一个坑十分工。”

老杨本想这样说的，但怕有特别照顾的嫌疑，所以才迟疑着不敢说，因为工地上没有承包挖坑的先例。但小郭是包工头的亲弟弟，见他这样说了，老杨连忙跟着说：“好吧，就按小郭说的，挖一个坑十分工。”

付小云分别向他们道了谢，就转身到库房领工具去了。老宋说：“这孩子聪明、好学、勤奋，只是年纪小了点。等他满了十八岁，我就设法招他做个合同工，再干几年，转正没问题。”

如果能够成为市政公司的正式工，那就远远地强过了一名小包工头，老宋说的当然比老杨想的还要好，于是老杨很开心，等付小云领工具出来，就用单车载着他往经九路跑去，边跑边说：“小云，宋工对你很好，有如再生父母，你不要辜负他的培养和期望。”

付小云说：“我知道，我会好好干的。”

老杨又说：“挖坑很苦的，锻炼一下，实在挖不动就回来，跟着宋工好好干。”

付小云说：“我会好好挖的，一定要坚持把整条经九路上的下水井挖完。”

老杨没再说话，跑到经九路就把他放下了。这里是小高负责的地段，小郭带班。跟着老宋干了将近两个月，付小云对马路的结构和布局早就了然于胸，知道哪里该挖坑，坑要挖多深，确定好位置后，举起洋镐就挖了起来。

第一天挖下来，付小云就完成了三个坑，挣了三十分工，但人却累得不成样子。杨鸽子找到他的时候，大家都收工回驻地了，他却靠在井壁上连爬出来的力气都没有。

杨鸽子没有了先前的尴尬和气恼，把他拉出来后嗔怪道："拿起清闲的活不干，你偏要来挖坑。"

付小云咧嘴一笑，说："以后你会知道的。"

但他实在太累了，刚爬出井子又瘫坐在土堆上。杨鸽子把他拉起来，也顾不得害羞了，更不嫌弃他那一身的泥土和汗水，扶着他说："慢慢走吧，明天不要来挖了。"

在晚霞的映照下，他们手牵着手，沿着路基，往驻地走去。老杨在后面远远地看着，跟着走了一段，就拐到经八路去了。等挖好井坑，砌好井子，再埋好浅层下水管道，然后再铺五层按1：3：5用水泥、石灰和泥土混合而成的混合土并一层层地压紧后，就可以铺油面了，一条宽敞平坦的马路即将诞生。

第二天，付小云又出现在经九路上，又挖了三个坑。晚上收工了，杨鸽子来接他，发现他的状况比昨天更差，只好一边埋怨一边把他搀扶回去。老杨开导他，他始终一言不发。

第三天一早，他又扛着工具去挖坑了。罗四他们先是发现付小云没来他们干活的地方检查质量和指手画脚，吃晚饭的时候也没看见他和杨鸽子来打饭，还以为他又去找他姐了，直到第三天被分派到了小高负责的地段，才发现他原来是到这里来挖坑了，幸灾乐祸的同时，仿佛跟他重新拉近了距离。

特别是宝贵和华三，此时都有想追他姐的想法，跑过来讨好他。

宝贵问："呆……小云，是不是老宋不要你了？"话出口了发觉没水平，连忙改口说："我们外地人，跟着他们这些北京人有什么好？干出成绩都是他们的，总有一天都要被撵走。喏，你姐有没有消息？下次我请假跟你一起去找。"

华三也说："我也情愿不要几天工钱，跟你一起去找。我们一起来的，应该好好团结才对。”

付小云没想到这两个家伙对他的态度会突然来个大转弯，惊愕间刚想说话，小高却悄无声息走了过来，用鄙视的目光看了他一眼。宝贵和老龙发现小高站在身旁，吓得惊慌失措，连忙往干活的地方奔去。

小高叫住他俩，带到旁边叽里咕噜地说了半天。不知他们说了些什么，只见那两个家伙一边赔着笑脸，一边不住地点头，让付小云看得莫名其妙。

十

刚开始挖坑时，付小云一天挖三个都感到很吃力，渐渐地一天能挖四个了。

从第三天开始，每天下班后，杨鸽子都要来帮他，然后一起回驻地。半个月后，他把整条经九路上的井子全挖好了，他的决心和毅力，赢得了工地上所有人的敬佩，每天早上在公告栏看到他的四十四分工（每挖一个坑，小郭就奖给他一分工），罗四和宝贵等也在心里消除了嫉妒，因为此时的他们一致认为，他那是靠劳力挣来的，有本事你也一天去挖四个坑。

就在付小云挖完经九路上的井坑那天，老宋负责的刚刚铺好油不久的路段出事了：那天晚上下了一场暴雨，第二天早上，总公司领导陪廊坊市领导前来视察，发现有好几处沥青路面被地下管道里喷出来的水冲开了。总公司领导和廊坊市领导都非常恼火，立马把项目经理叫来，厉声喝问：“这是谁管的路段？简直连豆腐渣都不如！”

项目经理也是个高级工程师，对整个工地的责任分配了如指掌，说是老宋负责的。老宋被当场处分，以高级工程师的身份降职为助理施工员，还被罚款两千元；而小高因为负责的路段质量好，当场获得嘉奖，以技术员的身份晋升为正式施工员。

老宋被降职和罚款的消息很快就传了开来，所有的包工都在为他叫屈。付小云听说后，扛着洋镐跑到出事地点，开始刨起路面来。安坤和其他包工看见了，也跑过来帮忙。不大会儿，前来帮忙的包工越来越多，几十个人很快就将四条管道挖开。

小高听说包工们正在擅自开挖油面，连忙跑来制止，厉声喝问：“是谁带的头？是谁带头的老子就开除谁！”

但谁也没理他。包工们一个个红了眼，几个力气大的甚至还把他推到一边去。

四条管道被完全剥了出来，付小云检查了一遍，确认是接头出了问题。每根管子的接头处都被砸出一个大口子，也懒得用混凝土密封，直接用土埋了起来。付小云突然想起那天宝贵和华三被小高拉到旁边悄悄说话的情景，连忙在人群中搜寻他俩，可他俩不在。

付小云跑到另外一个施工现场，叫宝贵和华三过来看看。他们不来，说你凭什么叫我们？你以为你真是公司的人了？付小云就去找老杨，向他说明情况后，老杨就来叫宝贵和华三。老杨亲自出马了，他俩只好梭尸梭尸地跟着过来。

小高被几个身材高大的包工围住，付小云指着管道接头问宝贵和华三：“说，这就是你们干的好事吧？小高到底给了你们啥好处，你们要这样害老宋？”

可他俩脸色煞白，连忙否认。老杨有个记录分工的小本子，摸出来一看，这几根管道还真不是他俩埋的，再说两个人也干不了这个活，埋管子一般都是五个人一起干。

埋这几根管子的人不是唐县包工队的，老杨管不着了，便去找项目经理。项目经理听完老杨的汇报后，连忙派人去找那个包工队的带班，然后风风火火地开着小轿车赶往出事地点。直到项目经理到来，包工们才放了小高。小高想向经理说什么，但经理瞥了他一眼，他就不敢说话了，呆呆地站在一旁。

很快，另外那个包工队的带班来了，项目经理对满头大汗的他说：“老应，你查查看，这几根管子是谁跟谁埋的？”

累得胸脯直扇风的老应用发抖的双手翻开小笔记本，说：“是五个陕西人干的。”

“他们人呢？给我叫来！”

“他们跟河南人打架，全都被开除了，工钱也结清了。”

老应一说，项目经理才想起一个星期前，也就是刚刚铺好油的第二天中午吃饭时，有五个陕西人和两个河南人因为插队的事情打了起来，被他当场开除了。

事情到了这一步，项目经理也没辙了，只好说：“这个事情就到此为止吧，就当是花钱买教训。”然后把小高叫过来，交代道：“包工们的心情你要理解，因为老宋平时为人很好，大家都想帮他，所以这个擅自开挖油面的事情就不要追究了，反正都是要返工的。”接着又扫视人群一眼，问：“是谁带头挖的？站出来给我看看。”

付小云本来就站在他面前，举起手说：“经理，是我带头挖的，我觉得事情没有这么简单，一定是那几个工人埋好后，有人又来动了手脚，目的是陷害老宋。”

付小云说完，大家在震惊的同时，也都恍然大悟，特别是项目经理。

项目经理其实也认识付小云，因为前段时间他跟老宋时，每天中午都跟着公司的人一起吃午饭，但没想到的是，这孩子说的话居然超出了他的想象之外，于是一脸严肃地问：“你有没有证据？”

“当然有证据。”付小云让大家散开，指着坑里的管道接头说：“大家看看，这处接头的下面，是浇了水泥的，上面管子的表面，也有混凝土的痕迹，证明当初这处管道完全是按规定埋设的，但是当天晚上又被人挖开了，动了手脚后又重新埋回去，第二天就开始铺油了。”

小高脸色发白，身子开始发抖。项目经理向付小云投来赞许的目光，说：“继续往下讲。”

付小云说：“这是一个非常周密的计划，铺好油的第二天，有人授意两个河南人，在中午排队打饭时故意向那五个陕西人找碴儿，然后他们就打了起来，全被您开除了，当天就被赶出了工地。埋管子的人虽然走了，但做手脚的人还在！”

做贼心虚的宝贵和华三连忙扒开人群，想抽身逃跑。付小云眼尖，大声喊道：“拦住他们，拦住贵州来的宝贵和华三，就是他俩干的！”

其实老杨早就注意他俩了，暗中安排了几个唐县人将他俩围住。此时的小高不但脸色发白、大汗长淌，身子也颤抖得更加厉害。宝贵和华三经不住阵仗，见事情已经败露，连忙大声喊道：“是小高叫我们干的，他给了我们每人三百块钱，还说不干就开除我们！”

小高知道一切都已经完了，突然眼前一黑，栽倒在地。宝贵和华三哭道：“这次我一来工地，就被罚了五十块钱；干了没两天，不但被打了一顿，又被罚了二百块钱。能够一下拿回三百块钱，我只想弥补一下损失，谁知却害了老宋。呜呜呜，老宋是个好人，我们真对不起他！”

真相已经大白，项目经理瞥了被人扶起的小高一眼，说：“你走吧，去其他分公司或其他项目部，我这里不需要你这种人。”

小高一脸黯然地离去后，项目经理见宝贵和华三哭得很伤心，突然动了恻隐之心，说：“也怪我之前处理事情粗暴简单，才被小人钻了空子，这次就不追究你们的责任了，各自把那三百元钱还给小高吧，帮我把这几根管子换掉重新埋回去，你们以前的处罚，我叫财务科全部取消。”

宝贵和华三停止哭泣，怔怔地站着。老杨和所有在场的包工都不敢相信，一贯苛刻严厉的项目经理会这样宽容地处理这两个贵州人，全都露出了诧异的神色。

项目经理淡然一笑，说：“其实我也不想那样严肃的，但不严肃又怕大家不好好干，结果严肃了还是要出事。你们两个，以后好好做人就行了！”

宝贵和华三原以为是要被开除的，见是这样的处理结果，还真有些不敢相信。付小云连忙上前推了他们一把：“还不赶紧感谢经理？”

两人这才醒转过来，眼泪也顾不得擦，连忙上前道谢。

项目经理打量着付小云，问：“小孩，你多大了？”

付小云说：“十七岁，今天是我十七岁生日。”

项目经理说：“好，祝你生日快乐！你怎么不去跟老宋了？”

付小云说：“最近半个多月，我一直在挖坑，一天挖三到四个井子。”

项目经理也是从施工员做上来的（唐县包工头郭铁城就是他当施工员时的小跟班），知道挖坑是工地上最累的活，加上包工们偷懒，一人一天只能挖一个，他却一天要挖三四个，在赞赏的同时，又有些心疼地说：“从今天起你就别再挖坑了，还是继续去跟老宋吧，我跟郭铁城说，你的工钱按大工的算。因为你年纪太小了，我们不能聘用你，等你满了十八岁，就聘你做个合同工。如果干得好，是有机会转正的。”

付小云说：“谢谢经理，明天我就要回去了。”

“回去？你回去干吗？”项目经理有些惊讶地问。

付小云说：“半个月前我收到妈妈请人寄来的信，信里有我的一张录取通知书。我要回去读书。我这段时间拼命挖坑，就是想多挣点钱回去上学。”

老杨凑近项目经理，悄声地说：“这小孩也是贵州来的，妈妈是个瞎子，有个姐姐在通县打工，一年多前失踪了，还没找到。”

项目经理点了点头，对付小云说：“现在，谁还敢说贵州包工中没有一个是‘好东西’？你就是贵州包工中的‘好东西’。我现在就答应你，你的工钱明天早上全部结清，直接由项目部财务科支付，另外加发五百元奖金。好好读书去吧，有困难我们帮你。哦，还有你姐姐的问题，我和老宋、老杨商量商量，一定会想办法帮你找到。”

说完，项目经理就转身上车走了。

十一

付小云考上学校的事，直到昨天傍晚才告诉杨鸽子。

杨鸽子由于人长得漂亮，做事认真，加上学得又快，已经被招录为合同工了。昨天傍晚在回驻地的路上，付小云说：“鸽子，明天再干一天，后天我就要回老家了。”

杨鸽子愣愣地站住，问：“你……你怎么要回去了？老宋对你那么好，我……我……”

付小云说：“我知道，老宋把我当成他的孩子，你爸也一样。”

杨鸽子却一把拉住他，噙着眼泪说：“不，我爸是把你当女婿。”

付小云心里怦然一动，泪水就下来了：“你们对我的好我会永远记住，但我必须回去，因为我妈妈不能没有我。再说，我也有自己的理想和事业，但都不在这个工地上，也不在你们河北省。”

杨鸽子说：“那你姐姐呢？姐姐你不找了？”

付小云看着墨黑的天空和天边的闪电，说：“今天天气很闷，估计会下大雨，我们赶紧回去吧。”

杨鸽子抱住他说：“我不走，就是被雷劈了也不走，除非你答应我，以后娶我。”

付小云全身脏兮兮的，她却不管不顾地抱着。他心里又是感动，又是愧疚，把工具一扔，和她在这个即将大雨倾盆的工地上相拥相吻。

最后，付小云说他必须要走，必须要回去，因为他考上了省里的重点院校，五年制大专，毕业后将分配在政府机关工作，那样才能更好地照顾妈妈。至于寻找姐姐，只能以后再说了。

杨鸽子哭着说：“我都是你的人了，以后你读书的钱我来供，你不要再干这种活了。等你毕业分了工作，我就嫁到你的家乡去，服侍你妈妈。”

付小云不再言语，而是紧紧地拥抱着她，直到大雨倾盆而至，他们才手拉着手拼命地朝驻地跑去……

项目经理走后，老杨就把大家带到几百米外从国道进入开发区的路口边。这里同样是老宋负责的地段，工期很赶，唐县包工队几乎全被派了来。

路边有个“娱乐城”，需要挖两个下水井和两条管道沟。已经有三个包工在挖沟了，井子是留给付小云的。老杨指着用石灰画好的井口，有些伤感地说：“挖好就早点回去吧，今天鸽子没上班，帮你洗衣服。”

老杨说完，就骑着车走了。付小云看着老杨的身影消失，才动手拆方砖。

这个“娱乐城”院深墙高，戒备森严，大门由三名如狼似虎的保安把守。门口正在施工，车辆是进不来的，但人进人出都要进行严格盘问和检查。看着那些保安身上的刺青与狰狞的面容，付小云不由自主地发抖，心想：“这些家伙肯定会杀人的，说不定全都是逃犯！”

挖着挖着，在好奇心的驱使下，付小云禁不住悄悄地抬起头来，四处偷窥，突然发现一个身材窈窕、面容憔悴的女子提着一只红色塑料桶，靸着一双分叉拖鞋踢踏踢踏地从一条幽深的走廊里走出来，看样子是要去洗衣服。

姐姐！那不是姐姐吗？付小云怎么也没想到，失踪了一年多的姐姐居然会在这里出现，连忙扔掉手里的铁锹，大声喊道：“姐姐！姐姐！”

那女子听见喊声，立即停止脚步，向他看来。他们已经五年多没见面了，但她还是一眼就认出了弟弟，“哇”的一声哭了起来，扔下水桶，张开双臂大喊着付小云的名字，疯了一般朝他跑来。付小云也跳出土坑，大喊着朝她跑去。

可是，他们惊动了院子里的打手。七八名打手提着棍棒，如狼似虎地冲过来，把付小云姐弟逮住，三四个围住一个，边打边骂。

付小云挣扎着，声嘶力竭地喊：“不要打我姐，你们这帮贼杀的，不要打我姐！”

付小云的姐姐也哭喊道：“你们这帮贼杀的，放了我弟！”

可那些凶残的打手还是照打不误，而且越打越狠。挖沟的包工连忙跑到大门外，朝着正在不远处指挥干活的老宋喊：“宋工，里边打人了，付小云被里边的人打了！”

老宋也听到了付小云姐弟的惨叫和哭喊声，连忙奔了过来。刚到门边，就被两名保安拦住，老宋厉声喝问：“住手！为什么要打我们的工人？”说着就往里边冲。

五六名打手冲了出来，和保安一起抓住老宋就打。包工们见老宋也被打了，纷纷跑了过来。突然有人大声喊道：“弟兄们，老宋对我们那么好，我们必须要救他！跟我冲啊！”

上百名包工哇哇大叫，犹如下山猛虎，高举铁锹和洋镐，潮水般冲了过来。保安连忙关门，可哪里还关得住，整个门卫室都被愤怒的包工们劈得稀烂，十几名保安和打手被打趴在地、头破血流，其余的抱头鼠窜，被包工们撵得无处藏身。“娱乐城”也被砸得一片狼藉，上百名穿着暴露的女子全被吓得花容失色，尖声怪叫。

十几分钟后110才赶到，付小云姐弟已经被解救出来，全身都被打得青红紫绿。老杨和小郭带着大批包工赶来增援，项目经理也带着杨鸽子和保卫科科长匆匆赶来，和警方交涉。

杨鸽子拉着付小云，哭着为他包扎伤口。老杨、小郭和老应等几名带班，指挥包工们将“娱乐城”包围起来，实行严密封锁，不让一个打手逃走。

又过了几分钟，十几辆警车风驰电掣地赶到，荷枪实弹的警察从“娱乐城”押出几十名打手和上百名小姐，付小云姐弟和老宋也被带走，先去医院检查，再到派出所做笔录。项目经理开着车，拉着老杨父女和保卫科科长一路跟随。

原来，付小云的姐姐付小花一年多前被人从北京通县的一个拉花厂骗到河北围场，卖给一个四十多岁的老男人。付小花誓死不从，天天挨打，直到两个月前才逃了出来，结果身无分文的她又再次被骗，进了这家所谓的“娱乐城”。但她只肯陪客人唱歌跳舞，于是又经常挨打，一年多来受尽折磨。

警方了解情况后，当即放了付小云姐弟和老宋，查封了那家“娱乐城”，抓捕了正在家里睡大觉的“娱乐城”老板。

警车把老宋和付小云姐弟送到驻地时，天已经快黑了。包工们已经收工回来，正在排队打饭，看见他们，全都围了过来，跑在最前面的，居然是乔大萌和那个山西人。原来他俩被开除后，在附近逛了一圈，都觉得没这个工地好，于三天前转了回来，央求老宋。老宋心软，又去帮他们央求项目经理，并用一个月的工资担保，项目经理才允许将他们收留。今天带领包工们解救老宋和付小云姐弟的，就是他俩。

罗四、宝贵、老龙、华三和安坤也跑来了，他们在解救老宋和付小云姐弟的行动中，全都勇往直前、奋不顾身，也分别挨了对方的拳脚和棍棒。

宝贵脸皮最厚，上前向憔悴不堪的付小花搭讪："小花，我是宝贵。"随后放低声音说："我喜欢你，嫁给我好不？"

付小花被打得青肿的脸蛋居然泛出一丝潮红，连忙把头弯得更低。

宝贵上前一步，悄悄握住她的手，低声说："你弟考上学校了，马上就要回去上学。我们就留在这里打工，供他读书好不？"

付小花挣脱宝贵的手，连着摇了几下头，说她要回家，她要跟着弟弟回家。离家五年了，她很想妈妈。

看着娇娇弱弱的付小花被杨鸽子搀扶着走上那幢铁皮小楼，宝贵忍不住摇头叹息，连忙上前一步，拉住付小云的手往帐篷走去，边走边说："小云，明天我送你们回家好不？我说过的，只要你考上学校，就去给你背被窝。"

付小云说："不用麻烦了，以后我们还是好朋友。"

宝贵固执地说："今天下午老板来过，我求过他了，他答应明天给我结账。我们一起回家吧，以后谁敢说你一句坏话，我就干死他。"

付小云说："你的心思我懂，好好在这里干活吧，经历过这许多事情，我姐需要回家静养，谁也不能打扰她。"

宝贵放开付小云的手，傻愣愣地站着，就像一尊雕塑。上次回去相亲没成功，这次却连回去"相亲"的机会都没有，他有些灰心，又有些感悟。

第二天中午，付小云姐弟就坐着市政公司的车，离开了那个工地，老杨父女和老宋亲自把他们送到北京南站，挥泪相别……

（原载《中国铁路文艺》2013 年第 5 期）

奶奶的爱情

一

七岁那年，刘长英突然把紧紧缠在脚上的裹脚布解下割断并烧掉，谁要她再缠，她就挥舞着磨得亮晃晃的镰刀跟谁拼命。

作为惩罚，她爹刘向明便让她天天坐在大门槛上打草鞋。于是，貌美如花的刘长英，便成了骑龙大坡上第一个放足且不会女红的穿青女。

刘长英虽然不会女红，却是闻名四乡的草鞋匠，许多年轻小伙就是穿着她打的草鞋赶场赶乐、走亲串戚和相亲讨老婆的。

按我们穿青人的规矩，姑娘出阁是要陪嫁一双草鞋的，姑娘抱着那对“大雁”嫁往婆家，才会安心在婆家住下去，同时又不忘父母的恩情。

以前，新媳妇的“大雁”都是父母亲手制作的，自从刘长英出名后，骑龙大坡和周围几十里的穿青父母，都不用再亲手给女儿制作“大雁”了，刘长英精巧绝伦的草鞋，成了新嫁娘们怀里的宠物。如果哪个姑娘出嫁，没有怀抱刘长英打的草鞋，至少，是要被婆家鄙视的。

但草鞋打得再好也无法改变命运，十六岁那年，刘长英无可抗拒地到了谈婚论嫁的年龄。首先上门来提亲的是二十里外阳长街上的张大老板家。张大老板不但富甲一方，还是个清末举人，当过区长。可惜他家来说刘长英的，不是当护路队长的大儿，也不是在重庆读书的二儿，而是笨手笨脚木头木脑的幺儿。张大老板的这个小儿子光笨手笨脚木头木脑刘长英也就认了，毕竟是全区首富的公子哥儿，多少地主的女儿、财主的千金、土目的妹妹、乡绅的小姨子都在垂涎着呢。

刘长英不喜欢张三公子，主要是嫌弃他那对眼睛。那是一对死鱼眼睛，其中有一只眼珠子不但白白的，还鼓出了眼眶以外，见过的人都说，比骑龙大坡背后黑洋大箐里的豹子眼睛还恐怖。

张家三公子来说刘长英没有成功，其他人也就不敢直接上门了，只能暗中找人探探口风，套套口气。但刘长英就一句话：“我不想嫁人！”

于是，骑龙大坡八个寨子里的年轻小伙，全都嗤之以鼻但又不敢轻举妄动，都认为这个村花心气太高。刘向明却唉声叹气，无可奈何，知道逼急了，刘长英手里的镰刀可能会六亲不认，于是便随她去了，反正她的草鞋生意很好，养活她绰绰有余。

自张大老板家败走麦城后，再也没媒婆敢进刘长英的房门。其实她们不知道，在骑龙大坡，也不是没有刘长英心仪的对象，他们分别是郭家沟的郭裳、赵家寨的赵晃和罗家寨的罗顺荣。

以上三个年轻人，不但是当时骑龙大坡上的青年才俊，且各有来头：郭裳不但家境殷实，上了三年私塾后，又到一百多里外的县城上过五年新式学堂，是骑龙大坡文化最高的年轻人；赵晃是大地主赵三老板的三公子；罗顺荣的爷爷，是个远近闻名的讼师，要了阳长街上张大老板的姑姑做老婆，生下罗顺荣的老爹，凭着与全区首富的这点裙带关系，罗顺荣也挤进了骑龙大坡新贵的行列。

郭裳心里非常明白，自家财力连张家的百分之一都没有，也比不上赵三老板家，要想轻而易举地击败赵晃并把刘长英弄到手，根本是不可能的事情，干脆跑到二十里外的杉木箐，给驻扎在那里的绿林首领席大明当文书。

席大明原是赫章人士，当过黔军营长，几年前因天大旱，不少农人饿死，他带人攻打地主富户，开仓放粮赈灾，因此得罪权贵，被迫带领手下三百多人，拖枪隐入高山密林，自此走上打家劫舍、杀富济贫的绿林生涯，在周边数县名声很大，人人敬畏三分。

仗着席大明的威名，郭裳一下跃居骑龙三俊之首，经常挂着“羊把腿”、带着两个小弟兄回到骑龙大坡耀武扬威。每次回到骑龙大坡，郭裳都要跑到刘长英家，向坐在门槛上打草鞋的她大献殷勤。

对郭裳的种种举动，刘长英既不欣然接受，也不刻意拒绝，逗得心浮气躁的他火烧火燎。郭裳虽然手里有枪，后台也硬，但却不敢对刘长英动粗。其实他并不惧怕刘长英时常放在身边的那把镰刀，他怕的是赵家的势力与罗顺荣的横蛮。

这天，郭裳又来刘家寨看刘长英了。他把带来的两个弟兄安排在附近望哨，自己迈着沉稳的脚步朝刘长英家院子走来。刘长英正在房背后的菜园里摘菜，露水打湿了她脚下的那双细耳草鞋。

虽然已是阳春三月，但乌蒙山的早晨依然还是凉凉的，刘长英一边吹着冰凉的小手，一边把菜叶往挎在腰上的篮子里放。郭裳探头探脑地走到刘长英家房子对面，隔着篱笆张望，没望见刘长英，紧张的心随即松懈下来，同时又有着一种深深的失落感。

郭裳叹息一声，两手提提腰间的皮带，然后拍拍腰杆上的“羊把腿”，一脸惆怅地转过身来，不经意间一抬头，就看见刘长英挎着菜篮，仙女下凡般款款地走来，眼睛不由得一愣，心里怦怦直跳。

在郭裳的印象中，刘长英只会坐在门槛上打草鞋，每次前来探望，她都只肯让他在两三米远的地方站着，然后有一搭没一搭地说话，手里却不停地搓呀搓，绕呀绕。

这一次，郭裳足足站着观赏刘长英打了两双草鞋，突然罗顺荣也梭尸梭尸地来了。

罗顺荣是骑龙大坡最为骄横的年轻人，他才不管郭裳有没有枪呢，远远就一石头扔来，还扯着嗓子说盐子话：“今天怎么有一只癞皮狗，也想来吃天鹅肉?”

郭裳发觉不对劲儿，连忙护着脑袋蹲在地上，那块石头才擦着他的手背，打在不远处正在舔猪食盆的一只花狗身上。

花狗“告嘮嘮，告嘮嘮”地叫着跑了，刘长英才抬起头来，看见郭裳惊出一头冷汗的狼狈样，忍不住把两手放在打好一半的草鞋上，“哇——哈哈哈”地仰着头大笑起来。

郭裳站了起来，“唰”地拔出“羊把腿”，侧身对准罗顺荣的脑袋。罗顺荣根本就不怕他，向前倾着身子，伸长脖子拍着头说：“姓郭的，有本事你就开枪啊！不怕拿你老爹老妈垫棺材的话你就开枪啊!”

郭裳还真被罗顺荣打中了七寸，愣愣地站着傻了一般。

刘长英笑够了才说：“顺荣哥，你家有枪也可以扛出来啊!”

罗顺荣家虽然在骑龙大坡也算是大户人家，但却是没有枪的，于是站直身子，看着刘长英说：“妹子，不是我家买不起。”

刘长英拉拉她那件三节两袖滚花边的青布衣衫，瘪着嘴“么么么”地咂了几下嘴皮，回敬道：“呦，哥哥，买得起就买嘛，又没得哪个不准你买。”

就算罗顺荣脸皮再厚，此刻也慢慢地由红变白，悻悻地回眼去看郭裳。郭裳虽然不敢开枪打他，但姿势却没有改变，脸也绷得紧紧的，乌黑的枪口始终对着他木鱼疙瘩一样的脑袋。

这是罗顺荣有生以来最屈辱的一天，他不得不乖乖地转身，默默地踏歌而去。唱歌的不是他，也不是郭裳，而是刘长英的另一个追求者——赵晃。

赵晃是骑龙大坡最有希望得到刘长英的年轻人，此时他正在刘长英家对面的小山包上唱山歌：

巴岩草草巴岩青，巴心巴意巴妹们。
哥拿真心来巴妹，妹拿真心巴别嘞。

巴岩草草巴岩黄，巴心巴意巴情娘。
哥拿真心来巴妹，妹拿真心巴别郎。

歌声中，罗顺荣越走越远，骑虎难下的郭裳也收起“羊把腿”，拍拍手，跺跺脚，同样一脸丧气地转身离去。

赵晃还想再唱两首，对刘长英表明心迹，不料身后的石头泥块就像雨点一样朝他飞来，同时还有人大喊：“打死你个狗日的!”

出门的山歌，进门的孝歌，赵晃居然对着刘长英家的大门唱山歌，这不仅仅是对刘长英家的不敬，同时也是对整个刘家寨的羞辱，寨上的男人们便悄悄包抄过去扔石头。

赵晃被吓得不轻，连忙拔腿就跑。刘长英远远地看见，一脸夸张地笑。刘向明垮着一张卖牛肉的脸从房挡头转过来，骂道：“死小娃，你还笑?!”

刘长英收住笑容，顶了回去：“人家笑笑咋样了?又不多吃你家两碗饭。”

刘向明说：“你这个姑娘真没来路，老子再也养不起你了，今年，就要把你圆臻掉!”

刘长英脸色变了变，说：“不，我还不想嫁人!”

刘向明说：“不行!今年必须把你圆臻掉!”

刘长英放下草鞋棍，伸手去抓镰刀，刘向明上前一步，一脚把镰刀踢得远远的。刘长英要扑过去抢，刘向明恶狠狠地大吼一声：“小长英，你给我站住!”

刘向明从未如此凶过。刘长英之所以能够抡起镰刀耍横，其实也是刘向明惯的，这次刘向明不打算再惯她了，她只好蒙着眼睛“呜呜”地哭。

刘向明懒得再理她，依然垮着马脸，转身朝罗家寨走去。

二

刘长英还在哭着，突然一阵枪响，一队溃败的川军和张家护路队黑压压地从寨子门口跑过。有人大喊："土匪来了，大家快跑！"

接着，整个骑龙大坡上呼儿唤崽、吆猪拉牛，人们纷纷往寨子后面的山上躲去。

只有刘长英不躲。刘向明跑回来喊她："小长英，你要死了？赶紧跑！"

她还是站着不动。刘向明急慌慌地招呼全家老小赶紧逃命，过来拉她。刘长英捡起镰刀，发疯般地跑出寨子，迎着川军逃来的方向跑去，边跑边喊："土匪在哪里？我要嫁土匪！"

刘向明腿脚不行，追不上她，便抹着眼泪逃命去了。心想，这个姑娘算是白养了。

刘长英跑着跑着，很快就跑过陈家小冲和王家丫口，跑出骑龙大坡的地盘，来到一条古驿道边。古驿道虽然只有六七尺宽，但却铺着平整的青石路面。

刘长英第一次看到这么漂亮的路，情不自禁地举起双手，举起镰刀，大声欢呼。

"啊——！啊——！"最后一声"啊"，刘长英只喊出一半，一队衣衫褴褛的士兵就背着刀枪打着红旗走了过来，队伍足足摆了三四里。

看见这么多人，这么多枪，刘长英更加兴奋了，站在路边大喊："喂！你们是土匪吗？"

那些人不理她，依然排着整齐的二路纵队，一个连着一个地走。好大一会儿，大部队才慢慢走完，余下一些零零星星的小股队伍，三个一群，五个一伙，歪歪扭扭地、步履踉跄地向前走着，虽然艰辛，却也坚定，全都是伤员和孩子。

刘长英不知道这些人已经掉队了，更不知道他们一直在后面追赶着部队。但她即使再笨，也看出了这些人是当兵的，不是土匪，便招着手朝一个拖腰拖腰地独自行走的小兵喊：“喂，你过来。”

小兵只有十五六岁的样子，抬眼一看，见是个漂亮姑娘，咧嘴一笑，问：“姐姐，是你喊我?”

小兵身上穿的不是军装，而且又脏又破。他没背枪，唯一能看出他是个兵的，只有头上的那顶帽子，帽子上缀着一颗红色的五角星。

小兵的口音怪怪的，但却能听懂。刘长英问:“你们是啥子兵?”

小兵回答：“我们是红军。”

刘长英说：“你们一个个就像叫花子，叫你们花子兵好了。”

那小兵“嘿嘿”一笑，说:“姐姐，我们不是花子兵，我们是红军。”

刘长英笑笑，仍然说:“你们就是花子兵。”

那小兵呆呆地看着刘长英的笑容，突然摇摇晃晃地歪倒在路上。

刘长英连忙跳下驿道，问：“喂！小花子——红军，你咋啦?”

小红军弱弱地说:“我，我已经两天没吃东西了，走不动了。”

刘长英看看前面，那些歪歪扭扭的红军已经走远了；再看看后面，已经没有红军了，长长的驿道上，连个人影也没有。

刘长英着急地问：“那，那咋办?”

小红军说：“你家有饭吗? 舀碗饭给我吃，我就走得动路了。”

刘长英说：“我家甑子里饭是有，但我不是这里的人，我也不晓得这里是哪里。”

小红军失望地说：“姐姐不会是骗我的吧? 我们红军不是坏蛋，都是穷人。”

刘长英笑笑，说：“晓得，晓得，看样子你们比我还穷呢。可是，我家真不是这里的，你要是不信，我就带你去。”

小红军巴不得她这样说，吃力地站了起来，跟着刘长英，慢慢地往骑龙大坡走去。在去往骑龙大坡的路途中，她才问明白，小红军是湖南人，父母早就死了，半年前红军从他家乡路过，他就跟着来了。一路上他帮红军打柴、烧水、做饭、护理伤员，慢慢地把自已变成了一名小红军。

走了十来里路，他们才回到家里。这时候，刘向明已经带着一家人从山上回来了，见刘长英带回一名小兵，吓得嘴唇哆嗦，脸色苍白。

刘长英连忙解释说：“他不是土匪，是红军。”

小红军软软地坐在厅口的椅子上起不来了，刘长英又说：“他已经两天没吃过东西了，走不动路了。”

刘长英的老妈见小红军还是个毛孩子，破破烂烂的真可怜，尽管心里害怕，还是捅火热饭给他吃。小红军接连吃了几大碗，吃完同样软软地坐着，对刘长英说：“姐姐，我腿被子弹擦伤了，很痛。”

小红军说着，还真撸开裤管，露出脏兮兮的小腿，果然有一条已经开始溃烂的伤疤。

刘长英央求刘向明说：“爹，你去请郭俊明来给他看看呗。”

郭俊明就是郭裳的老爹，擅长医治跌打损伤。刘向明凑过来查看了一下小红军的伤形，叹了口气，就往郭家沟去了。

不大会儿，郭俊明就跟在刘向明的后面，歪胯歪胯地走来。可他不敢医治红军，怕政府来找麻烦。刘向明说：“这小家伙可怜得很，不救他是不行的，要不这样，你把他医好，我就跟你打亲家。”

郭俊明知道自己的儿子垂涎刘家姑娘已久，于是便答应了。

小红军就这样在刘长英家住了下来，郭俊明一天来给他换两次药，一连换了十多天，小红军腿上的伤口才慢慢消炎止脓。一个月后，小红军的腿伤康复了，好得粑粑无印。

可是，小红军却不走了，也不晓得要往哪里走。刘向明见他聪明伶俐，给他换了一套衣衫，将他收作义子，留了下来。

把小红军的腿治好后，郭俊明就正式到刘长英家提亲，问刘向明：“老刘，你家姑娘啥时过我家门？”

刘向明假装惊讶地问：“我家姑娘过你家门？我家姑娘过你家啥子门？”

郭俊明“嘿嘿嘿”地干笑几声，说：“上次你不是说，医好那个小红军，我们俩打亲家？”

刘向明假装恍然大悟，也哈哈一笑，拍着脑袋说："哦，记得，记得，这个事我还记得。我还没来得及问你家姑娘啥时进我家门呢！"

原来，刘长英下面还有两个弟弟，而郭家，也还有三个女儿。

郭俊明把老脸一拉，骂道："老狗家伙，你不要跟老子赖账。"

刘向明被族长威胁过，恨不得分分钟就把刘长英嫁了出去，免得留在家里逗风惹草，但是，嫁谁都行，他就是不愿将姑娘嫁给郭俊明的儿子郭裳。因为这小子不但生性风流，而且还是个钻山沟密林的"土匪"。

刘向明只好温言软语地抵赖："郭兄，是你搞错了，我许口跟你打亲家是没错，但不是我姑娘去你家，而是你姑娘来我家。要不，我们重新来过？"

郭俊明把脸一寒，口气强硬地说："不行！就要你姑娘嫁到我家！"

说实话，郭裳家的条件比刘向明家好多了，不但在郭家沟数一数二，在整个骑龙大坡，也算得是名门大户。但不管他家有多富，也比不上阳长街上张大老板家的一只小脚丫巴，连张家刘长英都打死不去，你郭家算啥子洋芋皮？

刘向明赔着笑脸说："就算我说错了，也要征求一下年轻人的意见嘛。"说完，就喊坐在大门槛上打草鞋的刘长英："小长英，你过来。"

刘长英收了草鞋棍，腰杆上的草鞋藤也懒得解，就这样走过去。刘向明问："将你许给郭裳大哥，愿意不？"

刘长英连忙摇头说："不，我还不想嫁人。"

刘向明哈哈一笑，说："郭兄你都看见了，年轻的也不同意。其实，我早就将她许配人了。"

刘长英原本是低着头的，突然猛地抬起头来，愣愣地望着刘向明。郭俊明也惊讶地抬起头来，盯着刘向明问："你——你将她许配谁了？"

刘向明说："罗家寨的罗沙锅，那娃儿在行。"

"哈哈，哈哈哈!"郭俊明忍不住仰天大笑，骂道："刘向明你个狗日的，拿起大户人家不找，偏要找个小沙锅匠，你这不是害了自家闺女吗?"

刘长英怎么也想不到父母帮他找的婆家竟然是村里最穷的，伤心失望之余，也歇斯底里地喊："不！我不去罗家!"

刘向明怒气冲冲地骂："死小娃，不要没来路!"

"不！我不!"刘长英委屈地哭了起来，又要去找她的大镰刀。刘向明厉声喝道："小长英你听着，不去罗家可以，但从今天开始，你就滚出我的家门，滚得越远越好，永远不要回来，我也不是你爹!"

刘长英一边哭一边提起镰刀到处乱挖。小红军刚从地里干活回来，见状连忙上前相劝。刘长英一把拉住他的手，眼泪汪汪地哭着说："我喜欢的是他，爹，我求你把我嫁给他吧!"

郭俊明被这对奇葩父女的表演吓呆了，愣愣地站着不动。

小红军现出欣喜的神情，刘向明却声色俱厉地喝骂："小长英！你是不是想死？要死就给我死远点，不要在我面前倒门风败志气。这个小东西是从哪里来的都不晓得，老爹老妈长得咋样都不知道，上无一片瓦，下无一寸地，嫁给他你住哪里?"

刘长英说："我们，我们家可以招他上门嘛。"

"上门？你想得美，我刘家又不是不得儿子！我已经通知罗家了，叫他家后天来吃欢喜酒，准备今年之内就把你圆臻掉!"

跟自己的女儿说完，刘向明又降低声音对郭俊明说："所以就对不起喽老哥，现在我姑娘已经是罗家的人了。"

郭俊明此刻已经缓过气来，知道这门亲事算是黄了，看一眼刘长英和喊着"姐姐"追了出去的小红军，黑着脸说："老子没想到，你这个狗日的还真会摆人。"

刘向明一脸尴尬地说："郭兄，我也没有摆你嘛，我姑娘去不成你家，你姑娘也可以来我家的嘛，我们还不是照样打亲家。"

郭俊明说："不行，那不一样。我也不能白帮你医人，这样吧，你圈里的三头半槽猪，让我随便抓一头，我就放过你。"

一头半槽猪有百把多斤重，刘向明虽然心疼得要命，但也只好答应："好吧，你去抓吧。"

由于心里窝火，郭俊明还真撸起袖子就去开圈门。刚启了三四块圈板，刘长英就挥舞着镰刀跑了回来，边跑边喊："不要放猪，不要放我养的猪！"

听说这猪还是这丫头养的，郭俊明心里更火，于是加快速度，又启了两块圈板。那三头半槽猪还以为要喂它们猪食了，连忙从草窝里爬起来，欢快地嗷嗷叫着跑向圈门。刘长英见郭俊明一心要放猪，挥舞着镰刀哭喊着冲上来对着他的背心一阵乱挖。

郭俊明惨叫几声，回头看了刘长英一眼，就伏在圈门上不动了，背上汩汩地冒着鲜血。刘向明高叫着跑来制止时，郭俊明的后背已经被挖出了五六个血洞。

那三头半槽猪本来已经冲到圈门边了，一边嗷嗷叫着，一边帮忙用嘴去撬圈板，突然响起的惨叫声，反而把它们吓得退了回去，蜷在草窝里连大气也不敢出。

三

郭俊明就这样被刘长英活活地挖死了，鲜血染红了刘长英家的圈板。刘长英被吓傻了，刘向明高声大喊："贼来了！贼来抢我家猪了！"

寨上的人们听到喊声后纷纷提刀弄棒地赶来，同样被眼前的景象惊得不可思议：郎中郭俊明居然是贼，而且这个贼居然死在草鞋匠刘长英的镰刀之下！

郭家族长带着区保警队来到刘长英家时，郭俊明的尸体已被从圈门上搬下来，用担架盛着放在刘长英家的大门前。保警队长认真勘查了一番现场，对郭家族长说："没办法，谁叫他来抢人家猪，看来死是白死了，挨邻槛近的，闹也不要闹了，我帮你们叫他家出几个安埋费吧。"

郭家族长觉得理短，便接受了这个处理意见。

区保警队长对刘向明说："老刘，你家就出十块银元，把他安葬下去算了，挨邻槛近的不要再做气。"

刘向明虽然心里愿意，但也要故意闹闹，哭丧着脸说："长官，我家穷得只有这几头半槽猪，把这几头猪全都抽卖了，也卖不出十块银元呀。"

保警队长摇摇头说："不出钱也讲不过去，不出钱我就不管了，你们两家牛打死马马打死牛都不罩我的球闲。"

刘向明没想到保警队长的态度会如此坚决，赶紧去找刘长英，叫她把打草鞋卖的钱全部拿出来。刘长英连忙从床脚抬出装钱的箱子，把里边的铜钱全部倒在地上，还真凑足了十块银元。

郭家把郭俊明的尸体抬走了，刘长英才长长地吁了口气，慢慢恢复正常。即使辛辛苦苦打了整整十年草鞋的收入全部打了水漂，她也心疼不起来。

郭裳赶回来的时候，已经是第三天了，同样挎着"羊把腿"，带着两个小弟兄，直接来到刘长英家门前。

刘向明早就带着全家老小上山躲去了，只有刘长英和小红军，一人手握镰刀，一人手握钉耙，默默地守在院门边。

他们大概对峙了五六分钟，刘长英终于开口了，说："郭大哥，要不，我嫁给你吧。"

郭裳高举双手，连放三枪才把"羊把腿"插回腰间，叹了口气说："你砍死了我爹，我怎么能娶你?"说完慢慢地转过身去，流着眼泪一步步走远。

他带来的两名弟兄，忍不住一次次地回头。因为刘长英的确长得太漂亮。

郭裳走出刘家寨，走出骑龙大坡，已经看不见身影了，小红军才放下钉耙，跪在刘长英面前说："姐姐，你就嫁给我吧。其实那天我是装的，我是见你长得太美，才找借口留下来的。"

刘长英鄙视地看着小红军，冷哼一声说："不行，我已经被许给罗沙锅了。"

小红军说："罗沙锅不但长得烟巴屁臭的，而且穷得叮当响，嫁给他你会吃一辈子苦。"

刘长英说："你不要说了，就是因为你，我才挖死了郭俊明，害得全家老小担惊受怕。我本想嫁给郭裳，抵消我的罪孽，但他不会要我了，我是他的杀父仇人。现在我杀了人，连罗顺荣和赵晃都不理睬我了，不嫁罗沙锅我就嫁不出去了。"

小红军说："姐姐，姐姐——"

刘长英心意已决，打断他说："你不要再说了，要不你走吧，我不想再看见你。"

小红军说："我是不会走的，我不会离开你，永远不会离开！"

两人正说着，刘向明回来了。看见小红军正和刘长英厮混在一起，刘向明气不打一处来，喝骂道："小长英，不要跟老子太没来路！"

刘向明的声音犹如打雷，刘长英连忙跑回大门边，低着头坐在门槛上打草鞋。那把喝过人血的镰刀，依然放在离她伸手可及的地方。

小红军脸红耳赤，只好灰溜溜地离开刘家，又到赵三老板家打工去了，直到三个多月后才回来，一进大门就交给刘向明十块银元，跪下说："爹，你就让我跟姐姐成亲吧，我会好好挣钱养她的。"

可是，刘向明看都不看一眼，就原原本本地把钱还给他，淡淡地说："你不诚实，将来不会有好结果。我看整个骑龙大坡，最诚实的娃儿就是罗沙锅，只有他才会好好待我家小长英。你，还是走吧。"

小红军直挺挺地跪着，含着眼泪，可怜巴巴地望着刘向明。

刘向明看了小红军一眼，歪着头说："少来这一套了，听说席大明已经归顺共产党，他的队伍已经变成了红军游击队，你去找他吧，你们应该是一伙的。"

小红军说："我以前当红军，是因为没有爹，没有娘，没有亲人，没有家，没有饭吃，现在我爹有了，娘有了，姐姐有了，家也有了，饭也有得吃了，不想再去当兵打仗了。"

刘向明叹了口气，还是硬着心肠把他赶走了。小红军无路可去，只好又去赵家寨给赵三老板家打短工。

三天后，罗沙锅就请了媒人来刘长英家吃欢喜酒。因为郭俊明的死，这顿欢喜酒被拖了好几个月。

烟巴屁臭的罗沙锅不喜欢喝酒，但在那种场合，不喝是不行的。刘向明拿出老丈人的架势，端端正正地在床上坐着，罗沙锅按照习俗，端着一碗满满的烧酒，走过来跪在地上，高高地举过头顶。刘向明伸手接了，一口气喝完，然后把酒碗放在桌子上，伸手把他拉起来，对刘长英说："你们交杯吧，从此就是一对了。"

没有杯子，媒人倒了两半碗酒，分别递给刘长英和罗沙锅，他们用端着酒碗的手挽着对方的手，各自把酒喝下。

这就叫吃欢喜酒。把欢喜酒吃了，就要喜欢对方，如有反悔，就要遭受三亲六戚鄙视和整个骑龙大坡的人嘲笑，甚至还要赔偿对方损失。

吃欢喜酒的那一刻，刘长英心里无所谓欢喜，也无所谓忧愁。她想，万般都是命，由命不由人，以后就嫁猪随猪，嫁狗随狗吧。可是，就在喝下欢喜酒，抬起头来的那一瞬，她就后悔了，因为她看见了三双黯然神伤的眼睛。

郭裳是不会出现在这种场合的，因为此时，阳长街上的张家护路队与其他民团合并，被毕节保安司令部编为保四团，由张大公子出任团长，席大明部正被七八个保安团包围在毕节杨家湾一带，昏天黑地地打火线。

刘长英看见的，是小红军、罗顺荣和赵晃。从他们痛苦的脸上，刘长英看见了他们真实的内心，也为自己的这场婚姻后悔不迭。

四

这年冬天，骑龙大坡附近又来了红军部队。这支红军部队比上一支还要多，二十多天时间里，不但扩充了几千名红军战士，还建立了几百支红军游击队。

这支红军驻下后，到处打听上一支红军遗留的人员，刘向明就跑到赵三老板家找到小红军，对他说：“你们的部队又来了，你赶紧归队吧，免得以后有苦吃。”

小红军不肯走，刘向明就吓唬他说：“罗沙锅堂哥罗顺荣的老表张大公子当上保安团团长了，传出话说，你再赖在骑龙大坡不走，就要派人来抓你。”

小红军有点怕了，不料赵三老板却哈哈一笑，说：“老刘，这个你就不用担心了，我和张团长是一个钱的人，只要我在他面前说一句，就可万事大吉。”

小红军感激地望着赵三老板，一脸诚恳地说：“三爷，那就请您去跟张团长说一声，我从此就老老实实地待在赵家，就算一辈子当牛做马，也无悔无怨。”

赵三老板说：“明天张团长家嫁姑娘，我正好要去吃酒，就帮你去说，你尽管安心在我家好好干下去。以后啊，我还要分你田地，帮你造房，让你在骑龙大坡安家落户。”

刘向明鼓着一双牛眼，看看赵三老板，又看看小红军，长叹一声，就歪翘歪翘地回家了。可他依然不放心，小红军赖在骑龙大坡不走，迟早还会给他惹祸。

但赵三老板明显在护着他，如何才能把他搞走？刘向明抽着老皮烟，一直在心里冥思苦想，想了好几天，终于想出了一个好办法。

张家重新得势后，罗家又夺回了保长的职位，在骑龙大坡的地位，仅仅次于赵家。但这次当保长的不再是罗顺荣的老爹，而是罗顺荣自己。当上保长后的罗顺荣，不但每天都把腰杆绷得直直的，还从保安团讨了根套筒枪背在肩膀上，走到哪里都神气活现，耀武扬威。

但谁也不知道，他狐假虎威的主要目的，是在掩饰情场失意所带来的痛苦和空虚。正当他万念俱灰的时候，刘向明就找上门来了，对他说：“顺荣，虽然我也晓得，骑龙大坡最靠得住最有出息的年轻人就是你，但我为啥要将小长英许给罗沙锅而不是许给你？

我是怕呀，我是怕那个赖着不走的小红军，哪天会要了你的小命！”

罗顺荣愣眼愣眼地看了刘向明至少半分钟，才恶狠狠地说：“我就晓得，那个小狗日的赖着不走，就是想这觉瞌睡睡！要不，我去叫几个保四团的弟兄来，把他抓去枪毙了。”

刘向明摆摆手说：“这样也不好，你没看见两次红军过路，都是千军万马的杀气腾腾？说不定哪天又打回来了呢。听说你害了他们的人，还不来个满门抄斩、株连九族？”

罗顺荣脸色一变，连忙说：“刘大伯，我只是在你面前说说而已，你不许跟别人乱说。”

刘向明说：“当然不能说了，对那些红军队伍，连赵三老板都怕得要命，不要说你我了。那天红军在对门的包包上驻扎，赵三老板又是牵猪，又是拉羊的前来慰劳，跟赵三老板比起来，我们算啥子毛毛虫？上个月张家嫁姑娘，赵三老板还去找张大老板保证，说那个小红军已经彻底变白了，成了一个大好人，赵家已经许可他在骑龙大坡长久居住，还许口给他起房架屋，送田送地。”

罗顺荣没想到小红军还真有几刷子，居然投靠赵三老板，不但取得了骑龙大坡的永久居住权，还得到了赵三老板的极力庇护，要搞他还真不容易。于是问刘向明：“刘大伯，那你说怎么办好？我看那小狗日的实在太牵眼睛得很。”

刘向明假装思考了一下，说：“政府家不是在招募壮丁吗？三丁抽一五丁抽二，我家原本只有两个儿子，是够不着的，现在我又认了这家伙当干儿，就符合三丁抽一的条件了，不如你带两个人，来把他拿去抵任务吧。”

关于抓壮丁一事，从县里到区乡保甲，层层都有死任务，到期完不成就要被上峰责难，为了保位子，只好拿自家亲友族人去顶数。罗顺荣一听刘向明说完，就“嘿嘿嘿”地笑了起来，说：“刘大伯，姜还是老的辣，我决定听你的，把这个狗家伙抓去抵任务。”

刘向明也阴险地笑了，可他没想到的是，罗顺荣比他了解的还要阴险和奸诈十倍。罗顺荣一边答应刘向明，一边在心里想，干脆一不做二不休，也把堂弟罗沙锅抓了壮丁，让他有去无回，嘿嘿，这样一来，刘长英——我心中的小仙女，不就是我的了？

因为谁都知道，凡是被抓去的壮丁，最终都要分配到缺员严重的部队，押赴战场当炮灰，十有八九是回不来的。按骑龙大坡的规矩，罗沙锅一被抓走，他与刘长英的婚约就会自动解除，但她依然还是罗家的人，今后的归宿只能由罗家来定，刘家无权干涉。

刘向明当然没想到罗顺荣居然会卑鄙到如此地步，见他点头答应了，便兴冲冲地哼着小曲往回走。他高兴的不仅是可以为刘长英的事情免除后顾之忧，还能保两个儿子不受兵灾之苦。

此时，离刘长英跟罗沙锅的婚事，只有半个月时间了。

罗顺荣一心要抓小红军，可是十多天过去了，一直都没机会，因为小红军一直在赵家大院里拼命干活。罗顺荣即使吃了熊心豹胆，也不敢到赵家大院抓人。但他却不死心，反而把堂弟罗沙锅忽悠起来，天天在赵三老板家附近转悠，人们都以为他是看上了赵家的哪位小姐呢。

直到刘长英出嫁的前一天傍晚，小红军才走出赵家大院，往三四里外的刘家寨走去。

罗顺荣和罗沙锅躲在一座小山包后面，远远地盯着，突然他发现，刘长英居然出现在半路上，迎着小红军走去。光是迎着小红军走去也就算了，他们会面后，看看四下无人，居然又是搂又是抱的。罗沙锅再也忍不住了，一股怒气直冲脑门，抓起木棍就要冲过去拼命。

罗顺荣拉住他说：“兄弟，不要着急，先看看他们还会咋样，如果真要干那事，我们就跑过去当场搞死他，即使他跟赵三老板关系再好，这奸淫他人妻妾的罪行，也是逃不脱的。”

罗沙锅把牙齿咬得咯咯地响，只等那对男女再有下一步动作，就冲上去抓现行，到时候要拴要打，都有道理。可是刘长英跟小红军，抱了一会儿就往家走了，双方都显得很开心，也很暧昧，伸手动脚的，姐弟不像姐弟，情人不像情人。

罗沙锅问：“三哥，还要不要抓？”

罗顺荣咬牙切齿地说：“抓！当然要抓！待会儿等他们经过包

包脚，我们就来个饿虎扑食，把他抓了，直接送区上交割。”

近了，更近了。小红军和刘长英，忽而一前一后，忽而一左一右，说说笑笑、抠抠掐掐地走来。罗顺荣一使眼色，罗沙锅便抓起木棍，跃身而起。罗顺荣的表现更加强悍，肩上挽着红棕绳，手里端着套筒枪，下山猛虎般朝不到二十米远的大路上冲去。

最先发现情况的是刘长英。但此时，她手里并没有镰刀。她一生最后悔的，就是那天居然没有随身携带她那把磨得亮晃晃、挖死过郭俊明的大镰刀，当发现被罗家兄弟打了伏击时，一切都已经晚了，罗沙锅已经挥舞着棍棒，大喊大叫地冲到面前了。

刘长英惊叫一声，连忙推了小红军一把，叫他快跑，然后就被罗沙锅一棒打翻在地，痛得龇牙咧嘴，抱着脚大声叫骂：“罗沙锅，小私儿，你不得好死！”

罗沙锅见刘长英被打倒在地，喊得撕心裂肺，不由心疼起来，连忙扔了棍棒，跑过来扶起她问：“长英，打着哪里了？痛不痛？”

刘长英弯着腰，抱着腿，望着小红军逃跑的方向，骂道：“砍脑壳的，老娘还没进你家门，你就这样对待老娘，你这样做以后要遭枪催炮打！”

罗沙锅居然还知道怜香惜玉，一边扶着刘长英，一边说：“这次是我三哥罗顺荣教的，我以后再也不听他的了。”

可是，刘长英由于担心小红军，已经顾不上自己的疼痛，一双眼睛直愣愣地盯着前方，根本没有听见罗沙锅在说什么。看见小红军停下身并转过脸来，她着急地大喊：“快跑！你快跑呀！”

但小红军却无法再跑了，因为罗顺荣手里的套筒枪，早就瞄准了他。

小红军干脆转过身来，直接面对乌黑的枪口。罗顺荣大喊：“罗沙锅，来拿绳子去把他捆起来。”

罗沙锅望望刘长英，又望望罗顺荣和小红军，去也不是，不去也不是。

罗顺荣又喊：“罗沙锅，你再不动手，他把你婆娘抢走了就不罩老子的球闲！”

罗沙锅这才放下刘长英，准备向那两人走去。刘长英一把拉住他的手，说："沙锅，你听我说，他是我认的弟弟，你不能这样对他。"

罗沙锅心又软了。罗顺荣虽然没有回头，脑后也没长眼睛，但这个贼头贼脑的家伙，天生就是吃这门饭的，偏偏就知道身后发生的一切，于是火了，骂道："砍脑壳的罗沙锅，你这个倒门风败志气的狗家伙，再不赶快点老子就不管你的破事了，到时候婆娘被人家抢去了不要在老子的面前淌狗尿！"

为了老婆，为了维护作为男人的尊严，罗沙锅决定不再理会刘长英，步履坚定地朝前走去。刘长英想去拉他，可惜站不起来，只好撕心裂肺地喊："不要！不要啊！"

但罗沙锅依然义无反顾地向前走去，取下罗顺荣缠在左肩上的绳索，再绕上几步，来到小红军面前。

罗沙锅看上去呆头呆脑的，居然会绕着走，让小红军始终暴露在罗顺荣的枪口下。看着小红军眼里充满绝望的神情，罗顺荣心里不由一动，瞄了罗沙锅一眼，暗骂："好个装猪吃象的家伙，搞不好老子也会着他的手呢！"

在刘长英的喊叫声中，小红军终于被骑龙大坡的两个乡巴佬一举拿下，当晚就被送到阳长街上，交到区保警队队长的手上，还办理了交割手续。

罗顺荣完成了一例壮丁任务，罗沙锅免除了后顾之忧，兄弟二人回到家里时，天已经断黑了。此时刘长英早已被家人找了回去，刘向明听说了事情经过后，一边痛骂罗家兄弟不是人，一边却在心里偷偷地乐。

五

那一晚，刘长英是在悲伤与难过中度过的。骑龙大坡本来就有"哭姑娘"的习俗，前来"陪姑娘"的伯娘婶子和闺蜜，以为她是恋家闹的，于是都陪着她流眼抹泪。她最好的闺蜜刘春香来得最晚，一进门就说："我今天特意来哭你一顿。"说完，就拿块毛巾盖在头上，抱着刘长英扯声长气摇头晃脑数数落落地哭了起来。

刘春香的头部是被毛巾盖起来的，淌不淌眼泪没人知道，但光听那抽抽搭搭的哭声，还真有几分伤心劲儿，闺房里的其他人，一个个都跟着悲悲戚戚。

见有人陪着，刘长英哭得更伤心，更起劲儿。第二天，本来是女方家办喜酒的日子，三亲六戚全都来到了，刘长英找出当初小红军穿来的那件破衣服，非要刘向明请人给小红军埋个空坟。

刘向明非常恼火，但想想好不容易才把这个会杀人的姑娘嫁出去，从今往后就郭家门李家户各过各的日子了，好歹父女一场，勉强答应了她的请求，趁着黑夜在红军歇过脚的那个土包上，给小红军做了一个衣冠冢。

刘长英嫁给罗沙锅的当天，川军首领杨森派出一个团，撇开保警队和保四团，在骑龙大坡一带搜寻掉队红军与红军游击队的踪迹，发现可疑人员就抓走，一时搞得鸡飞狗跳，人心惶惶。

川军部队闹腾了两三天就撤走了，据说杀了不少人，也抓了不少人。川军走后，保警队和保四团又来了。但川军也好，保安团也好，都没人问起过那名小红军的事，给刘长英和罗沙锅带来灾难的，是罗顺荣。

他们是在成亲后的第三天去刘向明家"回门"的路上被扛着套筒枪的罗顺荣拦住的。小红军被抓走后刘长英就有了教训，走到哪里都把镰刀提着。看着那把亮晃晃的大镰刀，罗顺荣轻蔑地笑了下，用吊儿郎当的口吻打招呼说："你们两口子去哪里？"

本来，按照骑龙大坡的规矩，作为"老大爷"的罗顺荣是不能用这种语气和腔调对刘长英说话的，但此时这家伙故意把流传了千百年的老规矩抛在脑后。

罗沙锅站在一旁傻笑，刘长英瞟了罗顺荣的一眼，看准他那双色迷迷的眼睛，突然心一横，就迅疾出手了。

可惜刘长英没练过身手，每天除了打草鞋就是种菜养猪，而罗顺荣是到县里参加过军训的，看见镰刀挖来，连忙大吼一声，后退一步，用最快的速度举枪格挡。

但镰刀不同其他刀剑，虽然拦住了刀身，却没拦住突出的刀头，随着“当”的一声脆响，刀尖“噗”的一声，挖在罗顺荣的左额上，他当即晕倒在地。

又挖死人了！又挖死人了！这次挖死的，居然还是个端公家碗扛公家枪的保长，刘长英三魂吓掉二魂，握着镰刀呆呆地站着发抖。罗沙锅连忙扑过去，伸手捂住罗顺荣正在流血的伤口，大声喊道：“快来人呀，快来人呀，罗顺荣被挖死啦！”

罗沙锅扯起破锣一样的声音大喊，人们就纷纷跑来。

罗顺荣被救活了，但刘长英和罗沙锅却遭罪了。罗顺荣醒来之后，第一件事就是下令捆绑罗沙锅。罗家寨有两个健壮如牛的年轻人，被罗顺荣培养成了亲信兼爪牙，一把抓住罗沙锅，给他背上“云南背系”。他们还要去捆刘长英，罗沙锅哀求说：“要杀要打都由我来承担吧，是我叫我婆娘挖的！”

罗顺荣假装犹豫了一下，说：“好吧，那就把你送到区上去，交给保警队处理。”

就这样，刚与刘长英成亲三天，罗沙锅就被抓走了。罗顺荣没有亲自送罗沙锅去阳长，而是交给两个心腹手下去完成。

“反正又没挖死人，不会有多大事，最多关两天就放回来了。”罗沙锅虽然被捆着，心里却比较乐观，边走边这样想。

走进区保警队的办公室，那个挂着“羊把腿”、长着鹰钩鼻的保警队队长，眼里冷冷地放着凶光，嘴巴一咧，露出一个怪怪的笑容说：“他奶奶的，又白捡了个家伙。”然后摸出几个铜板，再开了一张纸条，一并扔给罗顺荣的两个心腹，说：“回去告诉你们罗爷，人我收下了，马上就押去县里。”

那两个家伙连忙点头哈腰，答应一声就转身开门走了。

直到此刻，罗沙锅才意识到自己完蛋了，被堂哥罗顺荣抓了壮丁了。一想起他看刘长英的眼神，一切都明白了，忍不住破口大骂：“罗顺荣，不得好死的秃尾巴私儿，五显菩萨和祖宗先人都不会放过你！”

余队长斜着眼睛瞥了他一眼，问：“你和罗顺荣是啥关系？”

罗沙锅说：“啥关系？我爷爷和他爷爷是亲兄弟！”

余队长眼神一凝，说：“这样说来，罗顺荣这个狗日的还真是够狠的，简直六亲不认，以后老子还是要防着点。”

罗沙锅哀求道：“长官，求您行行好放了我吧。”

余队长说：“那不行，我已经开了条子给罗顺荣，一旦放了你，他就要去告我。”

罗沙锅明知毫无希望，但还是不断地哀求：“您就行行好吧，长官，我求求您了，我才结婚三天，我婆娘长得好看得很，我舍不得离开她。”

“哈哈哈”，谁知余队长一听这话，就仰天大笑三声，说：“你不说这事，我还想放你一马，你这样一说，我就不想放你了，你真是个傻逼！”说完大喊：“来人！”

立马就有两个穿黑制服、背套筒枪的年轻人推门走进来，毕恭毕敬地站着。余队长一脸威严地说：“你们两个立马帮我把这傻子送去县城，千万别让他跑了，否则我会要你们的小命！”

那两个保警兵连忙双脚一并，举手敬礼，齐声答道：“是！”然后押起罗沙锅就走。

罗沙锅万分绝望，连死的心都有了。但他不甘心，他要想尽千方百计逃回去。

罗沙锅很想在去县城的路上逃跑，无奈双手被捆得紧紧的，还被那两人一人用绳子牵着，一人用枪指着，根本就没机会。

六

黄昏时分，那两名保警兵终于把罗沙锅押解到大定城，关进民夫营。民夫营跟监狱一样，院大墙高，戒备森严。

红军部队早已西进北上，十几万中央军和川军扑空后也跟着撤走，只留下两三万兵力对付游击队。民夫营的主要任务是在军警的监督下，为国军部队运送粮草弹药。

罗沙锅被编入民夫营二连三排五班，恰好与小红军关在一起，由四名荷枪实弹的保警兵管押。

仇人相见，分外眼红，小红军一看见罗沙锅，就直扑过来，把他按倒在地，举起拳头就打，边打边骂："你这个狗日的，怎么也会有今天？"

负责管押的保警兵看见了，跑过来一脚踢开小红军，狠狠地用枪托杵了他好几下，骂道："想死就给老子死远点！"

罗沙锅从地上爬起来，低着头坐到一边去了。小红军被杵得不轻，一边摸着被杵痛的腰杆和臂膀，一边低声骂道："白军黑狗，有本事就到火线上拼去。"

小红军虽然骂声很低，但还是被一个耳尖的保警兵听见了，几步跨过来，又一枪托砸在他后背上。小红军眼睛一挤嘴一瘪，叫了一声"妈哟"，腰杆就深深地弯了下去，慢慢地坐在稻草上，好半天才缓过劲儿来。

昏黄的马灯光下，罗沙锅隔着四个人狠狠地白了小红军一眼。他发现，才被抓进来四五天，这狗家伙就变得又黑又瘦、又破又脏，跟初来骑龙大坡时差不多。再看看稻草上躺着的十多个青壮年，全都好不到哪里去。

显然，他们已经吃了不少苦头，似乎每个人都被保警队用枪托和拳脚教乖了，虽然年纪轻轻，正值壮年，却也疲惫不堪。

由于来晚了没得饭吃，睡到半夜罗沙锅就被饿醒了，黑暗中发觉睡在身旁的那人还醒着，便轻声问道："哥子，你是怎么被抓来的？"

那人说："我是在赶场的路上被抓的，三个逮我一个。你呢，你是怎么来的？"

罗沙锅骂道："我是被自家的堂哥子安了窝锅，鬼晓得那狗日的会是这般心肠！"

那人转过身来，在他耳朵边压低声音问："你想不想逃跑？"

罗沙锅说："想，怎么不想？"

那人说："想就要乖乖地忍气吞声，然后才有机会。"

罗沙锅问："有用吗？听说逃出去的人被抓住是要被枪毙的呢。"

那人说："不管怎样，逃出去总比关在这里好，在这里迟早也是死。再说，我上有父母，下有妻儿，哪里放心得下。"

此时罗沙锅又开始想刘长英了。新婚燕尔，刚刚尝到女人的滋味，就被抓了进来。一想起刘长英，罗顺荣那双色迷迷的眼睛又飘摇而来。罗沙锅忍不住爬起来，恨不得跑回去一刀砍死那狗日的。旁边那人一把拉他躺下，悄声问："兄弟，你不想活了？"

罗沙锅咬着牙说："想！怎么不想？"

那人说："想就乖乖地躺着不要动。"

罗沙锅听从了他，默默地躺在稻草上。房间里黑漆漆的，但夜晚并不宁静，民夫们杂七杂八的呼噜声和稀奇古怪的梦呓声、磨牙声，让这个只有十几平方米的小房间变得异常诡异。

渐渐地，罗沙锅又慢慢睡着了。不知过了多久，正在睡梦中与刘长英相会的罗沙锅，突然被鞭子抽醒，一名背着套筒枪的保警兵，一边举着马鞭转着身子抽人，一边大声吼叫："狗日的些，天都大亮了，赶紧起来爆肚子！"

罗沙锅赶紧坐了起来，肚子里咕嘟咕嘟地叫着，头脑晕沉沉的，浑身酥软无力。他捂着瘪瘪的肚子，抬眼扫视了房间一圈，十多个民夫全都被抽醒了，从墙壁下面的稻草上坐了起来。纸糊的窗户里透进乳白色的晨光，投射在房间里有如月光般朦胧，那一个个衣衫褴褛的民夫，此刻正揉着眼睛，打着呵欠，甚至有人还在流着梦口水。

挥舞着马鞭的保警兵看样子已经二十出头了，正是民夫们的平均年龄。这帮民夫，小的十六七岁，大的二三十岁，年龄参差不齐，个儿头也七高八矮，憔悴中透着无奈与恐惧。

"你们晓得不？吃球都要起早点，晚了球都不到你！"看见民夫们全醒了，保警兵不敢再明目张胆地抽人，但依然提着马鞭鼓着眼睛吼，宽大的黑色保警服罩着他干瘦修长的身躯，就像从坟墓里爬出的幽灵。

保警兵的大半个脑壳被高边帽遮住了，眼睛藏在遮阳下面，只有鼻子和嘴巴看得比较清楚。罗沙锅真想一脚踢过去，但他知道这一脚估计会把自己的小命踢掉，于是只好作罢。

在保警兵的指挥下，民夫们鱼贯而出，来到宽大的院子里，已经有人分四块地方排起了长队。原来民夫营共有四个连，一连一个打饭窗口。饭菜很简单，一人就四个馒头，一碗稀粥，一小节腌萝卜。伙夫一边打饭一边说："狗日的些省着点吃，这四个馒头已经包括中午饭了，各自给老子保管好，出来混吃一看二眼学三，垮干痨爆肚子也要分个前三后四！"

院子一角有几排木板搭成的简易桌凳，分成四个方阵，各连民夫在枪口的监视下，各自坐到本连本排的位置，稀里哗啦无精打采地吃着。稀粥一顿喝完，馒头吃两个留两个，剩下的各自用统一发放的白纸包起来，放在衣袋里。

没有龙头，没有水管，民夫是不用洗碗的，但那只丑头八怪的土碗必须要放好，如果不小心弄破了，就得吃鞭子挨枪托。

民夫是没资格洗脸的，也没地方洗，吃好饭后就不用回房了，在简易桌凳上坐了几分钟，集合哨就尖利地响了起来。

罗沙锅跟着大家一起，被保警兵们用枪指着，来到院子中间，按连、排、班的序列排队，有站得歪扭的，保警兵要么一泼脚踢过来，要么一鞭子抽过来，也有用枪托杵的，大声呵斥与日娘捣妹的声音不绝于耳。

几分钟后，民夫们终于把队形站好，一个挎着"羊把腿"的保警军官往队伍前面一站，扯长嗓子喊"立正""稍息"，然后开始分派任务。总任务下到连，连又分到排，排又分到班。罗沙锅所在的二连三排五班的任务，是给保四团运送弹药。

十二个民夫，统一背着半新不旧的竹篾背篓，在四名保警兵的管押下，急匆匆地赶到城外的军火库，每人领到一箱弹药。弹药箱都是用木板钉成的，上面有字有编号，为了掩护，领出来后还用破麻袋裹了两三层，装进背篓后再放上十几斤洋芋。

这个班的班长就是昨晚半夜三更与罗沙锅说话的那人。班长三十来岁年纪，长得五大三粗的，但看上去比较老实。四个管押的保警兵，以提鞭子的瘦高个儿为头，除瘦高个儿面无表情地背着枪提着鞭子左顾右盼外，其余三人的枪口，都黑幽幽地对着民夫们。

走着走着，就有人心情焦躁起来，用脚踢路上的石子发泄情绪。那石子的心情也好不到哪去，斜斜地飞去碰到路边的一棵大树后又弹回来，撞到瘦高个儿保警兵的脚踝上。

瘦高个儿惊叫一声，随即蹲了下去，抱着脚踝“哎呀哎呀”地叫了几声，然后骂道：“是哪个狗日的整老子的潮气！”

瘦高个儿抱着脚蹲在地上正骂着，肩膀上挂着的套筒枪踢托一声掉在了地上。民夫们心里都暗暗高兴，但谁也不敢笑出声来。突然一声枪响，一名握枪押送的保警兵惨叫一声，就摇摇晃晃地倒了下去，鲜血从胸腔里喷涌而出。

“遇到土匪了！隐蔽！大家赶紧隐蔽！”瘦高个儿停止叫骂，连忙拖枪翻滚，躲在路边的一块大石头下，“咔嚓”一声拉响枪栓，胡乱放了一枪，招呼大家赶紧隐蔽。

另外两名保警兵随即趴在地上，向路边滚了过去，各自寻找掩体。民夫们没有接受过军事训练，立即乱成一团，全都扔掉背篓，跪在地上高高地举起双手投降，黄澄澄的洋芋滚了好大一坡。

又是一阵枪响，活着的三个保警兵又死了一个，另外两个不知躲到哪里去了。突然一阵马蹄声狂风暴雨般地传来，几分钟后，十二三骑全副武装的马帮疾奔而至，路边的山上又冲下十几名武装人员，捡起两名死去的保警兵的套筒枪，把背篓里的弹药箱收集起来，分成两份，一份由马帮搬上马背，绝尘而去；一份则由那十几名武装人员扛着，很快消失在莽莽山林中。

民夫们睁大眼睛，双膝跪地，高举双手，那样子看上去既可怜又可笑。还是小红军最聪明，马帮和土匪刚刚消失，他就站起身朝路后面的山林跑去。其实罗沙锅早就预料到这个狗家伙会在半路逃跑，回去找他老婆刘长英，老早就注意起他的一举一动。

小红军刚刚拔脚逃跑，罗沙锅就追了出去，边追边喊：“有人逃跑了！有人逃跑了，快抓住他！”

小红军拿出百米冲刺的速度，拼命地朝山林冲去。突然身后传来一声枪响，小红军往地上一扑，然后继续向前面的山林爬去。只差最后十几米，他就能遁入山林，无影无踪。

罗沙锅对身后的子弹毫无顾忌，原本就擅长攀爬奔跑的他几个纵跃就追了上来，死死地将小红军按在地上。

小红军挣扎着翻转身子，一脚踢开罗沙锅，一个漂亮的鲤鱼打挺就跃了起来。罗沙锅没想到小红军的动作会这样麻利，力气也大得出奇，不由愣了愣，被站稳马步的小红军当胸擂了几拳。更令罗沙锅想不到的是，小红军出拳的速度很快，出腿的速度更快。

小红军把罗沙锅踢翻在地后，指着他骂道："狗日的，老子要不是真心爱着长英姐，早就离开骑龙大坡了，谁稀罕你们这个鸟地方！要不是怕她伤心，老子早就把你干死了！别以为她不喜欢老子，老子告诉你吧，长英姐早就是老子的人了，你得的是个二水货！哈哈！哈哈哈！"

小红军红着脸，高举拳头，大声地得意地笑着，突然抱起一块七八十斤重的大石头，就要朝罗沙锅的头上砸去。又是一声枪响，瘦高个儿远远地举着枪喊："回来！都给老子回来！不然打死你们两个兔舅子！"

此时小红军已经看穿了，那个狗日的保警兵是在虚张声势，其实他枪法烂得要命，根本就打不着人。小红军举着石头要砸罗沙锅，将砸未砸之际，还回头去瞟了一眼瘦高个儿，蔑视与傲慢交织在一起。

另一个保警兵也不知从哪里钻了出来，用枪指着民夫们清点人数。

罗沙锅晕乎乎地倒在地上，嘴里咸咸地冒出鲜血，那一声枪响让他还过魂来。刚才小红军说的那些话，仿佛飘在遥远的空中，丝丝缕缕，飘飘荡荡。但他知道，如果把这个野种放走，刘长英就永远不会再属于他了。

就在小红军回头蔑视保警兵的那一瞬，已经走到鬼门关前的罗沙锅突然"呀"地大喊一声，一口吐出嘴里的鲜血，双手紧握拳头，身子向后一翻，顺手摸着一把别人开荒遗落的锄头，接着一个飞跃，举起锄头照着小红军的头顶使劲儿砸来。

小红军听到喊声，连忙回过头来，不由大吃一惊，顺手把石头举过头顶。“砰——咔嚓！”罗沙锅手里的锄头重重地砸在小红军的石头上，锄头把断成两截，小红军手里的石头也应声落下，当场砸断了他的两根右脚趾。

小红军抱着脚疼得哇哇大叫，罗沙锅提着半截锄头把，照着小红军没头没脑地打。罗沙锅这个老实人，此时已经犯蛮起来，小红军想跑又跑不了，想打又打不过，连被砸断的脚趾也顾不上了，只管抱着头爹一声妈一声地叫，叫得大路上的民夫们一个个心惊肉跳。

瘦高个儿端着枪冲上来，叫停罗沙锅。此时的小红军已被打得皮破脸肿，额头上冒着血，肋骨也差点断了一根。但一想起他刚才说的那些话，罗沙锅的蛮劲儿又上来了，举起锄头把还要打。

瘦高个儿连忙劝阻道：“算球了，兄弟，这个狗家伙已经受够了，我们先回去领罪吧。”

罗沙锅狠狠地瞪了小红军一眼，骂道：“狗日的，这次先放饶你，别以为我们骑龙大坡的人老实好欺，把老子惹毛了随时都会要你的狗命。”

小红军可怜兮兮地坐在地上，瘦高个儿打开随身携带的行军包，撕下两块纱布，扔给罗沙锅。罗沙锅拿着纱布傻乎乎地问：“长官，我——我用不着这个。”

瘦高个儿用枪指着他说：“给他包扎起来。”

罗沙锅脖子一歪嘴一扭，说：“为啥子？”

瘦高个儿说：“人是你打伤的，你就给他包扎一下，不然这样死了也不好办。”

罗沙锅这才放下手里的半截锄头把，上前给小红军胡乱包扎起来。在包扎脚趾的时候，罗沙锅认出小红军脚上的那双布鞋居然跟自己脚上穿的一模一样，心里更加怨恨，就故意使劲儿，疼得小红军又龇牙咧嘴地喊爹叫娘。

丢了弹药，死了弟兄，自己也差点命丧黄泉，瘦高个儿心里本就烦闷，见小红军叫得如此夸张，上前几步，从后面踢了他一脚，骂道："野杂种，再给老子乱叫就一泼脚踢死你！"

小红军知道越叫越有苦头吃，于是闭口不叫了，只是做出同样夸张的痛苦状。瘦高个儿懒得理睬他这一套，见罗沙锅包扎得差不多了，骂道："狗日的，包得比王大妈的裹脚还丑。"骂完用枪指着小红军，喝道："给老子起来，走！"

小红军挣扎了两下没起来，瘦高个儿命令罗沙锅："扶他起来！"

罗沙锅畏惧瘦高个儿的威势，即使心里一万个不愿意，也只好上前去扶小红军。不过他也不是好好地扶，而是生拉硬拽。小红军站是站起来了，但却忍不住疼出了声音。瘦高个儿很烦他叫，举起枪托楞了他一眼，板起面孔骂："你他妈再叫，老子就两枪托杵死你！"

小红军见他眼里闪出杀气，吓得嘴唇哆嗦了一下，就不敢再叫了，只好弓着腰，抱着断趾的右脚，一跳一跳地往大路上走去。

罗沙锅突然动了恻隐之心，看见有根树杈很适合做拐杖，就把它扳下来稍稍修整下递给小红军。小红军接过拐杖后看了他一眼，眼里流露出复杂的眼神，说："其实，刚才我是瞎说的，我跟长英姐是清白的，你要防的应该是罗顺荣，那是个小人。"

罗沙锅低着头说："我明白。"然后就独自向大路走去。返回大路后才知道，十二个民夫只跑脱一个，就是昨晚跟他说话的那人——本班班长。

七

在瘦高个儿的指挥下，直到天快断黑了，这帮民夫才抬着两个保警兵的尸体回到县城民夫营。一回到民夫营，瘦高个儿和那名活着回来的保警兵就被下枪带走，罗沙锅他们也被带走审问，折腾了几个小时，一回房间就瘫软在稻草上。

四个新换的保警兵看上去精神多了，枪也不是又老又破的套筒枪，而是乌黑发亮的汉阳造。

小红军一看见那枪就双眼发亮。他从湘西一路跟着红军部队打到乌蒙山，见过各种各样的枪，知道这种枪不但威武漂亮，而且击发快，射程远，声音清脆，准确性高。同时他又知道，管押他们的保警兵的枪越好，证明上面越发重视他们这帮民夫，今后逃跑的机会就会越小。

罗沙锅一倒在稻草上就呼呼大睡，第二天早上同样是被皮鞭抽醒，然后打饭、吃饭、集合。罗沙锅发现，民夫营比昨天整整少了一半人，悄悄打听才知道，20 军减员严重，有一半民夫被押往部队，充军去了。他还听说，民夫营里混进了奸细，昨天不但弄丢了十二箱弹药，还死了两个保警兵，现在追查得很紧，搞不好还要枪毙人。

这天罗沙锅所在的民夫班没有安排任务，长官训完话后队伍就解散了。回房不久，两名挎着“羊把腿”的保警军官押着一个新民夫走了进来，门边的四名保警兵连忙起立敬礼。

房间里光线很暗，但还能看得清楚，那两个军官身板笔直，脸上的线条也很硬朗，举手投足军人味很浓，全身上下透出一种与众不同的气场。罗沙锅在心里赞叹，这才是当兵的嘛！

民夫们纷纷站了起来，有乖巧的还会叫声长官好，大部分却傻愣愣地站着。罗沙锅是傻愣愣地站着的那类，小红军也挣扎着站了起来，还抬手敬了个礼。

那两名军官看着头上缠着纱布的小红军，眼里流露出厌恶的神情，其中一人问：“你就是那个试图逃跑的？”小红军露出一脸无辜的表情，既不敢说是，也不敢说不是。那人接着说：“这次暂且饶你，下次再跑，就地枪决！”

小红军哆嗦了一下，一张脸变得死灰死灰的，汗水大颗大颗地滴落。

另一名军官扫视了众民夫一眼，问：“罗沙锅呢？谁是罗沙锅？”

“我、我是——罗沙锅。”罗沙锅惊慌失措地站直身子，一脸苍白地回答，声音里明显打着颤。

那军官宣布道："在昨天的战斗中，民夫罗沙锅机智勇敢，只身抓回一名试图逃跑的民夫，特选拔为本班班长，即刻上任。"

虽然班长不是干部，但好歹也是个"头"，呆头呆头的罗沙锅没想到自己居然还会有这么好的运程，一时高兴得心花怒放。可惜他高兴得太早了，民夫营是没有营连排长的，只有班长，而且班长也没有更多的自由，只有更多的责任：监督民夫们睡觉、监视民夫们说话并及时汇报情况。

民夫们四肢发达头脑简单，心里只想早点回家，最担心的就是被送往部队当炮灰，那两名军官走后，都争相巴结罗沙锅，生怕被他"推荐"去当兵。一直都是苦命下人的罗沙锅不习惯，面对大家肉麻的巴结，有些手足无措起来。全班人马只有小红军冷眼对待罗沙锅，有个高个子民夫看不惯，跑过去提起衣领就要打。

小红军惊慌失措地问："你——你要干啥！"

高个子民夫握着拳头说："老子要打死你！"

小红军说："我又没惹你，你为啥要打我？"

高个子民夫说："我们大家都在向班长祝贺，你为啥不过来？"

小红军说："我不祝贺是我自己的事，又没妨碍你们。"

高个子民夫说："这不行，你不来祝贺班长就是侮辱我们。"说着提起拳头就要打。

"住手！"罗沙锅叫了一声，高个子民夫的拳头才没落下去。高个子民夫不解地问："班长，您这是——"

罗沙锅摆摆手说："算球了，这个狗家伙是被我和我堂哥抓来的，想逃跑又被我抓了回来，心里一定恨死我了。"

大家听罗沙锅如此一说，无不在心里惊呼："原来是这样呀！"特别是那个高个子民夫，此刻心里最恨的，就是把他捉来当民夫的那个狗家伙，知道罗沙锅曾经也是个抓夫的"凶手"，非常后悔刚才的举动，脸上现出尴尬的神情，低着头默默地站着，站了半分多钟才一屁股坐在稻草上。

高个子民夫刚刚坐下，门就"吱嘎"一声打开了，民夫们以为又出了啥子情况，全都抬头瞟过来。两个保警兵端着枪站在门两边，一男一女迈步走了进来，由于房间里比较昏暗，他们越过门槛后揉了揉眼睛，才勉强看清屋里的情况。

屋里的臭味实在难闻，那女的把持不住，“哇”的一声差点吐了出来。此时民夫们也看清了，进来的那对男女，男的二十来岁，穿着青布长衫，风度翩翩、一表人才；女的只有十七八岁，穿着三节两袖滚花边的青布短衫，梳着穿青女子独有的三把头，却也风姿绰约、粉面桃腮。

郎才女貌，这简直是天造地设的一对人儿。但他们来这里干啥呢？民夫们不明所以，全都睁大眼睛，静待下文。

“姐姐！姐姐！”突然，角落上的小红军叫喊着跛着脚跑过来，可惜才跑了几步就摔倒在地，有眼尖的民夫看见，是罗沙锅伸脚把他绊倒的。

原来来者是刘长英和赵晃。赵晃站着不动，脸上始终保持着潇洒自信的笑容。“志军！刘志军！”刘长英叫唤着刘向明给小红军取的名字，几步跑到房屋中间，将小红军扶了起来。小红军拉着刘长英的衣袖，止不住泪如雨下，瘪着嘴哭道：“姐姐，姐姐，你是怎么来的？”

刘长英说：“你们全都着了罗顺荣那个秃尾巴儿的药，才一前一后被抓走。我没得办法，只好去求赵三公子，是他花了不少银元才让我找到这里来，只要你们好好的没被送去当兵就好。赵三公子说，只要还在民夫营，他就能想办法让你们尽早回去。”

小红军还想跟刘长英说话，罗沙锅已经站了起来，一把将他拉开，紧紧地将刘长英抱住。刘长英使劲儿地挣扎，罗沙锅却死死地抱着不放，说：“长英，我的好婆娘，你晓得我有多想你吗？长英！”

至此，坐在地上看热闹的民夫们终于弄明白了，原来这个漂亮女子竟然是罗沙锅的老婆，而那个企图逃跑被罗沙锅抓回来的，是她弟弟！也就是说，罗沙锅和这个名叫刘志军、操着外地口音的小家伙，竟然是郎舅关系。

赵晃说话了，他虽然笑着，但声音却很冷：“好了，时间到了。”

刘长英在罗沙锅又脏又丑的脸上亲了一口，说：“外面那些当官的说，我只能进来五分钟，你们好好等着，我会想办法救你们出去。你走后罗顺荣又去纠缠我，差点被我几镰刀挖死了。”

刘长英说完，罗沙锅就松开了手，小红军却坐在地上瘪嘴瘪脸地哭。门边的两个保警兵也在催了，刘长英本想再拉拉他手的，但没时间了，只好一步步倒退着，走了出去。

直到刘长英和赵晃双双消失在了门外，罗沙锅才双膝跪地，对着房门哭了起来。

非常不幸的是，刘长英前来探望的第三天，罗沙锅和小红军就被双双提出民夫营，押往川军首领杨森部的20军。

八

“为啥子啊，奶奶？为啥子他们都被押去当兵了？”听到这里，我忍不住问七十岁了依然整天坐在门槛上打草鞋的奶奶。

我奶奶叹了口气，说：“都是那个赵三公子搞的鬼，他怕你爷爷回来我就不理他了，于是就花钱活动，第三天就把他们两个都送去当兵了。”

“我爷爷？你说的我爷爷是罗沙锅还是小红军？”虽然在心理上，罗沙锅是我不容置疑的“爷爷”，但我还是这样出其不意地问了出来。

奶奶停下搓米草的手，呆呆地看了我半天，才长长地叹了口气，说：“唉，怪不得人们都说你是骑龙大坡最聪明的小娃。我跟你说吧，罗沙锅、赵晃、小红军，还有郭裳，都曾经做过我的男人，但他们都不是你亲爷爷，我也不是你亲奶奶。”

奶奶不是我亲奶奶我早就知道了，没想到的是，今天她居然亲口说了出来，还说罗沙锅、赵晃、小红军和郭裳都曾经是她男人。

虽然那时我只有八岁，才读小学二年级，但对“男人”已经有了概念，知道奶奶说的意思是，她曾经跟那几个男人都睡过觉。她又不是我亲奶奶，跟谁睡过都没关系，只是那几个人中居然有我最讨厌的郭裳，一想起他们居然有一腿，我就有些恶心。

何况，郭裳的孙女郭襄，早已和我父亲睡在一起了！

这些混乱的人伦关系，凭我当时的智商是无法理清的，但最基本的一点我心里很清楚，我是我父亲收养的，在骑龙大坡，爸爸不是我的亲爸爸，妈妈不是我的亲妈妈，奶奶不是我的亲奶奶，就连郭襄，也不是我的亲后妈，以上这些人与我都没有任何血缘关系。但他们却都是我的家人和亲人，因为我不知道自己来自何方，又将归向何处，如果我不把他们当成亲人，不把骑龙大坡当成家乡，我就成了孤魂野鬼流浪汉。

奶奶见我神色有异，接着说："我这么大年纪了，活着已是天天人，能说的该说的都会说出来，不然就要被埋进坟堆里去了。我当初一心想把你爷爷罗沙锅救出来，然后好好跟他过日子，才去找赵晃帮忙，哪个晓得这个龟儿子说话不算话，白睡了我又暗下死手，反而把他和小红军都弄去当兵了，一气之下，我就一镰刀把他给废了，还把他那吊东西割下来喂了狗。废了赵晃后，听说你爷爷他们的部队正跟席大明的队伍打火线，我就提起镰刀赶去杨家湾，结果人没找到，差点被两个土匪糟蹋，被恰好路过的郭裳救了。救了我后，郭裳就没再回去找席大明，不久，就听说席大明的队伍被打垮了，人也被抓了，杀在毕节大校场。"

我问："于是，你就跟郭裳好了？"

奶奶说："我是在去杨家湾的路上被土匪抓住的，郭裳把我救下时，我只剩下半条命了，要不是他精心照顾，我也是死路一条。赵家也在到处找我，我跟着郭裳，躲在黑洋大箐的一个岩洞里，一住就是五个多月。后来我肚子渐渐鼓了起来，只好悄悄回到骑龙大坡，找到半死不活的赵晃，告诉他我怀了他的骨肉，赵家才放过我。"

"不会吧？奶奶，我伯伯他——他是赵家的后代？"我吃惊地问。

奶奶平静地说："是的，谁都以为他姓罗，其实他姓赵。"

“可是，后来你为啥要说小红军是赵三老板害死的呢？”

奶奶说：“因为那时小红军已经回来了，以罗沙锅的身份回来和我住在一起，一直窝在家里做沙锅，哪里也不去，如果不说他是被赵三老板害死的，那他冒充罗沙锅的事情就会被揭穿。你晓得不？为了隐藏身份，大集体时，他的沙锅几乎都是白帮集体做的，除了换几个工分，没卖过一分钱。”

“于是，为了你真正爱着的那个小红军，你害死了赵三老板？”

奶奶一脸苍白地说：“我也是没办法，谁叫赵三老板是大地主？反正难逃一死。再说了，赵三老板为了能给他们赵家留下那条根，也心甘情愿地用这种方式去送死。小红军和罗沙锅在对付红军游击队的战场上，虽然都曾经有机会逃回来，但他们谁都生怕对方独自逃回来跟我过，于是就相互仇恨着、监视着，结果谁都没能逃出魔掌。后来，游击队渐渐败落了，抗日战争爆发了，小鬼子占领南京、武汉后，又开始进攻湖南，罗沙锅和小红军所在的部队，被紧急调往长沙，参加长沙保卫战！”

啊，长沙保卫战！几次听老军人洪顺大爷提起过这场战役的艰苦卓绝和巨大牺牲，我不由热血上涌，来了精神，说：“奶奶，我要是生在那个年代，不用谁来抓，自己也要去当兵，上前线，打鬼子！”

奶奶停下搓米草的手，有些激动地说：“罗沙锅和小红军，还在跟游击队作战时，他们一心只想开小差逃跑，根本没心思打仗，后来去到湖南，听说了日本鬼子犯下的滔天罪行，他们就不逃了，一门心思只想打鬼子。说来也真奇怪，自从被送到部队，他们一直都被安排在一起，长沙保卫战一打响，他们就协商好了，把小鬼子赶走后，谁还活着，谁就回来跟我过。”

讲到这里，我一直心静如水的奶奶，眼圈已经变得潮红，并且有泪花闪耀，话音也有些苍凉和哽咽起来：“一次战斗间歇，小红军对罗沙锅说，罗沙锅，我担心以后即使有命回去，也不能跟姐姐在一起，被村里的人们认出来怎么办？罗沙锅想了想，说这还不简单，你就装成是我呗。于是从那天开始，小红军就开始研究和模仿罗沙锅走路的动作、姿势、声音等，罗沙锅还教他怎么做沙锅！哎，这两个冤家，身材、个子、相貌等原本就有些相像，只是看上去罗沙锅比较笨拙，小红军比较聪敏。几场恶仗打下来，小红军不但被打缺了一只耳朵，脸上、手上、脚上、腰上、背上，处处都是伤。罗沙锅也好不到哪儿去，同样伤痕累累，要不是有小红军救应，早就死在日本鬼子的刺刀下了。”

奶奶平时言语不多，一口气说完这段话，就呆呆地坐着揉眼睛，吞口水。我坐在她对面的小板凳上连忙催问：“后来呢？奶奶，后来咋样了？”

奶奶顿了顿，接着说：“前后四次保卫战，死了很多很多人，可惜长沙还是守丢了，部队往南撤到广西。因为立了战功，上面要提拔罗沙锅和小红军当官，但他们都拒绝了。他们对当官不感兴趣，他们只想早点把仗打完，早点回来跟我团聚。再后来，在独山阻击战中，罗沙锅为了掩护小红军，被小鬼子的机枪打死了。”

讲到这里，奶奶终于哭了出来！这个骑龙大坡上不但最漂亮，而且最坚强的女人，终于在老了之后，在一个与她没有半点血缘关系的孙子面前，哭了出来。我愣愣地看着奶奶，不明白这么多年都过去了，还有啥好哭的。

奶奶哭了好大会儿才接着说：“广西再次沦陷后，日本鬼子又开始进攻贵州了。那时候，整个中国，只剩下三个半省了，眼看鬼子已经占领了贵州最南边的荔波、三都、丹寨、独山等县城，20军的贵州兵纷纷请战驰援独山，阻击鬼子侵略自己的家乡。此时20军已经撤回贵阳，准备开往四川，小红军和罗沙锅等数百名贵州兵临时调入29军，开赴独山。在独山，罗沙锅和所有的贵州兵一样，已经下了必死的决心，他对小红军说：‘刘志军，我估计回不去了，你回去后一定要好好对待她，不管她做错了什么，你都不许责怪她。’说完，战斗就打响了。”

奶奶擦了擦眼泪，继续说：“日本鬼子火烧独山，连续烧了七天七夜，死了一万九千多人，真是作孽呀！参加阻击鬼子的，一半是军人，一半是百姓。这些贵州军人由于太穷，连鞋都穿不起，只能穿草鞋，被叫作‘贵州草鞋兵’。鬼子兵到处乱窜，见人杀人，见房子放火，罗沙锅们死死守在深河大桥上，直到逃难的百姓全部过了深河桥，鬼子已经追到桥头了，才掩护工兵炸断大桥。战斗打了几天几夜，日本鬼子伤亡惨重，始终无法越过深河，只好往南逃窜，全部撤出贵州。”

我没想到我一字不识的奶奶，居然会讲这么精彩的故事，便好奇地问：“奶奶，是谁跟你说的这些？”

奶奶哭着说：“不是小红军是哪个？可惜的是，日本鬼子打跑了，投降了，你爷爷却永远回不来了。”

我又问：“那小红军是怎么回来的呢？”

奶奶说：“独山阻击战中，小红军又受了一次重伤，直到两年后才医好，但那时抗战已经胜利了。他申请回家，部队不准，要跟共产党争天下。小红军又开始开小差了，一次次逃跑，一次次被抓，又捆又打差点被枪毙。但最终还是逃了回来，他前脚刚到，解放军后脚就打过来了。小红军是以你爷爷的身份回来的，由于全身伤痕累累，除了我们家里人，谁也辨不出真假。回来时我已经等了十二年了，他们一去就是整整十二年！”

我问：“这样说来，我后来的爷爷罗沙锅，就是小红军冒充的了？”

奶奶说：“原本我是看不起罗沙锅的，迫不得已才跟他结了婚，但小红军回来讲了他的故事后，我就真心喜欢他了，也觉得我等了这么多年是值得的。在此之前，我从未想过要跟小红军在一起，我只想把他当成亲弟弟。但是等到最后，他却是这样地回来，我就只好接受了。罗小细，你知道我为啥要一辈子打草鞋吗？”

我说：“因为你打的草鞋好，能卖钱。”

奶奶擦干眼泪，苦笑了一下，说：“都说你是骑龙大坡最聪明的小娃，可惜你连这个也没想到。你爷爷他们被送去当兵后，有人来对我说，他们是去打鬼子，鬼子在咱中国的土地上横行霸道，烧杀抢掠，如果没人上战场打火线，很快就会打到骑龙大坡，男人直接枪毙，女人先奸后杀。他还说，贵州兵很穷，没钱买鞋子，全都穿草鞋。”

我心里突然开了窍，抢着说：“奶奶，我晓得了，你打草鞋，是——是为了抗战！”

奶奶露出欣慰的笑容，说：“是呀，在等你爷爷的那十二年中，我就天天坐在这里打草鞋，一天要打几十双，并且全部上缴政府，分文不收。后来解放了，因为我的草鞋打得好，上面就安排我专门打草鞋。以前我打草鞋是为了支援你爷爷他们打鬼子，后来我打草鞋是为了支援国家搞建设。”

“那现在呢？奶奶，现在你老了，也很少有人穿草鞋了，你还打它干吗？”

奶奶又叹了口气，说：“我不打草鞋，还能做啥呢？”说完，她又绷起草鞋棍打起草鞋来。

看着奶奶又恢复沉静甚至冷寂的面容，关于她的爱情故事，我虽然还有一些疑团没有解开，但也不好再问了，只得站起身来，伸伸懒腰，朝院门走去。

“罗小细，你要去哪里？”

我头也不回地说：“我要去钱家寨找钱洪顺大爷，他是骑龙大坡年纪最老的人，应该知道很多我想知道的事。”

“回来，你回来。”奶奶大声地喊着，已经走出院门的我回头一望，她已经站了起来，手里不知何时多了一把镰刀。

我不由打了个冷战，连忙撒腿就跑。

“回来！罗小细，你给我回来，不要到处去乱讲！”

我越跑越快，奶奶的声音却越喊越远，仿佛穿越历史时空，回到五十多年前——

郭裳一脸落寞，挎着“羊把腿”远远地走来，冷峻得仿佛可以结冰；被“净身”后的赵晃依然身穿长衫，昂首挺胸地故作潇洒，但眉宇间始终结着愁怨；罗顺荣肩上套着黄棕绳，手里握着套筒枪，耀武扬威阴阳怪气地奸笑，右额上的刀疤却闪闪发光；衣衫褴褛烟巴屁臭的罗沙锅汗流浃背地在作坊里烧沙锅，杉树毛烧出的火烟把他的眼睛熏得泪水涟涟；小红军头戴一顶红军帽，可怜兮兮地站在古驿道边，双眼茫然地望着连绵起伏的山峦。枪声骤然响起，硝烟弥漫中，我奶奶挥舞着一把明晃晃的大镰刀从骑龙大坡冲杀出来，身上溅满了鲜血……

（原载《地火》2014 年第 2 期）

小楼寒

一、疤痕

天阴沉沉的，又闷又热，漫山遍野的庄稼地里，玉米林就像发了呆的孩子，站着一动不动。而成片成片的烤烟，就像受了天大的委屈，耷拉着脑袋，卷曲着耳朵，静候狂风暴雨的来临。

对面的山顶上，乡武装部部长和五六个基干民兵，背着步话机，拿着送话筒，一边大声呼叫，一边调整那台浑身漆黑的双管大炮，既神秘，又威严。

往往这种天气，伴随雷声响起的，就是高射炮的轰鸣。红光闪耀中，轰隆轰隆的炮声在云层里和雷声碰撞纠缠，让人分不清哪声是雷，哪声是炮。

但村民们并不好奇，该干吗干吗。养父穿着那套区代表队的篮球服，抬头望望天，说这个雨来不了，我们还是敲砂去。说完他拿上工具，牵着我来到村小学的操场边，坐在一堆白色的石头旁，用那把中间大、两头小的铁锤，非常认真地为我敲了五粒小石子。

为了让我的玩具看上去更漂亮、更光滑，养父将它修了又修，磨了又磨。

接过石子，我找了块比较干净的地方，坐在地上独自玩“捡子子”的游戏。这游戏是养父教我的，顺序是一一、二对、细细、大大、天蓬、背子，玩法也非常简单，比如一一，就是将石子撒在地上，抓起其中的一粒抛往天上，然后将剩下的四粒，一粒一粒地捡在手里，同时还要将抛往天上的那粒接住。

见我玩得津津有味，养父便用皮圈圈住石头，用铁锤使劲儿地砸，那声音，仿佛是在为我伴奏。其实我一点都不喜欢玩石子，我是想打篮球。此刻左边篮球架下的木筐里，就放有一个半新不旧的黄皮球。那个篮球是一名包工头买的，放在那里供大家使用。几乎每天这个时候，都会有人来打球，可那天非常奇怪，人们只顾在路上奔走，没人关心篮球。

养父没有表态，我不敢走向篮球，只得心不在焉地玩着石子，还要装出非常认真的样子。

这让我觉得很累。因为从旁人的言谈中，我隐隐约约地觉察出，我不是亲生的，所以总是小心翼翼，不敢流露自己的真实想法，也不敢轻易开口说话。

我越玩越没劲，突然感到身边多了个人，抬头一看，满眼都是晃眼的绿。但我的目光却落在他的帽子上。定定地看了半天，我伸出脏兮兮的小手，抚摸那颗红艳艳的五角星。他一动不动，让我摸够了才问：“你是高峻吗？”

不，我叫蔡令。

想了想我又补充，我姓蔡，不姓高。

他尴尬地咧嘴一笑，然后站了起来。我发觉他好高，就像一棵绿色的树。我也站起身仰望着他，突然看见自己的影子。就在那一瞬，我断定自己与他之间，一定有着不同寻常的关系。

正在埋头敲砂的养父也发现来了个不速之客，停下手，挺起腰，坐在石头上问："喂，你是谁?"

那人回答："我姓高，叫高守义，在兰州当兵，回来探亲，顺便看看我侄儿。"

养父连忙站起身，满脸笑容地跑过来跟他握手，连声地说："哎哟哎哟，怪不得看上去很眼熟，原来你是他叔叔。蔡令，快叫叔叔。"

我没叫，只是愣愣地看着，心想，这人身上，怎么会有我的影子?

养父拍拍那人的军装，有些羡慕地说："哎哟，兄弟，看你年纪轻轻的，都穿四个兜兜的衣服了，肯定比你哥厉害！你别介意，这孩子从小就不喜欢说话，更不会叫人。"

他淡淡一笑，从挎包里掏出一包糖、一把弹弓，然后又掏出一套小衣服，递给正在发呆的我，眼睛里突然放出绿光。

原来他发现了木筐里的篮球。

他眼睛盯着篮球，嘴却问我养父："蔡兄，你家准备建房子?"

养父回答："我哪里建得起，是学校要翻修，上面拨了三千块钱，只够买钢筋水泥，石料和人工都是自己解决。"

他明白了，眼睛渐渐从篮球上移开，打量起那副篮球架。那副篮球架是我养父的杰作，从头到尾都是他亲手做的。他先是从自家地里砍来几棵杉树，四根大的做篮杆，四根小的做撑子，然后又砍了两棵粗壮的楸树，解成木板，装上篮圈，就成了篮球架。

每天课余，在养父和另外三名民办老师的带领下，我们就用那个篮球开展体育活动。

我养父也发现了异状，问："兄弟，你也喜欢篮球?"

他"嘿嘿"一笑，露出洁白的牙齿："喜欢，喜欢，非常喜欢。"

我养父说："喜欢就去玩呗!"

他回头看看我，似乎是在征求我的意见。我学着养父的腔调说，喜欢就去玩呗。

他把帽子和上衣一脱，穿着只有号码没有队名的白背心向前一纵，迫不及待地飘向篮球架，飘向装篮球的木筐。我再强调一遍，他不是跑，是飘。

他伸出右手，抓住篮球，弓着腰向后带了几步，然后转身，起跳，头也不抬，球就被扣进了篮圈。

我养父连忙鼓掌，大声叫道："好！好一个倒挂金钩!"

他抓住篮球，扔给我养父。养父将球往篮板上随便一扔，没进。他跃身而起，轻轻一拍，球又进了篮圈。人与篮球，几乎同时落地。

"好！好!"

我养父兴奋得哇哇大叫，这个全区唯一会扣篮的退伍军人，一个箭步冲向篮板，和他奋力拼抢、对抗，两个人的球赛，同样打得惊心动魄，很快球场边上就站满了观众。

我发现，他们一半人是在为我养父助威，另一半人却是在为那个当兵的叫好，全都兴奋得又叫又跳。一个七十多岁的老头儿，是刚刚卸任的村支书，摸着山羊胡子看得如醉如痴，事后逢人便说，看了一辈子球赛，只有那一场最精彩，简直是龙争虎斗。

打完球回家吃饭，养父问："兄弟，你球打得那么好，是在师代表队呢，还是军代表队?"

那个号称是我叔叔的人却说："都不是，我现在在军校读书。"

"了不起，了不起。"养父一边说，一边往他碗里夹了个鸡腿。为了招待这位贵客，我养母一狠心，就把家里唯一的母鸡给杀了。但他并未享用，而是转手送到我的碗里。

他走后，养父才告诉我："那个会飞的叔叔，是你小爷爷的儿子，你要喊他二叔。"

我一脸茫然地问："爸爸，我爷爷是你什么人?"

养父同样一脸茫然，不知如何回答。好在我并不想追根究底，我心里挥不去的，是从那人身上，仿佛看到了我的影子。

五年后，我已经上小学三年级了，二叔再次来看我。他似乎成熟了很多，也老练了很多，只是脸上多了一道疤痕。

他依然酷爱篮球，一到家就叫我带他去操场。那时我养父已经不再是民办教师，职衔也由学校负责人变成了校长。我们村小学扩大了，从当初的四名教师，发展成了二十几名，学生也从八十多个发展到了五百多个，生源远远超出服务半径，邻村甚至邻乡的许多学子，纷纷舍近求远，投在我养父门下。

只有操场还是那个操场，篮球架还是那副篮球架。操场依旧是泥土地面，篮球架却有些老旧了，风雨沧桑中有点摇摇欲坠的样子。

我问二叔，你脸上的疤是怎么来的？

他一边投球一边说："上次参加国际比赛，扣篮时不小心被篮板挂了。"

那天，我没见他再扣篮，曾经的飘灵和勇猛亦不复存在，于是在心底嘲笑，呵呵，被篮板挂了一下就怂了。

多年后，年仅五十三岁的二叔英年早逝，我却无意中在县武装部的档案里看到这样一段话：

> 1985年6月，在收复321高地的战斗中，高守义同志身先士卒，冲锋陷阵，不幸腰部中弹，腰椎断裂，脸上亦被弹片划伤，留下一道长达13厘米的疤痕。

看着这段手写的文字，炮火硝烟早已远去，我眼前却浮现出当年二叔与我养父打球的场景，那飘来忽去的身影，既像蛟龙腾跃，又如猛虎下山。

我的眼睛湿润了，二叔的身影越发高大起来，一晃，却迅速向后退去，最后缩成一段文字，轻轻地铺在一张发黄的纸上。

二、解放鞋

开学的第一个星期六，我们少数民族干部班便分成了三大派，有老婆的家庭派、家在附近的近城派都回家去了，无家无业又来自边远县份的光棍儿派只好留在学校里。

我是光棍儿派。我们光棍儿派的成员们无所事事，便聚集在教室里下象棋。对于象棋，我是班上武功最高的一个，十多个光棍儿一齐支招对付我这个光杆司令。

第二个星期六，我们又开战了。我稳扎稳打地坐着，先是仙人指路、夹马当头，然后再来个大兜底炮，紧接着两匹连环马迂回包抄，两辆车长驱直入，直插对方老巢。我微微笑着，漫不经心地叫道，将军!

光棍儿们闹闹嚷嚷，七嘴八舌，你要划士，我要飞象，但兵败如山倒，哪里抵挡得住。我正要猴似的耍着他们，一个四十多岁年纪，穿着一件灰色中山服，足蹬一双解放鞋的中年男人，不知什么时候来到教室，加入了光棍儿们的战团。只见他稍微点拨几下，立马就扭转了战况，我不由出了毛毛汗。

光棍儿们大呼小叫，一路掩杀过来。中年男人也高兴得手舞足蹈，大喊："锤死他们，锤死他们。"那位执棋的仁兄也毫不客气，势必要给我来个三光政策。

我把棋盘一推，说认输认输，我认输。

可光棍儿们不干，非要我走下去不可。他们千年等一回，好不容易才碰上这样快意恩仇的机会，还叫嚣要将我推磨、舂碓。当他们正群策群力积极策划如何让我死得更惨的时候，穿解放鞋的中年男人却不见了。

我心里松了口气，但最终还是输了，只不过没有光棍儿们想要的那样惨。光棍儿们惋惜不已。

此后下棋，每到危急关头，光棍儿们就会说："解放鞋，解放鞋怎么还不出现?"

一次下棋累了，我们坐下吹牛聊天，聊来聊去聊到了解放鞋，大家纷纷猜测解放鞋的职业、身份等。

小铁锤说："我猜他肯定是收猪毛、收竹荪一类的小贩。你们看他脸上，还有一道伤疤印子，估计是拖板车时不小心摔的。"他分析得很有道理，因为当时很多公职人员都把种竹荪当成第二职业，小贩们经常窜到学校来收购。

高脚鸡却不赞同："贩夫走卒，能有如此高超的棋艺吗？"

大家猜去猜来始终难下结论，便问默不作声的我："小弗郎士，你认为他是什么人？"

我说，他是什么人？他是我二叔啊。

光棍儿们愣了一下，纷纷指责我阴险，早不告诉他们，让他们瞎猜了半天，白白浪费时间与精力。

指责了半天，他们又惋惜起来，说我二叔棋锋那么厉害，智商肯定不低，怎么落魄到如此地步。惋惜了半天，不知是谁提议，凑钱给我二叔买双皮鞋。众光棍儿纷纷附和，还真十块二十地凑起钱来。

我被他们闹得哭笑不得，说各位，虽然我们读书是免费的，还领着财政工资，但我们均来自老少边穷的高寒山区，经济都不宽裕，还是算了吧。

老杨同志嘲讽道："哼，还是你二叔哩，我们也不要你出钱，我们买鞋，你负责送鞋。"

我只好闭嘴，由他们闹去。果然，几分钟后，众光棍儿凑了两百多块钱，逼着我说出二叔的鞋码，"呼啦"一声上街去了。

送鞋事件发生后，每个星期六，我二叔都要来指点光棍儿们几招，但还是依旧穿他的解放鞋。

在二叔的指点下，光棍儿们的棋艺进步很快，他们也和我二叔打成了一片。但是，我二叔到底是何许人，始终是他们心底的谜。

很快，元旦到了，我们班准备开个晚会，迎接新的一年。一切准备就绪，党支部书记——也就是光棍儿派的老杨同志——说，这是我们班第一次开晚会，学校领导都不在，我们应该设法邀请个把地委或行署领导来参加，提高提高档次。几个班干部商量了半天，都没人愿意去地委大院，怕请不来领导。眼看事情要拐，不是班干部的我自告奋勇，把邀请领导的艰巨任务扛过来。

音乐已经响起，晚会即将开始，可大家眼巴巴期盼的地委领导一直不见到来，我穿着解放鞋的二叔却和地委组织部干部教育科的陈科长出现在了晚会现场。

我们少干班虽然隶属于地委党校，管理单位却是地委组织部，同学们大都不认识我穿着解放鞋的二叔，但全都认识陈科长。我们年少轻狂，却都把这次读书的机会看得很重，生怕出现差错影响前程。虽然没有请到地委领导，但来了个主管干部教育并经常到班上检查学习情况的陈科长，大家都很兴奋。

晚会正式开始，主持人请陈科长讲话并即兴表演节目。面对热情的掌声，陈科长接过话筒，笑了笑说："还是先请高部长为大家讲几句吧。"直到此时，同学们才恍然大悟，我穿解放鞋的二叔，正是地委组织部常务副部长高守义同志。二叔虽是行伍出身，吹、拉、弹、唱、跳、写，却样样出色，尽管穿着朴素，但却挥洒自如，女孩子们都争着请他跳舞。

元旦过后，我二叔被派往蒙山，担任县委书记。

新年里的第一个星期六，我们再次开战，没有了二叔和他的解放鞋，大家都有些落寞。

小铁锤问我："小弗郎士，我始终闹不明白，你二叔是副师级军转干部，听说还是打过老山的战斗英雄，怎么老是穿双只有乡下农民才穿的解放鞋？是不是……"

我笑笑，说请别乱猜，我二叔穿解放鞋有两个直接原因，一是穷，二是习惯。我二婶为了追随他，把工作弄丢了，除了抚养亲生女儿，他们还收养了一个父母双亡、无人照料的孤儿，全家四口仅靠他一人的工资过生活，想穿好的确实买不起；再说了，我二叔当了二十多年兵，几乎天天都在训练，你拿皮鞋给他穿，他还真不习惯。

我的话说完，光棍儿们都陷入了沉思。

两年后，我们即将毕业，各奔前程。毕业典礼上，衣冠楚楚的地委书记慷慨陈词："同学们，二十年前，我也跟你们一样，只是一名小小的副乡长。我相信，二十年后的今天，你们中会产生更多的行署专员或地委书记！"

地委书记的讲话引来了热烈的掌声，而我的光棍儿派同学却不以为然，纷纷在我的同学录上写下："难忘党校难忘你，难忘你二叔的解放鞋。""希望在以后的工作中，像你二叔那样，穿着解放鞋，做个好干部。"

十八年后的今天，看着这些简单质朴而又情感真挚的临别赠言，二叔瘦瘦高高的身影再次飘摇而来，渐渐模糊了我的双眼。

三、店铺

由于是带薪读书，寒暑假期间，我们全班同学都得返回原籍，由组织部门安排工作。

我被临时安排在县委办公室当秘书，暂时住在县政府的宿舍里，室友是一名从省城下来挂职、主管科技的副县长，姓孙，名大福。他名字俗气，人却不俗气。孙副县长个子不高，身材偏瘦，戴着近视眼镜，整个人就像一把直立的刀，说话办事，风风火火。

孙副县长是省里著名的农学家，主要工作是指导我县发展农业经济，对烤烟、水稻、玉米和蔬菜的种植，都有着深入研究，由他指导的生产基地，长出来的烟叶又长又大，成色又好，纯收入提高了百分之四十以上，烟农们都叫他"烟神"。

他种玉米更绝，不但亲自捏营养坨，还打破了数百年来的种植方式，一律采用宽沟密植。之前我们种玉米，一般都是一米五三沟和一米五三窝，一窝下三粒种子，从来不用营养坨。由他指导的生产基地，每沟宽三十厘米，并排摆放五个营养坨，每隔二十厘米，再摆五个。一个营养坨下一粒种子，沟与沟的距离是五十厘米，不但疏密有致，还便于浇水施肥、培土拔草。更绝的是，玉米抽穗后，每沟最左边的两排，必须将穗子砍掉，因为它们与右边的三排，是不同的品种。这样种出来的玉米，不但个头大，而且颗粒饱满、结实，剥开外壳，玉米棒子晶莹剔透，闪闪发光，让人爱不释手。

最重要的是，在他的指导下，亩产净增四五百斤，产量提高了百分之五十以上，唯一的缺点是不能套种，不能同时收获洋芋和花豆。

孙大福除了专业水平极高，还有两大爱好：书法和篆刻。周一到周五，他几乎每天都要往返于各试验基地，指导农户种植烤烟与玉米、蔬菜、党参、竹荪、天麻等，星期六和星期天，要么窝在房间里看书、练字、刻东西，要么走街串巷，鉴赏别人的书画作品。

蒙山县城虽小，却有十几家不大不小的字画铺和字画摊。字画铺是全县有名的书画高手开的店铺，融书法、美术和雕刻为一体，主要经营匾牌。字画摊主要为县城或周边乡镇的落魄文人所设，主要经营条幅、横幅、对联，兼代写书信、广告和诉状等，艺术水平比店铺稍逊。

我到县委办报到的当天，孙大福就带着我去逛字画铺。当时已近年关，家家户户都在准备年货，做寿、成神（去世）、结婚的也特别多，正是字画与匾牌的销售旺季。

那时电脑非常罕见，匾牌主要靠手工制作，所以对书法、木工、雕刻等技术要求非常高。相比之下，高下立分，店铺生意的好坏，除了人脉关系，就靠书法水平高低与匾牌质量了。

出了宿舍，沿县府街往南走，不到三百米就有一家，名曰“湘琳画廊”，店主姓程，名湘琳，在县法院工作，非常痴迷书画，仕途毫无进展，已届不惑依然还是普通干部。

程湘琳中等个儿，身材壮硕，毫无艺术气质，反倒像个屠夫。他把八十多平方米的店铺一分为三：前面摆放着各种匾牌，后面靠左放着一张又长又大的书案，书案上放着笔墨，铺着宣纸，时刻准备画画或书写；靠右则是手工作坊，井然有序地摆放着各种工具与匾牌材料。

我们走进画廊，一名二十几岁、身穿牛仔裤与滑雪衫的女孩迎了出来，见是孙大福，艳丽的笑容很不自然地僵在脸上，随即变得冷漠起来，懒懒地退回店铺中间的靠椅上。

孙大福不以为忤，风风火火地闯进去，迅速扫了店铺一眼，问：“湘琳呢，程湘琳怎么不在？”

女孩冷冰冰地说：“你问他干吗？你光看，又不买。”

孙大福说：“我怎么不买？前几天从百兴回来，不是刚给你们介绍了三十多块匾牌？”

女孩眼睛陡地一亮，脸上重新挤满笑容，谄媚地说：“他呀，又不知被谁叫去喝酒了，估计是打官司的吧。这样三天打鱼两天晒网的，生意都快要做没了。”

孙大福一边游目四顾，一边心不在焉地说：“是吗？他是国家干部，重心应该放在工作上，做生意嘛，当成业余爱好就行了。”

女孩说：“这怎么行？他上班才几块工资？一个月五六百块钱连养他自己都不够。开个店铺嘛，一个月至少有三千块的纯收入，相当于五六个干部呢。只是——最近几个月，生意明显下降了。都怪他不认真、不努力，被别人抢走了市场。”

我走马观花地欣赏了一圈，眯着眼睛在心里想，这个两三万人的小县城，居然也有如此造诣的书画家，总算不错了。

我从未在县城生活过，每逢送匾，都是在老家镇上解决，偶尔到县城购买，一般都选择在车站旁边的“育青书苑”。那个店铺，是我的初中语文老师张育青所开。张老师喜欢书法，字写得不错，在周边乡镇无人能比。可跟这位姓程的比，明显就逊色多了。

我正在心里赞叹，孙大福却不以为然地说：“钱嘛，赚多赚少都一样，关键是自己的主业不要丢。丢了主业，字写得再好，钱赚得再多，也没多大意义。”

女孩有些憎恶地看了他一眼，把头扭向一边。我觉得很没意思，就叫他：“孙县长，我们走吧，人家很不欢迎呢。”

女孩吃惊地回过头来，睁大眼睛问：“你——你是县长？”

孙大福抿嘴一笑：“挂职的，算不得数，也是一名书法爱好者。”说完拉着我，走出店铺，边走边说：“全城有五家这样的店铺，质量最好的就是这家了，最差的是你的那位老乡。哦，听说最近新街那边开了一家，可惜只有样品，没有现货，需要的话必须订购。要不，我们去看看先？”

我说好的，领导说了算。

天色已晚，我们不敢耽搁，风风火火地往新街赶去，足足走了二十分钟，才找到那家新开的店铺。店铺没有名称，而且已经关门，小小店面上方只有一块做工精巧的匾牌，“定做匾牌”四个大字，遒劲潇洒，力透纸背。匾牌的下方，是一个七位数的电话号码。

孙大福怔怔地站着，一双充满灵气的眼睛在镜片后面闪闪发光。足足站了五分钟，他才顺着笔画，摇头晃脑。晃完一遍，再来一遍，然后拉着我说：“走吧，走吧，赶紧回去临摹。”

回到宿舍，他洗手研墨，凝神悬腕，一挥而就。写完问我：“像不?”

我端详了半天，摇摇头说，不是很像。

他苦笑摇头，长长地叹了口气，把笔掷在地上。我捡起毛笔，信手一挥。孙大福睁大眼睛，张圆嘴巴，好半天才惊叹道：“真像！真像！小兄弟，没想到你的书法造诣，竟然如此之高，看来这个蛮荒小县，还真是卧虎藏龙。”

我淡然一笑，说孙县长，您太谦虚了，我之所以写得像，是因为这字的主人是我二叔，是我小爷爷的儿子，我们的血脉中流淌着相同的基因。我高祖父颇有辩才，曾是远近闻名的乡绅；我曾祖父中过举人，一生却从未做官。其实，我书法还未入门呢！

孙大福感叹：“哎，没想到你竟然出自书香门第，而我祖宗八代都是木匠。小兄弟，我想拜见你二叔，与他切磋书法，希望你能引荐引荐。”

我说好的，过两天带你去见见他老人家。

孙大福开心地说：“那就好，那就好，作为答谢，今晚我请客。待会儿不要客气，想吃什么就点，上次帮程湘琳介绍生意，我赚了两百多块呢。”

四、夜访

吃饭回来，孙大福又开始练字。他学米芾，临东坡，字体温婉、灵秀，笔力远超程湘琳。

他边写边问：“兄弟，你二叔师承哪位?”

哪有师承，都是自己瞎练。据说他年轻时字写得很烂，每次写信回家，都要请一位邻村姓陈的战友代写信封。

他呵呵笑道：“真的假的?”

怎么不真？这都是他那位老战友亲口告诉我的。

他好奇地问：“那家伙现在在干吗?”

没干吗。原先在区兽医站上班，兽医站解散后，他就失业了。据说，张又侠曾经给他打过下手呢！

“张又侠？哪个张又侠？是不是那位行署副专员?”

我说估计是吧，不然他怎么会当成炫耀的资本。你认识张副专员？

“怎么不认识？他还是我大学同学呢，只是专业不一样。现在他不但是副厅级干部，还是大名鼎鼎的书法家，比我强多了，谁承想他还曾在你老家当过兽医呢。真是造化弄人，造化弄人。”

我说，我读初中时，张就是副县长了。我二叔的那个老战友，却是个典型的酒鬼，成天闲游戏耍、牛皮晃荡，失业后在阳长街上开个字画摊维持生计，却又不好好经营，生活过得相当惨淡，还成天把那些县长书记与厅长专员挂在嘴上，这个是他的老战友，那个是他的老同事，两口烧酒一喝，那些领导曾经的脏事、丑事、隐秘事，反正不知真假，都成了他炫耀的资本，简直是个活宝。哎，人活成那样，不知累不累。

孙大福不但不喝酒，而且对贪杯之人非常反感，有些愤懑地说：“本来，我是有好几次机会可以提拔的，只因不会喝酒，又被领导挂了起来。我们那一拨的大学生，目前就我混得最差，当个副县长还是挂职的，做个教授也只是兼职的，看来真是命不如人呀。”

他一边说着闲话，一边笔走龙蛇，很快写就一条幅，内容是晚唐诗人罗隐的《赠妓云英》：

钟陵醉别十余春，重见云英掌上身。
我未成名卿未嫁，可能俱是不如人。

落款：丁丑年冬，孙大福学书，蔡令友雅正。

我双手接过，放到床上晾干。他说："我们，现在就去拜访你二叔，好不?"

我抬腕看看表，说已经九点半了，改天再去吧。要不，我给你讲讲他的故事吧。

他做出洗耳恭听状，我便往下说：

1976 年 4 月，我二叔因立功受奖提了干，春风得意地给一初中女同学写信求爱。他那女同学，就是地区行署专员赵文媛的亲侄女、县公安局政委赵明慧，当时刚从警校毕业。

赵明慧的父亲名叫赵文彦，据说曾是重庆大学的高材生，因给反动土目安庆吾当过秘书，解放后一直被挂起，历次运动都被冲击，骨头越老越硬，脾气倔得像头驴。就他这性格，不管本事有多大，永远都不会受重用。

说起来我们两家渊源不浅，我曾祖父曾经开馆授徒，他也曾拜我曾祖为师，可一看见我二叔写给他宝贝女儿的求爱信就大发雷霆。

原因只有一个，就是我二叔的字太难看了。

赵老头一怒之下，代替女儿用毛笔给我二叔回信。据说他的信是用文言文写的，洋洋洒洒上千言，楷行草隶轮番上阵，看得我二叔脸上青一阵，白一阵。

末了，赵老头还来一句：以尔之书法文采，欲做我东床快婿，实无门可进也!

当时，我二叔的邻村战友陈兴权早已退伍，身边无人可以代笔，他只好买来毛笔，一边发奋苦读，一边用旧报纸练字。两年后，他不但字越写越好，还考上了军事指挥学院。

军校毕业后，二叔重返部队，再次给心中女神赵明慧写信。这封信同样用毛笔写成，同样洋洋洒洒上千字，引经据典，热情洋溢，堪称情书经典。可惜信未寄出，就奉命开拔，南下参战，在收复 321 高地的战斗中身负重伤。

伤愈出院，离赵老头给他回信，已经整整十年过去，心中的女神也早为人母人妻。但我二叔仍从书箱里把那封信找出来，非常郑重地寄出去。收到信后，赵老头见我二叔文采书法均已超他，大为感动。

此时他年事已高，但笔锋犹在，依旧用毛笔给我二叔回信。赞叹之余，欣赏有加，赵老头表示：长女已嫁，小女长成，如愿续缘，竭诚欢迎。

我二叔喜欢的是姐姐，不是妹妹，怎么能乱点鸳鸯？于是放下这场心事，与一名女兵结成连理。数年后，二叔转业回乡，为了补贴家用，便开了这个限量发行的匾牌店。

听我说完，孙大福沉思良久，语气坚决地说："我还是决定现在就去拜访你二叔。"

我再次看表，已经十点多了。但他执意要去，我不好再拒绝。

当晚寒风凛冽，路灯昏暗，还飘起了纷纷扬扬的雪花。我俩穿着棉袄，打着雨伞，一前一后，风风火火地走去。

走了十几分钟，来到一僻静小区，轻轻叩响一扇油漆斑驳的木门。敲了十几下，才传来踢踢踏踏的脚步声。脚步声越走越近，一个面容姣好、腰板挺直的女人拉开木门。我叫声二婶，她认出是我，用普通话说："快进来吧，刚好你二叔今晚在家。"

这是一个独门小院，里面是一栋陈旧的小木楼，楼上楼下相加，大约有三百多平方米，住着二叔一家。我领着孙大福走进院子，关上院门，问二叔在哪儿。

二婶用充满疑虑的目光瞅了瞅孙大福，抬手指了指右边的厢房。厢房窗户不大，格子很小，隐隐地透着灯光。见门虚掩着，我便轻轻推开，走了进去。

屋里生着火炉，温暖如春，只是煤气有股煳味，与木头的腐朽味和房间里的书香味、墨香味混为一体。灯光下，二叔戴着套袖，穿着围裙，正坐在案桌前，一丝不苟地刻字。我忍不住咳了一下，二叔抬起头来，看见是我，正要说话，突然发现我身后的孙大福，神情有些不太自然。

我连忙说："二叔，孙县长执意要来拜访您。"

没想到孙大福比我二叔还激动，用颤抖的声音语无伦次地说："对——对不起，高——高书记，我——我没想到竟然会是您。我只想与您切磋切磋书法，没有别的意图。”

二叔粲然一笑，站起身子，做了个请的手势，热情地说：“贵客，贵客，我高兴还来不及呢，怎么会怪人？快请坐，快请坐，小潘，快上茶，快上茶。”

我们围着案桌坐下，二叔爽朗地招呼吃茶，热情地和孙大福聊起了书法、篆刻和美术，他们越聊越投机，气氛越来越畅快。

我们在我二叔的工作室一直待到凌晨一点，才起身告辞。临别，二叔打开书柜，取出两幅字画，我与老孙，一人一幅。我的是《月落乌啼》，孙的是《远上寒山》。当天晚上雪越下越大，回到宿舍，孙大福辗转反侧，彻夜难眠。当我醒来，已是早上七点多钟了。

时逢周日，可以睡下懒觉，可我睁开眼睛，却发现孙大福早已理好床铺，并收拾好了行李，好像要出远门的样子。我的第一感觉，是他要回家过年了，难怪昨晚迫不及待。

孙大福静静地坐在桌前，见我醒了，连忙朝我走来，将一只一尺多长、四寸多宽的小盒子递给我，郑重地说：“这是我收藏的一对红木镇纸，据说是纪晓岚用过的，值不了几个钱，但却是我最宝贵的东西，十多年来一直带在身边，昨天晚上我悄悄带着，原本是要送给你二叔，交个朋友的，但最终却拿不出手，不是因为礼物太轻，而是因为他是领导。今天我挂职期满，就要回省城去了，这对镇纸留着也没多大用，就送给你做个纪念吧。”

说完，他倒退两步，背起行囊，拧着皮箱，转身开门，走进无边风雪。

十六年后再次见面，他已是全国书画名家，担任省政协副主席兼农学院院长，还成立了一个爱心基金会，字画收入全部用于扶贫助学。

提到我二叔，他又是惋惜，又是敬佩，当即手书一联：

乌蒙雪夜丹青在，匾牌留书翰墨长。

落款：蒙山老友。

五、下乡

孙大福走后不到两分钟，门外传来“砰砰砰”的敲门声。我大声地问，谁？

“我，马玉琴，县委办秘书科的。你是蔡令吗？”

我心里想，这大雪天的，能有什么事？于是大声回答，我就是蔡令，找我有什么事？

“高书记叫我来通知你，马上去他办公室。”

还真有事，不然二叔不会叫人来喊我。我连忙回答，好的，我马上就去。

十分钟后，我急慌慌地赶到县委大院。整个院子里静悄悄的，那栋有着五十多年历史的县委办公楼，孤傲地在雪地上耸立着。雪不是很深，只有两三寸厚，还在纷纷扬扬地下，浅浅深深的脚印，通向各个办公室。

我有点懵了，不是星期天吗，还真有人上班？我来不及多想，快步走向二叔的办公室。我不敢贸然进去，想先了解情况再说。这栋房子原是安庆吾的官邸，靠走廊的一面有窗半掩着。我见四下无人，便轻轻靠近窗户。还好，没拉窗帘。我屏住呼吸，探着脑袋，只见狭窄的办公室里，长条木椅上坐着组织部部长和县委办公室主任。

二叔背对着我，坐在办公桌后面的木椅上，有些严肃地问：“何部长，这期地委党校少干班，我们县有几个名额？”

何部长回答：“六个。”

“他们都是怎么去的？”

“都是正常录取的。这期少干班是省委组织部统一招生的，学制两年，大专学历，经济管理专业，第一年在地委党校学习，第二年到省委党校学习，学习期满后全部安排到边远地区的民族乡，担任副乡长。”

“报考条件与招生程序如何？”

"报考条件是：少数民族、中专或高中以上文化、党员、参加工作五年以上、二十五周岁以下、连续三年被评为县级优秀；招生程序是：乡镇党委推荐、组织部考察、公安机关政审、笔试、面试、体检，全部合格后，上报省委党校统一寄发录取通知书，凭录取通知书办理晋级、调岗、调资和报名手续。"

"蔡令是按照正规途径与正常步骤录取的吗？"

"是，当然是，我敢用党籍担保。他是烈属，在笔试环节，按照政策加了十分，完全符合规定。"

二叔说："不是我不信任你，你是他父亲的老战友，我怕别人说闲语。既然如此，我就放心了。但还有一个疑问，为什么这个寒假其他五名学员都下乡去了，他却留在县委办？这不但不公平，也不符合规定。"

何部长说："这个孩子嘛，两岁时妈妈就牺牲了，从小寄养在别人家，父亲又是战斗英雄，我们原本是想——适当照顾照顾。"

二叔严肃地说："不行，他身上流淌着烈士与英雄的血液，必须要到最艰苦的环境中去锻炼，坚决不能搞特殊。所以我要求组织部门，立马把他安排到最边远的民族乡，跟其他学员一样进行业务考评。并且，明天就去报到！"

何部长软软地低下头，勉为其难地说："是！"

说服了何部长，二叔把目光投向县委办主任："陈主任，何部长错在前面，你怎么能跟着错呢？还把他安排进了挂职副县长才能享受的单人宿舍。"

陈主任面红耳赤。

二叔说："我知道，你不认识他父母，但却对他的身世很了解，适当照顾军烈属是应该的，但他还有一个身份，是我侄儿。所以，今天必须让他搬走。"

陈主任还是忍不住解释："书记，情况是这样的，当时其他房间都住满了，刚好孙副县长挂职期满，只住一天就走，我们——便临时加了张床。"

二叔愣了一下："孙大福今天就要走了？这是个好同志，有知识，有头脑，身高洁，要是能留在蒙山，我宁愿让位给他。噢，如果你们不好做蔡令的工作，就由我来做。”

话已经说到这个份儿上，陈主任连忙表态：“书记，这个——还是我去做吧，那孩子我认识，我相信他一定能够理解的。”

二叔突然站起身，向两位部下深深地鞠了一躬，何部长和陈主任一脸尴尬地站了起来，不知如何是好。二叔却真诚地说：“我也是一名从前线下来的老兵，对那些参战和牺牲的英雄们有着超乎寻常的感情，适当照顾他们的子女，原本是应该的，你们并没有做错，我深深地感谢你们。但蔡令不行，因为他身份特殊，必须按我的吩咐去做。”

为了打破这种尴尬的气氛，我连忙敲门进去，大声表态说：“何部长，我想去全县最边远的水箐乡工作，并且今天就走。”

何部长愣了一下，鼓起掌来。陈主任跟着鼓掌，二叔露出了欣慰的笑容。

当天上午十点，我收拾好行李，打好背包，冒着纷纷扬扬的雪花，搭乘一天两趟的中巴车，经过六七小时的颠簸，才到达一百多里外的水箐，第一份工作就是调查和统计全乡参战老兵与军烈属子女。一个星期后结果出来，数字相当惊人：这个只有两万七千多人的小乡，光1936年参加红军游击队和红二、六军团的就有一百八十多人，牺牲了八十六人，有三十二人还活着。这三十二人全都参加过战斗，二十三人曾经挂彩，皆因负伤或另有作战任务未能跟随大部队长征，后在敌人的重重封锁与残酷镇压下，与组织失去联系，各自隐蔽生活，解放后不争不吵，所以一直默默无闻。

一名八十多岁的苗族老人告诉我，当年他们参加革命，是因为不堪忍受贪官污吏、地主恶霸、土豪劣绅的重重压迫，解放后土匪恶霸被镇压了，地主老财被打倒了，全国人民都平等了，他们也就心满意足了。

看着他一脸的质朴和坦然，我心里不由感慨万端。他们实在太穷了，至今还处在贫困线下，但却毫无怨言。还有那些革命英烈的后代，解放后由于种种原因，一直没有拿到任何补贴，依旧不争、不闹，过着平常而又艰辛的生活。看看他们，再想想自己，还有什么放不下？

我瞬间释然了，灰暗了好几天的心情立刻清朗起来。

六、选举

第二年过完春节，又到了乡镇换届季。开学不久，组织上决定让我们返回原籍，参加选举，换届结束后再回党校，完成学业。

在县委办的一间小会议室里，何部长向我传达县委决定："其他五位同学按照地委组织部的意见进行保选，选不上的就任命为科技副乡长。但你不行，你必须正常参加选举，选不上只能担任副主任科员或片区党总支书记。高书记特别交代了，任何一级组织和任何一名领导都不许帮你打招呼、拉选票。哎，侄儿子，看来真的只能靠你自己了。"

我原以为，考上党校，副乡长就是铁板钉钉的了，但现实却是残酷的，最残酷的是我有一个当县委书记的二叔。

何部长看着一脸茫然的我，有些同情地说："要不，我叫上陈主任，一起去劝劝高书记，请他还是按照地委组织部的文件执行？国家培养一名干部不容易，辛辛苦苦读了两年，如果选不上，叫我如何交差？"

我摇摇头说，何叔叔，我太了解我二叔了，那样更容易引起他的反感。我已经在水箐乡工作了两个寒假和一个暑假，前两个春节都是在那里度过的，群众基础还行。不是还有十多天吗？让我再去加把油，当选应该没问题。

何部长原籍水城，只比我父亲小三天。他们是同一天当兵的，新兵训练结束后分到同一连队。1979 年 2 月，中越边境自卫还击作战打响，他们部队长驱直入，一直打到越南首都的郊外。回撤途中遭遇袭击，为了掩护何部长，我父亲身负重伤后病逝。所以在何部长心里，有一道无法逾越的坎，那就是欠着我家一条命，以及我父亲的知遇之恩。

我不敢耽搁，连忙告别何部长，赶往水箐。我并不太想当官，但如果真选不上，的确有点丢人。水箐是个多民族杂居乡，以彝族和苗族为主，全称为水箐彝族苗族乡。我小爷爷十六岁就参加了地下党领导的革命活动，解放后跟随解放军四处剿匪，剿匪结束后，留在水箐工作了三十年，先后在这里的几个公社当过党委书记。20世纪80年代初，那几个公社改成了乡；后撤区并乡，那几个小乡就并成了现在的水箐乡。

第一次到一个名叫坡七的村寨开展工作，老乡们听说我来自阳长米落，便不约而同地问："同志，你是高成轩的谁？"

我说，我是他孙子，他是我爷爷的亲弟弟。

老乡们非常兴奋，不但热情接待，而且奔走相告："高成轩的孙子来了，长得真像呢。"

"哪个是高书记的孙子？我还欠他三毛钱呢。咦，那时候的三毛钱，当现在的三百块。"

我以为他们就这样说说算了，没想到还真有个白族老大爷，颤巍巍地走到我身旁，从麻布衣衫里掏出一张灰布手帕，一层一层地解开，掏出三百块钱递给我。

我哪里敢收，连忙摆手推让，嘴里却不知说什么好。

正推让间，一名四十多岁的彝族汉子急匆匆地赶来，一把拉住我的手，激动地说："同志，你就是高成轩高书记的孙子？"

我点点头说："是的，他是我爷爷的亲弟弟。"

彝族汉子激动得热泪盈眶："太好了，侄儿子，高书记是我干爹，我是他养大的。我爹妈死得很早，高书记不但供我饭吃，供我衣穿，还出钱让我读书，出钱帮我娶媳妇。他老人家——就是我的再生父母。我家就在隔壁村，听说你来水箐工作，便特意来接你去吃年猪饭。我现在富嘛也不富，穷嘛也不穷，在村里还算过得去，要不是有他老人家，我早就撂骨头了。走，侄儿子，我从水箐街上就开始撵你，一直撵了三十多里路。"

说完，他咧嘴一笑，其他村民也跟着呵呵地笑。我被他们簇拥着，不由自主地往邻村走去。

去了才知道，那个村名叫兴文村。打过上甘岭的战斗英雄刘兴文，就是从这里出去的。这是英雄的故乡，燃烧着火一样的激情。怀着对英雄的崇敬，我心里热血沸腾。

在这里，我受到了有生以来的最高礼遇，苗族村民集体向我敬酒、唱飞歌；彝族村民也用最隆重的礼仪为我敬酒，围着我唱着古老的歌谣。酒至酣处，兴高采烈的村民们生起篝火，苗族人跳芦笙舞，彝族人跳板凳舞，我被夹在中间，两边都受邀请，两边都不拒绝，扭腰摆臂，胡乱应付。他们也不管我会不会跳，参与就好。

一直闹到深夜，酒会才算结束。据说来的人实在太多，我那位干叔叔家杀的过年猪，全被一顿吃光。但他却呵呵呵地傻笑，动作神情，竟然骄傲得不得了。

村民们的淳朴，令我终生难忘，就算真的选不上，就算条件很艰苦，能在这里工作，也是件开心事。

峰峦叠嶂，乌蒙磅礴，在赶往水箐的料峭春寒中，我心里更加坦然起来。车窗外尘烟滚滚，远远近近的山路上，村民们正背着背篓，来来往往地运送农肥。

又是一个耕种的季节，二十四岁的我，把理想与希望播撒在这片贫瘠的土地上，将来能开出什么样的花，结出什么样的果，谁也无法预料，也没必要强求。

一个星期后，我顺利当选乡人大代表。

十多天后，水箐彝族苗族乡第四届人代会在政府会议室隆重举行，何部长亲自下来指导。

选出乡人大主席后，正副乡长的选举正式开始。选举分两场进行，第一场为等额选举，候选人是县政府办公室副主任贾宏声。这种毫无悬念的选举，结果却有点出乎意料，贾乡长的得票率仅为百分之五十二，刚好过半。

这让何部长有些难堪，表情更加严肃。贾宏声就不是难堪了，而是狼狈。

第二场为差额选举，五名候选人中将产生三名副乡长。与我竞选副乡长的候选人分别是：张佳琪、祝桂云、李世军、方涵宏。张佳琪已经是乡党委委员，跟贾乡长一样，选举只是履行程序，我的真正对手是另外三人，当选概率也从五分之三变成了二分之一。

三名对手的基本情况是：祝桂云，苗族，现任水箐乡财政所所长，虽不是本乡人士，但已在水箐工作十余年，口碑最好，人脉最广，当选呼声也最高；李世军，白族，现任乡企管所所长，本乡人士；方涵宏，彝族，现任瓦厂河片区党总支书记。与祝相较，后面两人当选的可能性较小，但也不容小觑。

我虽不在乎选举结果，但置身选举现场，并坐上了主席台侧面的候选人席位，作了竞选演讲，埋藏心底的当选欲望又渐渐升腾起来。直到此刻我才发现，大部分代表都是我认识的村民，之前都曾表示，只要能当上代表，就一定投我一票。

我知道，村民们如此热情，一半是我自己的努力，一半是我小爷爷留下的善果。

为公正起见，本场选举实行现场计票。何部长与乡党委书记刘顺功在主席台前排正中间正襟危坐，乡人大主席吴茂奎、半小时前刚刚当选的乡长贾宏声及主席团成员们也一脸木然地坐在台上。气氛相当压抑，谁的心里都不轻松。

主席台前面的黑板上，写着五名候选人的名字。一切准备就绪，工作人员开始计票。看着名字旁边的“正”字不断地变化和增加，我脸上做着无所谓的表情，一根心弦却绷得紧紧的，感觉只要轻轻一拉，就会立即绷断。

张佳琪遥遥领先，我们四人则处于胶着状态，气氛热烈，高下难分。“蔡令，蔡令”，随着唱票人中气十足的喊声，我一连得了十多票，不但与另外三名候选人拉开了距离，还率先杀进过半线。

我心里松了一口气，绷得紧紧的那根弦也跟着松弛下来。侧脸观看，何部长的脸上也露出了笑容。

会场上除了唱票声，再无其他声音，安静得有点怕人。

更可怕的是，自从过半后，我的得票就稀稀拉拉举步维艰了，其他三名候选人则相互纠缠着向上攀升。

唱票人的声音越来越缥远，会议室里的气氛越来越凝重。渐渐地，有人露出笑容，有人面如死灰。黑板上的数字终于定格下来，主持会议的乡党委副书记大声念道："本次选举，共发出选票125张，收回选票125张，有效选票125张，选举有效。其中候选人张佳琪全票当选；方涵宏获98票，李世军获95票，祝桂云获89票，蔡令获75票。以上四名候选人得票均已过半，根据得票高者当选的原则，现在我宣布，张佳琪、祝桂云、李世军当选为蒙山县水箐彝族苗族乡第四届人民政府副乡长。"

主持人话音刚落，会场里响起了热烈的掌声。我看见何部长一脸阴郁，好像心里比我还难过。接着发现何部长很不开心的是刘书记、吴主席和贾乡长，他们也跟着沉重起来。

掌声还未停下，人们全都发现气氛不太正常。代表们左顾右盼，慢慢停下鼓掌，会场里出现了短暂的空白。停顿了半分钟左右，主持人才按照程序，将新当选的三名副乡长请上主席台。

下一个议程原本是何部长讲话的，但他却在刘书记的耳边低语了几句，就跳过了。

明眼人已经知道，这场选举有猫腻。至于问题出在哪里，有人心里明白，有人一塌糊涂。心里明白的脸色煞白，一塌糊涂的一脸茫然。

我木然地坐着，脸上做出无所谓的样子，其实心里还是蛮失落的，有点不是滋味。努力镇静了一下，心想不就是选举失败吗，没有什么大不了的，好好工作，用心办事，才是一名真正的共产党员。

但我身旁的那位，却不是这般心境，把头埋得很低很低，差点埋进了裤裆里去。我用胳膊碰碰他，轻声地说，祝所长，高手过招，愿赌服输，我们已经输了选举，但不能输了人格。

祝桂云说："我不服。"

我说，我也不服，但却无法改变。既然无法改变，不如坦然面对，闯过去，前面又是一片天。

听我说完，祝桂云也抬起了高贵的头颅，坦然面对台下的代表与台上的领导。我也挺直腰板，挂着微笑，目空一切。

若干年后，何部长从县委书记的任上退休，有次闲聊时告诉我："当天晚上，你二叔听了我的汇报后，愤慨地说，蒙山县的政治生态越来越差，需要好好整顿一下，就从水箐乡开始，就拿这次选举开刀，只要查到违纪违法行为，无论是谁，都坚决处理，绝不姑息。"

乡镇换届结束，组织部和县纪委立即展开调查，通报和处理了一大批违纪违法人员，水箐乡谈不上腐败重灾区，但也存在不少问题，处理结果是方涵宏和李世军被双开，刘书记和吴主席被撤职，我与祝桂云当选副乡长。

七、文联主席

不知从何时开始，二叔喜欢上了诗歌。每次去县城办事，只要在家，他都会把新作念给我听。因时间久远，如今只能想起一些零散诗句。比如"你踏着我的目光/款款而来""天气太热了/就脱去一件外衣/天气又热了/就脱去一件内衣/天气更热了/就脱去一层皮"等。

在他所有的诗歌作品中，我能记全的，只有一首五言绝句：

风霜四百年，隔岛看云烟。
两制飘红雨，回归耕甸田。

有次念完诗后，他对我说："我们家还是有点文脉的，不管官当大当小，也不管富贵贫穷，从你曾祖父起始的那一脉书香，都要好好传承下去。'诗书传家久，耕读继世长'，诗书是文化传承的最佳载体，耕读是延续文明的最好方式。可是当今时代，工业经济与农业经济反差太大，农村真穷，农民真苦，要振兴经济，就得发展工业；要稳固民心，就得发展农业。因此，我才力主成立县文联，加强文化建设；请求上级委派农业专家，指导我县农业生产，发展科学种植；同时开展招商引资，创建工业园区，鼓励群众创业。国家也好，地方也好，文化、农业、工业同等重要，如果缺了一项，不管怎么发展，都不会真正地富裕和强大。”

这是我听到的二叔唯一的一段施政理念。说着说着，话题又转到了书法。他说：“有些人，比如你的那个老师张育青，可以说还没有领悟到书法的真谛，他写的仅仅是毛笔字，还不是书法。把字写好只能是一门技术，但还不是艺术。书法不但是一门艺术，还能抒发感情，寄寓思想，所以不但要把字写好、写漂亮，还要学会谋篇布局，在书写的过程中，人与毛笔，浑然一体，创作出来的作品才能酣畅淋漓，真实地展现内心的情感世界，寄托希望与情操。还有，光练字是永远不能把书法练好的，要练好书法，首先肚子里得有货草。也就是说，要读书，广读书，书读得越多，书法就会越好。”

可当时的我，既不关心读书与练字的关系，也不在乎文化、农业、工业之间的内在关联，我关心的只有一件事情，首届县文联主席由谁担任。当时，我的书法在县里和地区频频获奖，还经常在各大小报刊发表诗歌散文，县文联即将成立，我也成了呼声最高的主席人选，知道内情的人都说：“只要跟你二叔说一声，这个文联主席就是你的了，别管它有权无权，先拿到正科再说。再说了，凭你的书法造诣与文学成就，在蒙山，谁还能跟你争？”

一路上我都在鼓励自己，可一见到二叔，我却开不了口了。

那个月，我连续三个周末去了县城。夜深人静，月朗星稀，在那栋古老的小木楼上，我不是观看二叔做匾，就是听他谈诗论文。谈着谈着，他发现有些不对，问：“你在乡里分管什么？”

我说，计划生育。

“计划生育是最艰巨的工作，你也有闲心出来玩？”

我终于鼓起勇气说，我不想干那工作了，招人恨得很。

二叔语重心长地说：“什么工作都得有人去干，干什么工作都有招人恨的地方，如果全县的干部都不愿去干计生，我这个县委书记还怎么当？这就跟部队一样，所有的士兵都不愿去炸碉堡，不愿去打冲锋，我这个团长就得自己上。坐上了这个位置，选择只有两个，要么顶上去，要么退下来。”

我说，我想做文化或宣传方面的工作，比如文联、文广新局、教育局等都行。

二叔想了想，放下刻刀说：“我也不想深更半夜地刻木板，但环境如此，我不得不做。不做这个我挣钱的机会还有很多，比如卖字。我当过旅长，又是全国书协会员，现在又是县委书记，动动脑筋，还是能卖几个钱的。但我能那样做吗？还有贪污、受贿，这些都很来钱，但我能那样做吗？既然不能，为了养家糊口，应付人情来往，就得在工作之余做两块匾，既可当业余爱好，还可养性修身，何乐而不为？凭我手里的权力，你可以当教育局局长、文化局局长，甚至宣传部部长。但如果有一天没有了我，你还能走多远？还能走多长？”

见我无言，二叔又说：“你在乡下教了五年书，又读了两年党校，终于当上了公务员，但人生漫漫，你仅仅是在学走路。路是自己走出来的，并且只能一步一步地走。我可以适当帮你，但也要帮得堂堂正正，让人无话可说。”

见我还是不死心，二叔干脆直接说：“我之所以这样做，完全是遵照你父亲的要求，所以你必须放弃幻想。回去好好工作吧，工作之余好好读书、练字、写文章。你才二十几岁，以后机会多的是，老天爷不会亏待你。”

我总算明白了，这一切的前因后果，我终于看清了。那晚在二叔家的小木楼上，我睡得特别安稳。第二天一大早，我又搭乘最早的那班车，赶回水箐。

两年后再次换届，我全票当选乡长。在乡长任上干了不到一年，我就抓住机会，考进省直机关，从此走向更为广阔的人生道路。二叔知道后说：“要是当初安排你当个县文联主席或文化局局长，还要奋斗多少年才能调到省城？”

是的，老天爷没有亏待我。当我真正读懂这句话的时候，却发现二叔明显地瘦了，轻声问他，叔，你怎么了？

他说：“你上去了，我也该隐退了。下周，我就要调任地区文联主席。”

我不解地问，为什么？这是为什么？

他轻描淡写地说：“这是组织安排，我服从就行。”

马上就要撤地建市了，凭他在蒙山县的表现和政绩，升任市委常委或副市长根本不成问题，再不济也应该是个市人大副主任或市政协副主席，怎么——会是文联主席？

二叔微微一笑：“之前，你不是很想当文联主席吗？怎么老子当上了你反而不高兴？”

我说这不公正，也不公平，更不符合常理。

二叔说：“怎么不公平？县里即将换届，地委赵书记亲自找我谈话，说：‘你不是很喜欢书法和雕刻吗？调你去文联当主席，怎么样？’我还能怎么样？服从组织安排呗！”

我愤怒地说，我要去找赵文媛，问她是怎么回事。我妈妈就是为了救她才牺牲的，这个忘恩负义的小人，根本就不配当地委书记！

二叔严肃地说：“蔡令，不许乱来！我卖匾属于违纪行为，没被处分就已经很好了，你不要给组织添乱。”

我说你卖匾怎么了？那些买了匾的人，谁知道是你的作品？你一个大校旅长转业的县委书记，六年时间就把全地区八县市中排名倒数第一的国家级贫困县带进了前四名，还被贬去当文联主席！她赵文媛做了什么？一个听到炮声就吓哭的二货，当个专员就已经顶天了，居然还有脸当书记！你别拦我，我一定要去找她问个岂有此理！

“蔡令！”二叔黑着脸呵斥道，“蒙山县的发展是所有蒙山人努力的结果，我的调动是组织的决定和安排，你政治不合格，怎么能当纪检干部？你妈妈是因公牺牲的，不是单纯地救某人。你懂吗？蔡令，你妈妈是烈士，是英雄，你不能往她脸上抹灰！”

二叔第一次黑风丧脸地呵斥我，让我在委屈的同时，也清醒了过来，说叔，一定有人嫉妒你、告你、整你、污蔑你，你要小心，他们肯定还没完。

二叔说："我在蒙山的动作那么大，步子那么快，难免会触犯某些人的利益，既然敢做，我就不怕。枪林弹雨都走过来了，还怕这几个小毛贼？"

看着二叔还是那副豪气冲天、无所畏惧的样子，我只得放下心底的不平与委屈，蹬车离去。

八、英年早逝

乌山市成立不久，我养父就去世了。遵照他的遗嘱，我将姓名改回高峻。

二叔在市文联主席的位置上干得风生水起，又是开笔会，又是搞画展，又是办培训班，对乌山民俗风情与历史名人进行深度挖掘，还组织编排大型舞剧《乌蒙磅礴》，拍摄了长达二十集的纪录片《文化乌山》，编辑出版了大型丛书《乌山文丛》，积极争取经费，为三十多名乌山作家免费出书。

二叔调往乌山后，为了节省开支，二婶和堂弟（他们收养的孤儿）堂妹依然住在位于蒙山城里的那栋木楼里。那栋木楼是我高祖的遗产，已有一百多年历史。

当时蒙山还未建县，如今的县城仅仅是一个土司官寨，加上离家又远，我高祖并未入住，也未出租，只是作为家产留着。高祖去世后，由我曾祖继承；小爷爷是我曾祖父最宠爱的儿子，便把木楼额外分给了他。因离家太远，一直空着，直到二叔回来，才有机会入住。

可惜一百多年过去，虽几经修缮，这座做工精巧的木楼，也早已失去昔日风采，剩下的只有一段远去的传说，以及木头腐朽的气味。这里地势较高、向阳，按说风水不错。上百年风雨沧桑，周围环境早已面目全非，唯有这栋木楼，依旧静悄悄地矗立着。为了迎接真正的主人，它于寂寞深处，忍霜耐寒、沐风栉雨、披雷挂电，一等就是百余年。一百多年的岁月冲刷，曾经的雕梁画栋早已成为过眼云烟，它真正留下的，只有一个家族兴衰的背影。

再次返回蒙山，走进木楼，二叔用六年时间苦心营造的书香墨韵已经淡薄了许多，木头的腐朽气息又浓郁了不少。他一人的工资难以维持家庭开支，自身又资助着多名失学儿童，随着电脑的普及与人们生活习惯的改变，红白喜事已不再时兴送匾，二婶只好到我老家镇上开百货商店，木楼里的常住人口，其实只有堂弟方强一人（堂妹已经上大学去了）。

小城停电，木楼漆黑，我与方强秉烛夜谈。我问，这栋房子如何？

方强说："冷。"半天又补充一句，"我听说，这里曾经死了不少人，每当睡到半夜，总觉得屋子里凉飕飕的，有无数阴魂在游弋。"

我吃惊地说，不会吧，这房子一直都是我们家的产业，从来没有人住过。

方强认真地说："你别不信，哥，我说的都是真的，我经常感觉到那些幽灵的存在。有时候在房间里，有时候在板壁上，有时候在门缝中。他们无处不在，与这些古老木头散发的腐朽气息混合在一起，即使是酷暑六月，我也能感觉到他们身上的寒冷。"

那依你所说，这房子就是鬼楼了？

"我说不清楚，我觉得我们应该回到老家村里，好好向老人们打听，这房子为何一直没有人住。我想一定是有原因的。"

我说原因当然有，就是太远了，我们家祖辈不会经商，在这一代又无田产，光秃秃的一栋房子，住着没啥划头。

但方强就是不信。他说要不今晚你也睡这里，肯定能够感觉到。

我说好吧，我又不是没睡过。

当晚，电一直没有来过，我在二叔的书房里铺了张床，迷迷糊糊地进入梦乡。梦里很冷，我穿着厚厚的棉衣，依然全身冰凉，冻彻肌骨。我蜷缩床角，瑟瑟发抖，一个身材高大、穿着青布长衫、戴着瓜皮小帽的老人水墨画般嵌在墙上。

我感觉这人好熟，但却不知道他是谁。他从墙上飘了下来，就像一张半透明的影子。他飘到我床前，张开苍白的嘴唇，吐出凉飕飕的话语：“你是高峻吗？”

我连忙点头说是。

“都这么大了。”他端详了我一会儿，又飘回墙上，烟一般渐渐散去。

我惊醒过来，房间里果然冷气森森，仿佛有无数魂魄在毫无目的地游走。方强！方强！我大声呼唤堂弟，他端着蜡烛，踉踉跄跄地跑来，惊慌失措地问：“哥，你叫我？”

我说，你如果怕的话，就不要住这房子了，住到学校去。

“哥，难道你不知道吗？我们整个县城，没有一个学校有宿舍。爸爸在时批了几个学校的宿舍楼，他调走后，就被取消了。”

我无奈地叹了一口气。那一晚，我再也无法入睡。

方强参加高考的前一天，我特意请假去为他鼓劲儿。睡到半夜，那个老人又从墙上飘到床前，依旧冷飕飕地说：“你二叔明天就要走了，你去送送他吧。”

我辗转反侧了一夜，好不容易熬到天亮，却又不敢告诉方强，直到将他送到考场，才拨通了二叔的电话。

二叔虚弱地说：“高峻，我肺癌晚期，已经住进省医两个多月了。”

我泪流满面，伤心地问，为什么不早点告诉我？

二叔说：“我怕影响你的工作，更怕影响方强的学习。再说，有你二婶照顾就行了。”

我哽咽着说，我在蒙山，马上就来看你。

我找了辆出租车，直奔省城而去。二叔骨瘦如柴，已经进入昏迷状态，哪里还有昔日勇猛如飞的样子。

二婶一脸憔悴地坐在他身后，扶着他轻声地说：“其实，还在蒙山的时候，你二叔就病了，当时特忙，错过了最佳治疗期。”

稍后，堂妹也风风火火地赶来了。她扑在床前，晕了过去。

医护人员见状，无不潸然泪下。二叔当日离世。十多天后高考成绩出来，方强考了全县文科第一，直到拿到了中央民族大学的录取通知书，他才知道二叔的噩耗。

二叔的遗嘱早已写好，但只有一句话：把木楼捐给政府。通过多方查询，我才知道那栋木楼果然不同寻常：我高祖年轻时曾经参加过苗王陶三春的部队，小木楼便成了义军的秘密联络点；后来，它产权虽然归属我家，但匪去兵来，被各路豪强轮番占领。从1946年开始到解放前夕，小木楼一直是地下党组织的秘密办公处。解放初期，小木楼成了县军管会指挥部，后被充为公房，直到1982年才又划回我小爷爷名下。

我们在整理二叔的遗物时，意外地发现一个牛皮纸袋，打开，全是关于赵文媛的举报材料。

此时赵文媛已经升任副省长，我工作的省纪委早已管不到她。看着一件件指向这名女老虎的贪腐证据，我比接连失去三位亲人还要悲痛。因为，她是我妈妈舍命救下来的，我妈妈牺牲那年，我才两岁。

作为军人，我妈妈没有战死沙场，而是为一名贪官付出了生命。这是一笔沉重的代价，也是一场悲哀的付出，尽管，当时他们都是在执行任务。

两个月后，赵文媛被带走调查，我则赶往妈妈牺牲的地方，寻找母爱的痕迹。

巍巍青山，莽莽丛林，不远处就是装着铁丝网的边境线。当年炮弹炸出的大坑还在。我在弹坑里躺下，仿佛躺在母亲温暖的怀里。

恍恍惚惚中，养父、二叔、父亲，他们身穿军装，排成一排，一脸严肃地朝我走来。

母亲的身影未曾出现，只有青青野草，在无声地讲述着她用身躯掩护战友的往事。

（原载《民族文学》2017年第6期）

错爱

一

墙上的挂钟“嘀嗒、嘀嗒”地响着，挂钟旁边挂着的，既不是名家书画，也不是壁挂唐卡，而是一幅制作精美的十字绣。远山夕阳、芦苇岸边、秋水伊人，尽管制作精美，毕竟不属于正经艺术品，出现在这个装饰豪华的办公室并与那些名家书画挂在一起，还是显得有点不伦不类。偶尔有客人问起，卢宇汉笑笑，说有次去丽江旅游，在一家专卖十字绣的店里看见，觉得与众不同，就买回来了。

其实，问的人也只是随便问问，他们才不管它来自何方，又将归向何处，无非是觉得无聊了，找点话讲讲，调节一下气氛。见卢宇汉如此解释，问话的人一边端着茶杯假装欣赏，一边语气轻松地说："等下次去了丽江，我也买一幅来挂挂，看上去蛮雅致的。"

每当这个时候，卢宇汉就会在心里冷笑："你买一幅？你到天上去买吧。"

卢宇汉心里虽然在冷笑，但依旧表现得彬彬有礼、热情客气。他也是没办法，能够坐在这个办公室里跟他喝茶聊天的，不是生意上的客户，就是政府部门的官员，再有，就是知心好友了。但随着公司规模越来越大，连他都感觉得出，朋友是越来越少了，那些被称为朋友的，其实都只是利益同伙而已，算不上真正的朋友。他经常在公司内部的会议上强调，经营企业不是搞政治，搞政治可以玩虚的，经营企业必须玩实的；搞政治可以开空头支票，经营企业支付的全都是真金白银。但在朋友面前，就不能这样说了。

连句真话都不能说，这些所谓的朋友有自己手下的员工可靠吗？绝对没有。但他又不可能把员工当朋友，于是这些年来，有时会感到特别空虚，因为连一个可以交心的朋友都没有。在自我感觉空虚的同时，他又会从心底感觉到一种别人无法体会的欣慰，只要一看见那幅十字绣，她甜美的笑容、修长的大腿、挺拔的胸脯、柔软的身躯、温柔的话语就会将他整个包围，让他沉浸在无边的幸福中。

让他更幸福的，是她已经为他生了一个儿子。遗憾的是，她至今还不知道他真实的身份。他告诉她说，他是做药材生意的，长年累月天南地北地跑。她也向他要过身份证看，他不但给了她身份证，还给了她户口本，因为在那个年代像他这样的人，弄几个户口根本不成问题。

他承认他骗了她，但他觉得这是为了她好，如果让她了解他更为真实的一面，然后哭哭啼啼或怒发冲冠地带着孩子闹到这个办公室里来，不但他们的幸福将会灰飞烟灭，而且她和他的儿子，也会被打入十八层地狱，永世不得超生。

所以，有时谎言也是维持幸福和美丽的工具与外衣。

今天没有客人来访，卢宇汉抬眼望望那幅十字绣，又再抬腕看看那只价值上百万元的白金手表，毛毛一算，已经三个多月没有见到他们母子了。是时候了。卢宇汉环顾了一遍这间坐了整整十年的办公室，心情复杂地拿起话筒，拨通了一个内部电话。

房门被轻轻地打开，一个青春靓丽的女孩轻脚轻手地走了进来。

卢宇汉半仰在办公桌后面的红木椅子上，盯着女孩的胸脯足足看了五秒钟，才把目光移到她清纯如水的脸上，说："订两张今晚去成都的机票，我要出去考察市场。"

女孩怯怯地问："谁跟您去？"

卢宇汉想了一下，说："就你吧，你跟我去。"

女孩大学还未毕业，正处在实习期。两个月前，宇汉公司去她们学校招聘，结果她被聘上了。来到公司后，她因身材高挑，长相清秀，加上又是学文秘专业的，被分配到总经办，目前的工作是董事长的专职秘书。卢宇汉有六个秘书，都是年轻漂亮的女孩，她是最小的一个，也是来得最晚的一个。

"我——我还没有毕业，过几天要回学校去办理毕业手续。"

"要不了几天就会回来的，到时候你坐飞机去学校，来回的机票我都给你报销。"

女孩更加不安地说："不用，我们学校很近的，坐飞机反而不方便。我——我男朋友今天要过来看我，现在都已经在车上了。"

卢宇汉愣了愣，刀锋一样的目光从圆鼓鼓的眼睛里射了出来，在女孩的脸蛋和双峰间往来奔袭，往返十数次后才说："不想去就算了，我重新叫人。"说完挥了挥手，女孩连忙逃也似的退出了这间堪比皇宫的办公室。

女孩刚刚回到自己的座位不到十分钟，人事专员曹晓娥就找上门来了，递给她一张离职申请单，说："王素嫦，请你立即把这张单子填好交给我。"

王素嫦愣愣地看着手里的离职申请单，身上突然冒出一层毛毛汗，双手瑟瑟地抖动着，脸色苍白、话音发颤地问："这——这是什么意思？"

曹晓娥面无表情地说："还董事长秘书呢，这个都不懂？叫你离职呗。”

王素嫦激动地申辩：“我又没提出离职，为什么要我填单子？”

曹晓娥冷笑一声，道：“因为你工作不称职，所以被公司辞退了。我来了三年多了，月薪才三千六百元，而你一来就是四千八，还不知道珍惜。”

“可是我——”

曹晓娥不耐烦地打断她说：“没有什么‘可是’了，你赶紧填单子吧，王主任、丁经理和董事长都等着给你签字呢。办完手续，你就立马搬出公司宿舍吧，因为马上就有人等着搬进来。我都是三年多的老员工了，还住着集体宿舍，你一个实习生就住进了单人宿舍，真是身在福中不知福。”

连董事长都等着要签字，她才知道完蛋了。也就在那一刻，她才意识到从此以后，再也不会有这么好的运气和机遇了。实习生的月薪只有一千八百元，而且还是在车间里干活，最多只能做做统计、仓管、检验等，要想做文员，还要碰运气，可她一来就直接分进总经办，被指定为董事长的行政秘书，工资是其他实习生的三倍，已经相当于主管了。

她曾经在心里发誓，既然公司这么重视我，就好好在这里干吧，可是没想到才一个多月，就被辞退了，辞退的原因是不愿陪董事长出差。一想起这些，王素嫦就一边写字一边在心里咒骂卢宇汉。王素嫦把单子填完，也在心里骂够了。曹晓娥收下单子后，冷冷地说：“把你的厂牌交给我，然后就收拾行李滚蛋吧，我已经给门卫打过招呼，从今天开始，你就不再是宇汉公司的员工了。”

“那我工资呢？我还没领过工资呢！”

曹晓娥说：“这么大个公司，还会赖你那几块破钱？你又不是不知道，公司是要押一个月工资的，第二个月月底才发第一个月工资，你两个月都没做满，哪里来的工资？”

“那——那我不是白干了？”

“谁说你白干了？到了正常发工资的时候自然会打在你卡上。赶紧收拾走吧，你已经不是宇汉公司的员工了，已经没有资格坐在这里说话了。”

办公室里还有另外一名董事长秘书，隔着一个位置，正在埋头干活，也不知道她在忙什么，就是不朝这边看一眼，甚至一声都不吭。按照编制，董事长秘书只有五名，均享受中层干部待遇，王素嫦一来，就把原有的气氛搞得异常紧张，现在这个嫩模一样的家伙终于要滚蛋了，其他人都高兴得要命！

虽然另外一名秘书一直表现得跟花草石头一般，但王素嫦依然涨红着脸，异常沮丧地低头收拾自己的东西。曹晓娥警告道：“王素嫦，是你的东西请你全部拿走，留在这里也是垃圾一堆；不是你的，你一根草都不能动。”

“那——那我手头上的工作向谁交接？”

曹晓娥说：“不需要交接，那些工作随便换个人都会做得比你好。别以为你真有什么了不起，一来就进总经办，那是因为董事长同情你。知道吗，你上高中和大学的钱，全都是我们董事长赞助的，经手人就是我。”

“啊！原来——原来——给我提供帮助的就是——”

曹晓娥鄙夷地说：“本来董事长是不让我告诉你的，但我还是忍不住跟你说了。我没有别的意思，只想告诉你两句话，一句是‘要懂得感恩惜福’，另一句是‘可怜之人必有可恨之处’。”

王素嫦再也忍不住了，有些愤怒地抬头望着曹晓娥说：“我要见董事长，我有话要跟他说！”

“不用了，你已经没有这个资格，也失去这个机会了。还是赶紧走吧。”

王素嫦这才蔫蔫地低下头来，一边默默地收拾东西，一边低声地啜泣，眼泪“吧嗒吧嗒”地滴落在面前的桌子上。

二

人事专员曹晓娥一直监督着王素嫦收拾东西，直到她走出了办公区域，走向员工宿舍，才返回人事部去。返回人事部，曹晓娥没有回到自己的座位，而是径直走向经理办公室。人事部经理丁翠英正在电脑上画着公司最新的组织架构图，听见敲门声，抬头看见是曹晓娥，懒懒地叫道：“进来。”

曹晓娥将王素嫦的离职申请单递给丁翠英，说：“经理，王素嫦的事已经办妥了。”

丁翠英伸手接过，签下自己的名字，还给曹晓娥说：“我刚刚和王主任商量了，调你去顶王素嫦的缺。”

“这——这——”曹晓娥心里一激动，反而说不出话来了。那个职位她已经觊觎很久了，可惜一直没有机会。因为她知道，人事部的几个科长都是老板的亲戚，是永远都不会把位置让给她的，就连丁翠英本人，也是老板弟弟的媳妇，如果一直待在人事部，她永远都不会有出头之日。丁翠英也曾经许诺过她，如果别的部门有适合的岗位，时机成熟时一定会把她调过去。于是三年多来，她跟随丁翠英鞍前马后，当牛做马，任劳任怨，心里一直盼望着能有这么一天——调进总经办，成为董事长的行政秘书。

在这家公司，以她的身份和能力，要想成为中层干部，唯一的出路就是调进总经办，因为别的部门，还真没有适合她的岗位，即使有，也是有人占着的。本来两个月前机会就出现了，总经办主任王梦媛以事务繁杂为由，申请增加一个编制。董事长拿到申请报告后，当即就批了，同时对王梦媛说，有个江南大学中文系文秘专业的女生要来公司，就安排给她吧。

于是，曹晓娥的愿望就这样落空了。俗话说不是你的就不要勉强，注定是你的打都打不掉，想不到那个新来的小秘书两个月都没干满就被辞退了，并且还是董事长亲自下令辞退的。

曹晓娥拿着王素嫦的辞职申请单走进总经办主任的办公室，王梦媛正在给姐姐王梦云打电话。王梦云是卢宇汉的老婆，准确地说，是卢宇汉的第二个老婆。卢宇汉的原配妻子名叫施配仙，生下大女儿卢洁和二女儿卢双后，就不能生育了。那时宇汉公司还没这么雄厚，但已初具规模，在全国同行中属于佼佼者。二十年前，认识比自己年轻十六岁的王梦云后，卢宇汉就深深地被她的美丽和气质迷住，再也不能自拔，便向施配仙提出离婚，条件是给她三十万元补偿。施配仙死活不干，哭哭啼啼，大吵大闹，寻死觅活，并且还扬言要把两个孩子一齐弄死。

这原本就是一桩很不和谐的婚姻，无论从身材长相还是本事能力，施配仙和卢宇汉都不在同一档次，稍微有点智商的人都看得出来，这两人根本就不般配，迟早得离婚。也有人觉得奇怪，当初卢宇汉为何会娶施配仙。

不知为何，卢宇汉从小就被母亲排斥，把他与几个弟弟区别对待，以致他一直都在怀疑自己不是亲生的。他是家里的长子，五六岁就开始做饭，八九岁就下井挖煤，每逢刮风下雨或飘雪落凝，几个弟弟在家里玩耍烤火，他不是被赶去放牛，就是被叫去打猪草。

读书也一样。三个弟弟的中学都是送到县城去读的，他却只能上乡中学。乡中学没有学生宿舍，他只能跟村里的其他小孩合伙租房住，自己做饭吃。每个星期，家里只供应他六斤包谷面、一碗花豆米和二十个洋芋，甚至，包谷面还得自己磨。一个十二三岁的小男孩，一边流着眼泪，一边独自使出吃奶的力气摇动笨重的石磨磨包谷。好不容易才把初中读完，他的学业就结束了。由于不堪忍受母亲的打压，卢宇汉初中毕业后，一心只想分家单过。十八岁那年，他草草地与邻村长相一般、大他三岁的女孩施配仙把婚结了，结婚的第二天，前来吃酒的亲戚还没走完，他就分家了。上个厕所回来，恰好遇见母亲偷偷地把分给他的包谷撮回去。

就在那一刻，卢宇汉彻底和母亲决裂了，从此走上了出门闯荡与艰苦创业的道路。十多年的闯荡生涯中，卢宇汉凭着自己的聪明才智和吃苦耐劳，终于干成了一番不大不小的事业。在这个过程中，施配仙唯一的功劳就是给他生了两个女儿，其余的不但帮不上忙，反而老是拖后腿，每天不是疑神疑鬼跟他吵架，就是疯疯癫癫地捣乱，还到处说他坏话。为了威胁卢宇汉，她每次吵架都要当着孩子的面，这让卢宇汉更加厌烦和痛恨她，也让周围的人更加为卢宇汉感到不值，甚至希望他们早点结束。

这一天终于还是来了。施配仙又是打又是闹，从家里闹到公司，从卧室闹到办公室。有人劝她，你们这样下去双方都痛苦，反正三十万元已经不少了，够在白云市区买十多套房子了，不如好聚好散。可她就是不听，决心要与卢宇汉同归于尽，带着两个孩子像疯狗一样四处乱扑，有一天在追撵卢宇汉的过程中，被一辆拉土渣的工程车撞死了。

这下卢宇汉解脱了，不但立即扩大生产规模，还和王梦云正式结婚。谁知这场看似美丽的婚姻，却把他从一个梦魇带向了另一个梦魇。因为王梦云是本地人，有着强大的家族势力，他们正式结婚的第三天，她就当上了财务部经理，掌管公司财政大权。两年后，刚满二十岁的她在生下双胞胎女儿卢鸢和卢鹭后，就把总经理的职位抢到手，同时兼任财务部经理。这还不算，她还把很多亲戚拉进公司，占据重要岗位，宇汉公司几乎成了以她为核心的家族企业。

为了制衡王氏家族，很少与老家联系的卢宇汉只好从老家搬兵。他的三个弟弟都是公务员，舍不得丢弃来之不易的工作，只有三弟的老婆辞职过来了，一直担任人事部经理，分管人事、行政和后勤。她又把自己的闺密和娘家的亲信叫过来，安排在其他重要岗位。有了底气之后，卢宇汉重新把总经理的职务夺了回来，王梦云只能担任副总经理兼财务部经理。此外，卢宇汉还招聘了一名职业经理人担任常务副总，主要负责市场销售、技术开发与生产管理，这个家族企业的核心人物，又变成了卢宇汉本人。只是这样一来，这个家族企业更加盘根错节，纷繁复杂。

好在卢宇汉并不糊涂，两大家族把持的只是财务、人事、行政、后勤、采购等部分权力，销售、生产和质量等，还是交给懂行的人去管。

王梦媛正在给姐姐打电话，听见有人敲门就把电话挂了，叫了声“进来”。曹晓娥走进去，叫了声主任好，把王素嫦的离职申请单递过去。王梦媛接过单子，在上面签了字，还给曹晓娥，招呼她在对面的椅子上坐下，问：“小曹，今年多大了？”

曹晓娥答：“二十五了，都快成剩女了。”

王梦媛冷哼一声，有些阴阳怪气地说：“才二十五岁你就剩女了？那我是什么？”

曹晓娥心里一惊，才想起老板娘的这个亲妹妹，三十多岁了，依旧孑然一身，小脸不由发起白来，弱弱地说：“主任，我——我真的还没找过男朋友。”

王梦媛说：“那是肯定了，如果有了男朋友，你还能调进总经办，给董事长当秘书吗？宇汉公司的总经办，不但美女如云，而且一个个冰清玉洁，一旦有了男朋友，不管你有多漂亮，也不管你投靠谁，立马就得卷席子走人。在总经办，人人享受中层待遇，但绝对不能跟任何男人有染。”

曹晓娥问：“难道，王素嫦就是因为这个才被辞退的？”

王梦媛说：“在公司，她的靠山比谁都大，因为她是董事长亲自安排进来的。但即使靠山再大也不能犯忌，这个你应该明白。”

曹晓娥回答：“明白。”

王梦媛说：“人事部经理向董事长推荐你给他当秘书，董事长已经同意了，从今天开始，你就是总经办的人了。给董事长当秘书，有两条千万要牢记，一是绝对保密，二是绝对服从。”

曹晓娥回答：“明白。”

王梦媛说：“那你去董事长办公室吧，他在等你。”

三

曹晓娥来到董事长办公室门口，姚怡雯刚好从里边走了出来。姚怡雯也是董事长秘书之一，虽然她在董事长秘书中长得最娇小、最漂亮，可由于只有高中文化，说是秘书，实际上就是勤务员，办公地点就在董事长室的外间，主要任务是帮董事长收发文件、整理内务、端茶倒水、通报来客等。但即便如此，她的月薪也有六千元，差不多是普通文员的三倍。

所以，这也是许多女孩非常向往的职位。但想来这里上班，不但要长得乖巧、漂亮、水灵，而且还要具备良好的心理素质与服务态度，最重要的一点，是要对董事长绝对忠诚，严格保守秘密，并耐得住寂寞，不与任何异性勾搭，如果想谈恋爱嫁人了，就得向总经办主任王梦媛打报告，申请调出这个部门。

可一旦调了出去，凭她们的能力，又能做什么呢？也就是普通文员而已，高的月薪三千，少的只有两千多点，只要进来了，谁都不愿出去。姚怡雯十八岁进来，如今已经二十四岁了，再过三四年，年龄就要在这个岗位到限了，要么转入本部门别的岗位，要么调离本部门。当然还有一条出路，那就是辞职。

但她在这个岗位待了这么多年，知道的事情太多了，肯定是不允许辞职的，而本部门别的岗位对员工的涵养、知识、技能等都要求比较严，安插基本无望，她最大的愿望就是调到人事部做人事专员。人事专员虽然不是科长，但却是管理人员的编制，工资是普通文员的两倍，再往上就是薪酬绩效主管或人事科科长了。在宇汉公司，主管以上职位要么被老板娘的家族成员占领，要么被老板的亲朋好友控制，剩下的，也被外聘的职业经理团圈了起来。她在董事长身边工作了这么多年，也该算是董事长的人了，只要敢于拼搏，刻苦钻研，尽快掌握业务知识和操作技能，再干两三年，主管或科长应该还是升得上去的。

不久就要离开这间办公室和这个岗位了，姚怡雯的心境依然还是平和的、宁静的，总觉得这么多年没有白干，这么多年的青春没有白付出。二十四岁，好些人大学还没读完呢，她不但已经领了五六年的白领工资，给自己在城区按揭买下一套房子，还取得了人事专员的调职资格。

这也是许多普通大学毕业生需要奋斗若干年才能拥有的“成就”。

于是看见曹晓娥，她便热情地说：“曹姐，董事长正要找你，快进去吧。”

曹晓娥迈着激动而又轻快的步伐走进董事长办公室。卢宇汉抬头看见是她，招呼她在对面的椅子上坐下，目光炯炯地在她的脸蛋和双峰间上下移动。曹晓娥有如被扒光了衣服一般，脸“腾”地一下涨得通红。平时要是有人这样用审视甚至色迷迷的目光看她，她不是扭头转身就走，就是一耳光扇过去。

可是今天她经受住了考验，没有做出过激行为。之前，她只是一名人事专员，并且还是从普通文员升上来的，很少有机会接触董事长，更不能到他办公室汇报工作，那些中层以上干部的入职和离职手续，虽然也需要董事长签字，但几乎都是人事科科长亲自来办理。

曹晓娥憋着气，红着脸，等卢宇汉的目光终于在她的脸上停了下来，才轻轻地把手里的单子递过去，说："董事长您好，这是王素嫦的离职申请单，请您签字确认。"

卢宇汉接过单子，签好字后还给她说："她走了吗？"

曹晓娥答："走了。"

"我资助她的事情，一直都是你经手？"

曹晓娥答："是的，一直都是我经手。"

卢宇汉沉吟了一下，说："这个女孩不太懂事，以后一定会吃亏的。把这件事情忘掉吧，不要告诉任何人，更不要告诉她本人。我已经同意把你调到身边来工作，在秘书的岗位上，最重要的就是忠诚、细致、保密。好好干，我不会亏待任何人。"

曹晓娥心潮澎湃，激动地说："我一定会好好珍惜机会的。"

"我看过你的档案，你已经二十五岁了，在秘书的岗位上，最多只能再干三年，三年之后，我会重新给你安排工作。"

"谢谢！谢谢董事长！"

"我今天晚上要动身去成都考察市场，你去订两张机票吧，就我们俩，商务舱就行。"

去成都？孤男寡女的跟他去成都？曹晓娥犹豫了一下，还是咬着牙答应了："是！"

卢宇汉挥了挥手，曹晓娥赶紧退了出来。走出董事长办公室，她全身轻飘飘的，犹如坠入云中雾里，脑海里闪出一幕幕不堪入目的画面。她总算明白了，为何进入总经办工作的女孩，都要经过严格的挑选和审查；为何一定要处女，有过情感经历的一概不要，进来之后更不能与其他男人谈情说爱；为何王素嫦刚来一个多月，就要被辞退，原来——原来是董事长要……

她不敢再想下去了，接下来思考的，是要不要跟他去，如果不愿跟他去成都，如果去了成都不愿跟他睡，是不是也会得到王素嫦一样的下场？总经办的那些女孩，从秘书到主任，是不是每个都得轮流陪他睡？

从董事长办公室到总经办主任办公室，中间只隔着几个房间，只需要一分多钟就能走到，但曹晓娥却磨磨蹭蹭地走了五分钟。在进入王梦媛办公室的那一刻，她终于艰难地下了决定：去吧！王家姐妹那么漂亮、聪明、能干，都心甘情愿地服侍他一个人，我又算得了什么？现在她们姐妹俩，一个身家过亿，一个少说也有几千万资产，也没看出她们有何委屈。何况总经办的那些女孩，哪一个不是春风得意，有头有脸？

想通这些后，曹晓娥昂首挺胸地敲门走了进去。王梦媛把头从办公桌上抬了起来，问："董事长跟你说了吗？"

曹晓娥答："说了。"

"那就去把工作交接好，搬到王素嫦的那个位置去吧，你的人事关系我已经让人事部转到总经办了。我故意将你提了一级，以主管的身份调进来，将来调到其他部门，至少也是个副经理。"

曹晓娥真为刚才的决定感到庆幸，尽管即将要把初夜交给一个大自己二十六岁的老男人。她已经认命了，因为跟总经办的这些美女比起来，她长得不算很漂亮，也不是文化最高的，年龄更不占优势，唯一靠的就是忠诚和乖巧。但就在刚才，她差点就把这唯一的"优点"给丧失了。她知道，要是刚才拒绝了董事长，或者在来这个办公室的途中反悔，她的下场也就跟王素嫦一样，立即卷铺盖走人。

回想起刚才，虽然只有短短的几分钟，可同样惊心动魄和波澜壮阔。和其他所有的艰难抉择一样，一旦决定下来，她心里反而轻松了，心想没有什么大不了，到了这个年龄的女孩，百分之九十九都已经睡了一长串男人或被一长串男人睡了，她们又得到了什么？

想明这些，她心怀感恩地向王梦媛深鞠一躬："谢谢主任，待会儿我要给董事长订机票，今晚陪他去成都。"

“你——陪他去成都？”

“是的，我陪他去。”

王梦媛脸色变了变，但还是说：“好的，时间已经不早了，都已经十点多钟了，赶紧去订票和收拾东西吧，估计下午一点就得启程。”

看着曹晓娥俏丽的身影走了出去，王梦媛忍不住“唰”地站了起来，但随即却又软软地坐了下去，嘴里喃喃地说：“本来说好是要我陪他去的，怎么转眼间又换人了？难道——”

还没等她说完，手机“嘟”地响了一下，拿起一看，是姐姐王梦云发来的短信。

四

曹晓娥赶回自己的办公室，订完机票后，在丁翠英的监督下，把工作移交给一名刚从文员提拔上来的人事专员。交接工作完成后，丁翠英把曹晓娥叫到办公室，关上门对她说：“今天是你陪董事长出差吗？”

曹晓娥红着脸，有点难为情地点了点头。

丁翠英继续说：“你要记住，咱们是董事长的人。”

曹晓娥的脸更加红了，同时心里也大吃一惊，难道——难道这个老色鬼连亲弟弟的老婆也不放过？但依然语气坚定地说：“当然了，董事长秘书本来就是董事长的人。”

丁翠英冷笑一声道：“那倒未必，凡是王家姐妹安排的，都基本靠不住。哎，董事长原以为那个王素媏是自己花钱培养的，应该没问题，结果连我都没想到，她会临阵退缩。哦，对了，王家姐妹有没有找你谈过什么？”

曹晓娥摇摇头说：“没有啊，什么都没有说过。”

丁翠英说：“还算她们有点自知之明。你看那个王梦云，在生了一对双胞胎女儿后，就生不出孩子了，于是把自己的亲妹妹送进董事长的被窝里，想生个儿子接管企业，可惜连个影子都生不出来。自己无能也就算了，每天还疑神疑鬼的，把好端端的家庭闹得呜呼哀哉。你这次跟董事长出差，主要任务就是——”

“笃笃笃，笃笃笃”，说到这里，突然响起了敲门声，丁翠英只好喊了声：“进来。”

开门进来的是王梦媛。曹晓娥懂事地站起身说：“经理，那我先过去了，谢谢你这么多年来的教诲与提携。”

丁翠英说：“好的，去到那边，好好聆听王主任的教诲。在总经办跟人事部不一样，人事部主要是事务性工作，总经办是要动脑子的，帮董事长出谋划策，协调整个管理体系，甚至还要监督中高层管理团队。养兵千日用兵一时，关键时刻不要掉链子。”

曹晓娥说：“谢谢经理，我记住了。”然后很有礼貌地分别向丁翠英和王梦媛点头致意，便准备转身离去。

王梦媛问：“票订好了吗？”

曹晓娥说：“订好了，下午四点十分的飞机。”

王梦媛抬腕看看表，说：“马上就要吃中饭了，吃过饭后好好去收拾收拾吧，下午一点准时动身。”

曹晓娥做出非常乖巧的样子说：“好的，谢谢主任。”走出办公室时，轻轻地把门带上。

王梦媛坐在丁翠英对面，看着她略显疲惫的面容，不怀好意地问：“好久没回老家了吧？”

丁翠英说：“你不知道吗？我一年只回老家一次。”

王梦媛继续咄咄逼人地说：“还是常回家看看吧，家比什么都重要，一个女人不管事业有多成功，如果家散了，人生也是非常失败的。”

丁翠英说：“妹妹，你也该成家立业了，一个人不管在工作上有多出色，没有家，也是美中不足。”

王梦媛说：“宇汉就是我的家。”

丁翠英在心里骂了句真不要脸，但嘴上却说：“这么多年，我也早已习惯把公司当成家了。”

王梦媛说：“我来，是想跟你交换一下意见。卢洁和卢双都想回家族企业上班，你觉得应该如何安排?”

丁翠英问：“她们都只是本人来呢？还是连女婿也来?”

王梦媛说：“都来。她们既没找你也没找我，更没找我姐，而是直接找董事长去了，董事长叫我姐安排。我姐的两个亲生女儿卢鸢和卢鹭也不想读书了，都想来企业上班，而且她们也都有男朋友并住在一起了，你说这四对八个人，该怎么安排才合适?”

丁翠英沉默了半天，不说话。王梦媛又说：“这不是故意刁难吗，偏偏要叫我姐来安排！我姐说，这个事情她不好安排，还是由你这个管人事的婶婶来安排比较合适，因为对你来说，她们都是亲侄女，不分亲疏，没有内外，手心手背都是肉。”

丁翠英拿出刚刚打印好的组织架构图，指着对王梦媛说：“按照董事长的意图，我重新拟了个组织架构图，等董事长回来交给他审批。我想，她们将来都是企业的接班人，应该安排到基层去锻炼，从最普通的管理岗位做起，才能真正地学到企业管理的精髓。”

王梦媛说：“我也是这样想的，但我姐的想法是，公司有九大部门，财务、人事、采购、总经办不要动，技术他们又不懂，干脆销售、生产、品质、仓储四个部门，一个部门安排一个，让他们去管，各人的老公做好各人的参谋和助手，谁管得好以后就让谁当总经理。”

丁翠英说：“那你说，具体要怎么安排?”

王梦媛说：“我姐说，实在为难的话，干脆抓阄好了，谁抓到哪个部门，谁就负责哪个部门。”

丁翠英说：“那不行，这四个部门都非常重要，每个部门经理都必须要精通业务知识，并且还要有很高的管理能力，否则就会乱套。我们是三千多人的公司，市里有名的纳税大户，不是二十年前的小加工厂，如果业绩倒退，很快就会被竞争对手挤垮。”

王梦媛说：“她们只是去担任经理职务，至于具体事务，可以让原来的那班人去做嘛。”

丁翠英说：“那原来的经理怎么安排？让他降级还是走人？让外行去指挥内行，人家心里舒服吗？心里不舒服，整天带着情绪，怎么能把事情做好？况且，他们每到一个部门就是一男一女，把持大权，这公司还要不要生存和发展？”

王梦媛没想到丁翠英会直接顶撞她，“唰”地站了起来，把脸一拉，鼓着眼睛拍着桌子问：“丁翠英，当初你刚来的时候懂人事管理吗？怎么占着这个位置十多年不挪窝？到底你是老板娘还是我姐是老板娘？”

丁翠英也毫不示弱地回击：“我好歹还是个大学生，好歹还是个教高中的老师，你们是什么东西？我知道你姐是老板娘，但你们应该清楚，这是卢家的公司！你们摸着良心想想，是你们姐妹先来，还是先有宇汉公司？我就知道，自古以来，外戚终会乱政！”

王梦媛和丁翠英之间，虽然存在着很深的芥蒂，但一直都没有发生正面冲突，今天还是第一次。王梦媛怒火中烧，指着丁翠英的脑袋问：“丁翠英，你今天跟我说清楚，谁是外戚？我姐还是我？我们是外戚，那你又是什么？你姓卢吗？我姐跟董事长睡了这么多年，为他生下了一对宝贝女儿，反倒成了外戚了。那你呢？是不是陪他睡得更多，连儿子都偷偷生出来了？”

“啪！”丁翠英恼羞成怒，抬手就给王梦媛一个耳光。

王梦媛没想到丁翠英还真敢打她，愣愣地站着，睁大眼睛半天说不出话来。

五

下午一点，曹晓娥终于收拾停当，风采照人地钻进等在办公楼前的宾利车里。两分钟后，卢宇汉也来到了办公楼前，司机连忙打开车门，把他请进后座。

自从有了宾利后，卢宇汉都只坐后座，前面的副驾驶位置让给秘书或者随从。

汽车驶出公司大门时，岗亭上的保安连忙立正敬礼，标准的军礼让曹晓娥心里充满了诸多感慨。公司门口就是宇汉路。宇汉路不是很宽，也不是很长，只不过是白云开发区最普通的一条路，但却是唯一一条以人名命名的马路。当初为了这条路的命名，卢宇汉整整花了五十万。那已经是十几年前的事了，如今就算花上五千万，也未必办得成。

跑完宇汉路，汽车就拐上名园南大道。司机技术真好，加上开的又是好车，一路上除了不闯红灯以外，什么事都干得出来。七扭八歪地超车，弯弯曲曲地行驶，像一阵风刮着，像一尾鱼游着，很快就来到高速路口，开到高速路上。

汽车上了高速路，司机就没多少用武之处了，只是把着方向盘，箭一样地疾驰。从白云到孤山，按照机场大巴的速度，应该是两个小时的车程，但宾利一个多小时就到达了。进入候机大厅，卢宇汉吩咐曹晓娥："把电脑拿出来，在成都和昆明各订一间房。哦，再订一张今晚从成都飞昆明的机票。"

曹晓娥一边掏电脑一边问："只订一张吗？"

卢宇汉说："就一张，我有事要去昆明，你在成都等我。哦，成都的你就订仁和春天好了，单间就行；昆明的订世纪金源，同样只要一个单间。"

曹晓娥一边答应一边在心里说："已经上了这条贼船，横竖都是你的人了，订就订吧。"随即打开电脑，先订机票，再订房间。

订完房间，卢宇汉问曹晓娥："家里还有哪些人？"

在公司这么多年了，曹晓娥还没有如此近距离地面对过老板，跟他单独同行更是头一次，如今很快就要成为他的"枕边人"，也顾不得羞怯了，反正该来的迟早会来，不该来的迟早也会来，于是大大方方地看着他，如实报告说："还有爸爸、妈妈和妹妹。爸爸是一名小学教师，妈妈是普通农民，妹妹大学刚刚毕业，不过命比我好，已经考上县里的公务员了。"

卢宇汉再问："知道我为啥要点名让你进总经办吗？"

曹晓娥摇摇头说："不知道。"

卢宇汉说："因为你是江山人，江山是戴笠的老家。"

曹晓娥不但乖巧，而且聪明，马上就反应过来了，脸上立马就升起了红潮，有些激动地问："您——您是想要我——"

在公司里，卢宇汉始终板着一张严肃的脸，但一离开公司，就表现得和蔼可亲。他微笑着说："是的，我是想要你成为我身边的戴笠。我可以任命你为董事长助理，秘密组建一个新部门，开展特殊业务。公司发展到了现在的规模，已经不可能再像前几年那样迅速扩张了，这就像登山一样，到了一定的海拔，越想往上就越困难。"

曹晓娥说："我明白了，您是想要我——"

卢宇汉不等她说完，又接着说："以前我们有位员工，写了篇名叫《小媛》的小说，里边的那个小媛，长得跟你一样漂亮，不但古灵精怪，而且智计百出，是个非常出色的商业间谍。"

曹晓娥问："那么聪明的人，您怎么不好好重用呢？"

卢宇汉有些惆怅地说："当时在我的心目中，他只不过是有点文才而已，所以没有重用，只是让他写写讲话稿、编编企业报，等我看到那篇小说，真正地为他的才华所震撼时，他已经离开公司，到另外一家公司上班去了，成了我们最大的竞争对手。他在那家公司的职务，就是董事长助理，兼信息办主任，主要任务是开展间谍工作，我们公司从上到下，从外到内，全被他抽丝剥茧，各个击破。我有一种感觉，如果再不采取措施，将会被他一举击垮。"

曹晓娥睁大眼睛问："不会那么夸张吧？"

卢宇汉说："这不是夸张，而是事实。你的任务不仅仅是刺探竞争对手的各种情报，收集市场上的各种信息，还要在我们内部挖出被对方安插和策反的间谍，掌握内部管理人员、销售人员和技术人员的动向与行踪，一有情况就立即采取措施。我们已经行动得太晚了，早就应该这样干了。你的工作属于隐蔽战线，所以你暂时的公开身份，就是我的私人秘书，说难听一点，就是我的小秘。我知道这让你委屈了，但不这样我们的工作就无法开展。你是知道的，目前公司的内部管理非常混乱，不但拉帮结派、山头林立，而且明争暗斗、乌烟瘴气。今后，你就打着我的招牌从中斡旋，顺便掌握他们的真实情况，然后各个击破，予以剪除，还公司一个正常的经营环境与工作氛围。不然公司就算不死在竞争对手的手里，也要死在内斗的消耗中。”

最后这一点，曹晓娥深有感触，便答应说：“董事长，只要您觉得我行，我就去努力做好。”

卢宇汉说：“你行，你当然行，我考虑了很久，你是最合适的人选。从今天开始，我们就着手开展这项工作。”

这场候机室里的密谈，让曹晓娥的内心久久难以平静。是的，别的不说，就目前公司的这种混乱状况，早就应该解决了。但如何解决呢？还有那个所谓的秘密组织，应该如何组建和开展工作？

卢宇汉说：“晓娥，你可以以另外一个身份接触一下华军，探听一下他们的虚实。哦，我刚才说的那个家伙，名字叫华军，目前在华美集团。你不但可以接触他，甚至还可以跟他谈恋爱，建立感情。”

“这——这不是——”

“你不要怕，你所有的活动经费都可以报销，包括谈恋爱的经费。我准备给你在市里和省城各买一套房子，另外再给你配辆轿车，如果有一天你要离开，这些东西你都可以带走。”

“我怕我——”

“你不要害怕，你要给自己信心。要想挽救宇汉公司，这已经是最好的办法了。”

“好，那我就试试吧。”曹晓娥终于下定决心说。

卢宇汉鼓励她：“不是试试，而是一定要成功，否则，我们将一败涂地，甚至破产关门。商场如战场，贻误战机的后果非常严重，所以这件事要立即启动。”

六

飞机像一只巨型大鸟，在夜空中奋力翱翔，到达双流机场的时候，已经是晚上八点多钟。下了飞机，曹晓娥努力调整了下心态，小鸟依人般地挽着卢宇汉的手臂，柔情款款地说：“太晚了，干脆改签，明天再去吧。”

卢宇汉有些急切地说："约好了的，今晚就得去。"

曹晓娥也知道，卢宇汉虽然对公司的管理比较放任，但说话还是算话的，谈不上一言九鼎，不过许诺过的事情一般都能兑现，于是喜忧参半地说："真的有那么急？"

卢宇汉说："是很急。这样吧，夜已经很深了，你直接打的去宾馆，我自己在这里候机好了，只有一个多小时，飞机就要起飞了。"

曹晓娥做出有些黯然的样子，语音轻柔地说："我去宾馆睡大觉，你一个人在这里等飞机，不太好吧？"

卢宇汉把她的手轻轻拿开，说："就按我说的办吧。哦，我四五天之后回来，这几天你就待在成都，想逛啥就逛啥，想吃啥就吃啥，想买啥就买啥。我只有两个要求，一是保密，二是策划。对我们的行踪要彻底保密，对我跟你说的事情要好好策划，然后立即行动。"

曹晓娥点了点头，算是答应，然后就拉着箱子，打的走了，留下卢宇汉独自一人去办理登机手续。

与此同时，远在千里之外的王梦媛和王梦云姐妹，正在位于白云山庄的别墅里研究卢宇汉的此次成都之行。

王梦媛说："我已经给成都办下令，让他们随时掌握董事长的行踪。"

王梦云刚从澳门赌博回来，拿出一只白色的苹果手机说："半年前我就有所预感，那老东西一定会挑选曹晓娥当秘书，于是就送了她一部这样的手机，现在已经开始发挥作用了。通过 GPS 定位，他们正在从机场到宾馆的路上。是哪个宾馆还不知道，很快就会见分晓。"

王梦媛说："我最担心的是，如果曹晓娥真怀上了他的崽，我们——我们岂不是前功尽弃？"

王梦云恨恨地说："她敢！她要是敢怀孕，我就剐了她！妹妹，反正已经到这个时候了，我就实话告诉你吧，每次老东西选中谁当秘书，隔三差五我都要请她吃吃饭、喝喝茶，当成亲姐妹般关照，其实老娘暗中在饭菜、茶水、咖啡里边动了手脚，叫她们怀不上孩子，就算怀上了，也会莫名其妙地流掉！这个曹晓娥，从半年前开始，就享受起我的‘特别礼遇’了。”

“姐姐，你——你这样做也太狠毒了吧？”王梦媛脸色苍白地站了起来，指着珠光宝气的王梦云说。

王梦云冷笑道：“这算什么？量小非君子，无毒不丈夫。我不这样做，我们姐妹辛辛苦苦打下的江山，就得拱手送给别人了。你也是，跟了他那么久什么都没生下来……哦，我知道了，你是不是怀疑，我也对你下了手？你是我相依为命的亲妹妹，你生的小孩跟我自己的小孩能有多少区别？你不要往那方面想，要找找自己身上的原因，抓紧去治疗。”

王梦媛缓缓地坐下，脸色也恢复了正常，淡淡地说：“其实，他——他连碰都没有碰过我，直到如今我还是处子之身。”

王梦云拉过妹妹的手，心疼地说：“傻妹妹，你怎么不早说？白白浪费了大把的青春。他不碰你你就重新找一个呗，把年纪混这么大了，还怎么嫁人？”

王梦媛说：“这就是命吧，我已经认了，我也不怪你当初把我安排给他。姐姐，有些话我说出来你可别生气。”

王梦云紧紧握着妹妹的手说：“你心里有话就说吧，其实当初把你安排给他就是一个错误的想法，我们不就是想把他在外面找人生儿子的路堵住嘛。”

王梦媛说：“其实，事情并非像你想象的那样简单，因为我是真心喜欢他的，除了他，我不会再爱上任何一个男人。”

一直自以为很聪明的王梦云突然呆了，怔怔地看着眼前的亲妹妹，泪珠吧嗒吧嗒地滴落下来，滴在王梦媛冰凉的手上。王梦媛腾出另外一只手，从茶几上抽出几张纸巾递给她，安慰她说：“姐姐，你不要伤心，也不要难过，我都说了，这就是命，命运安排我们姐妹必须同时爱上一个男人，想逃也逃不了的。你应该感到满足才对，虽然他现在不爱你了，可他毕竟爱了你那么多年，你们还有两个自己的孩子，你们那些年的幸福模样，一直是我心里最大的梦想。可是，他从来碰都不碰我，你故意安排我钻进他的被窝，你别以为我很委屈，其实我心里兴奋得要命，可是他——他却情愿在床前默坐到天亮。姐姐，你心里也应该明白，就是从那时候开始，他就开始恨你了，也让我明白了，曾经的他是多么喜欢你，可是这一切，都被你的小聪明给葬送了。”

王梦媛说到这里，王梦云便抽抽搭搭地哭了起来，边哭边捶打面前的茶几。

王梦媛继续说：“他一定觉得我们利欲熏心，一定觉得我们心机重重，也一定识破了我们的计谋。我敢断定，他一定不知道我是真心爱他的，他一定以为这就是我们姐妹精心谋划并布下的局，所以他连我也恨了。可是，他越恨我，越不要我，我心里就越爱他，所以才把手下那些小姑娘的工资定得那么高，把她们一个个往他怀里送，并且还规定她们不许在外面跟人私通或谈情说爱，一旦发现就严惩不贷。其实不光是你，董事长身边的那些小秘，我也会经常请她们吃饭喝茶，也经常在她们吃的东西里动手动脚，我的动机跟你一样，目的却跟你不一样，我是想让他在她们身上白费力气，让他尝尝不要我的后果。”

王梦云突然停止哭泣，站起身来“啪”地抽了王梦媛一个响亮的耳光，厉声骂道：“我真没想到你竟比我更卑鄙、更无耻、更狠毒！我给那些小姑娘下药，是为了我们姐妹，为我们王家，你却只是为了你一个人！我真没想到你会这么自私，更没想到在你心里，不但一直都想把我老公抢走，而且恨不得把宇汉公司全部据为己有！你是不是也想让我像施配仙那样——”

“嘘——”王梦媛连忙伸出食指，靠近嘴唇“嘘”了一声，然后一把把姐姐拉坐下，大声地吼：“姐姐，你是不是疯了?!”

王梦云愣了一下，顺势坐了下来，边擦眼泪边说：“我很了解他的为人，没有儿子是一定不会甘心的。你说，他还会去偷偷摸摸找那个叫王素嫦的女孩吗？她可是他特意从大学里招进来的。”

王梦媛说：“不会，我亲自设计导演的，应该不会出问题。关键是现在这个曹晓娥，能不能搞得定，我几次请她吃饭喝茶，她都找理由拒绝了。”

“我也看出来了，这个死丫头心机很深，一直靠着丁翠英，要对付她还真有点棘手。”

谁知她一提丁翠英，王梦媛就激动起来，说：“姐姐，你一定要治治这个姓丁的，我怀疑你老板娘的位置，迟早要被她给夺走！”

王梦云吃惊地问：“怎么啦？这个女人难道跟他有一腿？她可是他弟媳呀！”

“弟媳？我看才不那么简单！我刚刚得到情报，其实早在三年前，她就跟他三弟离婚了。你还记得起来不？两年前这女的还请了半年多时间的假！”

“记得，怎么不记得？还是我批给她的呢。难道，难道那段时间她——”

“我也是这样怀疑的。姐姐，我们不能这样便宜了她，我们一定要早想办法，早作打算，不要养虎为患！”

王梦云气得浑身发抖，霍地站了起来，脸色发青地吼：“这姓丁的也太狠毒了，老娘马上就去废了她！”

王梦媛连忙拉住她说：“姐姐，现在深更半夜的，明天再说，明天我们姐妹一起去！”

王梦云一脸气愤地坐下，狠狠地说：“整不死这个不知廉耻的骚货，我就不是人！”

七

第二天早上，丁翠英静静地坐在办公桌后面，两眼直勾勾地望着前方。“砰砰砰，砰砰砰”的敲门声骤然响起，将她的思绪从遥远的记忆里拉回。原来，她正在回忆一场刻骨铭心的往事。

三年前的那个秋天，丁翠英带薪休假半个月，准备完成一年一次的旅行计划。她坐上北上的火车，一边心不在焉地躺在卧铺上看书，一边还吃着零食。零食很杂乱，瓜子、花生、红枣、杏仁、开心果、山核桃等混杂在一起，她也懒得挑选，摸到啥吃啥，在漫漫旅途中消磨时间。

车刚开出两个站，包厢里进来一个全身透着清新气息的男人。那男人不但气息清新，而且打扮雅致，乍一看好像四十岁，仔细研究研究，觉得有五十岁，因为他虽然外形比较清瘦，打扮也很新潮，但举止却相当淡定、悠闲，甚至还透出一种沉静与睿智，没有五十岁的人，是不会表现得如此儒雅、如此沉着的。可是一听他说话，你就会觉得他还是个三十多岁的年轻人。不光是他的嗓音听起来比较年轻，还有他的思维也敏捷得异乎寻常，特别是他的那些奇谈怪论，比他的穿着打扮还要新潮许多。

他一出场，就吸引了她的注意力。当时，列车正要启程，已经放响了松刹的声音。那声音就像一个点燃了却爆炸不起来的鞭炮，“嘘——”而且拖得很长。就在那一声长长的“嘘”声中，笔挺挺地坐在对面的男人的手机响了，是《喜羊羊与灰太狼》的乐曲声。“喜羊羊，美羊羊”的幼稚朴拙的铃声把她的目光从眼前的书上引向对面。她眼睛陡地一亮，那种清新和雅致立刻就深深地嵌进了她心里，并且深入灵魂。

他的声音跟他的形象一样清新：“哈喽，我已经上车并找到铺位了，记得时常抠我，保持联系，拜拜。”

仿佛是朋友在询问，他在与友人话别。她“扑哧”一笑，在心里暗道：“哼，抠我，这人说话真有意思。”转念一想，突然顿悟，原来他说的是QQ，是要对方经常跟他保持QQ联系。她的脸突然红了起来，热辣辣的生怕被他看见。可是越怕被他看见，她却更加不由自主地向他偷瞟。

他气定神闲地坐在对面，旁边放着一只不大不小的旅行包，地上还有一只浅蓝色的箱子。包厢门关着，两边上铺都没人，他也不急着把行李放到架子上去，而是很有礼貌地向她打招呼：“朋友你好，非常荣幸与你共处一室。”

这声音听上去非常悦耳，非常舒服，仿佛辗转千年，从前世来到今生。又仿佛，这声音不是来自对面，更不是来自一个萍水相逢的陌生男人，而是来自自己柔软的内心，来自那个埋藏了二十年的密码按钮。从腼腆羞涩的少女时代开始，这声音就在内心深处缓缓地生长，之后一直埋藏在哪里，直到二十年后的今天，才突然冒了出来。

她猛地坐了起来，眼痴痴地望着他。此时的她已不再年轻，但也不算太老，才三十多岁年纪。一个教过四年高中，搞过七年企业管理的已婚女人，曾经芬芳四溢的青春气息早已荡然无存，但对于姿色尚可且保养有方的她，三十三岁的年龄，成熟中透着靓丽，靓丽中蕴含魅力，正是一个小资女人最为宝贵的人生桥段，离人老珠黄还有一段令人心醉的距离。

短暂的激动和慌乱过后，列车悠然一晃，就哐当哐当地启程了。随着列车越开越快的节拍，她轻启朱唇，同样很有礼貌地回应对方：“我也一样，非常荣幸认识你。”其实她心底有一个声音在说：“我已经认识你整整二十年了，只不知你认不认识我。”

她脸色绯红，心却在“怦怦怦”地乱跳。她不知道，一贯语调铿锵，每个字扔在地上都能蹦得老高的她，为何此刻会不由自主地变得柔弱无力。她做梦也没想到自己的声音会变得如此柔软，如此温馨。

他还是那样的清新，那样的雅致，从外到内，就像一朵开放在山野里的百合，或者杜鹃。呵呵，居然把男人比喻成了花。她忍不住笑了下，凤眼盈盈地看向他。她已经不是小女孩了，在三个不同男人的培养下，早已褪去青涩，不再羞怯，只是刚才蓦然出现的清新雅致，勾起深埋心底的梦幻，继而荡起无边的涟漪。一旦最初的激动过去，紧跟着的，就会是另一种浪潮。

心底有一个声音在说：“原来这么多年，我要等的就是他。”其实在她坚强的外表下，有着一颗非常柔弱的内心，只是这颗玲珑剔透的心一直没有遇到那个清新雅致的人，反而被尘世里污浊的泥水渐渐掩盖，慢慢失去光华。后来，她不堪忍受了，趁着丈夫哥哥的公司需要家族成员帮忙时，毅然辞去公职，不远千里地从西部小镇来到这座江南小城。

对于她的离走，丈夫没有阻拦，也没有挽留。结婚三年多了，他们的关系一直不咸不淡。首先，她以为导致他们关系冷淡的原因是她没能把初夜留给他，为此她非常痛恨之前睡过她又不想娶她的那个男人，恨他薄情寡义，恨他断送了她一生的幸福。直到结婚三年后的某一天，知道已经当上副镇长的丈夫居然在外面有人，并且已经有了一个孩子，她才不再恨那个男人。

从十八岁上大学的第一年起，她就跟他在一起了。直到大学毕业，他们一直没有采取任何措施，因为他答应过她，如果她能为他怀上一个孩子，他就把她娶走。虽然心底藏着一个非常美好的梦，但梦想一般都不会成为现实，她也不会因此有着太多的纠结。可是，转眼几年过去，她一切正常，除了褪去青涩，增加了成熟和风韵外，他们始终一无所获。

他在沉默中离去，她也在黯然中毕业，被分配在老家小镇上的中学教书。为了填补心灵上的寂寞与感情上的空虚，她很快就和镇里的一名小公务员结婚了。他们之间没有爱情，有的只是需要。刚开始的那一阵子，他对她还算温柔体贴，还真像一对令人羡慕的情侣。可一旦真正结了婚，一旦他发觉她身上隐藏的秘密，所有的温情一夜之间就从他身上消失殆尽。

她不明所以，以为是他把她俘虏了，就不再有当初的那种感觉，于是尽量去满足他，细心地伺候他，以求换回最初的炽热与柔情。终于有一天，他一边做一边问："你跟他也是这个姿势吗？"

她愣住了，停止了配合他。他却发起狂来，一边使劲儿地运动，一边愤怒地吼："老子搞死你！你动啊，你喊啊，你不是很骚吗？十八岁上大学就跟别人同居了！"

她懵了，继而恶心得想吐。她哪里还有心思再做下去。接下去，他们之间的关系就冷淡了。话少了，默契没有了，温情也没有了，唯一保持的就是做爱，晚上做白天也做，家里做外面也做，睡着做站着也做，有时候他想要了，就跑到学校来，不管她是不是在上课，也要叫出去找个地方做了才放手。

她再也受不了了，也知道他已经不爱她了，他只不过是在惩罚她。她甘愿接受他的惩罚，因为她恨之前的那个男人，那个曾经许诺给她金山银山最终却消失得无影无踪的男人，同时也恨自己，恨自己当初的无知和幼稚，她希望他的惩罚能够救赎她以及他们的婚姻和爱情。

可是两年之后，他就很少用这种疯狂甚至变态的方式来惩罚她了。她感觉到他们真正的危机到了，而且这种危机的来源，跟上次一模一样：结婚两年多了，她依然没有怀孕。她不仅仅是着急，而且是惶恐。上次她只是个二奶，怀孕更好，不怀孕也行。可这次不一样了，她是结了婚的，自己想要孩子不说，怀孕也是她的责任和义务，更是维系婚姻、修复感情的唯一手段与出路。

她偷偷去县医院检查，一切正常。她开始怀疑，有可能两个男人都有问题。她感觉自己比窦娥还冤。可是，就在她感觉自己受尽冤屈之时，却意外地得到了丈夫在外面有女人并且对方已经为他生下孩子的消息。她的心一下子冰冷了，因为她觉得不光男人在惩罚她，连上天也在惩罚她。

她没有闹，假装一切都没有发生。因为当地封建思想还很浓厚，每户人家都希望有个男孩传后，平民百姓如此，当官的更是如此，她不会怀孕，丈夫在外面“借窑子烧砖”也属正常，反而不正常的正是自己。

后来，丈夫的哥哥，也就是宇汉公司的老板卢宇汉需要人，她就辞职来了，一连七年，七年中只回家七次，夫妻名分还在，但感情早已荡然无存。

她离开的七年中，丈夫早已和他的情人公然同居，共同抚养小孩。那女人已经离婚了，小孩却还跟着前夫姓。她真搞不懂这些男人患的到底是啥病，自己仅仅是跟别人同居而已，他就如此怨恨；而别的女人明明是个有妇之夫，他却对她巴心巴意。

她只能解释：这一切都是命。

八

丁翠英正自遐想，被敲门声惊了一跳，随即还过魂来，知道应该是谁来了，心想来吧，老娘正等着你呢！嘴上却冷冰冰地说：

“请进！”

门是被猛力推开的，但进来的不是王梦媛，而是怒气冲冲的王梦云。王梦云是很少到人事部的，自从总经理职务被剥夺后，她就管不到人事部了。

丁翠英愣了愣，随即显示出少有的慌乱，站起身说：“王总您——您——怎么来了？”

王梦云见她慌乱得有些语无伦次，心想她还是怕我的，心里的气就消了一半，但还是没好气地说：“我毕竟还是老板娘，还是公司的副总经理，怎么就不能到人事部来检查工作了？”

丁翠英连忙从座位后面走出来，招呼道：“是我错了，王总，您请坐。”

王梦云依然铁青着脸，盯着丁翠英的脸说：“坐就不必了，我只问你一句话，你离婚了吗？”

丁翠英只得如实回答：“离了，三年前就离了。”

“哼！”王梦云冷笑了一声，“你跟老卢的三弟连孩子都没有，这样说来，你已经不再是卢家的家族成员了？”

“这个，这个怎么说呢？我——”

“我什么我？难道你还想说你是老板的情人，为他生下了孩子不成？”

“嫂子，您——您怎么能这样说？”

“哼！我怎么不能这样说？你敢说你们之间是干净的吗？两年前你请了半年多长假，到底干吗去了？是不是帮我家老卢生小孩去了？”

“嫂——老板娘，你——你怎么能这样说？”丁翠英是真着急了，平时口齿那么伶俐的一个人，此时却表现得笨嘴拙舌，脸红筋胀。

“不想承认是吧？那你就证明给我看，如果能够证明那半年多时间没跟老卢有一丁点瓜葛，你就继续以职业经理的身份在宇汉公司待下去，如果不能证明，就立马给我滚蛋！”

“老板娘，你也不能这样薄情吧，当初我是从学校里辞职出来的，把一生中最美好的青春年华都奉献给宇汉公司了，现在，现在你叫我去哪里?”

“哈哈，”王梦云笑道，“你说得真好笑。请你正确理解我们之间的关系好不？我们是雇佣与被雇佣的关系，不要总是觉得你是放弃编制放弃工作来宇汉公司的，不要总是觉得你为宇汉公司牺牲了多少、付出了多少，不要把自己想象得有多高尚、多伟大。奉献，呸，奉什么献？我是付给你工资的，如果工资少了，待遇低了，你会一直待下来吗？那些当初跟你一起教书的同事，现在最多也就三四千的月薪，然而你呢，一年二十几万，已经是他们的五倍了，你还好意思说是在为我们做奉献吗?”

“老板娘，在我心目中，一直都是把你当嫂子的。账是不能这样算的，虽然我在宇汉公司拿到的工资要比原单位多，但它们却不是等价的。以前我教书，一天最多有三节课，一节课四十分钟，再加上备课和批改作业的时间，每天最多也就四个小时在工作，并且还有双休，还有寒暑假，一个星期的工作时间加起来才二十小时。然而在宇汉公司呢？我每天早上七点上班，晚上八点下班，每天的工作时间都要超过十小时，星期六星期天还要上班。是的，我在宇汉公司的收入是教书的五倍，但我的付出却要超过教书的十倍！这还不是重要的。我在学校教书，好歹也是个有编制吃皇粮的国家工作人员，我的工作是为国家为民族培养接班人，不但社会地位高，而且福利待遇有保障，一生中只要不犯错误，国家都会生养死葬，如果有一天我在讲台上死了，那就是因公殉职，父母和子女的生活问题都会得到解决。然而在你们私营企业呢？除了几块干工资，你们能给我们什么保障？能给我们什么福利？说难听点，你们不仅仅是在剥削剩余价值，还是在违法犯罪。超时用工就不说了，你们有过双休吗？有过节假日吗？还有，你们一直都在偷税漏税。国营企业为什么会纷纷倒闭？因为他们不敢偷税漏税，因为他们的福利待遇比你们好，而你们把该给员工的福利当成利润不说，还剥夺了员工的加班工资作为利润。这还是次要的，最主要的是你们还把该上缴给国家的税收也当成了利润，这么多利润加起来，国营企业能竞争得过你们吗？我一直都不想说这些的，但是嫂子，我的老板娘，是你，逼我把这些说了出来。别以为你有钱就了不起，其实你们这些人，全都是罪犯，全都有罪！”

王梦云本是来兴师问罪的，没想到反被丁翠英抢白了一大通，而且句句都像刀子一样捅在心尖上，不由得脸色苍白，全身冒出了毛毛汗，半天一句话也说不出来，只知道拿那双阴毒的三角眼死死地盯着她。

“别以为你这里真是座金山银山，任谁人来了都是白捡钱。当初要不是我哥（她一直喊卢宇汉做哥）五次三番地打电话，许诺这样许诺那样，我才不来蹚你们的浑水呢。这是什么鸟地方？钩心斗角、拉帮结派、狼狈为奸，人人利欲熏心，个个薄情寡义，不但乱七八糟，而且藏污纳垢。你不要我干可以，我还不想干了呢。好吧，只要你赔偿我这十年来的损失，我立马就走，甚至会走得彻彻底底，连头都懒得回。你以为我不知道我前嫂子是怎么死的？”

“你——你——你胡说什么？”王梦云听到丁翠英的最后这句话，全身不由颤抖起来，一边冒冷汗一边指着她结结巴巴地问。

丁翠英冷笑道：“明人不做亏心事，半夜不怕鬼敲门。嫂子，你我都不是笨蛋，你的特长是管钱，我的本事是管人，只要我们联起手来，好好辅助我哥，宇汉公司不但会基业长青，而且还会不断发展壮大。我们一旦决裂，我相信对你对我对公司，都不会有好处。”

王梦云冷静地想了想，觉得丁翠英虽然话说得有点难听，但的确很有道理。经营企业是以营利为目的的，有损无利的事情，只有傻瓜才会做。但她还是心有不甘地问：“好吧，别的我也懒得说了，我只问你两个问题：一、你跟我家老卢有没有感情上的瓜葛？二、老卢曾经给过你什么样的承诺？只要你能如实回答这两个问题，我们之间就当一切都没有发生。”

丁翠英冷傲地看着王梦云，用不屑的口吻说：“第一个问题请你放心，我绝对不会跟我哥有任何情感纠葛的，上床更不会，他身边美女如云，也不会要我这个半老徐娘；第二个问题嘛，你最好去问我哥，也许他忘记了，但我是永远不会忘记的。你没读过多少书，也没在体制内待过，永远都不会理解我的损失和心情。”

其实对于王梦云，第一个回答已经足够。只要老板娘的地位不被抢走，其他任何问题都不是问题。她稍稍恢复正常，说：“其实今天我来找你的主要目的，是想听听你的意见。四个孩子，大的三十岁，小的也满十八岁了，闯的不想在外面闯荡，读的不想继续读书，都想回家族企业帮忙，你看看该如何安排才好？”

丁翠英说：“昨天我已经跟梦媛探讨过了，我觉得她们的要求太离谱，搞企业必须脚踏实地，来不得半点虚假，一个小小的瑕疵都会被客户投诉，一个批次不良就会遭到索赔，一次重大事故就得彻底趴下。所以我认为，她们最好从基层干起，靠能力一步步走上来最稳妥，吃不了苦不如每人分点股份给她们，让她们拿闲钱比让她们来捣乱还要好得多。”

王梦云想了想，觉得有道理，虽然心里有气，但也不好发作，只得说：“好吧，就这样吧，我心里有数了，先考虑考虑再说。”

说完她就退了回去。回到自己的办公室，妹妹王梦媛已经等在那里了，迫不及待地从沙发上站起来问：“姐姐，搞定了没有？”

王梦云叹了口气，说：“那女的太厉害了，妹妹，以前我们都太低估她了。”

王梦媛一听，脸上的神色就黯淡下来了。她原本希望姐姐为她报仇的，谁知连姐姐也铩羽而归。

“姐，你说，她有多厉害？”

“人家毕竟是大学生，比我们想象的厉害多了。”

“呵呵，大学生怎么了？现在的大学生遍地都是。”

王梦云也冷笑道：“现在的大学生能叫大学生吗？跟那个年代的大学生相比，他们连初中生都不如。哎，只怪我们当年读书不用功，导致脑筋不够用，根本就不是人家的对手。关键是，她好像知道当年那场车祸的真相。还有，似乎老卢还对她有过承诺。”

王梦媛一听也懵了，一脸茫然地睁大眼睛问：“那我们怎么办？”

王梦云叹息一声，说：“知彼知己，百战不殆。主要是我们对这个女人了解得太少，也行动得太晚了。慢慢来吧，先摸清楚情况再说，我就不相信她赖在咱家里，咱还没办法收拾她。喏，成都那边情况如何？”

“办事处蒙小璋回复，她已经去宾馆接触过曹晓娥了，没看见董事长，估计还在睡觉。她不好进卧室探看，只能在客厅里跟曹晓娥周旋。”

王梦云说：“他只是带个妞儿出去解解闷，我想是不会轻易怀上的。不过回来后还是要好好试探试探，发现不对就立即给她拿掉。”

王梦媛拍着胸脯说：“姐，你不用操心，这事就交给我去办吧。”

王梦云点了点头，说：“妹妹，你有没有发现，我们在公司里的地位似乎已经开始动摇了。树欲静而风不止，如果不抓紧行动，我们将会越来越被动，只要卢家人与那些职业经理人联上手，我们就玩完了。”

“所以，得抓紧培养接班人，只要卢鸢、卢鹭进入公司，掌握核心技术和关键部门，然后再慢慢排除异己，公司又会重新牢牢地掌控在我们手里。”

王梦云摇摇头说：“这只是下策，女儿毕竟是女儿，老卢是不会把所有权交给女儿的，你得想办法给他生个儿子。”

“他——他好像有警惕，一直不肯跟我睡。”

王梦云缓缓地说：“不肯睡也有不肯睡的办法，事情到了这一步，只能来个借鸡生蛋了！”

“姐姐，什么叫借鸡生蛋？”

“让我想办法弄到他的精子，然后给你来个人工授精，或者做个试管婴儿，不就什么问题都解决了？只要我们有了他的儿子，这公司还能跑到哪里去？”

“姐姐，你真是太聪明了，我的好姐姐！”王梦媛一激动，就紧紧抱住了王梦云，把头埋在她胸部，泪水却潮水般涌了出来，浸湿了她的衣衫。

王梦云心里一酸，眼睛也跟着潮湿起来。

九

送走王梦云后，丁翠英默默地坐了几分钟，随手拿起桌子上的那部苹果手机，发了一条短信：“在哪里？”

几秒钟后，对方回复：“北京。”

“我想你了，你来白云吧。”丁翠英又发。

“你来不行吗？”对方又回，“我正跟几个大客户谈判，走不开。”

“我更走不开，我发觉我已经被人监视了，一旦离开白云就会被跟踪。还是你来吧，把强强带来给我看看。”

对方沉默了几分钟，终于又回了短信：“好吧，两天后到达。”

原来那场以为会风平浪静的旅行，让她有了一场风花雪月的外遇。火车一直北上，他们一路聊着。他不但清新雅致，而且谈吐不俗；他不但有着丰富的书本知识，还有极为复杂的人生经历，不管天文地理，还是人情世故，理起哪条都说得头头是道，点点如神，不得不让她倾心折服。跟他比起来，之前包养她的那个男人，无非是个重利轻别离的小商人而已，不堪大用，更不懂感情；自己的丈夫，那个只有中专文凭的副镇长，更是庸俗不堪，根本毫无情趣可言。而卢宇汉呢，她与他之间，其实并非像跟王梦云说的那般简单。她佩服他、敬重他，同时，也在心里爱恋他、依赖他。

她对他的爱，说到底是从他弟弟身上转移过来的，虽然在来公司之前，她只跟他见过一面。她没想到在他面前，她那身材原本要高大得多、相貌也要出众得多的老公，却是那样的猥琐！这兄弟两个，哥哥是馥郁苍翠的浓荫，弟弟外貌像座森林，其实走进去，才发觉里边只长着几丛稀稀拉拉的灌木，间杂一些不知名的野草，甚至还有人和动物的粪便，要多恶心就有多恶心。于是当他发出召唤，她想都没想就辞职走了。

她对王梦云说他曾对她几次三番地邀请，以及他对她有过承诺的话，全都是信口胡说。真实情况往往都是难以启齿的，说严重一些，卢宇汉与她前面的两个男人相比，更符合她的性格，更能博得她的欢心。也几乎就在第一眼间，她就爱上他了，可他毕竟是丈夫的哥哥呀，他们之间如果想有结果，无异于煮沙成饭，或者缘木求鱼。

可是，人的命运都不是自己所能掌控的，有时候上天的垂怜只在一念之间就能形成，当她做梦都想逃离那个地方、那个家庭、那个男人的时候，他竟然向家里求援了。她想，她对他所有的情愫都只能埋藏在心里，只能把他当成哥哥。可是，自从来到公司，情况就发生了天翻地覆的变化，并且这个变化是她之前所没有考虑到的。

来到公司后，他不仅是她的亲人，还是他的领导和老板。来到公司后，她才发觉她所欣赏甚至暗恋的他，一举一动，甚至眼角眉梢都牵动着她的所有心绪与情思。难道，这就是传说中的少妇杀手？难道，这就是所谓的人格魅力？跟他相比，自己的那位简直就不是人。她想不通，为何一母所生，流着相同的血液，受着同样的教养，他们的差距竟会如此悬殊！

她变本加厉地爱着他。她自以为在公司里，只有她才能读懂他的全部，包括他的一言一笑，甚至每一个暗示、每一个眼神。

她又偷偷去了一次医院，彻彻底底地做了一次检查。那些仪器不会欺骗别人，也不会欺骗她，它们告诉她，她是个非常健康的女人，拥有完全的生育能力。排除一切生理与心理障碍后，她全身都在燃烧，无时无刻，心里都充满幻想与期待。

可是，就在她将要向他发起总攻的时候，她却颓然地发现他在这方面有着先天不足。尽管他私下对身边的那些女人全都柔情款款，可当把别人撩拨起来后，他却悄无声息地走了。他当然不会消失得无影无踪，只是若即若离，似乎还等在那里，而等你巴巴地赶去了，他却不在了。好几次，她从他的眼神甚至肢体语言里分明看出，他已经迫不及待了，可是当她迎着他的目光，做出飞蛾扑火、羊入虎口的姿态时，他却挥一挥手，不带走一片云彩，留下她在原地伤心失落、自怨自艾。最让她难以忍受的是，每结束一次冲动后，他的眼神似乎在告诉她：下次吧，下次一定！

可是，他们之间永远没有真正的下次，上过几次当之后，她趁着激情还在，就找了品管部一个比较年轻、看着顺眼的男人，把那事做了。做完之后，她又讨厌起那个男人来，立即把他从房间里赶走；下次有需要了，又把那男人召来。几次床第之后，那男人疯狂地爱上了她，非要和她结婚不可，她不得不把他赶出公司，了结了这段孽缘。

据她观察，卢宇汉对其他女人也是这样。他总是欠着太多的风流债，却从未想过要去偿还。因此，她更加羡慕甚至嫉妒他那从未见过面的前妻以及王梦云。在她眼中，那样的女人根本就算不得女人，她们是不会懂他的，再活八辈子也不会。可是她们却都拥有或曾经拥有过他。她的嫉妒曾经在心里发狂，如果不是后来的这次旅行，如果不是遇到少女时代的梦中情郎，转移了她的部分情爱，她甚至会杀了王梦云以及她妹妹。

在她心目中，王梦媛也一定上了他的床，不然三十多岁了，怎么还不嫁人？

那次到了北京，自然而然地，她与那男人开房了。他就是她想要的那种类型。他告诉她，他是搞字画鉴赏的，原来在南方的一所大学里工作，业余喜欢书法，这次来北京，是想把工作转移到首都来。

他们一起逛香山，一起爬长城，一起去承德、怀柔、十三陵水库。整整七天，他们都形影不离，最后不得不依依惜别。临别之前，她给他买了件衬衫，他给她写了个条幅，落款“北方浪人”。这次旅行的最大收获，不是她找到了真正喜欢的男人和情感的归宿，而是怀孕了。跟之前的三个男人，她都从未采取过避孕措施，非常遗憾的是，他们都未能给她播下一枚有效的种子。这次，仅仅一周时间，她竟然就有了。证据是她的大姨妈破天荒地超期没来。

她没直接回公司，而是从北京飞回老家找丈夫离婚。其实丈夫早就想和她离婚了，只是她一直在犹豫，此刻却迫不及待地赶回去，非常顺利地把婚离掉了。那个名叫方桂红的“北方浪人”听说她不但为他离了婚，还为他怀上了孩子之后，表现得相当淡定。不过他还是在她离婚返回的当天，来到了江南，来到了白云。可他并不急着见她，而是先接触了当地几名书画名家和政府官员。这几名书画名家和政府官员，还想介绍他认识几个颇有影响的老板，并为他设宴接风。

她没想到那天晚上卢宇汉会在市长主持的宴会上出现，当方桂红牵着她步入宴会厅时，她恨不得找个地缝钻进去，一直钻到地狱，永世不得超生。可是，卢宇汉却装作不认识她，依然神色自若，谈笑风生，还举杯向他们敬酒，说："贤伉俪真是神仙眷侣，我真羡慕你们。"

她心里清楚，他还不知道一天前她已经跟他弟弟离了婚；她心里更清楚，他已经看不起她了。于是等不到宴会结束，她就独自悄悄离开。她没有去方桂红下榻的宾馆，而是返回自己的房间。那房子是公司统一租来的，分配给中高层管理人员居住。就在当天夜里，卢宇汉乘着酒兴，来到她房间，要求跟她睡。

或许她还在爱他吧，又或许因为方桂红的事让她感到愧疚和心虚，她接受了。他做得非常疯狂。她知道自己错了，他不但没有任何问题，而且"武功"非常高超，一次次地把她送上高潮。

她从未有过这样的体验。在他激情澎湃的攻势下，方桂红的清新雅致简直不堪一击，她心底所有的情愫，又重新回到了他身上。她忘情地高声喊叫，一遍又一遍地咬着他的耳朵说："亲，我爱你，我爱死了你，我再也不会离开你。"

可他只是做，自始至终都没说一句话。那次之后，他们再也没有过第二次，甚至，她再也读不懂他了，再也读不懂他释放的任何信息和暗号。

她就像一个等待天子临幸的妃子，默默地等待和渴盼了几个月，可他始终没有垂青她一次。随着妊娠反应越来越强烈，肚子也正在悄悄隆起，她只好在失望中以身体不适为由，请了八个月长假，去北京找方桂红。

那是一段令人难忘的日子。他们租住在公主坟的一个小区里，他对她很好，为她提供了非常舒适的生活环境与物质享受。可是他却很少露面，他在家里露面的时间还没有在电视上露面的时间多。她也理解他，那是他的工作和理想，虽然她渐渐地发觉，他在电视上侃侃而谈，目的只有一个，就是让所有的观众和当事人都相信，那些乌七八糟的字画有多值钱，或者有多不值钱。他杀一家救一家，被他杀的黯然离场，被他救的趾高气扬。她为他的气场所倾倒，常常在心里幸福地想，遇到并得到他，上帝于她已经很开恩了。

可是，就在八个月假期满后，卢宇汉又打电话来了。他没有问她在哪里，也没有问她在干啥，只是用温情脉脉的口气说："快回来吧，我需要你，公司也需要你。"

她的情感再次决堤，原来这半年多来，她一直都在心里欺骗自己，原来她爱卢宇汉要远远超过方桂红。她回来了，接到电话的第二天，她把满月不久的孩子交给方桂红，就飘然返回江南，返回白云，返回宇汉公司的怀抱。

在这里，她感觉自己踏实多了，也安全多了。只是他还是不肯临幸她，似乎冥冥中早已注定，他们只能有一夜之缘。

生过孩子后，她在体型上有了微妙的变化，不是变丑了，而是变得更加风韵十足。她在寂寞中孤芳自赏，偶尔，也会匆匆赶去北京，看看方桂红和孩子。方桂红发迹了，在北京买下几处房产，还有了为数可观的存款。想她了，就给她订购往返机票。

日子就这样在飞来飞去的漂泊与淡定中缓缓度过，她同时爱着两个男人，却无法断定自己死心塌地"厮守"着的这个男人是否也爱她。可是能守着他她就已经很满足了，看着他身边那些眉来眼去千娇百媚的美女，她没有了嫉妒，反而感到值了，毕竟曾经拥有过。

就在她以为她的人生之旅将这样不急不缓地走向茫茫终点的时候，公司里的情况突然变得相当恶劣：她发觉自己被监视了，她发觉那两条还算可爱的哈巴狗，原来是两头母狮。母狮开始发狂了，暴风雨即将到来。

她感到了孤立无援与茫然无助，情急之中只好抓住那根稻草。她一直都在怀疑，卢宇汉的前妻一定不是死于普通车祸，车祸背后一定有着并不复杂的内幕。她觉得那是一场阴谋，而王氏姐妹一定是那场阴谋的主角。

要让自己不被王氏姐妹击垮，她必须主动出击，那就是掌握她们杀害卢宇汉前妻的证据，然后联合卢洁、卢双，把王氏姐妹送上断头台。

她无意争夺宇汉公司的财产，也没有资格争夺宇汉公司的财产，她只是不想离开。她已经适应并且深深地依赖着这个地方了，一旦离开，就会觉得自己只是一具没有灵魂的躯壳。

十

曹晓娥走后，卢宇汉办理好登机手续，通过安检，来到候机大厅，重新从带密码的手提包里拿出一部手机，打开之后，手机里传出一个柔情款款的声音：“亲爱的，你在哪里？我很想你，宝宝也很想你。”

卢宇汉笑眯眯地、一脸幸福地听着，手机里那个柔情款款的声音又说：“宝贝，快跟爸爸说话，爸爸也很想你呢。”

“爸爸，你在哪里？宝宝想你了。”听着这稚嫩的、含混不清的、仿佛正在咿呀学语的声音，卢宇汉的笑容变得更加慈祥起来。

为了防止被人动手脚和安装窃听软件，卢宇汉在那只带密码的手提包里，为自己准备了两部相同款式不同颜色的苹果手机，分别命名为“爱情专线”和“幸福专线”。这两部手机经常关着，想联系他的人，只能发短信，或者给他语音留言。

他关掉留言，按了下屏幕，手机里随即唱起歌来：“彩云之南，我心的方向，孔雀飞去回忆悠长。玉龙雪山，闪耀着银光，秀色丽江，人在路上……”

手机彩铃响到这里，一个睡意蒙眬的声音传了过来：“老公，你在哪里呀？你想我了吗？”

那声音甜甜的，卢宇汉一听，仿佛全身都要酥软了、融化了。

“我在双流机场。我也想你啊，宝贝。”五十多岁的人了，还像二三十岁的年轻小伙儿一样，一旦沉醉在爱的海洋里，就是暖风吹，春雨淋，丝竹之声绵绵于耳，氤氲之气缠绕于身，不管心思有多缜密，作风有多强硬，此时都只能是一棵开花的草，一把纸做的刀。

她依旧睡意蒙眬，依旧声如梦呓：“你要来昆明吗？我们好想你哦，你说过一个月就会来看我们一次，可是你都离开我们九十八天了，你还不回家吗？老公。”

他说，他拍着胸脯保证说：“我马上就来了，马上就会飞到你们母子的身边。”

“真的吗？老公，你说的是真的吗？你不会是哄我们的吧？”

她的话音里已经没有了睡意，兴奋得几乎是在欢叫。

“当然是真的，”他语气有些严肃地说，“我可从来没骗过你！”

“那你告诉我航班，我到机场接你。”

“我是零点过几分的航班，你不用亲自来接，帮我叫辆出租车等在机场出口就行。”

她犹豫了一下，仿佛是妥协，也仿佛是心有不甘，声音弱了下来：“那好吧，我把自己洗得干干净净的，放在床上等你。”

卢宇汉关掉手机，习惯性地抬腕看看手表。他还没看清是几点几分，登机广播就响了起来：“由成都飞往昆明的旅客请注意，您乘坐的8L9890次航班现在开始登机。请带好您的随身物品，出示登机牌，由4号登机口上17号飞机。祝您旅途愉快。谢谢！”

卢宇汉关掉手机，提着皮包朝登机口走去，边走边在脑海里想象着几个小时后一家三口幸福团聚的情形。她依旧美得像上关的花，白得像苍山的雪，静如洱海月，动如下关风；而他们的宝宝，更像一个白瓷娃娃，或者玉石雕像，要多漂亮就有多漂亮，要多美丽就有多美丽，而且，他已经会喊爸爸了，会扑向他的怀里找他抱了，会用肉嘟嘟嫩爽爽的小脸蛋磨蹭他的老脸了。为此，在动身之前，他还专门去了趟美都发廊，花八百块钱找“白云仙子”好好地理了一次发，把一张老脸刮得溜溜光。

半个小时后，飞机起飞了。这是双流机场最晚起飞的一班飞机，经过两个多小时的航行，非常顺利地在长水机场着陆。

卢宇汉兴冲冲地往机场出口处走去。走出机场，一个中年男人举着一块两尺来长、一尺多宽的红色牌子，上面写着六个大字：“接成都韩先生。”

卢宇汉是用韩彤云的身份跟她相遇、相识、相知、相爱并生下宝贝儿子的，在她面前，他一直使用“韩彤云”的身份证和户口本。为了安置他们母子以及将来的幸福生活，他用她的名字，分别在昆明、大理和丽江的环境优美处，各买了一套住房，并办理了两张各有两百万元存款的农行卡，一起交到了她手里。看到“韩先生”几个字，他感到非常别扭，笑了笑，心想：“赶紧调整心态吧，从现在开始，我就彻底变成另外一个人了。”

卢宇汉向那中年男人招了招手，中年男人热情地跑过来问：“您是从成都来的韩先生吗?”

卢宇汉点了点头，中年男人把他带到十几米外的一辆出租车旁，客客气气地打开车门，请他上车。随后出租车拐上绕城高速，飞快地朝前方跑去。尽管卢宇汉心里充满了渴望与期待，但却禁不住长途奔波，阵阵困意不停地袭来，想撑没撑住，便迷迷糊糊地睡着了。

睡梦中，三年前的一段往事，又重新演绎起来……

十一

那年他四十八岁，在秘书田小田的陪伴下，从成都办事处出发，前往昆明考察市场。宇汉公司总部设在白云，但却仿照军方的做法，把全国划分为七大“军区”，分别叫“东北军区”（沈阳办）、“华北军区”（北京办）、“西北军区”（西安办）、“华东军区”（上海办）、“华南军区”（广州办）、“华中军区”（武汉办）、“西南军区”（成都办），全部由市场部统管；然后又在各个省会城市设立联络站，联络站站长为科长级，办事处主任为副经理级，主要任务是收集市场信息，管理和拓展经销商，铺设销售渠道与销售网络。

为了安全起见，卢宇汉的行踪是极其保密的，到了每个城市，想见面了才临时通知主任或站长，不想见面他们根本不知道老板驾临“辖区”，即使知道了也不敢轻举妄动。

田小田大学还未毕业就到宇汉公司实习，由于长得水灵，加上脑子好使，很快就通过考察，被从众多实习生中选拔进了总经办。田小田是云南大理人，卢宇汉从她清纯如水的脸上，仿佛看到了大理的风花雪月与三塔映日，便有了去大理畅游一番的念头。

其实这个想法由来已久，只是创业艰难，在此之前，他总是不停地往返和奔波于全国各地与世界各国，但无非是参加展会、谈判考察、拜访客户、慰劳销售人员等，从未有过真正的旅游。现在公司架构齐整，颇具规模，综合实力早已进入白云前五，再往上就会更加艰难了，不如放松放松，把经商与旅游、拼搏和享受结合起来，不然过几年就老了，再也无法享受了。

于是他召见王梦媛，说：“安排下，我想去成都参加本届西南联合商展，今晚就走。”

卢宇汉已经很久没有带她出去了，即使出去也很少直接找她安排，往往叫上一个秘书就走。王梦媛心里一喜，有些激动地说：“好的，姐夫（她一直喊他姐夫），我们开车还是——”

她非常希望跟他来次自驾游，不是想借此炫耀车技，而是想在旅游途中制造机会，让梦想成为现实。可是，这样的机会整整等了五年，一直都没出现，如今眼见着就要出现了，怎么能不一把抓住？

“不，我不喜欢自驾，还是给我订机票吧，让小田陪我去就行了。”

“小田？那女孩——那女孩天真烂漫的，好像什么都不懂呢，这么大的商展，还是我去妥当些，否则会贻误商机的。”

“你还是坐镇公司吧，协助你姐和姚副总、丁经理他们处理好各项事务。”他语气不再那么强硬，但依然不容置疑。

"姐夫，以前你走到哪里都喜欢把我带在身边，现在——是不是嫌我老了？"

卢宇汉注意到了她的伤感与幽怨，但还是没有松口，只是淡然地说："以前你还需要历练，才走到哪里都把你带着，现在你长大了、成熟了，能担当大任、独当一面了，不能再把你当成小妹妹带了。田小田那女孩资质不错，我想带她出去历练历练。"

王梦媛知道希望已经落空，幽幽地叹息一声，说："好吧，我会给你安排得妥妥当当的。"

在返回办公室的途中，王梦媛特意路过秘书办公室，对正在格子间整理资料的田小田喊："田小田。"

穿着一件雪白连衣裙的田小田抬起头来，看见是顶头上司，连忙站起身来，有些紧张地问："主任，是您叫我？"

一脸失落的王梦媛没好气地说："不是我是谁？到我办公室来吧。"

田小田心里怦怦直跳，不知是哪里出了差错，惹得主任如此不悦。尽管心里害怕，也只得跟着她走。

总经办主任比部门经理高一级，已经享受副总待遇了，所以王梦媛的办公室不但宽敞明亮，铺着波斯地毯，摆着真皮沙发，挂着壁毯字画，还带有卧室和卫生间，甚至还有一个更衣室。

踩着办公室里草甸一样柔软的、草白底色印着淡蓝花朵的地毯，田小田的心依然悬在半空。王梦媛走到她宽大的办公桌后面坐下，指了指对面的高背红木椅子，绷着脸皮，向田小田努了努嘴。田小田心怀忐忑地坐下，抬头，目光却越过王梦媛的头顶，看向她身后的书柜。书柜高高地直抵天花板，长溜溜地占满了整整一面墙，里面琳琅满目，全是各种各样的书。书柜上还贴着淡雅而醒目的标签：文学、艺术、政治、经济、管理、综合。除了书籍之外，书柜里还有几件陶瓷古玩和金银器皿。

与此同时，王梦媛的目光也越过田小田的头顶，看向对面两扇落地窗之间的墙壁，上面挂着一幅条幅，上书"剑胆琴心"四个行书大字，条幅左边挂着一把一尺多长、做工精美的青铜宝剑，右边挂的，是一张古琴。

那张条幅，是老板卢宇汉的作品。平心而论，卢宇汉的书法功底并不输方桂红，甚至在行笔和内蕴上，还要比方桂红略高。

或许，这也是这个有着小资情调的女人痴情于他的重要原因吧，但绝不会是主要原因。

王梦媛调整了下情绪，把目光下移，看向田小田那张洋溢着青春朝气的脸。田小田连忙把头低下，显得更加局促不安。王梦媛心里一松，微微笑了笑，显出亲近下属的模样，说："找你来安排个事情，董事长要去成都参加商展，点名只带你同去。"

田小田呆了一下，几秒钟后才缓过神来，仿佛太阳即将升起，白嫩的脸上布满了万道朝霞。王梦媛想，这就是男人们所说的秀色可餐了吧？心里一酸，反而笑得更加自然和亲切，说："所以你要做好准备，今晚就走。"

"我——我能行吗？我——我好像什么都不懂呢！"

"你别担心，参展工作成都办会安排好的，你只管陪着董事长，照顾好他就行了。"

田小田心里悬着的石头终于落地了，轻轻地舒了口气，欢快地说："哦，只要不是去做布置展馆、接待客户，其他的我都能应付。"

王梦媛脸色微微一变，但立马又恢复正常："你要做的工作，主要有帮董事长订机票、订房间、订餐、联系车辆、收拾行李、更换衣服，等等。许多人以为我们做秘书的很轻松、很体面，不但工资很高，而且办公环境、居住条件、福利待遇等，都让人羡慕得不行。其实他们哪里知道，我们也有我们的难处，比如保密、比如奉献、比如牺牲。从调进总经办的那天开始，我们就要时刻准备着，为董事长和公司奉献自己的青春、年华、智慧、汗水，甚至还有——我就不说了，反正你懂的。"

田小田笑靥如花地点着头说："谢谢主任，我懂的，我会照顾好咱们卢董的，您请放心吧。订机票、订宾馆、穿衣打扮这些，我全都很在行，至于保密嘛，我一定会做到守口如瓶，滴水不漏。"

"好吧，我相信你，你们走后，要随时向我汇报，如有需要，我会及时支援你。”

“好的，谢谢主任。”

“那就赶紧去订机票和酒店吧，”王梦媛说着抬腕看了看表，“现在是十点十五分，中午我请你吃饭。”

“好的，如果没有其他事，我就订票去了。”

王梦媛点了点头，看着天真无邪的田小田乐颠颠地起身离去，心里更加不是滋味。

田小田是学文秘专业的，轻手轻脚地走出房间的同时，还轻轻地把门带上。王梦媛知道，如果单纯地做秘书工作，这个小妞是非常优秀的，可是，在这样的民营企业里，秘书，实际上就是“小蜜”的代称。她想，这次成都回来，这么清纯的女孩，或许就不再是女孩了。

王梦媛有些气愤地离开座位，把那幅“剑胆琴心”一把扯下，使劲儿撕了几下却没撕开，嘀咕了句“你还挺牢的嘛”，怔怔地站着想了想，又搬张藤椅，把它挂了回去，心道：“谋事在人，成事在天，一切都是天意使然。”

十二

中午，位于白云市中心的兰苑餐厅迎来了两位女客。这两位女客，走在前面的那个三十多岁年纪，身材曼妙，脸型标致，头发卷曲，皮肤白皙，上身穿一件鹅黄色齐腰短衫，下身挂一条浅绿色百褶短裙，足蹬一双高跟水晶凉鞋，肩上还披着一条透明的白纱丝巾，鼻梁上架着一副橘黄色的银丝眼镜，脖子上的白金项链熠熠生辉，左腕戴的是劳力士手表，右腕戴的是玉石手镯，走起路来摇曳多姿。只见她一手提着坤包，一手拿着玛莎拉蒂的钥匙，看上去珠光宝气，相当高雅，但却缺乏雍容气度与华贵特质，想来不是暴发户之女，就是土豪的二奶。

后面跟着的那位好像只有二十来岁，穿一袭白色连衣裙和一双黄色中跟皮凉鞋，全身上下清汤寡水，毫无一件装饰之物，但却天生丽质，宛如仙子。

门童乖觉，不敢怠慢，连忙恭恭敬敬地鞠躬行礼，说道：“欢迎光临。”

迎宾小姐也跟着躬身行礼。王梦媛旁若无人，带着田小田七拐八弯，径直走向203包厢。这是她专门为手下那些女孩订的包厢，卢宇汉出差前后，被点中的小秘都会被她带来享用一番。

这是一间布置得相当雅致的包厢，窗外就是风景秀丽的白云公园，空气清新，环境幽静，白色的瓷砖光可鉴人，贴着浅棕色墙纸的墙壁上，还挂有两幅油画，画面不是山水人物，也不是鱼虫花鸟，只是一些无厘头的炫酷色彩。田小田第一次来到这个地方，好奇地欣赏着那些稀奇古怪的油画。

一股凉悠悠的冷风从空调机里缓缓地吹出，餐桌上只放了两份餐具，两杯茶水正冒着微微热汽。王梦媛把坤包和车钥匙往桌上一放，就上卫生间去了。听见关门声响，田小田轻移莲步，迅速地飘向桌边，用极其快捷的手法，把那两杯茶水调换了位置，然后又轻轻地飘回墙边，继续欣赏油画。

两分钟后，王梦媛才从卫生间里出来，见田小田还在研究那两幅毫无头绪的色彩，伸手按了下桌旁的按钮，说：“坐吧坐吧，马上就要上菜了，这些无厘头的东西，我一点都不感兴趣。哦，据说是一名女诗人的作品，三万块钱一幅。那老女人号称是诗人中画画最好的，画家中写诗最好的呢，就这水平，我看还不如幼儿园大班的学生。”

田小田回过头嫣然一笑，脸上露出两个浅浅的酒窝，说：“主任，其实我觉得她还是画得很不错的，虽然没有实际内容，但如果认真品读和思考，这些乌七八糟的色彩，不正是我们的生活吗？哦，这幅画的标题还真叫《生活》呢。另外一幅我看看先，噢，叫《时间》。对，还真的很像时间。时间匆匆，如白驹过隙，如果稍不留意，它一晃眼就不见了，甚至连痕迹都不会留下，留下的只有我们无端的叹息和无尽的愁思。”

王梦媛在靠墙的主位上坐下，指了指对面的客位，说：“坐下吧，你们这些大学生真有水平，能欣赏这样高级的抽象艺术，我是看不懂的，也懒得看。”

正说着，门铃“叮咚”地响了，一名十八九岁身穿制服的服务员，推着一辆小车走了进来，用极其温柔的声音说了声“打扰了”，然后小心翼翼地把车子推到餐桌边，一样一样地往上搬，什么羹呀、汤呀、糕呀、饼呀、果呀，不下十七八样，此外还有咖啡、豆浆、玉米汁等五六种饮品，摆了整整一桌。田小田不由瞪大眼睛想：“我又不是大肚汉，吃得了这么多吗?”

服务员上完餐点，微笑着做了个“请”的姿势，语音轻柔地说：“二位请慢用，如需服务，请按桌旁的呼叫按钮。”

说完，又笑意盈盈地推着小车轻轻地走了出去。

王梦媛微微一笑，优雅地做了个请的手势，客气地邀请田小田入席，说：“这餐厅是我自己的产业，所以我来这里带有检查工作和试餐的性质，是不用埋单的，你就敞开肚子，每样都品尝一下，等积累了一定的资本，你也开个店玩玩吧，感觉很不错的，比一味地在公司里上班好多了。在公司有公司的规矩，离开公司我们就是姐妹，来，妹妹，姐姐以茶代酒，敬你一杯，预祝你旅途愉快，旗开得胜。”

田小田也不客气，端起茶杯一饮而尽。王梦媛见她喝得如此爽快，心里一乐，就露出了如花笑靥，一边招呼她品尝各种食品饮料，一边掏心窝子说：“妹妹呀，人生在世，谁都不容易，贫贱时有贫贱的快乐，富贵了有富贵的烦恼。就说我吧，少时虽然家境贫寒，但也过得开开心心，自十七岁高中毕业后来到宇汉公司，一晃眼十几年过去了。在过去的十几年中，我们南征北战，开疆拓土，为公司发展不辞劳苦，费尽心机，很少有空这样享受。在别人的眼里，我们开豪车、穿名牌、住别墅，其实能有几人理解我们内心的孤独与情感的寂寞。我虽然也读过清华大学的MBA，参加过北京大学的总裁班，拥有硕士学位，但那些都是假的，都是花钱买的。钱可以买到学位，可以买到整柜整柜的书，但却买不来知识、智慧和青春。所以我很羡慕你。好在人要发财，靠的不仅仅是知识、智慧和青春，还得有勇气、胆气和运气，特别是运气尤其重要，一旦时运不济，所有的努力都是白费。”

对王梦媛的观点，田小田表示非常赞同，连忙讨好地说：“主任，您还说您的学位是假的，您看您说的这些道理，不要说现在的大学生，就是讲师教授，也未必说得出来呢，现在那些所谓的‘专家’，我恨不得一砖头把他们拍死，除了死抠书本、照本宣科外，他们还能做什么？全都想钱想疯了，白天夜晚都做梦抢劫呢！”

王梦媛被田小田如此一捧，心里热乎乎的，有点飘飘然起来，脸上不由自主地露出得意的笑容，一边介绍食品饮料的名称，一边亲切而又热情地劝她品尝。田小田也不客气，放开喉咙，一样样品尝过去，边吃边赞不绝口。王梦媛更加得意地说：“这些饭菜，全都是我店里的主打和招牌，几乎每样都是我会做的、喜欢的。”

田小田赞道：“主任——”王梦媛纠正道：“叫姐姐。”田小田小脸一红，连忙改口：“姐姐，没想到你真是多才多艺，哪个男人娶到你，不知是几辈子修来的福。”

提起这个话题，王梦媛的脸色倏地一变，长长地叹了口气，一脸落寞地说：“万般都是命，由命不由人，不会因为你有钱想干吗就能干吗，特别是感情这东西，即使你贵为公主，美似天仙，他不喜欢你就是不喜欢你。咱们公司好是好，在白云市的纳税排行榜上，早就进入前五位了，销售和利润，在本行业也是全国最好的，是当之无愧的标杆和龙头，并有自己响当当的品牌，让人羡慕得不行。可是在羡慕的同时，不知有多少人在暗中乱嚼舌头，什么血汗工厂呀，老板没儿子呀，剩男成群剩女成队呀……要多难听就有多难听。”

田小田说：“姐姐你也介意这个？我才不在乎呢。那些凡夫俗子的想法，真是浅陋得很。商场竞争，瞬息万变，有人统计过，全中国每天都有几百家民营企业倒闭关门。远的不说，光我们白云，一年中同样有不少企业资金链断裂，老板跑路，因企业资不抵债倒闭跳楼的也大有人在。宇汉公司之所以能够成功，一定有它的道理。特别是你们姐妹加盟以来，大刀阔斧，锐意改革，在本行业中过关斩将，一路领先，把竞争对手抛得远远的。如果不是你们观念超前，高瞻远瞩，能有今天傲视群雄、蒸蒸日上的发展势头吗？那些凡夫俗子懂什么？他们只知道饱食终日，搓麻泡妞儿，要不就是炫富飙车，空虚无聊。女的呢？别看她们又是出入会所，又是跆拳瑜伽的，一个个表现得高端大气白富美，其实都是金玉其外败絮其中的绣花枕头，根本就不值一顾，所以我真正敬佩和崇拜的，还是姐姐你。”

王梦媛哈哈一笑，说：“平时看你文文静静的，谁知说起话来却滔滔不绝，精彩得很。”

田小田羞涩地一笑，说：“酒逢知己千杯少，话不投机半句多。哼，跟那些粗俗不堪的人有什么好说的？简直是对牛弹琴，对马吹箫，白费力气，有那个时间我多看几眼书多好。呀，姐姐，你那么多书，是用什么时间什么方法看完的？”

王梦媛办公室里的那些书，其实都是用来装扮房间的，根本就没动过，田小田如此一问，那张如花似玉的脸蛋不由微微一红，说：“我看书呀，只取其大意，从来不兴细看的，所以看得都很快。可惜囫囵吞枣，消化不良，看了等于白看。来，尝尝这道‘走在乡村的小路上’，这道拿手好菜还是我发明的呢，后来开了店，传给厨师，因为卖相好、味道绝，加上名字又好听，销路还不错。”

田小田瞟了一眼，在心里冷笑，不就是红烧猪蹄嘛，我八九岁就会做了，装什么文艺！但还是伸出筷子，夹了一小块放进嘴里，一边品尝一边称赞：“好，不但味道绝妙，口感奇佳，而且这名字也太有文艺范儿了，简直就是一句诗呢。”

王梦媛突然变得矜持起来，期期艾艾地说：“年轻的时候，我还真是个文艺青年呢，写过很多诗，在我们文学社的报纸上发表。我那首《爱上你是个美丽的错误》还在市里的诗歌大赛中得过二等奖呢。”

说完，她放下筷子，双手握拳，朗声吟诵道：“爱上你是个美丽的错误。”又把双掌摊开，交叉抱在胸前，“短暂的甜蜜就必须付出长久的痛苦。”

田小田看着她神经兮兮的样子，觉得十分可笑，但嘴上却说：“是呀姐姐，如今诗歌是离我们越来越远了，因为诗人不懂经济，诗歌不解风情，注定必须要没落和寒碜。虽然诗歌不是生活，但生活却可以过得更像诗歌，这叫‘诗意地栖居，蓄意地寻找，刻意地追求，无意地失落’。”说着自己倒满一杯咖啡，也帮王梦媛倒满一杯，然后站起身来，面对王梦媛，举起杯子朗诵道：

任一种思绪
临风
翩然起舞
记忆之水
便陡然湍急

相思一茬又一茬
剪也剪不断
月光皎洁
我终年守候的幸福
不应是
圆圆的缺憾

诵完，一饮而尽，亮亮杯底，说：“姐姐，这是我初中时背过的一首诗，写的恐怕就是你此刻的心境。我不会写诗，但也跟你一样，曾经无比崇尚诗歌。生活不过如此，我老家号称彩云之南，但又有谁能真正过出彩云般绚丽与悠闲的生活？所以没有什么好伤感的，放下昨天，抓住今天，展望明天，才是正经。”

王梦媛有些失落地端起杯子，但却没有豪放到一饮而尽的地步，只是非常淑女地呷了一小口，就把杯子轻轻放下了，动作虽极优雅，但却相当做作，惹得田小田在心底冷笑：“原本就是凡花俗草，却来冒充阆苑仙葩，你活得累不累呀？”

墙上的挂钟“嘀嗒、嘀嗒”地响着，王梦媛抬腕看看表，表情夸张地说："呀，都快一点半了，只差一个半小时你们就该启程了。"

这餐饭极其丰盛，席间又是倾心畅谈，又是朗诵诗歌，看上去风雅得很，但田小田却觉得枯燥乏味，虚度时光，一颗心轻飘飘地悬在半空，从一开始就恨不得立马结束，于是连忙接口："我吃得太饱了，再吃就要胀翻了。"

"好，那我们今天就品尝到这里。哎，没想到妹妹你不但清纯美丽，其心也玲珑无比，真是合我口味。你别看宇汉公司三千多人，办公室里美女如云，但能有这份心智与才情的，只你一个。等你回来，我们姐妹再好好聚聚，遇上你真是我一生最美的缘，短暂的别离最能加深我们的情谊。"

嘿，这个神经兮兮的过时文艺女，又开始表演起她的"遇上体"。

官大一级压死人，田小田绝对没有敢于嘲笑上司的胆子，只得应和道："'这回去也，千万遍《阳关》，也则难留。'姐姐，凭你的财产、姿色、学识、智商、才气，我看世间所有的男人，绝少有配得上你的，你必然要等，搞不好哪天'蓦然回首，那人却在灯火阑珊处'呢。"

王梦媛展露花容，绽开笑靥，收拾起坤包钥匙，站起身说："'林花谢了春红，太匆匆。无奈朝来寒雨晚来风。'一晃眼我都已经三十多岁了，虚掷大把光阴，等来的却是满怀惆怅，无边烦恼。妹妹，满山都是猴子，孙悟空却只有一个，遇到适合的千万别错过，什么名呀利呀，都是骗人的东西，别步姐姐后尘，被它们所蒙蔽了。而且这些东西都很毒，一旦沾染上，再也甩不开，再也挣不脱，无休无止，死而后已。"

田小田想，说了半天，只有这句话才巴点谱。于是也跟着站起身，拿起放在餐桌上的手机说："人生长恨水长东，淡泊名利最轻松。姐姐，我听你的，如果真遇到适合的，你得帮我调离总经办，让我好好地恋爱结婚生娃过日子。"

王梦媛哈哈一笑，说："那是自然，那是自然，如果你愿意，我倒想将你弄来这里，帮我打理这家餐厅，把它打造成全国连锁的诗意饮食城。"

说完，两人在欢快的笑声中离开包厢，在服务小姐们毕恭毕敬的目光中款款离去，带走一股奢靡之气与淡雅香风。

十三

下午三点十分，卢宇汉的专车缓缓开出公司大门，岗亭里的两名保安连忙立正敬礼。坐在副驾驶位置上的田小田从未享受过如此待遇，脸上微微一红，心里“怦怦”直跳，双眼直直地看着前方，直到驶离宇汉路，才轻松下来。

卢宇汉有三辆专车，分别是宾利、奥迪和兰博基尼，分别在不同的场合出现。宾利一般只出现在商务谈判、投资考察等重要场合，奥迪一般是在参加亲朋好友聚会和政府召开的人大、政协及其他会议时使用。除以上两种情况，他只坐兰博基尼。

司机名叫张诺，是个二十多岁的女孩，据说还是王梦云的表妹。卢宇汉最喜欢兰博基尼，开宾利和奥迪的都只是兼职司机，一般由总经办的秘书们随机充任，张诺只负责开这辆豪车。卢宇汉一般只是在省内坐自己的专车，上了飞机，到了省外，那就只能租车了。每次将他送到机场，张诺就可以开着兰博基尼到处兜风炫富。

张诺把车开得像条飞鱼，在车水马龙的街道上曲折行进，左右穿梭。上了高速公路后，更像一支离弦的利箭，带着“呜呜”的风声，射向苍茫远方。田小田第一次坐这么好这么快的车，全部身心都像是在飞一样，比卢宇汉第一次召见她时，用犀利的目光在她脸蛋与胸部之间来回审视时还要害怕，忍不住轻声说：“美女，开慢点，请你开慢点好不？”

张诺两手握着方向盘，薄薄的嘴唇动了动，说：“才一百八十迈，又不快。”说着，右脚一踩油门，又加快了速度，“我经常开的都是两百多迈呢，这么好的车，开得慢慢吞吞的有啥意思？还不如开宝马奔驰呢！”

好在这条高速路上车辆很少，但这种低空飞行般的开法，田小田感觉像是在穿越一样，路被拉成一条直线，时间也在一截一截地缩短，仿佛自己已经不再是自己，而是另外一个生命物体，不由自主地尖叫起来：“妈耶，开这么快不怕罚款吗？”

张诺从第一眼起就看她不惯，似乎是想教训教训这个没见过世面的乡下姑娘，又轰了一下油门，说：“随他罚去，姐有的是钱。”

田小田伸头看了一下车子的仪表，250 迈，整整 250 迈。“我的天，你开这么快不要命了吗？”田小田被吓得脸色苍白，惊恐地睁大眼睛，“你是在给老板开车呢，不是来赛车。”

“老板都没说话，你急什么急？真是皇上不急太监急！”张诺依旧两手紧握方向盘，用相当刻薄的语气揶揄她。

“是不是你表姐叫你这样开的？出了事情怎么办？”也许是急了，田小田口不择言地说。

“就是我表姐叫我这样开的怎么样？她说董事长喜欢快，耽误了时间谁都承担不起。你一个跟班陪房的小秘书，有啥资格对我指手画脚？”虽然她的眼睛紧紧地盯着前方，但说出的话却像刀子一样伤人。

田小田愤怒地偏过脸来，咬着牙齿，狠狠地盯着张诺。这女孩虽然五官标致，皮肤也好，淡妆浓抹得恰到好处，既不张扬，又不遮掩，只是眼神太过阴冷，天生就缺乏温暖和爱意，把一张原本如花似玉的脸蛋，衬得冰冰冷冷的，像一条转世投胎的蛇。她学过相面，知道具有这种眼神和面相的女人，一般都非常自私和阴毒，心里更加害怕起来，大喊：“停车，放我下去！”

张诺没有理睬她，而是咬咬牙，又去踩油门。

“贱货！你是不是疯了？”田小田狠狠地一巴掌抽过去，斜着身子一把夺过方向盘，左脚一拐，挤开张诺的右脚，牢牢地把车控制在手里。

车速慢慢地降了下来，张诺大声尖叫着，一边去抢方向盘，一边用嘴去咬田小田的手臂。

卢宇汉终于发话了，冷冷地喝道：“张诺，你放开不许动，小田把车开到路肩上去。”

张诺放开手，又再咬了田小田一下，才慢慢地松开口。田小田咬着牙，噙着泪，打开紧急避险灯，稳稳地把车停在路肩上，依然双手紧紧地抓住方向盘，左脚死死地踩着刹车。

卢宇汉冷冷地命令：“张诺，你下车！”

张诺回过头来，同样冷冷地问：“姐夫，你啥意思？你——你难道没看见她在抢车吗？”

卢宇汉长长地叹了口气，说：“下车吧，你再也没有资格摸这辆车的方向盘了。”

张诺嘻嘻一笑，说：“姐夫，你是跟我开玩笑的吧？我们这么多年的感情了，你舍得赶我走吗？我十八岁就开始陪伴你，七八年了都。”

卢宇汉火了，指着她骂道：“不要脸的贱货，你给老子滚下去！”

张诺惊呆了，睁大眼睛半天说不出话。卢宇汉打开车门，钻下车来。张诺回过神来，知道他要干吗，吓得花容惨变，瘪着嘴哭了起来：“姐夫，我错了，我再也不敢顽皮了，你不要把我扔在这里好不？”

卢宇汉说：“别求情了，没用的，要是我连这点铁石心肠都没有，就不可能活到今天，更不可能拥有这么大的产业。下来吧，别让我动粗，从今天开始，永远把你的脏嘴给我闭住，不要再喊我姐夫。”

张诺虽然刻毒，但却是个极聪明的女人。她恶毒地剜了田小田一眼，然后打开车门，跳下车来，双手抱住卢宇汉，把头埋在他胸前，撒娇地哭道：“姐夫，不要赶我好不？我——我是因为吃她的醋才这样的嘛。”

卢宇汉一把推开她，对着车里说：“小田，坐到驾驶位置，从今天开始，这辆车就归你了。”

田小田拉上手刹，一边从副驾驶位置移到驾驶位置，一边说：“我不要，再说我也养不起。”

卢宇汉上前一步，拉过田小田的左手，看着莲藕般的手臂上被咬出的两排牙印和伤口，掏出纸巾，俯下身去擦了擦血，温情脉脉地说：“你还是坐过去，我来开吧。到了那边，赶紧去打狂犬疫苗。”

田小田顺从地收回手臂，重新坐回副驾驶位置。卢宇汉钻进车里，关上车门。汽车重新启动，风一样地开走了。张诺穿着一件透明的半袖短衫和一条淡蓝色的超短裙楚楚可怜地站在路肩上，乳黄色的胸衣几乎毫无遮拦地展露出极具魔力的诱惑，看见有车路过就招手，可那些司机稍微犹豫一下，依旧疾驰而去。

张诺急得哭了起来，想打电话，才发现手机和坤包都还在车上，自己已经变得身无分文，一无所有。怎么办呀，这下怎么办呀？往路边一靠，发现隔离带外面是条小马路，于是对着省城方向大骂：“卢宇汉、田小田，你们这对狗男女，将不得好死！”

骂完爬上路边的护栏，准备纵身往外跳。突然一辆警车疾驰而来，两名警察连忙将她拦住。

十四

三名黑衣男子分乘两辆大众速腾，通过特殊渠道，直接进入双流机场，可是他们很快就得到确凿信息：卢宇汉和田小田并没有登机。

与此同时，张诺与闻讯赶来的王梦云，通过 GPS 定位系统，在江南机场附近一块灯光昏暗的空地上找到了那辆兰博基尼。

王梦云气得脸色铁青，张诺依旧喋喋不休地说：“梦云姐，我看如果不早点下手干掉她，宇汉公司迟早会落入她手。搞不好他们现在都已经上床了，正在颠鸾倒凤呢！”

“啪！”王梦云抬手抽了她一巴掌，骂道：“我每月白白付你一万多元工资，还给你妈全额报销所有医疗费用，连个车你都开不好，留你有个屁用？从今天开始你就别回公司了，想去哪儿去哪儿。”

张诺眼睛一红，哭道：“梦云姐，我都在公司待惯了，你叫我去哪里嘛？除了开车我什么都干不来。”

“你车呢？你开得好，把个车开到哪里去了都不知道。”

张诺哭得梨花带雨，抹着眼泪说："姐，是我没用，你打我吧。可是你想过没有，那女的实在是太厉害了。不是我怕死，我都已经做好了所有准备，把车开到250迈了，只差两分钟，就能开到预定地点，让它飞进长江里去。可是那女的，她居然会抢我的方向盘。她身手不凡，一定是练过的，也肯定蓄谋已久，我们必须要把她的来历查清楚。"

王梦云冷冷地看着她说："余下的事情我会处理。你走吧，该给你的我早就给过你了。"

张诺走出十几米远，突然转身说："梦云姐，你是玩不过他的，别指望把宇汉公司的所有财产据为己有了，说不定他早就有了防备，今天发生的一切早就预演了很多次。"

王梦云眼里露出略显忧郁与疲惫的目光，说："张诺，你想得太多了，你一个司机，穿得这么少、这么露，难道不是冲着宇汉公司的财产吗？可惜他不上钩是不是？即使他上钩了也没关系，因为我放心你才会请你来开车，才会让你有机会跟他在一起。"

"哈哈，你放心我？梦云姐，你是在说梦话吧？别人不清楚我还不知道？你连你亲妹妹都不放心，能放心我这个拐弯抹角的远房表妹吗？你别哄我了，梦云姐。"

王梦云淡淡地说："你说对了，我是连亲妹妹都不放心，但与其将这么庞大的家业交予别人，还不如我们姐妹平分了好。但我的确是相信你的，因为即使你每天都跟卢宇汉上床，也不会怀孕，也生不出孩子，因为，你服用了太多的紧急避孕药，早已失去了生育能力，如果跟他上床，你仅仅是他玩弄和泄欲的工具而已，永远都达不到目的。"

"我——我怎么会？我又没服用过那种药。"张诺的腮边还挂着泪珠，但一张俏脸却涨得通红，随即又变成惨白，语无伦次地说，"我知道了，我知道了，怪不得——怪不得我一直都没有动静。"

"哈哈，我没说错吧，你果然一直都没安好心。"

张诺怔了怔，脸色变得冷峻起来，指着王梦云说："王梦云，王总，老板娘，你听我说，我承认我是个物质女孩，我承认我不是个东西，但我勾引的不是你老公，我拿了你的钱，就得为你办事，我们说好的，你花钱救了我母亲，我就得为你死一次。但你想得太龌龊了，你以为谁都跟你一样，为了抢财产，抢老公，什么事情都做得出来？我明明白白地告诉你，你别想得太多了，我上床的对象不是早就把你打入冷宫的卢宇汉，而是我自个儿的男朋友。卢宇汉那么老了，又是你名义上的男人，即使给我座金山银山，我也不会对他投怀送抱的。”

“你——你——张诺，你——”

张诺上前两步，寒着脸指着王梦云的鼻子问：“王梦云，你说，是不是每次请我吃饭的时候，你都在饭菜、茶水和饮料里动了手脚？”

“张诺，你——你要干吗？”王梦云拿着那个兰博基尼上装有GPS定位系统的红色绣球，一边惊慌失措地问，一边倒退着走向自己的法拉利跑车，手一触到车门把，就猛地把门打开，跨上车去。

张诺知道她想逃，便一个箭步冲过来。王梦云迅速发动车子，猛地一打方向盘，跑车发出“咕！咕！”的轰鸣声，放出一股浓烟，遛了一个大弯，然后驶出空地，很快就消失不见。

张诺气得指着她消失的方向大骂：“恶毒女巫，不得好死！”

几分钟后，她刚走出空地，一辆渣土车疾驰而来，把她撞翻在地。

十五

第二天，王梦媛紧急赶往成都办事处。整个办事处的人一直都没有接到卢宇汉的任何消息和指令，便在王梦媛的安排和指挥下，布置起展馆来。

三天后，展馆全部布置到位，眼看商展马上就要开幕了，卢宇汉还是没有出现，邙一峰却风尘仆仆地赶来了。

邙一峰是卢宇汉请来的职业经理人，名为常务副总，但却没有财务审批权和人事任免权，在公司里扮演着“不三不四”的角色。因为在宇汉公司，卢宇汉的地位是至高无上的，其次是王梦云，她毕竟是老板娘，还是分管财务的副总经理，具有财务审核权和把关权。再往下，是总经办主任王梦媛、人事部经理丁翠英和常务副总经理邙一峰，虽然在职衔上邙一峰最高，丁翠英最低，但实际上他们既分工明确，又权力交叉，谁也不是真正的老三，当然谁也不愿承认自己是老四。

邙一峰是在展会的前一天来到成都办事处的。办事处主任是他部下，但却是丁翠英任命的，同时又得接受王梦媛的协调和指挥。因为王梦媛的存在，邙一峰的部下们既想亲近他，又想疏远他，一边眉来眼去，一边又躲躲闪闪，整个办事处处于一种诡异的尴尬氛围中。于是在展前动员会上，坐在主席位置上的邙一峰只得祭出卢宇汉这面大旗："各位同事，一年一度的西南商展马上就要开始，董事长因为有其他重要事务，没能前来看望大家，特意委托我代表公司，向大家致以衷心的感谢与诚挚的问候，大家辛苦了！"

说完，西装笔挺、一脸严肃的他站了起来，做出非常真诚的模样，向大家鞠躬行礼，把个腰杆弯成九十度的角，额头几乎触碰到了会议桌上。这个深深的大礼，一半是做给部下们看的，另一半却是在向王梦媛挑战。

坐在会议桌左侧首位的王梦媛带头鼓掌。掌声中，邙一峰抬起头来，弯着腰杆，双手合十，连说了三四声谢谢，然后并不坐下，而是站着发令："全体起立，唱厂歌！"

全体与会人员，包括总经办主任王梦媛、成都办主任章培佳、销售部经理万茜茜等，全都齐刷刷地站了起来，在邙一峰的带领下放声歌唱：

我们志在环宇，
我们气冲霄汉，
我们诚挚仁德，
我们忠孝两全。
啊，啊，
我们是兄弟姐妹，

来自五湖四海；
我们团结一致风雨同舟，
我们奋勇拼搏相亲相爱。
……

唱完，大家又齐声高喊：

诚挚仁德，忠孝两全；
气冲霄汉，志存高远！

喊完，邙一峰才发出坐下的口令。

这套仪式正是邙一峰的发明。三年前他刚来到宇汉公司，就向卢宇汉说："卢董，为了加强公司的凝聚力和向心力，展示公司的团队力量和形象，我建议谱写一首厂歌，在重大会议和重大活动前集体合唱。"

卢宇汉想了一下，说："好！这样很好，不但可以提振士气，还可以增强气氛。"

"那就请卢董您亲自执笔，草拟厂歌歌词，我们再找个有点名气的作曲家，谱上曲，然后让全体员工学唱。"

卢宇汉欣然同意。毕竟曾经是个文艺青年，两天之后，卢宇汉就把歌词写好，交给邙一峰。邙一峰通过朋友，以三万元的价格，找到一个小有名气的音乐人，很快就把这首歌谱好并制作出来。邙一峰拿到歌曲后，屁颠屁颠地在自己分管的部门组织学唱，一时间，整个宇汉公司都变成了歌声的海洋。卢宇汉听到几千人齐声高唱自己的赞歌，心里非常受用，于神魂颠倒之际，大笔一挥，亲自草拟了一份文件，在邙一峰的职务前面加了"常务"两个字，名义上把他提拔为公司的二把手。

但他仍然没有给邙一峰财权和人事权，公司在管理架构上，依然奉行总经理任命经理级以上干部、人事经理任命经理级以下干部的人事惯例和董事长审批五万元以上（含五万）费用、财务经理审批五万元以下费用的财经纪律，财权和人事权依然牢牢控制在家族成员手里，而这两个权力，才是企业真正的命脉。

大家一脸严肃地坐下后，邙一峰才说：“下面，请王总向大家介绍本次展会的相关情况。”

在公司，几乎所有人都只称呼王梦媛为“主任”，只有邙一峰不管在任何场合，都始终称呼她为“王总”，这让她有点尴尬的同时又有些感激。其实，她一直都希望卢宇汉能够给她一个副总的职衔，尽管她实际上早就享受了副总的待遇。

王梦媛脸颊一红，理了理面前的笔记本，说：“多余的话我就不说了，非常感谢邙总在百忙之中抽出宝贵时间，亲自来到成都主持召开这次动员会。这场展会能否成功，关键是大家如何为顾客服务，如何用自身的魅力，来展示公司的风采。我代表董事长和老板娘，在这里谢谢大家了！”

王梦媛说完，对着大伙深深地鞠了一躬，邙一峰连忙带头鼓掌。

稀里哗啦的掌声停了下来，邙一峰接着说：“在产业战略上，我公司一直坚持在主业不动摇的前提下，发展多元化经营，并大力秉承诚挚仁德、忠孝两全的核心文化，要求公司员工人人争做忠臣孝子，个个争当道德楷模。正如我们尊敬的董事长所说，‘人人都像卢宇汉，可以取消公检法’。所以今天我要在这里再次强调，所谓企业文化，实际上就是老板文化，有什么样的老板，就有什么样的文化。大家都知道，我们尊敬的董事长卢宇汉先生，非常看重诚挚和仁德，致力追求忠孝两全的人生境界，如果不能接受宇汉公司的企业文化，就不应该到宇汉公司来上班，既然来了，就应该努力适应公司的企业文化，衷心认同公司的企业文化，决心融入公司的企业文化。”

邙一峰嗓音并不响亮，身材和长相都不具备那种先声夺人的气势，但为了营造气氛，不得不把腰杆挺得笔直，不得不把头颅高高地昂起，不得不歇斯底里地把声音从胸腔里喷发出来，看上去非常吃力，也有点滑稽。但员工们一个个都紧绷着脸，做出极其恭敬和严肃的样子，继续听他说下去：“经营企业不仅仅是在卖产品，而且还是在卖文化、卖服务、卖态度。其实世界上最残酷最高明的侵略，不是土地上的侵略，不是身体上的侵略，也不是经济上的侵略，而是灵魂上、思想上的侵略。所以，我们要从文化上让我们的客户认可我们，我们在兜售产品的同时，还要输出我们的文化，比如公司形象、管理理念、产品质量、服务态度等，而每一次展会，都是我们输出公司文化的绝妙机会，因此，展馆布置好了，我们的服务还得紧紧跟上，接待上要热情周到，表现上要落落大方，同时还要做到独特、大胆，今天在展会上谁独特大胆，明天谁就拥有广阔的市场！”

十六

在昆明翠湖宾馆的一个商务套间里，卢宇汉坐在一张真皮沙发上，输入密码，从随身携带的皮包里掏出一部装有远程控制系统的IPA，打开调整了一下，成都办事处会议室里的情景随即展现在眼前。看到邙一峰带领大家满怀激情地齐声高唱由他亲自作词的厂歌，再看了他们开会的全过程，不由露出满意的笑容。

正得意间，田小田换了个人似的穿着一袭蓝底白花的细腰短裙和白色透明的真丝吊带，婷婷袅袅地来到卢宇汉的房间门口，伸出莲藕般的手指，轻轻地敲了敲虚掩的房门。卢宇汉知道是她，头也不抬地说：“进来。”

田小田双手抱着一台苹果电脑，用瘦削的肩膀拱开房门，进门后优美地旋转了半圈，同样用肩膀把门关上，然后转过身，摇晃着裙子走向客厅中间，在离茶几两三步远的地方停了下来，说：“卢董，老板娘已经找到昆明来了，您看我们——要不要转移？”

卢宇汉眉头皱了皱，拿起茶几上的烟盒和打火机，抽出一支软中华点燃，仰着头吐出一串烟圈，伸手弹了弹烟灰，说：“估计，是没头的苍蝇到处乱窜，或者是碰巧到这边来游玩吧，根本不必理会。噢，你怎么知道她们已经找到这边来了？”

田小田说：“我通过QQ，侵入财务助理张爱兰的手机，给她安装了一套 GPS 定位系统。此时，她已经出现在昆明了，离我们只有十公里左右。”

卢宇汉的目光再次在田小田的脸蛋和胸部之间不停地扫描，眼神充满了疑惑与忧虑，说：“你都能通过 QQ 入侵别人的手机，别人也一定能通过 QQ 侵入你的手机，如此说来，她们已经掌握了我们的行踪并知道了我们的具体位置。”

田小田似有意却无意地把胸膛挺了挺，清澈如水的眼波漾起层层涟漪，说：“不会的，卢董，您放心好了，我的手机是从来不上 QQ 的，同时，我还设置了三道防火墙，一般的黑客高手是无法入侵的。但为了避开她们，我们还是走吧，越快越好。”

卢宇汉笑呵呵地问：“那你说，我们该去哪里呢？”

田小田一本正经地说：“去大理吧，你不是想去大理玩吗？那里还是我的家乡呢，如果您不嫌弃的话，我还可以带您去我家看看。”

“不，我突然不想去大理了。”

田小田愣了下，问：“为什么呢？卢董，我们商量好了的，把张诺甩开，虚晃一枪，指派王梦媛去成都布置展馆，等她们将展馆布置得差不多了，又再虚晃一枪，安排邙副总代表您去接待重要客户，然后，我们直奔大理，好好去领略洱海苍山的绝美风情。”

卢宇汉眼睛直勾勾地望着她，突然说：“是的，我曾经非常想去欣赏大理的风花雪月，但是，现在我却不想去了。”

“为什么？卢董。”田小田极力掩饰着脸上的失落，但眼圈却不由自主地变得潮红起来。

“因为，”卢宇汉把香烟往烟灰缸里一杵，站起身张开双臂说，“我想马上就在这里领略领略。”

“不——卢董，我不——”田小田像一只受惊的羔羊，露出惊慌与无助的眼神，傻傻地站着，全身都在瑟瑟发抖。

但卢宇汉已经扑过来了，缴枪一样下了她手里的电脑，将她娇小玲珑的身子紧紧抱住，张开大嘴，朝她粉雕玉琢般的脸上啃去。

田小田用力地挣扎着，但怎么能挣扎得开。卢宇汉抱着她往卧室走去，轻轻地把她放在床上，看着她全身发抖、脸色惨白、嘴唇发青的样子，叹了口气，颓然地往床上一坐，说：“算了，就当我们有缘无分吧。”

田小田眼泪汪汪地望着他，说:“卢董，您是不是不想要我了?”

卢宇汉摇摇头说：“不是我不想要你，是我不能要你。”说完，就站起身，准备走出去。

田小田一把拉住他的手，哭道：“卢董，其实——其实我很喜欢跟你在一起。”

“可是，我不想跟你在一起，因为我看出来了，你不是真心喜欢我。”

“不，卢董，我是真心喜欢你的，我愿意为你付出一切。”田小田一边说，一边抹掉眼泪，迅速地把自己脱光。

卢宇汉睁大眼睛看着她那堪称完美的胴体，说：“穿上吧，我从来都不会上自己的女秘书，更不会上投怀送抱的女人。别以为我真的很轻薄，刚才，我不过是为了试探你而已。爱美之心人皆有之，我卢宇汉也是个怜香惜玉的男人，可惜两次遇人不淑，于是看到身材姣好、相貌标致与气质不俗的女孩，都想帮一把，扶一下，但很少有过非分之想。”

田小田拉着他说:“如果，对方是心甘情愿地给你，你也不要吗?”

卢宇汉犹豫了一下，转过身背对着她说：“如果是我真心喜欢的，她不愿意我更想要，但绝不会用强；如果是我不喜欢的，就算她愿意我也不要。说实话，在起身之前，我真的很想和你来一次令人惊叹的私奔，然后退出江湖，隐居洱海苍山，去过无忧无虑、清静恬适的日子。可就在你抢方向盘的那一刻，我的信心就开始动摇了，刚才你一脱衣服，我更是意趣全无。但不管怎么说，我还是非常感谢你的，我会在昆明给你买一辆车、一套房，另外再给你两百万元现金。”

田小田愣了一会儿，便慢慢地穿上衣服，走出卧室，坐在客厅里继续发呆。

几分钟后，卢宇汉来到客厅，递给她一张银行卡说：“其实我早就做好了两手准备，这是三百万元，密码是你的生日。买了车和房后，余下的就自己做点小生意，好好成家立业过日子吧。”

卢宇汉说完，也不管田小田是何反应，拉开房门，拧着皮包独自走出房间。

在宾馆门口，卢宇汉招手拦了辆出租车，随意转了几条街，又下车重新拦了一辆。转了几条街，又再拦了一辆。几次三番地换车后，终于来到一家汽车租赁公司，以超过车价本身一倍的押金，租到一辆大众速腾。对于坐惯豪车的卢宇汉，这是普通得无法再普通的汽车，他信用卡里的钞票，可以买下一百辆。但为了不在人群中显得太扎眼，他选择了这辆普通的轿车。

他原本是要去大理的。一直以来，在他的想象中，大理是一个充满风情的少妇，内敛中蕴含着激情四射的魅力，无时无刻不在勾引着他内心深处的某种欲望，这种欲望先是被大理姑娘田小田清纯中隐藏的妩媚和朴质中暗含的艳丽所激活，让他蠢蠢欲动甚至难以忍耐。可是，就在她主动脱衣的那一刻，所有关于大理的臆想全都被击得纷纷碎碎，就像在通往梦境的途中，被梦本身无情地摇醒。

那一刻，他想起了丽江。丽江没有大理那种风流少妇般欲说还休的风花雪月，但却有着青春少女面若山野桃花、心似夜半春雨的娇美和羞涩，那种穿越时空、辗转千年却未经开发的感觉，才是他生命中从未有过的体验。

于是在放弃田小田的同时，他已通过意念中最容易被唤醒的幻想进入丽江古城，深入玉龙雪山，于春寒料峭中赞叹桃花的娇美，在冰清玉洁处感叹世外情欲所带来的满足、享受和愉悦。

有钱的人们无论男女，都非常喜欢独自上路，畅游丽江。据说他们向往的不是古城的清丽与雪山的绝俗，而是旅途路边的树下，或夜晚枕边的梦里，以及三生注定的艳遇与冥冥中安排好了的离别。于是他们纷纷上路，又在路上忘记归途，把一张张银行卡或信用卡上的数字，一次次地加减，又一次次地乘除，当发现结果为零时，才猛然顿悟：这才是人生最美的归宿。

但没有几人能够真正达到如此豁达与开阔的境界，卢宇汉并不具备这样的特质。但他还是迫不及待地上路了。他开着那辆租来的大众，奔向可以租赁爱情的故乡，决心来一次灵魂与身体的双重放逐，找回在过往诸多女人身上失落的感觉和自信。当然，他的自信主要来源于加密皮包里的那几张外形非常普通的卡片和卡片后面的宇汉公司，以及公司里费尽心机争宠斗艳的漂亮女人、钩心斗角争权夺利的管理团队、不知疲倦高速运转的机器设备和谦恭卑微辛苦劳作的普通工人，他们为了钱的全都成了钱的奴隶，为了权的全都成了权的炮灰，没有情欲的被别人的情欲紧紧包围，试图逃逸的却被逃逸无情地抛弃。

汽车在高速路上御风而行，他却无心欣赏彩云下面的旖旎风光。或许这就是卢宇汉们的通病，多年的生活经历，让他们早已丧失欣赏沿途风景的愿望与心情，难以挣脱的唯利是图的商人情结，让他们看到的往往只有利润和收益，于是直奔主题便成了衡量生命意义与时间观念的精神支柱和成本标准。开着汽车的时候巴不得汽车是飞机，坐着飞机的时候巴不得飞机是飞船。好在地球并不完全按照他们的想法和意志旋转，这是这个原本非常美丽至今依然令人依恋和喜爱的星球尚能坚守的原则与底线。

安宁、楚雄、南华、祥云。他张着欲望与梦想的翅膀，擦着这些云端的边缘轻轻地飞过，终于，大理，曾经在心里九曲回环、柔肠百转的这座边陲古城出现在翅羽下面，像一张枫叶，更像一朵落花，也像一叶独自飘零的小舟，荡漾在落日余晖里的海平线上，那真实而又缥缈的剪影，仿佛带着远古的梵音，来自漂泊万里的母体。

他为之心动。他心灵的触觉，就像飞翔时蝉翼的震颤。但他却没有停留，尽管曾经有一万个停靠的理由，此时都只能一晃而过，曾经的向往与遐思，都终究会成为有意或无意的痛痕，尽管没有受伤，但那种曾经的疼痛依然埋藏在记忆深处，时刻都有可能悄悄漫步出来，伸出那双可爱的小手，在额前轻轻晃荡。

田小田娇俏的身影和如花的笑容，就是这样从卢宇汉的心里跳了出来，在他脑海里飘忽。为了驱逐那种因疼痛带来的失落与忧伤，他轻轻踏在油门上的右脚猛地往下一踩，汽车就像一匹突然受惊的野马，发出一声嘶鸣，奋力地朝前奔去，高高扬起的尘土，在狂烈的滇西劲风中四散弥漫。

芳踪已杳，花魂飘散，卢宇汉只不过是在跟自己较劲，但他即使拥有庞大的数字王国，也依然驱不走心内的魔障。他的右脚依然死死地踏着油门，仿佛踏着那块脚掌一样的铁片，就把一切的失意与不快踏成脚下的尘埃，不管风情万种还是红尘万丈，自己都是终极的操纵主义者，手里掌握着万物之源与生命极限。

或许一切都是宿命中无法绕过的缘，在从玉龙雪山返回的归途中，在丽江古城与玉龙雪山之间的一个古镇上，他看见了那幅充满灵气的十字绣，以及卖十字绣的姑娘。

放逐的灵魂终于找到了停靠的港湾。缠绵三天之后，他终于下了一个人生中最大的决定：用两到三年时间，变卖和转移部分资产，抛下宇汉公司与商场烦扰，回归心灵的平静。

终于，三年时光匆匆而过，一切都已安排妥当，虽然留有遗憾，但遗憾终究无法弥补。最好的办法，就是顺其自然，或者回归自然……

十七

梦境真实而又虚幻，亲近而又遥远。当司机将他叫醒，他才发现双手已被反绑，已经分别三年多的田小田正满面春风地站在车窗外，透过灿如金子的阳光望向一脸迷茫的他。他愣了半天才问：“这是怎么回事？你——怎么会在这里？”

田小田说：“人生无常，长路漫漫，下一个等你的，一定是你伤害过或关心过的人。下车吧，卢总，这里已经不是昆明，不是翠湖路，更不是大理和丽江，而是你生命的归宿。”

“田小田，你——你把他们怎么了？你要什么我都给你，求你放过他们母子。”

“别做梦了，卢董，你以为她真是你爱人？你以为那孩子真是你儿子？这些都只是一场游戏，她不过是我花钱雇来的演员而已。

戏已演完，她已没必要再跟你见面。”

说完，田小田挥了挥手。出租车重新发动，向着一座不知名的荒山急速驶去。他想喊，喊不出声；他想动，可全身酥软无力，根本无法动弹。

司机说：“三年前，你不应该抛下她不管。其实你也知道，当时你们已经被你老婆跟踪了，田小田的手机被人入侵并装上了定位系统。可你还是走了，一个人逃之夭夭。”

接着，司机讲述了那天卢宇汉走后发生的故事：

二十分钟后，王梦云果然找到翠湖宾馆，按响了门铃。田小田以为是卢宇汉回来了，慵慵懒懒地打开房门，一看见王梦云那张变形的马脸，身子就不由自主地筛起糠来，结结巴巴地问：“王总，您——您怎么来了？”

王梦云一步跨了进来，抬手就给她一耳光，黑风丧脸地问：“卢宇汉呢？卢宇汉在哪里？”

田小田噙着眼泪说：“他说，总书记叫他随团出国访问，已经上北京去了。”

“胡扯！简直是胡扯！他订的航班呢？他航班多少？我要去机场找他！”

“不知道，不是我订的，他也没说。”

张爱兰急匆匆地走进房间，恶毒地横了田小田一眼，向王梦云报告说：“王总，卢董是二十分钟前走的，这是出租车的车牌号。”

张爱兰把手机递给王梦云，王梦云看了一眼，冷冰冰地说：“叫何非联系出租车公司，查找这辆车的位置。”

“是，王总。”

王梦云把包往沙发上一扔，抓起田小田的头发，将她拖进卧室，一把揭开被子，似乎在寻找什么。眼看一无所获，王梦云气呼呼地坐在床上，使劲儿闪了几闪，把个席梦思床闪得上下抖动起来，问一脸苍白的田小田：“你们睡得很舒服嘛，多少钱一晚？”

田小田低着头，伸出五个手指。王梦云刷地站了起来，又一巴掌抽在她脸上，问：“五百？”

田小田的眼泪止不住地流了出来，双手捂着脸蛋，颤着声音说：“不，是五万。”

“多少？你以为你是郭美美，有钱人不睡你都会觉得很没面子？”说着，又向田小田踢了一脚。田小田尖叫一声，软软地蹲在地上，抱着头“呜呜呜”地哭了起来。

张爱兰用手机发了条短信，冲着她说：“有什么好哭的？跟老板私奔上床没有爽死你？当初老板娘真是瞎了眼，巴巴地把你从统计员调进总经办，结果养虎为患，简直是农夫和狼。”

“不对，是农夫和蛇。”

田小田都已经痛苦得蜷缩在了地上，居然还一边哭一边为张爱兰纠正成语，王梦云和张爱兰都被逗笑了。王梦云笑了下又骂道：“没良心不自重的破凉席，还有脸在老娘面前说话！我警告你，你最好从此给我消失，不但不能回宇汉公司，更不能跟卢宇汉有任何联系，否则我弄死你！”

王梦云刚说完，张爱兰一把将田小田提了起来，说：“据说你还会在高速路上抢夺方向盘呢，哈哈，还以为你有多厉害，原来也不过如此嘛，连一只小母狗的力气都没有！”

张爱兰名义上是财务助理，实际上是王梦云的保镖，身材虽然不高，但却相当矫健。三年前她从江南司法警官学校毕业后，又去河南登封学了两年武，本来想考警察的，却被王梦云以三十万年薪揽到身边做了保镖。

跟着王梦云混了一年，原本不算太坏的张爱兰，也变得心狠手辣起来，当场就把田小田折磨得不成人形，最后还搜走了她身上的所有财物，包括那张存有三百五十万元的银行卡。

听到这里，卢宇汉终于明白了，终于明白田小田为什么会如此恨他了。三年来，他一直都没有田小田的消息，以为她拿着钱，过平静闲适的生活去了，谁知——

“为了报仇雪恨，三年来，田小田忍受委屈，精心策划，先是干掉张爱兰，然后就轮到你了，最后再收拾那两个贱货！”

司机说完，猛地踩了下油门，汽车发出刺耳的尖啸声。

十八

连续两个多星期都没有卢宇汉的消息，打他手机一直关机，发QQ和邮箱也没有回应，王梦云急慌慌地带着王梦媛飞赴成都，直扑曹晓娥下榻的宾馆，踢开房门，再也顾不上身份和气度，几乎是歇斯底里地吼：“贱货！你把我老公藏到哪里去了？”

半个月来，曹晓娥哪里也没去，一直安安心心地在宾馆策划和构建她的“特殊部门”，准备全身心地投入工作，奋不顾身地完成卢宇汉交给她的特殊使命，不但四处招兵买马，还写出了好几份行动策划书，并遵照卢宇汉的嘱咐，通过QQ，与华美集团的董事长助理兼总经办主任华军取得联系，然后施展浑身媚劲，编出一套套谎言，一会儿视频聊天，一会儿语音留言，与那家伙打得一片火热。事实早已证明，所有男人都是色鬼，一个多星期聊下来，那家伙的心思全都到了她身上，只差没有上床了。

本来对方已经提出要来成都见她，但她不敢贸然答应。她并没有被这场“迟来的爱”冲昏头脑，心里反而更加明白，天上不会掉下馅饼，世上没有白吃的午餐，卢宇汉之所以对她如此许诺，虽然没有明说，但一定是有所企图的，不需要任何提醒和解释。

她在等，等卢宇汉从昆明回来，先把第一次给他，然后，再汇报情况，听取意见，才决定是否让华军前来见面。电视机里刚好正在播放超能天然皂粉的广告，她想，万一就像这句广告词说的那样，“只用一次，就知道是我想要的”，一夜温存之后，董事长再也离不开她，决定金屋藏娇，把她留下来慢慢享用，那就再好不过了。在职场和商场上浴血奋战，奋勇拼杀，最终能杀出什么样的结果谁也无法预料，搞不好拼得一身伤痛，到头来什么收获都没有，还不如牢牢抓住老板本身，就什么都不用发愁了。

这样想着，曹晓娥反而焦躁和不安起来。明明说好四五天就回来的，怎么十多天过去了，依然音讯杳无？打手机关机，发短信不回，早知如此不如死乞白赖地跟他去算了，或者把他死死拽住不让走，等一切木已成舟、生米煮成熟饭，好歹有个结果。如今这样一来，反倒无着无落，心里悬悬的无比难受。

曹晓娥坐也不是，站也不是，突然响起了急促的踹门声。连续十多天，成都办事处的几个女孩轮番前来探看，打听老板的下落。她心里明白，她们一定是王梦云姐妹叫来的，并且每次来都不兴按门铃。五星级宾馆，明明是有门铃的，可她们不按，也不好好敲门，而是用脚踢。

也许她们的耐心已经到了极限，这次连踢也不好好踢，而是踹，使劲儿地踹。曹晓娥本不想开门，但不开怎么行呢？她其实并不怕她们，她现在是老板身边的“红人”，在整个公司，除了王梦云姐妹和丁翠英，已经没有必要怕任何人。她刚想一声吼过去，对方就提起她的衣领，一耳光扇了过来。

“我不知道，我真的不知道，他把我扔在这里就走了，从此再也没有回来过！”曹晓娥被打得眼冒金星，捂着脸大声地争辩。

王梦云以为她已经跟卢宇汉有过一腿了，便发起飙来，一边“犯贱小三”“无耻破鞋”地破口大骂，一边手脚齐动，左右开弓，又打又踢，王梦媛怕姐姐吃亏，也赶紧上前帮忙。

曹晓娥被放倒在地，大喊救命。宾馆服务员听到呼救声，连忙跑来劝解，可哪里劝解得开，还是保安闻讯赶来，才把王氏姐妹强行拉开。经过一番厮打，曹晓娥的裙子被撕破了，胳膊被扭伤了，脸和身上都被打青打肿了，粉红色的内衣内裤也被扯脱了，狼狈不堪地蜷成一团，缩在屋角瑟瑟发抖，鼻血流了一地。

王氏姐妹见事情弄大了，想跑，却被保安控制了，带往保卫科办公室。几名服务员关上房门，把曹晓娥扶到床上，帮她找来衣裙换上，然后拨打了110。

几分钟后，四名警察开着两辆警车来到宾馆，把王氏姐妹带回派出所立案调查，上报区公安分局后，决定以涉嫌寻衅滋事罪和侮辱妇女罪进行刑事拘留。看守所里，王梦云再次发飙，又哭又闹，又打又砸。警方再次将她提审，她才亮出白云市人大代表的身份，同时就卢宇汉失踪一事进行报案。

成都警方只好将王氏姐妹放了，对卢宇汉失踪案展开调查，同时通报江南和云南警方。

从医院出来后，曹晓娥没有回公司，也没有回老家，谁也不知道她去了哪里。一个星期后，王氏姐妹返回白云，卢宇汉失踪案也有了眉目：他虽然叫曹晓娥在昆明订了房间，但却没有入住；他的手提包在昆明翠湖边被找到，人却彻底失踪了，警方认定是遭遇绑架，可家属和亲友都没接到任何索要赎金的电话。那晚接他的出租车也被查到了，但却是辆套牌车，根本不知道司机是谁。所有监控录像都没能拍到司机面部，因为他是精心化过妆的，还戴着宽大的墨镜。

这个案子成了有头无尾的悬案，尽管王梦云悬赏了三百万，同样没有一丝线索。三个多月后，宇汉公司资金链断裂，王梦云也莫名其妙地失踪了，连公安都找不到。

宇汉公司资不抵债，面临清算重组。员工们已经走得差不多了，当初的三千多人只剩下一百人不到。

卢宇汉和王梦云相继失踪，职业经理人走得一个不剩。王梦媛宣布脱离宇汉公司，专心经营自己的兰苑餐厅。

没有了王氏姐妹的束缚，丁翠英索性搬到董事长办公室办公。办公楼上的老员工，只有姚怡雯留了下来。这个资历最老的董事长秘书，依然还像以前那样，坐在董事长办公室的外间，有条不紊地接收文件，一丝不苟地整理资料，左边的茶几上预备着三壶开水和一叠纸杯，随时准备接待各路来客。

墙上的挂钟依旧“嘀嗒、嘀嗒”地响着，挂钟旁边挂着的，依然还是那幅制作精美的十字绣。丁翠英越看越觉得别扭，便站起身从又宽又大的老板桌后面绕出来，踏着厚厚的羊绒地毯，来到挂钟下面，伸手想把十字绣取下来。就在手指触摸到十字绣的那一瞬，她却改变主意了，心想既然他那么喜欢，就好好为他留着吧。

蓝蓝的天上一丝白云也没有，白花花的太阳射得人两眼酸疼，宇汉公司的厂旗依然还在伴随着五星红旗高高地飘扬。下楼来到旗杆下，看着空荡荡的厂房和门可罗雀的办公楼，丁翠英忍不住一脸凄惶，泪眼婆娑。因为两个月前方桂红带着孩子来看她，同时给了她两张医院的诊断书，一张是他得了肺癌晚期的，一张是他没有生育能力的。

她问他：“你明明知道孩子不是你的，明明知道身体不好，为什么还要那么拼命地挣钱？”

他说：“他是上帝让你给我带来的珍贵礼物，只要还有一口气活着，我都不能委屈他。”

他把她带到北京，把房产过户到她名下，把存款划到她账户，却在半夜里悄悄地走了。她疯狂地找了他一个多星期，依然音信杳无，只好带着孩子返回白云。孩子早就会说话了，那眉、那眼、那脸型，怎么看都像卢宇汉。她早就知道了，自从看到方桂红不具备生育能力的那张诊断书，她就知道了，他是那一夜温存带来的结果。

世事无常，人生本就是一场天大的误会。看着曾经兴旺一时的宇汉公司，她只能默默地对手里牵着的儿子说：“宝贝，以后长大了，就好好经营它吧，不要再走你爹的老路。”

“经理，丁经理，你还在？”

丁翠英转过身来，王素嫦俏生生地站在不远处，背着一个双肩包，拉着一只行李箱，一脸清纯地望着她。她问：“公司都倒闭了，你还回来干什么？”

王素嫦说：“我已经正式毕业了。我是在宇汉公司的资助下才完成学业的，只要公司还存在，我就会回来工作。”

丁翠英心里一暖，有些伤感地说：“我决定卖掉房产，并投入所有积蓄，收购公司产权，偿还公司债务，继续沿用‘宇汉公司’的名称，好好地经营下去。”

回来收拾东西的王梦媛低着头急匆匆地走过，却没忘记向她们投去眼神复杂的一瞥。可惜刚刚走出公司大门，她就被两辆疾驰而至的警车堵住。那辆风采照人的玛莎拉蒂，在宇汉公司门口的马路边放了很久很久，才被交警拖走。

十九

两年后，云南警方在勐海的一座矿山上解救了一批被黑矿主奴役的劳工，他们或聋或哑，或丧失了记忆。在一名有些痴呆的矿工身上，警察找到一张保存完好的银行卡。从那张被取光存款的银行卡上，警方查到卡主信息，并顺藤摸瓜，破获了几桩离奇的诈骗绑架案。

当警察把那名痴呆矿工送回宇汉公司时，丁翠英与王素嫦痛哭失声，几近崩溃……

（原载《中国铁路文艺》2016年第5期）

附录

名家推荐

从乡村走出来的胡树彬永不忘本，始终以平凡人的视角去关注平凡人的命运，用他精细的笔触，书写一些小人物的辛酸、苦痛以及他们最终被历史尘埃湮没的命运。他不遗余力地将当下乡村的疼痛因素展示出来，让那些散落在城镇化洪流中的时间碎片直抵我们心灵的痛处，绞动着我们的良知。

——江西省作协副主席、《星火》原主编　曾清生

十多年前我在《翠苑》主持编辑工作，在处理来稿中读到来自浙江永康胡树彬的小说，其叙述语言让我一口气读完便写下发稿单。记得当时是这样写的：作者抓住特定时刻发生的事件，小人物的命运及民众生存的大命题由此衍生，串联出当今社会的复杂性。

树彬在《翠苑》所发的五六个中短篇小说，均以一种独特的视角和方法，把身边的人事细节真实客观地提纯并放大。永康是他生活的点，永康又是他的放大镜，叶面无论怎么斑驳，叶脉无论怎么复杂，善于在冗杂社会中厘清民众脸面的树彬，总以力度去描刻人的存在，以期达到作品的原意显示。

当今天的时代精神状况出现萎靡不振，树彬依然坚持在文学创作的营地，就像他所从事的工作，勤奋勤勉地坚持在保温杯生产线上，利用焊接技术把内胆和外壳结合在一起，再用真空技术把内胆与外壳夹层中的空气给抽出来，一只只充满人间温暖的保温杯就会出现在你的面前，拧开，作者肩上的道义和胸间的大义便可触碰到。树彬小说艺术的保温如此弥漫而持久，与他的坚持、坚韧、坚定所分不开。

祝福树彬，继续创作你的作品并让作品保持灼热的温度。

——《翠苑》执行主编　冯光辉

胡树彬这个名字走进我的视野，是我七年前担任《鸭绿江》杂志主编的时候，这位来自贵州山区的小伙子，我从他的小说认识了他，认识了他塑造的许多新时期山区农村的各种人物。

他用自己的笔吸引了我。我那时就感到这是位潜藏于心头，有很大后劲的创作才干的年轻人。因此，尽管我们素不相识，他的小说都很快在《鸭绿江》刊登了。

后来我到《中国铁路文艺》担任执行主编，他的稿件也很快出现在我的眼前。看过他的小说，我明显感到他游刃有余的叙事本能很有一种韵味，而人物的塑造也极显丰满。以《小楼寒》为例，这在他发表过的作品里堪称上乘之作，从这篇小说中，我看到了树彬的小说不断飞跃，不断提高的艺术水准，是让人对他的创作可期可待的有力证明。

树彬来自西南贫困山区，但他并不安于现状，无论文学创作还是干本职工作，他都在努力改变自己，并为这种改变不断充实着自己的力量。

这本小说集的出版，不能不让我为他的奋斗由衷感叹一句：有志者事竟成！希望成功后的树彬还要欲穷千里目，更上一层楼。

——《中国铁路文艺》执行主编　田永元